林贤治评注本

萧红小说精选

萧红 著

林贤治 评注

花城出版社

中国·广州

图书在版编目（CIP）数据

萧红小说精选：林贤治评注本 / 萧红著；林贤治评注. -- 广州：花城出版社，2023.5
ISBN 978-7-5360-8228-1

Ⅰ. ①萧… Ⅱ. ①萧… ②林… Ⅲ. ①小说集－中国－现代 Ⅳ. ①I246

中国国家版本馆CIP数据核字(2023)第027287号

出 版 人：张 懿
责任编辑：林 菁
责任校对：汤 迪
技术编辑：凌春梅
装帧设计：林露茜

书　　名	萧红小说精选：林贤治评注本
	XIAOHONG XIAOSHUO JINGXUAN: LIN XIANZHI PINGZHU BEN
出版发行	花城出版社
	（广州市环市东路水荫路11号）
经　　销	全国新华书店
印　　刷	深圳市福圣印刷有限公司
	（深圳市龙华区龙华街道龙苑大道联华工业区）
开　　本	880 毫米×1230 毫米　32 开
印　　张	14.75　2 插页
字　　数	425,000 字
版　　次	2023 年 5 月第 1 版　2023 年 5 月第 1 次印刷
定　　价	88.00 元

如发现印装质量问题，请直接与印刷厂联系调换。
购书热线：020－37604658　37602954
花城出版社网站：http://www.fcph.com.cn

1936年,萧红到达日本东京

萧红《家族以外的人》手稿

前　言

　　萧红是中国现代著名的女作家。她的创作以小说为主，也写散文和诗，还曾写过戏剧。她的文学天才集中体现在小说上面，从题材、主题到形式和风格，都有她的选择和追求，打上她的鲜明的个人印记。其中，《呼兰河传》尤为突出，是现代小说的经典之作。

　　萧红本名张迺莹，萧红是笔名，早期用过的笔名还有悄吟、田娣等。八岁时母亲去世，十岁入读小学，十六岁考入哈尔滨东省特别区区立第一女子中学校。初中毕业后，为反对封建婚姻，逃至北京，入读北京女师大附中。一年后，逼于经济压力，返回呼兰，遭到软禁。入冬逃出哈尔滨，流浪街头；及后，与未婚夫汪恩甲同居于东兴顺旅馆。次年，汪恩甲欠下旅馆大笔债务后只身遁逃；危急中，她登报求助，在萧军、舒群等人的帮助下脱离险境。是年秋，与萧军同居。"九一八"后，日军大举入侵，成立"满洲国"。1934年6月，与萧军一起流亡青岛，10月底至上海。在上海胡同认识鲁迅，一生接受鲁迅影响；鲁迅逝世后，积极参与编辑《鲁迅先生纪念集》。1937年9月底，与萧军同赴武汉，参与编辑文艺月刊《七月》。1938年1月，与萧军等应邀北上，任教于山西临汾民族革命大学。4月，在西安与萧军分手，偕端木蕻良重返武汉，与之同居。1940年去香港，不久，因肺病入住玛丽医院。其时，太平洋战争爆发，日军进占香港。1942年1月13日，移至跑马地养和医院，手术切除喉管；18日再转至玛丽医院，22日不幸辞世。

　　萧红从小热爱诗歌，中学时开始练习写作，1932年首次发表短篇小说《王阿嫂的死》。在哈尔滨，曾积极参与萧军、舒群、罗烽、白朗等左翼青年的文艺活动。在朋友的资助下，与萧军出版诗文合集《跋涉》，随即遭禁。到上海后，在鲁迅的支持下，以地下出版社"奴隶社"的名义出版中篇小说《生死场》，成为她的成名作。这时，陆续出版的短篇小说集有《桥》《牛车上》《旷野上的呼喊》等。及后出版的是写于重庆和香港的两个长篇：《呼兰河传》和《马伯乐》。

通观萧红小说，叙述的主要是北中国的乡土生活。她喜欢写为她所熟悉的社会底层，小说中的人物多为穷人、女性、老人和孩子，总之是弱势者和不幸者，"永远被人间遗弃的人们"。她不像当时的许多左翼作家那样，唯在意识形态的规训下写作，而是缘于生命之爱，悲悯与同情，反映广大民众的悲惨命运，叫喊他们的痛苦，抗议人世的不公，堪称卡夫卡所称的"弱势文学"。这样的作品，具有浓厚的底层意识和土地情感，鲜明的人道主义及女性主义立场，在中国现代小说史上是独特的，罕有的。

萧红自白说，她从事文学，为的是跟人类的愚昧做斗争。正如鲁迅说的，"哀其不幸，怒其不争"，在叙述底层人物故事的时候，萧红常常揭示几千年封建专制加之于他们身上的精神奴役的创伤，写他们的自私、狭隘、麻木、冷漠、迷信，而这些批评性的文字，也都往往与哀矜的笔墨夹杂在一起，少有纯粹的讽刺。《马伯乐》可以说是萧红唯一的讽刺小说，主人公是城市中产阶级，并非弱势者。从她批判的锋芒所向，可见她所抱持的一贯的立场。

在艺术上，萧红小说最大的特点是散文化，一种近乎自然生长的诗性风格。她完全不受传统的小说观念的限制，并不特别看重情节，不刻意制造悬念，尤其没有那些讨好读者的无聊的噱头。如果她认为必要，甚至可以不在乎人物性格的刻画，《生死场》就如此。基于她对生活的理解，那里的人们既然跟动物一样"忙着生，忙着死"，不是也跟动物一样彼此雷同吗？有什么个性呢？所以通篇是电影蒙太奇一般的跳跃着进行，镜头不断切换，碎片化、快节奏，场景大于人物。但看《手》，刻画是细致的，有契诃夫风格。《红的果园》是纯诗的，印象派绘画般的。《山下》有如弦乐一般，十分舒缓；《北中国》则是另一种节奏，情节在一种象征性的音响中推进。《小城三月》有一种古典的美，整饬、哀怨、含蓄，这种风格在萧红小说中是少见的。《呼兰河传》是另一种，雄浑如交响乐，其中糅合了各种表现手段，富于变化，大开大合，大喜大悲；主旋律有如大河流水，浩浩汤汤，堪称大手笔。

总之，萧红的小说是丰富的。她长于叙述，从《家庭以外的人》《后花园》中可以看到她说故事的能力；尤长于描写，《马房之夜》《手》《小城三月》都是出色的例子。她惯于运用象征、对比、反衬等手法，包括氛围的营造。她有画家般的眼睛，文字呈现斑斓多样的色彩；又有诗人和音乐家的易感的心，作品极富于节奏变化，在大作品《生死场》《呼兰河传》中表现尤为明显。她的小说是浑厚的、质朴的，且又常常是流动的，细致而柔弱，但总体上是热情的，有骨骼的硬度和力量。无论形式如何变化，萧红在作品中都顽强地展示了她的个性。无论生活，还是写作，她都是一个不倦地追逐自由的、任性的、不肯屈服的人。

本书选入萧红的绝大多数小说，未曾入选的有三种情况：一、早期习作；二、后期个别仓促成章者；三、篇幅过大，如《马伯乐》。不过，应当说，萧红优秀的小说，都已收纳在这里了。

目录/CONTENTS

马房之夜 …………………………………………… 1
红的果园 …………………………………………… 9

生死场 ……………………………………………… 13

王阿嫂的死 ………………………………………… 104
牛车上 ……………………………………………… 114
家族以外的人 ……………………………………… 124
桥 …………………………………………………… 158
手 …………………………………………………… 170
山下 ………………………………………………… 186

后花园 ……………………………………………… 211
北中国 ……………………………………………… 232
小城三月 …………………………………………… 254

呼兰河传 …………………………………………… 277

马房之夜①

等他看见了马颈上的那串铜铃，他的眼睛就早已昏盲了，已经分辨不出那坐在马背上的就是他少年的同伴。

冯山——十年前他还算是老猎人。可是现在他只坐在马房里细心地剥着山兔的皮毛……鹿和狍子是近年来不常有的兽类，所以只有这山兔每天不断地翻转在他的手里。他常常把刀子放下，向着身边的翻看着山兔：

"这样的射法，还能算个打猎的！这正是肉厚的地方就是一枪……这叫打猎？打什么猎呢！这叫开后堵……照着屁股就是一枪……"

"会打山兔的是打腿……杨老三，那真是……真是独手……连点血都不染……这可倒好……打个牢实，跑不了……"他一说到杨老三，就不立刻接下去。

"我也是差一点呢！怎样好的打手也怕犯事。杨老三去当胡子那年，我才二十三岁，真是差一芝麻粒，若不是五东家，我也到不了今天。三翻四覆地想

> 这是文中的一段话，被作者无端地提到篇首，当作小小序曲。

> 怀想少年时光，反衬暮年的寂寞。

> 老人的自言自语，既可表明身份、经历，又可透达即时心事。

---

① 该篇创作于1936年5月6日，首刊于1936年5月15日上海《作家》第一卷第二号。署名萧红。

故人零落，硕果仅存，故而特别看重五东家的交情。

重逢五东家，就是重返少年时光。"见一见"，一种潜意识，一种强烈的渴望。

要去……五东家劝我：还是就这样干吧！吃劳金，别看捞钱少。年青青的……当胡子是逃不了那最后的一条路。若不是五东家就可真干了，年青的那一伙人，到现在怕是只有五东家和我了。那时候，他开烧锅……见一见，三十多年没有见面。老兄弟……从小就在一块……"他越说越没有力量，手下剥着的山兔皮，用小刀在肚子上划开了，他开始撕着："这他妈的还算回事！去吧！没有这好的心肠剥你们了……"拉着凳子，他坐到门外去抽烟。

飞着清雪的黄昏，什么也看不见，他一只手摸着自己的长筒毡靴，另一只手举着他的烟袋。

从他身边经过的拉柴的老头向他说：

"老冯，你在喝西北风吗？"

帮助厨夫烧火的冻破了脚的孩子向他说：

"冯二爷，这么冷的天，你摸你的胡子都上霜啦。"

冯山的肩头很宽，个子很高，他站起来几乎是触到了房檐。在马房里他仍然是坐在原来的地方，他的左边有一条板凳，摆着已经剥好了的山兔；右边靠墙的钉子上挂着一排一排的毛皮。这次他再动手工作就什么也不讲了，一直到天黑，一直到夜里，他困在炕上。假若有人问他："冯二爷，你喝酒吗？"这时候，他也是把头摇摇，连一个"不"字也不想再说。并且在他摇头的时候，看得出他的牙齿在嘴里边一定咬得很紧。

在鸡鸣以前，那些猎犬被人们挂了颈铃，霜喇喇地走上了旷野。那铃子的声音好像隔着村子、隔着树林、隔着山坡那样遥远了去。

冯山捋着胡子，使头和枕头离开一点，他听听：

"半里路以外啦……"他点燃了烟袋，那铃声还没有完全消失。

"嗯……许家村过去啦！嗯……也许停在白河口上，嗯！嗯……白河……"他感受到了颤索，于是把两臂缩进被子里边。烟袋就自由地横在枕头旁边。冒着烟，发着小红的火光。为着多日不洗刷的烟管，咝咝的，像是鸣唱似的叫着。在他用力吸着的时候，烟管就好像在房脊上的鸽子在睡觉似的……咕……咕……咕……

假若在人们准备着出发的时候他醒来，他就说："慢慢的，不要忘记了干粮，人还多少能挨住一会，狗可不行……一饿它就随时要吃，不管野鸡，不管兔子。也说不定，人若肚子空了，那就更糟，走几步，就满身是汗，再走几步那就不行了……怕是遇到了狼也逃不脱啦……"

假若他醒，只看到被人们换下来的毡靴，连铃子也听不到的时候，他就越感受到孤独，好像被人们遗弃了似的。

今夜，虽然不是完全没有听到一点铃声，但是孤独的感觉却无缘无故地被响亮的旷野上的铃子所唤起……在冯山的心上经过的是：远方，山，河，树林，枪声……他想到了杨老三，想到了年青时的那一群伙伴：

"就只剩五东家了……见一见……"

在他换了一袋烟的时间里，铃声完全消散了。

"嗯！说不定过了白河啦……"因为他想不出昏沉的旷野上猎犬们跑着的踪迹。

"四十来年没再见到，怕是不认识了……"他无意识地又捋了一下胡子，摸摸鼻头和眼睛。

烟管伴着他那遥远的幻想，咝咝的鸣叫，时时要断落下来。于是他下唇和绵绒一般白胡子也就紧靠住了被边。

想象与记忆联系到一起——对打猎，其实也是对年轻时群体生活的依恋，仍然在写孤独。

猎人的生命正在于狩猎。当此年老不能打猎时，唯见当年打猎的伙伴方能找回自己。

重复"见一见"。

> 用大量的笔墨写老人打听五东家是否要来。此等铺陈，正所谓"千呼万唤"。

三月里的早晨，冯山一推开马房的门扇，就撞掉了几颗挂在檐头的冰溜。

他看一看猎犬们完全没有上锁，任意跑在前面的平原上，孩子们也咆哮在平原上。

他拖着毡靴向平原奔去。他想在那里问问孩子们，五东家要来是不是真事？马倌这野孩子是不是扯谎？

白河在前边横着了。他在河面上几次都是要跪了下去。那些冰排，那些发着响的，灰色的，亮晶晶的被他踏碎了的一块一块的冰泡，使他疑心道："不会被这河葬埋了吧？"

他跑到平原，随意抓到一个结着辫子的孩子，他们在融解掉白雪的冰地上丢着铜钱。

"小五子是要来吗？多少时候来？马倌不扯谎？"小五子是五东家年青的时候留给他的称呼。

"干什么呀？冯二爷……你给人家踏破了界线！"小姑娘推开了他，用一只脚跳着去取她的铜钱。

"回家去问问你娘，五东家要来吗？多少时候来？你爹是赶车的，他是来回跑北荒的，他准知道。"

他从平原上回来的时候，连自己也不知道为什么一路上总是向北方看去，那一层一层的小山岭，山后面被云彩所弥漫着，山后面的远方，他是想看也看不到，因为有山隔着。就是没有山，他的眼睛也不能看得那么远了。于是他想着通到北荒去的大道，多年了……几十年……自从和小五子分开，就没再到北荒去。那道路……嗯……恐怕也改变啦……手里拿着四耳帽子，膝盖向前一弓一弓地过了白河，河冰在下面发出"咯吱"的呻叫。

他自己说："雁要来了，白河也要开了。"

大风的下午，冯山看着那黄澄澄的天色。

马倌联着几匹马在檐下遇到了他：

"你还不信吗？你到院里去问问，五东家明天晌午不到，晚饭的时候一定到……"在马身上的他高抬着右手，恰巧大门洞里走进去一匹马，又加上马倌那摆摆的袖子，冯山感到有什么在心上爆裂了一阵。

"扯谎的小东西，你不骗我？你这小鬼头，你的话，我总是信一半，疑一半……"冯山向大门洞的方向走去，已经走了一丈路他还说："你这小子，扯谎的毛头……五东家，他就能来啦！也是六十岁的人了……出门不容易……"他回头去看看马倌坐在马背上连头也不回地跑去了。

冯山也跑了起来："可是真的？明天就来！"他越跑，大风就好像潮水似的越阻止着他的膝盖。

第一个，他问的少东家，少东家说："是，来的。"

他又去问倒脏水的老头，他也说："是。"

可是他总有点不相信："这是和我开玩笑的圈套吧？"于是他又去问赶马扒犁的马夫："李山东，我说……北荒的五东家明天来？可是真的？你听见老太太也是说吗？"

"俺山东不知道这个。"他用宽大的扫帚，扫着扒犁上的草末，草末绞着风，扑上了人脸。

冯山想："这扒犁也许就是进城的吧？"但是他离了他，他想去问问井口正在饮马的闹嚷嚷的一群人。他向马群里去的时候，他听到冯厨子在什么地方招呼他："冯二爷，冯二爷……你的老朋友明天就来到啦！"

他反过身来，从马群撞出来，他看到马群也好像有几百匹似的在阻拦着他。

"这是真的了，冯厨子！那么报信的已经来啦！"

"来啦！在，在大上房里吃饭！"

冯山在厨房的门口打着转，烟袋插在烟口袋里去，他要给冯厨子吃一袋烟。冯厨子的络腮胡子在他看来也比平日更庄严了些。

"这真是正经人，不瞎开玩笑……"他点燃一根火柴，又燃了一根火柴。

在他们旁边的窗子空匡摔落下来。这时候他们走进厨房去，坐在那靠墙壁的小凳上。他正要打听冯厨子关于五东家今夜是停在河西还是河东？这时候，他听到上房门口有人为着那报信的人而唤着：

"冯厨子，来热一热酒！"

冯山，他总想站到一群孩子的前面，右手齐到眉头的地方，向远方照着。虽然他是颤抖着胡子，但那看，却和孩子们的一样。

中午的时候，连东家里的太太们也都来到了高岗，高岗下面就临着大路。只要车子或是马匹一转过那个山腰，用不了半里路，就可以跑到人们的脚下。人们都望着那山腰发白的道路。冯山望着山腰也望着太阳，眼睛终于有些花了起来，他一抬头好像那高处的太阳就变成了无数个。眼睛起了金花，好像那山腰的大道也再看不见了。太阳快要靠近山边的时候，就更红了起来，并且也大了，好像大盆一样停在山头上。他一看那山腰，他就看到了那大红的太阳，连山腰也不能再看了。于是低下头去，扯着腰间的蓝布腰带的一端揩着眼睛。

孩子们说："冯二爷哭啦！冯二爷哭啦……"

他连忙把腰带放下去，为的是给孩子们看看：

"哪里哭……把眼睛看花啦……"

山腰上出现了两辆车子和一匹骑马。

"来啦！来啦……黑骑马……"

"正是，去接的不就是两辆车子吗？"

"是……是……"

孩子们，有的下了高岗顺着大道跑去了。冯山的白胡子像是混杂了金丝似的闪光，他扶了孩子们的肩

冯山夸赞冯厨子是"正经人"，都因为证实了他有机会见到五东家的消息。"冯厨子的络腮胡子在他看来也比平日更庄严了些。"用"庄严"一词，郑重其事，可见消息之真确与否在老人心中的分量。

流泪，一因久视，一因心事。

头,好像要把自己来抻高一点:"来到什么地方了呢?来到……"有人说:"过了太平沟的桥啦!"有人说:"不对……那不是有一排小树吗?树后面不就是井家岗吗?井家岗,是在桥这边。"

"去井家岗也不过就是两袋烟的工夫。"

看得见骑黑马的人是戴着土黄色的风帽,并且渐渐离开车子走在前边,并且那串马铃的声响也听得到了。

冯山的两只手都一齐地遮上了眉头,等他看见了马颈上的那串铜铃,他的眼睛就早已昏盲了,已经分辨不出那坐在马背上的就是他少年时的同伴。

他走了一步,他再走了一步,已经走下了高岗。他过去,他扒住了那马的辔头,他说:"老五……"他就再什么也不说了。

太阳在西边,在山顶上,只划着半个盆边的形状,扯扯拖拖的,冯山伴着一些孩子们和五东家走进了上房。

在吃酒的时候他和五东家是对面坐着,他们说着杨老三是那年死的,单明德是那年死的……还有张国光……这一些都是他们年青时的同伴。酒喝得多了一些的时候,冯山想要告诉他,某年某年他还勾搭了一个寡妇。但他看看周围站着的东家的太太们或姑娘们,他又感觉得这是不方便说了。

五东家走了的那天夜晚,他好像只记住了那红色的鞍,那土黄色的风帽。他送他过了太平沟的时候,他才看到站在桥上的都是五东家的家族……他后悔自己就没有一个家族。

马房里的特有的气味,一到春天就渐渐的恢复起来。那夜又是刮着狂风的夜,所有的近处的旷野都在

"扶了孩子们的肩头",从这个细节可以透见见面的急迫感。

等两人相隔四十年的重逢,只写冯山,全不写五东家。

见面吃酒的场面也不见描写,只剩下寥寥几笔关于死亡的记忆。对冯山来说,勾搭寡妇的一段当是人生中最大的荣光,却也没有表现的机会。见面前极铺张,见面时极悭吝。

记住鞍子与风帽,其实仍然是关于打猎的记忆。

一个鳏夫与一个大家族的比照。

发着啸……他又像被人们遗忘了，又好像年青的时候出去打猎在旷野上迷失了。

他好像听到送马匹的人不知在什么地方喊着："啊喔呼……长冬来在白河口……啊噢……长冬来在白河口……"

马倌喂马的时候，他喊着马倌："给老冯来烫两盅酒。"

等他端起酒杯来，他又不想喝了，从那深陷下去的眼窠里，却安详的逃出两条寂寞的泪流。

五月六日

> 仍以打猎作结。"好像"，"又像"，迷离恍惚，唯有寂寞是真确的。

> 端起酒杯又不想喝了，可见心事重重。独酌无相亲，连久盼的五东家也没有亲近的机会，来去无迹。

---

*写于1936年5月6日，发表于《作家》第一卷第二号，署名萧红。

本篇描写老人的孤独感。"英雄迟暮"。老猎人冯山一直怀念当年打猎的情景，怀念年轻时的一群伙伴，得知其中唯一健在的五东家要来，他不厌其烦，多方打听。小说描写他在五东家到来之前的情形十分仔细，其实在写孤独和寂寞；而见面的场景几乎一笔掠过，在简略的交代中，不忘提及老人想告诉五东家曾经勾搭过一个寡妇的往事。怀想式渴望，都根源于当下的匮缺。友情，性爱，欢快，温暖，如今已不复存在。五东家走后，"他又像被人遗忘了，又好像年轻的时候出去打猎在旷野上迷失了"。

红的果园[1]

　　五月一开头这果园就完全变成了深绿。在寂寞的市梢上，游人也渐渐增多了起来。那河流的声音，好像喑哑了去，交组着的是树声，虫声和人说话的声音。

　　园前切着一条细长的闪光的河水，园后，那白色楼房的中学里边，常常有钢琴的声音在夜晚散布到这未熟的果子们的中间。

　　从五月到六月，到七月，甚至于到八月，这园子才荒凉下来。那些树，有的在三月里开花，有的在四月里开花。但，一到五月，这整个的园子就完全是绿色的了，所有的果子就在这期间肥大了起来。后来，果子开始变红，后来全红，再后来——七月里——果子们就被看园人完全摘掉了，再后来，就是看园人开始扫着那些从树上自己落下的黄叶的时候。

　　园子在风声里面又收拾起来了。

　　但那没有和果子一起成熟的恋爱，继续到九月也是可能的。

旁注：极简洁且富有诗意。

旁注：时间的轨迹。

---

[1] 该篇创作于1936年9月，首刊于1936年9月15日上海《作家》第一卷第六号，署名萧红。

园后那学校的教员室里的男子的恋爱,虽然没有完结,但也就算完结了。

他在教员休息室里也看到这园子,在教室里站在黑板前面也看到这园子,因此他就想到那可怕的白色的冬天。他希望刚走去了的冬天接着再来,但那是不可能的。

> 用黄色旗点明故事的发生地:满洲国。

果园一天一天地在他的旁边成熟,他嗅到果子的气味,就像坐在园里一样。他看见果子从青色变成红色,就像拿在手里看得那么清楚。同时园门上插着的那张旗子,也好像更鲜明了起来,那黄黄的颜色使他对着那旗子起着一种生疏、讨厌和不习惯的那种感觉。所以还不等果子红起来,他就给他的窗子换上了一张蓝色的窗围。

他怕那果子会一个一个地透进他的房里来,他怕因此感到什么不安。

> 以果子的颜色透达恋人的心情,倒很别致。

果园终于全红起来了,一个礼拜,两个礼拜,差不多三个礼拜,园子还是红的。

他想去问问那看园子的人,果子究竟要红到什么时候。但他一走上那去果园的小路,他就心跳,好像园子在眼前也要颤抖起来。于是他背向着那红色的园子擦擦眼睛,又顺着小路回来了。

> 幻觉。记忆。潜意识。

在他走上楼梯时,他的胸膛被幻想猛烈地攻击了一阵:他看见她就站在那小道上,蝴蝶在她旁边的青草上飞来飞去。"我在这里……"他好像听到她的喊声似的那么震动。他又看到她等在小夹树道的木凳上,他还回想着,他是跑了过去的,把她牵住了,于是声音和人影一起消失到树丛里去了。他又想到通夜在园子里走着的那景况……有时热情来了的时候,他们和虫子似的就靠着那树丛接吻了。朝阳还没有来到之前,他们的头发和衣裳就被夜露完全打湿了。

他在桌上翻开了学生作文的卷子,但那上面写着些什么呢?

"皇帝登极,万民安乐……"

他又看看另一本,每一本开头都有这么一段……他细看时,那并不是学生们写的,是用铅字已经替学生们印好了的。他翻了所有的卷子,但铅字是完全一样。

> 意识形态——皇权与殖民观念的灌输。

他走过去,把蓝色的窗围放下来,他看到那已经熟识了的看园人在他的窗口下面扫着园地。

> 红的果实与蓝的窗围。暗喻现实与逃避。

看园人说:"先生!不常过来园里走走?总也看不见先生呢!"

"嗯!"他点着头,"怎么样?市价还好?"

"不行啦。先生,你看……这不是吗?"那人用竹帚的把柄指着太阳快要落下来的方向,那面飘着一些女人的花花的好像口袋一样大的袖子。

"这年头,不行了啊!不是年头……都让他们……让那些东西们摘了去啦!……"他又用竹帚的把柄指打着树枝:"先生……看这里……真的难以栽培,折的折,掉枝的掉枝……招呼她们不听,又那敢招呼呢?人家是日本二大爷……"他又问,"女先生,那位,怎么今年也好像总也没有看见?"

> 是日本人摧折了果实,而爱的果实,其实也是因日本人的入侵而给摧折了的。

他想告诉他:"女先生当××军去了。"但他没有说。他听到了园门上旗子的响声,他向着旗子的方向看了看,也许是什么假日,园门来换了一张大的旗……黄色的……好像完全黄色的。

看园子的人已经走远了,他的指甲还在敲着窗上的玻璃,他看着,他听着,他对着这"园子"和

> 用指甲敲窗玻璃,是追忆?是追随?引而不发。敲玻璃的声音愈来愈响,可见男主人公内心围绕"园子"与"旗"的斗争愈加激烈。

"旗"起着兴奋的情感,于是被敲着的玻璃更响了,假若游园的人经过他的窗下,也能够听到他的声音。

一九三六,九月,东京

---

*作于1936年9月,发表于同月15日《作家》第一卷第六号。后收入《牛车上》。

一段短短的恋爱史。一对经常出现在果园里的恋人,由于对人生道路的不同选择而离去,剩下一个红的果园。女青年抗日去了,男青年留在学校里,继续改那些千篇一律的作文卷子。文章侧重描写男青年的心理活动,由果园景物和看园人的话语而有所触动,暗示着他将要循着爱人的踪迹前往。这个短篇颇类印象派绘画,光影斑驳,充满暗示性。

生死场

序　言

鲁　迅[1]

　　记得已是四年前的事了，时维二月，我和妇孺正陷在上海闸北的火线[2]中，眼见中国人的因为逃走或死亡而绝迹。后来仗着几个朋友的帮助，这才得进平和的英租界，难民虽然满路，居人却很安闲。和闸北相距不过四五里罢，就是一个这么不同的世界，——我们又怎么会想到哈尔滨。

　　这本稿子到了我的桌上，已是今年的春天，我早重回闸北，周围又复熙熙攘攘的时候了。但却看见了五年以前，以及更早的哈尔滨。这自然还不过是略图，叙事和写景，胜于人物的描写，然而北方人民的对于生的坚强，对于死的挣扎，却往往已经力透纸背；女性作者的细致的观察和越轨的笔致，又增加了不少明丽和新鲜。精神是健全的，就是深

---

[1] 鲁迅（1881—1936）：中国现代作家。浙江绍兴人，原名周树人，字豫才。1902年留学日本，始学医学，后从事文学活动。1909年回国，作品以小说、杂文为主，其文集有《鲁迅全集》。

[2] 上海闸北的火线：指1932年上海"一·二八"事变中，日军由租界向闸北一带进攻，挑起战事。

恶文艺和功利有关的人，如果看起来，他不幸得很，他也难免不能毫无所得。

听说文学社曾经愿意给她付印，稿子呈到中央宣传部书报检查委员会那里去，搁了半年，结果是不许可。人常常会事后才聪明，回想起来，这正是当然的事：对于生的坚强和死的挣扎，恐怕也确是大背"训政"①之道的。今年五月，只为了《略谈皇帝》②这一篇文章，这一个气焰万丈的委员会就忽然烟消火灭，便是"以身作则"的实地大教训。

奴隶社③以汗血换来的几文钱，想为这本书出版，却又在我们的上司"以身作则"的半年之后了，还要我写几句序。然而这几天，却又谣言蜂起，闸北的熙熙攘攘的居民，又在抱头鼠窜了，路上是络绎不绝的行李车和人，路旁是黄白两色的外人，含笑在赏鉴这礼让之邦的盛况。自以为居于安全地带的报馆的报纸，则称这些逃命者为"庸人"或"愚民"。我却以为他们也许是聪明的，至少，是已经凭着经验，知道了煌煌的官样文章之不可信。他们还有些记性。

现在是一九三五年十一月十四日的夜里，我在灯下再看完了《生死场》，周围像死一般寂静，听惯的邻人的谈话声没有了，食物的叫卖声也没有了，不过偶有远远的几声犬吠。想起来，英法租界当不是这情形，哈尔滨也不是这情形；我和那里的居人，彼此都怀着不同的心情，住在不同的世界。然而我的心现在却好像古井中水，不生微波，麻木的写了以上那些字。这正是奴隶的心！——但是，如果还是扰乱了读者的心呢？那么，我们还决不是奴才。

---

① 训政：1931年6月，国民党政府颁布《训政时期约法》，剥夺民权，实行独裁统治。

② 《略谈皇帝》：指1935年上海《新生》周刊第二卷第十五期发表易水（艾寒松）的《闲话皇帝》。因文中涉及日本天皇，当时日本驻上海总领事向国民党政府施加压力，致使《新生》周刊被查封，该刊主编杜重远被法院判处一年零二个月徒刑。国民党中央宣传委员会图书杂志审查委员会因"失责"被撤销。

③ 奴隶社：1935年，鲁迅为编辑几名文学青年作品而拟定的一个社团名称。后以该社团的名义，出版叶紫的《丰收》、萧军的《八月的乡村》、萧红的《生死场》。

不过与其听我还在安坐中的牢骚话,不如快看下面的《生死场》,她才会给你们以坚强和挣扎的力气。

1 麦场

一只山羊在大道边啃嚼树的根端。

城外一条长长的大道,被榆树打成荫片。走在大道中,像是走进一个动荡遮天的大伞之下。

山羊嘴嚼榆树皮,黏沫从山羊的胡子流延着。被刮起的这些黏沫,仿佛是胰子的泡沫,又像粗重浮游着的丝条;黏沫挂满羊腿。榆树显然是生了疮疖,榆树带着偌大的疤痕。山羊却睡在荫中,白囊一样的肚皮起起落落……

> 山羊作为一个"道具",一条线索,次第带出其他人物和系列场景。

菜田里一个小孩慢慢地踱走。在草帽的盖伏下,像是一棵大形的菌类。捕蝴蝶吗?捉蚱虫吗?小孩在正午的太阳下。

很短时间以内,跌步的农夫也出现在菜田里。一片白菜的颜色有些相近山羊的颜色。

毗连着菜田的南端生着青穗的高粱的林。小孩钻入高粱之群里,许多穗子被撞着在头顶打坠下来。有时也打在脸上。叶子们交结着响,有时刺痛着皮肤。那是绿色的甜味的世界,显然凉爽一些。时间不久,小孩子争着又走出最末的那棵植物。立刻太阳烧着他的头发,机灵的他把帽子扣起来。高空的蓝天遮覆住菜田上跳跃着的太阳,没有一块行云。一株柳条的短枝,小孩夹在腋下,走路他的两腿膝盖远远的分开,两只脚尖向里勾着,勾得腿在抱着个盆样。跛脚的农夫早已看清是自己的孩子了,他远远地完全用喉音在问着:

> 类似电影的摇镜头。

"罗圈腿,唉呀!……不能找到?"

这个孩子的名字十分象征着他。他说："没有。"

菜田的边道，小小的地盘，绣着野菜。经过这条短道，前面就是二里半的房窝，他家门前种着一株杨树，杨树翻摆着自己的叶子。每日二里半走在杨树下，总是听一听杨树的叶子怎样响；看一看杨树的叶子怎样动摆？杨树每天这样……他也每天停脚。今天是他第一次破例，什么他都忘记，只见跌脚跌得更深了！每一步像在踏下一个坑去。

土屋周围，树条编做成墙，杨树一半阴影洒落到院中；麻面婆在阴影中洗濯衣裳。正午田圃间只留着寂静，惟有蝴蝶们为着花，远近的翩飞，不怕太阳烧毁它们的翅膀。一切都回藏起来，一只狗也寻着有阴的地方睡了！虫子们也回藏不鸣了！

汗水在麻面婆的脸上，如珠如豆，渐渐浸着每个麻痕而下流。麻面婆不是一只蝴蝶，她生不出磷膀来，只有印就的麻痕。

两只蝴蝶飞戏着闪过麻面婆，她用湿的手把飞着的蝴蝶打下来，一个落到盆中溺死了！她的身子向前继续伏动，汗流到嘴了，她舐尝一点盐的味，汗流到眼睛的时候，那是非常辣，她急切用湿手揩拭一下，但仍不停的洗濯。她的眼睛好像哭过一样，揉擦出脏污可笑的圈子，若远看一点，那正合乎戏台上的丑角；眼睛大得那样可怕，比起牛的眼睛来更大，而且脸上也有不定的花纹。

土房的窗子，门，望去那和洞一样。麻面婆踏进门，她去找另一件要洗的衣服，可是在炕上，她抓到了日影，但是不能拿起，她知道她的眼睛是晕花了！好像在光明中忽然走进灭了灯的夜。她休息下来，感到非常凉爽。过一会在席子下面抽出一条自己的裤子。她用裤子抹着头上的汗，一面走回树阴下放着盆的地方，她把裤子也浸进泥浆去。

裤子在盆中大概还没有洗完，可是搭到篱墙上了！也许已经洗完？麻面婆做事是一件跟紧一件，有必要时，她放下一件又去做别的。

邻屋的烟筒，浓烟冲出，被风吹散着，布满全院，烟迷着她的眼睛了！她知道家人要回来吃饭，慌张着心弦，她用泥浆浸过的手去墙角拿茅草，她贴了满手的茅草，就那样，她烧饭，她的手从来不用清水洗过。她家的烟筒也走着烟了。过了一会，她又出来取柴，茅草在手中，一半拖在地面，另一半在围裙下，她是摇拥着走。头发飘了满脸，那样，麻面婆是一只母熊了！母熊带着草类进洞。

浓烟遮住太阳，院中一霎明暗，在空中烟和云似的。

篱墙上的衣裳在滴水滴，蒸着污浊的气。全个村庄在火中窒息。午间的太阳权威着一切了！

"他妈的，给人家偷着走了吧？"

二里半跌脚厉害的时候，都是把屁股向后面斜着，跌出一定的角度来。他去拍一拍山羊睡觉的草棚，可是羊在那里？

"他妈的，谁偷了羊……混帐种子！"

麻面婆听着丈夫骂，她走出来凹着眼睛：

"饭晚啦吗？看你不回来，我就洗些个衣裳。"

让麻面婆说话，就像让猪说话一样，也许她喉咙组织法和猪相同，她总是发着猪声。

"唉呀！羊丢啦！我骂你那个傻老婆干什么？"

听说羊丢，她去扬翻柴堆，她记得有一次羊是钻过柴堆。但，那在冬天，羊为着取暖。她没有想一想，六月天气，只有和她一样傻的羊才要钻柴堆取暖。她翻着，她没有想。全头发洒着一些细草，她丈夫想止住她，问她什么理由，她始终不说。她为着要作出一点奇迹，为着从这奇迹，今后要人看重她。表明她不傻，表明她的智慧是在必要的时节出现，于是像狗在柴堆上耍得疲乏了！手在扒着发间的草秆，她坐下来。她意外地感到自己的聪明不够用，她意外地向自己失望。

过了一会邻人们在太阳底下四面出发，四面寻羊；麻面婆的饭锅冒着气，但，她也跟在后面。

二里半走出家门不远，遇见罗圈腿，孩子说：

"爸爸，我饿！"

一种近于自然主义的手法，非常切合农家的日常生活，繁杂、琐碎、无中心、无意义。

从生理到命运，人与牲畜无异。

生活中仅见的很微末的一点愿望，一点可怜的自尊。

二里半说:"回家去吃饭吧!"

可是二里半转身时老婆像一捆稻草似的跟在后面。

"你这老婆,来干什么?领他回家去吃饭!"

他说着不停的向前跌走。

黄色的,金黄色的,麦地只留下短短的根苗。远远看来,麦地使人悲伤。在麦地尽端,井边什么人在汲水。二里半一只手遮在眉上,东西眺望,他忽然决定到那井的地方看看。在井沿看下去,什么也没有,他用井上汲水的桶子向水底深深的探试,什么也没有。最后,绞上水桶,他伏身到井边喝水,水在喉中有声,像是马在喝。

老王婆在门前草场上休息:

"麦子打得怎样啦?我的羊丢了!"

二里半青色的面孔为了丢羊更青色了!

咩……咩……羊叫?不是羊叫,寻羊的人叫。

林荫一排砖车经过,车夫们哗闹着。山羊的午睡醒转过来,它迷茫着用犄角在周身剔毛。为着树叶绿色的反映,山羊变成浅黄。卖瓜的人在道旁自己吃瓜。那一排砖车扬起浪般的灰尘,从林荫走上进城的大道。

山羊寂寞着,山羊完成了它的午睡,完成了它的树皮餐,而归家去了。山羊没有归家,它经过每棵高树,也听遍了每张叶子的刷鸣,山羊也要进城吗!它奔向进城的大道。

咩……咩……羊叫?不是羊叫,寻羊的人叫,二里半比别人叫出来更大声,那不像是羊叫,像是一条牛了!

最后,二里半和地邻动打,那样,他的帽子,像断了线的风筝,飘摇着下降,从他头上飘摇到远处。

"你踏碎了俺的白菜!你……你……"

> 因小事甚或无事打斗,也与牲畜无异。

那个红脸长人，像是魔王一样，二里半被打得眼睛晕花起来，他去抽拔身边的一棵小树，小树无由的被害了，那家的女人出来，送出一支搅酱缸的耙子，耙子滴着酱。

他看见耙子来了，拔着一棵小树跑回家去，草帽是那般孤独的丢在井边，草帽他不知戴着了多少年头。

二里半骂着妻子："混蛋，谁吃你的焦饭！"

他的面孔和马脸一样长。麻面婆惊惶着，带着愚蠢的举动，她知道山羊一定没能寻到。

过了一会，她到饭盆那里哭了！"我的……羊，我一天一天喂喂……大的，我抚摸着长起来的！"

麻面婆的性情不会抱怨。她一遇到不快时，或是丈夫骂了她，或是邻人与她拌嘴，就连小孩子们扰烦她时，她都是像一摊蜡消融下来。她的性情不好反抗，不好争斗，她的心像永远贮藏着悲哀似的，她的心永远像一块衰弱的白棉。她哭抽着，任意走到外面把晒干的衣裳搭进来，但她绝对没有心思注意到羊。

可是会旅行的山羊在草棚不断地搔痒，弄得板房的门扇快要掉落下来，门扇摔摆的响着。

下午了，二里半仍在炕上坐着。

"妈的，羊丢了就丢了吧！留着它不是好兆相。"

但是妻子不晓得养羊会有什么不好的兆相，她说：

"哼！那么白白地丢了？我一会去找，我想一定在高粱地里。"

"你还去找？你别找啦！丢就丢了吧！"

"我能找到它呢！"

"唉呀，找羊会出别的事哩！"

他脑中回旋着挨打的时候：——草帽像断了线的风筝飘摇着下落，酱耙子滴着酱。快抓住小树，快抓住小树。……二里半心中翻着这不好的兆相。

> 弱者欺负更弱者。

他的妻不知道这事。她朝高粱地去了：蝴蝶和别的虫子热闹着，田地上有人工作了。她不和田上的妇女们搭话，经过留着根的麦地时，她像微点的爬虫在那里。阳光比正午钝了些，虫鸣渐多了；渐飞渐多了！

老王婆工作剩余的时间，尽是述说她无穷的命运。她的牙齿为着述说常常切得发响，那样以表示她的愤恨和潜怒。在星光下，她的脸纹绿了些，眼睛发青，她的眼睛是大的圆形。有时她讲到兴奋的话句，她发着嘎而没有曲折的直声。邻居的孩子们会说她是一头"猫头鹰"，她常常为着小孩子们说她"猫头鹰"而愤激，她想自己怎么会成个那样的怪物呢？像啐着一件什么东西似的，她开始吐痰。

孩子们的妈妈打了他们，孩子跑到一边去哭了！这时王婆她该终止她的讲说，她从窗洞爬进屋去过夜。但有时她并不注意孩子们哭，她不听见似的，她仍说着那一年麦子好；她多买了条牛，牛又生了小牛，小牛后来又怎样？……她的讲话总是有起有落；关于一条牛，她能有无量的言词：牛是什么颜色？每天要吃多少水草？甚至要说到牛睡觉是怎样的姿势。

但是今夜院中一个讨厌的孩子也没有，王婆领着两个邻妇，坐在一条喂猪的槽子上，她们的故事便流水一般地在夜空里延展开。

天空一些云忙走，月亮陷进云围时，云和烟样，和煤山样，快要燃烧似的。再过一会，月亮埋进云山，四面听不见蛙鸣；只是萤虫闪闪着。

屋里，像是洞里，响起鼾声来，布遍了的声波旋走了满院。天边小的闪光不住的在闪合。王婆的故事对比着天空的云：

"……一个孩子三岁了，我把她摔死了，要小孩子我会成了个废物。……那天早晨……我想一

人与牛

想!……是早晨,我把她坐在草堆上,我去喂牛;草堆是在房后。等我想起孩子来,我跑去抱她,我看见草堆上没有孩子;看见草堆下有铁犁的时候,我知道,这是恶兆,偏偏孩子跌在铁犁一起,我以为她还活着呀!等我抱起来的时候……啊呀!"

一条闪光裂开来,看得清王婆是一个兴奋的幽灵。全麦田,高粱地,菜圃,都在闪光下出现。妇人们被惶憾着,像是有什么冷的东西,扑向她们的脸去。闪光一过,王婆的话声又继续下去:

"……啊呀!……我把她丢到草堆上,血尽是向草堆上流呀!她的小手颤颤着,血在冒着汽从鼻子流出,从嘴里流出,好像喉管被切断了。我听一听她的肚子还有响;那和一条小狗给车轮轧死一样。我也亲眼看过小狗被车轮轧死,我什么都看过。这庄上的谁家养小孩,一遇到孩子不能养下来,我就去拿着钩子,也许用那个掘菜的刀子,把那孩子从娘的肚里硬搅出来。孩子死,不算一回事,你们以为我会暴跳着哭吧?我会嚎叫吧?起先我心也觉得发颤,可是我一看见麦田在我眼前时,我一点都不后悔,我一滴眼泪都没淌下。以后麦子收成很好,麦子是我割倒的,在场上一粒一粒我把麦子拾起来,就是那年我整个秋天没有停脚,没讲闲话,像连口气也没得喘似的,冬天就来了!到冬天我和邻人比着麦粒,我的麦粒是那样大呀!到冬天我的背曲得有些厉害,在手里拿着大的麦粒。可是,邻人的孩子却长起来了!……到那时候,我好像忽然才想起我的小钟。"

王婆推一推邻妇,荡一荡头:

"我的孩子小名叫小钟呀!……我接连着煞苦了几夜没能睡,什么麦粒?从那时起,我连麦粒也不怎样看重了!就是如今,我也不把什么看重。那时我才

> 一个农妇对于为她所生的小生命的态度。冷酷背后,饱含生活的苦辛。

二十几岁。"

闪光相连起来,能言的幽灵默默坐在闪光中。邻妇互望着,感到有些寒冷。

狗在麦场张狂着咬过去,多云的夜什么也不能告诉人们。忽然一道闪光,看见的黄狗卷着尾巴向二里半叫去,闪光一过,黄狗又回到麦堆,草茎折动出细微的声音。

"三哥不在家里?"

"他睡着哩!"王婆又回到她的默默中,她的答话像是从一个空瓶子或是从什么空的东西发出。猪槽上她一个人化石一般地留着。

"三哥!你又和三嫂闹嘴吗?你常常和她闹嘴,那会败坏了平安的日子的。"

二里半,能宽容妻子,以他的感觉去衡量别人。

赵三点起烟火来,他红色的脸笑了笑:"我没和谁闹嘴哩!"

二里半他从腰间解下烟带,从容着说:

"我的羊丢了!你不知道吧?它又走了回来。要替我说出买主去,这条羊留着不是什么好兆相。"

赵三用粗嘎的声音大笑,大手和红色脸在闪光中伸现出来:

"哈……哈,倒不错,听说你的帽子飞到井边团团转呢!"

忽然二里半又看见身边长着一棵小树,快抓住小树,快抓住小树。他幻想终了,他知道被打的消息是传布出来,他捻一捻烟火,解辩着说:

"那家子不通人情,那有丢了羊不许找的勾当?他硬说踏了他的白菜,你看,我不能和他动打。"

摇一摇头,受着辱一般的冷没下去,他吸烟管,切心地感到羊不是好兆相,羊会伤着自己的脸面。

> 迷信:万事有一种禳解的办法,于绝望的生活中寻找自我安慰。

来了一道闪光,大手的高大的赵三,从炕沿站起,用手掌擦着眼睛。他忽然响叫:

"怕是要落雨吧!——坏啦!麦子还没打完,在场上堆着!"

赵三感到养牛和种地不足,必须到城里去发展。他每日进城,他渐渐不注意麦子,他梦想着另一桩有望的事业。

"那老婆,怎不去看麦子?麦一定要给水冲走呢?"

赵三习惯的总以为她会坐在院心,闪光更来了!雷响,风声。一切翻动着黑夜的庄村。

"我在这里呀!到草棚拿席子来,把麦子盖起吧!"

喊声在有闪光的麦场响出,声音像碰着什么似的,好像在水上响出,王婆又震动着喉咙:"快些,没有用的,睡觉睡昏啦!你是摸不到门啦!"

赵三为着未来的大雨所恐吓,没有同她拌嘴。

高粱地像要倒折,地端的榆树吹啸起来,有点像金属的声音,为着闪的缘故,全庄忽然裸现,忽然又沉埋下去。全庄像是海上浮着的泡沫。邻家和距离远一点的邻家有孩子的哭声,大人在嚷吵,什么酱缸没有盖啦!驱赶着鸡雏啦!种麦田的人家嚷着麦子还没有打完啦!农家好比鸡笼,向着鸡笼投下火去,鸡们会翻腾着。

黄狗在草堆开始做窝,用腿扒草,用嘴扯草。王婆一边颤动,一边手里拿着耙子。

"该死的,麦子今天就应该打完,你进城就不见回来,麦子算是可惜啦!"

二里半在电光中走近家门。有雨点打下来,在植物的叶子上稀疏的响着。雨点打在他的头上时,他摸一下头顶而没有了草帽。关于草帽,二里半一边走路一边怨恨山羊。

早晨了,雨还没有落下。东边一道长虹悬起来;感到湿的气味的云掠过人头,东边高粱头上,太阳走在云后,那过于艳明,像红色的水晶,像红色的梦。远看高粱和小树林一般森严着;村家在早晨趁着气候的凉爽,各自在田间忙。

赵三门前，麦场上小孩子牵着马，因为是一条年青的马，它跳着荡着尾巴跟它的小主人走上场来。小马欢喜用嘴撞一撞停在场上的"石磙"，它的前腿在平滑的地上跺打几下，接着它必然像索求什么似的叫起不很好听的声来。

王婆穿的宽袖的短袄，走上平场。她的头发毛乱而且绞卷着。朝晨的红光照着她，她的头发恰像田上成熟的玉米缨穗，红色并且蔫卷。

马儿把主人呼唤出来，它等待给它装置"石磙"，"石磙"装好的时候，小马摇着尾巴，不断的摇着尾巴，它十分驯顺和愉快。

王婆摸一摸席子潮湿一点，席子被拉在一边了；孩子跑过去，帮助她，麦穗布满平场，王婆拿着耙子站到一边。小孩欢跑着立到场子中央，马儿开始转跑。小孩在中心地点也是转着。好像画圆周时用的圆规一样，无论马儿怎样跑，孩子总在圆心的位置。因为小马发疯着，飘扬着跑，它和孩子一般的贪玩，弄得麦穗溅出场外。王婆用耙子打着马，可是走了一会它游戏够了，就和厮耍着的小狗需要休息一样，休息下来。王婆着了疯一般地又挥着耙子，马暴跳起来，它跑了两个圈子，把"石磙"带着离开铺着麦穗的平场；并且嘴里咬嚼一些麦穗。系住马勒带的孩子挨骂着：

"呵！你总偷着把它拉上场，你看这样的马能打麦子吗？死了去吧！别烦我吧！"

小孩子拉马走出平场的门；到马槽子那里，去拉那个老马。把小马束好在杆子间。老马差不多完全脱了毛，小孩子不爱它，用勒带打着它走，可是它仍和一块石头或是一棵生了根的植物那样不容搬运。老马是小马的妈妈，它停下来，用鼻头偎着小马肚皮间破裂的流着血的伤口。小孩子看见他爱的小马流血，心

老马和小马。

中惨惨的眼泪要落出来，但是他没能晓得母子之情，因为他还没能看见妈妈，他是私生子。脱着光毛的老动物，催逼着离开小马，鼻头染着一些血，走上麦场。

村前火车经过河桥，看不见火车，听见隆隆的声响。王婆注意着旋上天空的黑烟。前村的人家，驱着白菜车去进城，走过王婆的场子时，从车上抛下几个柿子来，一面说："你们是不种柿子的，这是贱东西，不值钱的东西，麦子是发财之道呀！"驱着车子的青年结实的汉子过去了；鞭子甩响着。

老马看着墙外的马不叫一声，也不响鼻子。小孩去拿柿子吃，柿子还不十分成熟，半青色的柿子，永远被人们摘取下来。

马静静地停在那里，连尾巴也不甩摆一下。也不去用嘴触一触石磙；就连眼睛它也不远看一下，同时它也不怕什么工做，工作来的时候，它就安心去开始；一些绳锁束上身时，它就跟住主人的鞭子。主人的鞭子很少落到它的皮骨，有时它过分疲惫而不能支持，行走过分缓慢，主人打了它，用鞭子，或是用别的什么，但是它并不暴跳，因为一切过去的年代规定了它。

> 动物的一种宿命。

麦穗在场上渐渐不成形了！

"来呀！在这儿拉一会马呀！平儿！"

"我不愿意和老马在一块，老马整天像睡着。"

平儿囊中带着柿子走到一边去吃，王婆怨怒着：

"好孩子呀！我管不好你，你还有爹哩！"

平儿没有理谁，走出场子，向着东边种着花的地端走去。他看着红花，吃着柿子走。

灰色的老幽灵暴怒了："我去唤你的爹爹来管教你呀！"

她像一只灰色的大鸟走出场去。

清早的叶子们！树的叶子们，花的叶子们，闪着银珠了！太阳不着边际地轮圆在高粱棵的上端，左近的家屋在预备早饭了。

老马自己在滚压麦穗，勒带在嘴下拖着，它不偷食麦粒，它不走脱了轨，转过一个圈，再转过一个，绳子和皮条有次序地向它光皮的身子摩擦，老动物自己无声的动在那里。

种麦的人家，麦草堆得高涨起来了！福发家的草地也涨过墙头。福发的女人吸起烟管。她是健壮而短小，烟管随意冒着烟；手中的耙子，不住的耙在平场。

侄儿打着鞭子行经在前面的林荫，静静悄悄地唱着寂寞的歌；她为歌声感动了！耙子快要停下来，歌声仍起在林端：

"昨晨落着毛毛雨，……小姑娘，披蓑衣……小姑娘，……去打鱼。"

2　菜圃

菜圃上寂寞的大红的西红柿，红着了。小姑娘们摘取着柿子，大红大红的柿子，盛满她们的筐篮；也有的在拔青萝卜、红萝卜。

金枝听着鞭子响，听着口哨响，她猛然站起来，提好她的筐子惊惊怕怕的走出菜圃。在菜田东边，柳条墙的那个地方停下，她听一听口笛渐渐远了！鞭子的响声与她隔离着了！她忍耐着等了一会，口笛婉转地从背后的方向透过来；她又将与他接近着了！菜田上一些女人望见她，远远的呼唤：

"你不来摘柿子，干什么站到那儿？"

她摇一摇她成双的辫子，她大声摆着手说："我要回家了！"

姑娘假装着回家，绕过人家的篱墙，躲避一切菜田上的眼睛，朝向河湾去了。筐子挂在腕上，摇摇搭搭。口笛不住的在远方催逼她，仿佛她是一块被引的铁跟住了磁石。

静静的河湾有水湿的气味，男人等在那里。

五分钟过后，姑娘仍和小鸡一般，被野兽压在那里。男人着了疯了!他的大手敌意一般地捉紧另一块肉体,想要吞食那块肉体,想要破坏那块热的肉。尽量的充涨了血管,仿佛他是在一条白的死尸上面跳动,女人赤白的圆形的腿子,不能盘结住他。于是一切音响从两个贪婪着的怪物身上创造出来。

迷迷荡荡的一些花穗颤在那里,背后的长茎草倒折了!不远的地方打柴的老人在割野草。他们受着惊扰了,发育完强的青年的汉子,带着姑娘,像猎犬带着捕捉物似的,又走下高粱地去。他的手是在姑娘的衣裳下面展开着走。

吹口哨,响着鞭子,他觉得人间是温存而愉快。他的灵魂和肉体完全充实着,婶婶远远的望见他,走近一点,婶婶说:

"你和那个姑娘又遇见吗?她真是个好姑娘。……唉……唉!"

婶婶像是烦躁一般紧紧靠住篱墙。侄儿向她说:

"婶娘你唉唉什么呢?我要娶她哩!"

"唉……唉……"

婶婶完全悲伤下去,她说:

"等你娶过来,她会变样,她不和原来一样,她的脸是青白色;你也再不把她放在心上,你会打骂她呀!男人们心上放着女人,也就是你这样的年纪吧!"

婶婶表示出她的伤感,用手按住胸膛,她防止着心脏起什么变化,她又说:

"那姑娘我想该有了孩子吧?你要娶她,就快些娶她。"

侄儿回答:"她娘还不知道哩!要寻一个做媒的人。"

牵着一条牛,福发回来。婶婶望见了,她急旋着

> 原始性,野蛮性。农人没有恋爱,只有"野合"。

走回院中,假意收拾柴栏。叔叔到井边给牛喝水,他又拉着牛走了!婶婶好像小鼠一般又抬起头来,又和侄儿讲话:

"成业,我对你告诉吧!年青的时候,姑娘的时候,我也到河边去钓鱼,九月里落着毛毛雨的早晨,我披着蓑衣坐在河沿,没有想到,我也不愿意那样;我知道给男人做老婆是坏事,可是你叔叔,他从河沿把我拉到马房去,在马房里,我什么都完啦!可是我心也不害怕,我欢喜给你叔叔做老婆。这时节你看,我怕男人,男人和石块一般硬,叫我不敢触一触他。"

> 乡村妇女世代重复着的命运。

"你总是唱什么落着毛毛雨,披蓑衣去打鱼……我再也不愿听这曲子,年青人什么也不可靠,你叔叔也唱这曲子哩!这时他再也不想从前了!那和死过的树一样不能再活。"

年青的男人不愿意听婶婶的话,转走到屋里,去喝一点酒。他为着酒,大胆把一切告诉了叔叔。福发起初只是摇头,后来慢慢的问着:

"那姑娘是十七岁吗?你是廿岁。小姑娘到咱们家里,会做什么活计?"

争夺着一般的,成业说:

"她长得好看哩!她有一双亮油油的黑辫子。什么活计她也能做,很有气力呢!"

成业的一些话,叔叔觉得他是喝醉了,往下叔叔没有说什么,坐在那里沉思过一会,他笑着望着他的女人。

"啊呀……我们从前也是这样哩!你忘记吗?那些事情,你忘记了吧!……哈……哈,有趣的呢,回想年青真有趣的哩。"

> 对婚后生活的恐惧和厌倦。

女人过去拉着福发的臂,去抚媚他。但是没有动,她感到男人的笑脸不是从前的笑脸,她心中被他无数生气的面孔充塞住,她没有动,她笑一下赶忙又把笑脸收了回去。她怕笑得时间长,会要挨骂。男人叫把酒杯拿过去,女人听了这话,听了命令一般把杯子拿给他。于是丈夫也昏沉地睡在炕上。

女人悄悄地蹑着脚走出了,停在门边,她听着纸窗在耳边鸣,她完全无力,完全灰色下去。场院前,蜻蜓们闹着向日葵的花。但这与年青的妇人绝对隔碍着。

> 作者的女性主义立场。

纸窗渐渐的发白,渐渐可以分辨出窗棂来了!进过高粱地的姑娘一边幻想着一边哭,她是那样的低声,还不如窗纸的鸣响。

她的母亲翻转过身时,哼着,有时也挫响牙齿。金枝怕要挨打,连在黑暗中把眼泪也拭得干净,老鼠一般地整夜好像睡在猫的尾巴下。通夜都是这样,每次母亲翻动时,像爆裂一般地,向自己的女孩的枕头的地方骂一句:

"该死的!"

> 母亲是孩子的敌人。

接着她便要吐痰,通夜是这样,她吐痰,可是她并不把痰吐到地上;她愿意把痰吐到女儿的脸上。这次转身她什么也没有吐,也没骂。

可是清早,当女儿梳好头辫,要走上田的时候,她疯着一般夺下她的筐子:

"你还想摘柿子吗?金枝,你不想摘柿子吧?你把筐子都丢啦!我看你好像一点心肠也没有,打柴的人幸好是朱大爷,若是别人拾去还能找出来吗?若是别人拾得了筐子,名声也不能好听哩!福发的媳妇,不就是在河沿坏的事吗?全村就连孩子们也是传说。唉!……那是怎样的人呀?以后婆家也找不出去。她有了孩子,没法做了福发的老婆,她娘为这事羞死了似的,在村子里见人,都不能抬起头来。"

母亲看着金枝的脸色马上苍白起来,脸色变成那样脆弱。母亲以为女儿可怜了,但是她没晓得女儿的手从她自己的衣裳里边偷偷地按着肚子,金枝感到自己有了孩子一般恐怖。母亲说:

"你去吧!你可别再和小姑娘们到河沿去玩,记住,不许到河边去。"

母亲在门外看着姑娘走,她没立刻转回去,她停住在门前许多时间,姑娘眼望着加入田间的人群。母亲回到屋中一边烧饭,一边叹气,她体内像染着什么病患似的。

农家每天从田间回来才能吃早饭。金枝走回来时,母亲看见她手在按着肚子:

"你肚子疼吗?"

她被惊着了,手从衣裳里边抽出来,连忙摇着头:"肚子不疼。"

"有病吗?"

"没有病。"

于是她们吃饭。金枝什么也没有吃下去,只吃过粥饭就离开饭桌了!母亲自己收拾了桌子说:

"连一片白菜叶也没吃呢!你是病了吧?"

等金枝出门时,母亲呼唤着:

"回来,再多穿一件夹袄,你一定是着了寒,才肚子疼。"

母亲加一件衣服给她,并且又说:

"你不要上地吧?我去吧!"

金枝一面摇着头走了!披在肩上的母亲的小袄没有扣钮子,被风吹飘着。

金枝家的一片柿地,和一个院宇那样大的一片。走进柿地嗅到辣的气味,刺人而说不定是什么气味。柿秧最高的有两尺高,在枝间挂着金红色的果实。每棵挂着许多,也挂着绿色或是半绿色的一些。除了另一块柿地和金枝家的柿地连接着,左近全是菜田了!八月里人们忙着扒"土豆";也有的砍着白菜,装好车子进城去卖。

二里半就是种菜田的人。麻面婆来回的搬着大头菜,送到地端的车子上。罗圈腿也是来回向地端跑着,有时他抱了两棵大形的圆白菜,走起来两臂像是架着两块石头样。

麻面婆看见身旁别人家的倭瓜红了。她看一下,近处没有人,起始把靠菜地长着的四个大倭瓜都摘落下来了。两个和小西瓜一样大的,她叫孩子抱着。罗圈腿脸累得涨红和倭瓜一般红,他不能再抱动了!两臂像要被什么压掉一般。还没能到地端,刚走过金枝身旁,他大声求救似的:

"爹呀,西……西瓜快要摔啦,快要摔碎啦!"

他着忙把倭瓜叫西瓜。菜田许多人,看见这个孩子都笑了!凤姐望着金枝说:

"你看这个孩子,把倭瓜叫成西瓜。"

金枝看了一下,用面孔无心的笑了一下。二里半走过来,踢了孩子一脚;两个大的果实坠地了!孩子没有哭,发愕地站到一边。二里半骂他:

父亲是孩子的敌人。

"混蛋,狗娘养的,叫你抱白菜,谁叫你摘倭瓜啦?……"

麻面婆在后面走着,她看到儿子遇了事,她巧妙的弯下身去,把两个更大的倭瓜丢进柿秧中。谁都看见她作这种事,只是她自己感到巧妙。二里半问她:

农人的自私。

"你干的吗?胡突虫!错非你……"

麻面婆哆嗦了一下,口齿比平常更不清楚了:

"……我没……"

孩子站在一边尖锐地嚷着:"不是你摘下来叫我抱着送上车去吗?不认账!"

麻面婆她使着眼神,她急得要说出口来:"我是偷的呢!该死的……别嚷叫啦,要被人抓住啦!"

平常最没有心肠看热闹的,不管田上发生了什么事,也沉埋在那里的人们,现在也来围住她们了!这里好像唱着武戏,戏台上耍着他们一家三人。二里半骂着孩子:

"他妈的混账,不能干活,就能败坏,谁叫你摘倭瓜?"

罗圈腿那个孩子,一点也不服气的跑过去,从柿秧中把倭瓜滚弄出来了!大家都笑了,笑声超过人头。可是金枝好像患着传染病的小鸡一般,霎着眼睛蹲在柿秧下,她什么也没有理会,她逃出了眼前的世界。

二里半气愤得几乎不能呼吸,等他说出"倭瓜"是自家种的,为着留种子的时候,麻面婆站在那里才松了一口气。她以为这没有什么过错,偷摘自己的倭瓜。她仰起头来向大家表白:"你们看,我不知道,实在不知道倭瓜是自家的呢!"

麻面婆不管自己说话好笑不好笑,挤过人围,结果把倭瓜抱到车子那里。于是车子走向进城的大道,弯腿的孩子拐歪着跑在后面。马,车,人渐渐消失在道口了!

田间不断的讲着偷菜棵的事。关于金枝也起着流言:

"那个丫头也算完啦!"

"我早看她起了邪心,看她摘一个柿子要半天工夫;昨天把柿筐都忘在河沿!"

"河沿不是好人去的地方。"

凤姐身后,两个中年的妇人坐在那里扒胡萝卜。可是议论着,有时也说出一些淫污的话,使凤姐不大明白。

金枝的心总是悖动着,时间和蜘蛛缕着丝线那样绵长;心境坏到极点。金枝脸色脆弱朦胧得像罩着一块面纱。她听一听口哨还没有响。辽阔的可以看到福发家的围墙,可是她心中的哥儿却永不见出来。她又继续摘柿子,无论青色的柿子她也摘下。她没能注意

老人警惕河沿,青年想往河沿。河沿成了危地。

在乡村,女人糟蹋女人。

到柿子的颜色，并且筐子也满着了！她不把柿子送回家去，一些杂色的柿子被她散乱的铺了满地。那边又有女人故意大声议论她：

"上河沿去跟男人，没羞的，男人扯开她的裤子？……"

金枝关于跟前的一切景物和声音，她忽略过去；她把肚子按得那样紧，仿佛肚子里面跳动了！忽然口哨传来了！她站起来，一个柿子被踏碎，像是被踏碎的蛤蟆一样，发出水声。她被跌倒了，口哨也跟着消灭了！以后无论她怎样听，口哨也不再响了。

> 女性的无助：她无法逃避道德的箴规。

金枝和男人接触过三次；第一次还是在两个月以前，可是那时母亲什么也不知道，直到昨天筐子落到打柴人手里，母亲算是渺渺茫茫的猜度着一些。

金枝过于痛苦了，觉得肚子变成个可怕的怪物，觉得里面有一块硬的地方，手按得紧些，硬的地方更明显。等她确信肚子里有了孩子的时候，她的心立刻发呕一般颤嗦起来，她被恐惧把握着了。奇怪的，两个蝴蝶叠落着贴落在她的膝头。金枝看着这邪恶的一对虫子而不拂去它。金枝仿佛是米田上的稻草人。

母亲来了，母亲的心远远就系在女儿的身上。可是她安静的走来，远看她的身体几乎呈出一个完整的方形，渐渐可以辨得出她尖形的脚在袋口一般的衣襟下起伏的动作。在全村的老妇人中什么是她的特征呢？她发怒和笑着一般，眼角集着愉快的多形的纹绉。嘴角也完全愉快着，只是上唇有些差别，在她真正愉快的时候，她的上唇短了一些。在她生气的时候，上唇特别长，而且唇的中央那一小部分尖尖的，完全像鸟雀的嘴。

母亲停住了。她的嘴是显着她的特征，——全脸笑着，只是嘴和鸟雀的嘴一般。因为无数青色的柿子

惹怒她了!金枝在沉想的深渊中被母亲踢打了:

"你发傻了吗?啊……你失掉了魂啦?我撕掉你的辫子……"

金枝没有挣扎,倒了下来。母亲和老虎一般捕住自己的女儿。金枝的鼻子立刻流血。

她小声骂她,大怒的时候她的脸色更畅快笑着,慢慢地掀着尖唇,眼角的线条更加多的组织起来。

"小老婆,你真能败毁。摘青柿子。昨夜我骂了你,不服气吗?"

母亲一向是这样,很爱护女儿,可是当女儿败坏了菜棵,母亲便去爱护菜棵了。农家无论是菜棵,或是一株茅草也要超过人的价值。

该睡觉的时候了!火绳从门边挂手巾的铁线上倒垂下来,屋中听不着一个蚊虫飞了!夏夜每家挂着火绳。那绳子缓慢而绵长地燃着。惯常了,那像庙堂中燃着的香火,沉沉的一切使人无所听闻,渐渐催人入睡。艾蒿的气味渐渐织入一些疲乏的梦魂去。蚊虫被艾蒿烟驱走。金枝同母亲还没有睡的时候,有人来在窗外,轻慢的咳嗽着。

母亲忙点灯火,门响开了!是二里半来了。无论怎样母亲不能把灯点着,灯心处,着水的炸响,母亲手中举着一枝火柴,把小灯列得和眉头一般高,她说:

"一点点油也没有了呢!"

金枝到外房去倒油。这个时间,他们谈说一些突然的事情。母亲关于这事惊恐似的,坚决的,感到羞辱一般的荡着头:

"那是不行,我的女儿不能配到那家子人家。"

二里半听着姑娘在外房盖好油罐子的声音,他往下没有说什么。金枝站在门限向妈妈问:"豆油没有了,装一点水吧?"

人的价值不如菜棵和茅草。

金枝把小灯装好，摆在炕沿，燃着了！可是二里半到她家来的意义是为着她，她一点不知道，二里半为着烟袋向倒悬的火绳取火。

母亲，手在按住枕头，她像是想什么，两条直眉几乎相连起来。女儿在她身边向着小灯垂下头。二里半的烟火每当他吸过了一口便红了一阵。艾蒿烟混加着烟叶的气味，使小屋变做地下的窖子一样黑重！二里半作窘一般的咳嗽了几声。金枝把流血的鼻子换上另一块棉花。因为没有言语，每个人起着微小的潜意识的动作。

就这样坐着，灯火又响了。水上的浮油烧尽的时候，小灯又要灭，二里半沉闷着走了！二里半为人说媒被拒绝，羞辱一般的走了。

中秋节过去，田间变成残败的田间；太阳的光线渐渐从高空忧郁下来，阴湿的气息在田间到处撩走。南部的高粱完全睡倒下来，接接连连地望去，黄豆秧和揉乱的头发一样蓬蓬在地面，也有的地面完全拔秃着的。

早晨和晚间都是一样，田间憔悴起来。只见车子，牛车和马车轮轮滚滚的载满高粱的穗头，和大豆的秆秧。牛们流着口涎愚直的挂下着，发出响动的车子前进。

福发的侄子驱着一条青色的牛，向自家的场院载拖高粱。他故意绕走一条曲道，那里是金枝的家门，她心涨裂一般的惊慌，鞭子于是响来了。

金枝放下手中红色的辣椒，向母亲说：

"我去一趟茅屋。"

于是老太太自己串辣椒，她串辣椒和纺织一般快。

金枝的辫子毛毛着，脸是完全充了血。但是她患着病的现象，把她变成和纸人似的，像被风飘着似的出现房后的围墙。

你害病吗？倒是为什么呢？但是成业是乡村长大的孩子，他什么也不懂得问。他丢下鞭子，从围墙宛如飞鸟落过墙头，用腕力掳住病的姑娘；把她压在墙角的灰堆上，那样他不是想要接吻她，也不是想要热情的讲些情话，他只是被本能支使着想要动作一切。金枝打嘶着一般的说：

"不行啦！娘也许知道啦，怎么媒人还不见来？"

男人回答：

"嗳，李大叔不是来过吗？你一点不知道！他说你娘不愿意。明天他和我叔叔一道来。"

金枝按着肚子给他看，一面摇头："不是呀！……不是呀！你看到这个样子啦！"

男人完全不关心，他小声响起："管他妈的，活该愿意不愿意，反正是干啦！"

他的眼光又失常了，男人仍被本能不停的要求着。

母亲的咳嗽声，轻轻的从薄墙透出来。墙外青牛的角上挂着秋空的游丝。

> 女人是不被男人保护的，女人只是性蹂躏的对象。

母亲和女儿在吃晚饭，金枝呕吐起来，母亲问她："你吃了苍蝇吗？"

她摇头，母亲又问："是着了寒吧！怎么你总有病呢？你连饭都咽不下去。不是有痨病啦！？"

母亲说着去按女儿的腹部，手在夹衣上来回的摸了阵。手指四张着在肚子上思索了又思索：

"你有了痨病吧？肚子里有一块硬呢！有痨病人的肚子才是硬一块。"

女儿的眼泪要垂流一般的挂到眼毛的边缘。最后滚动着从眼毛走下来了！就是在夜里，金枝也起来到外边去呕吐，母亲迷蒙中听着叫娘的声音。窗上的月光差不多和白昼一般明，看得清金枝的半身拖在炕下，另半身是弯在枕上。头发完全埋没着脸面。等母亲拉她手的时候，她抽扭着说起：

"娘……把女儿嫁给福发的侄子吧！我肚里不是……病，是……"

到这时节母亲更要打骂女儿了吧？可不是那样，母亲好像本身有了罪恶，听了这话，立刻麻木着了，很长的时间她像不存在一样。过了一刻母亲用她从不用过

温和的声调说:

"你要嫁过去吗?二里半那天来说媒,我是顶走他的,到如今这事怎么办呢?"

母亲似乎是平息了一下,她又想说,但是泪水塞住了她的嗓子,像是女儿窒息了她的生命似的,好像女儿把她羞辱死了!

3 老马走进屠场

老马走上进城的大道,"私宰场"就在城门的东边,那里的屠刀正张着,在等待这个残老的动物。

老王婆不牵着她的马儿,在后面用一条短枝驱着它前进。

大树林子里有黄叶回旋着,那是些呼叫着的黄叶。望向林子的那端,全林的树棵,仿佛是关落下来的大伞。凄沉的阳光,晒着所有的秃树。田间望遍了远近的人家。深秋的田地好像没有感觉的光了毛的皮革远近平铺着。夏季埋在植物里的家屋,现在明显地好像突出地面一般,好像新从地面突出。

深秋带来的黄叶,赶走了夏季的蝴蝶。一张叶子落到王婆的头上,叶子是安静的伏贴在那里。王婆驱着她的老马,头上顶着飘落的黄叶;老马,老人,配着一张老的叶子,他们走在进城的大道。

道口渐渐看见人影,渐渐看见那个人吸烟,二里半迎面来了。他长形的脸孔配起摆动的身子来,有点像一个驯顺的猿猴。他说:"唉呀!起得太早啦!进城去有事吗?怎么驱着马进城,不装车粮拉着?"

振一振袖子,把耳边的头发向后抚弄一下,王婆的手颤抖着说了:"到日子了呢!下汤锅去吧!"王婆什么心情也没有,她看着马在吃道旁的叶子,她用短枝驱着又前进了。

二里半感到非常悲痛。他痉挛着了。过了一个时刻转过身来,他赶上去说:"下汤锅是下不得的,……下汤锅是下不得……"但是怎样办呢?二里半连半句语言也没有了!他扭歪着身子跨到前面,用手摸一摸马儿的鬃发。老马立刻响着鼻子了!它的眼睛哭着一般,湿润而模糊。悲伤立刻掠过王婆的心孔。哑着嗓子,王婆说:"算了吧!算了吧!不下汤锅,还不是等着饿死吗?"

深秋秃叶的树,为了惨厉的风变,脱去了灵魂一般吹啸着。马行在前面,王婆随在后面,一步一步屠场近着了;一步一步风声送着老马归去。

王婆她自己想着:一个人怎么变得这样厉害?年青的时候,不是常常为着送老马或是老牛进过屠场吗?她颤寒起来,幻想着屠刀要像穿过自己的背脊,于是,手中的短枝脱落了!她茫然晕昏地停在道旁,头发舞着好像个鬼魂样。等她重新拾起短枝来,老马不见了!它到前面小水沟的地方喝水去了!这是它最末一次饮水吧!老马需要饮水,它也需要休息,在水沟旁倒卧下了!它慢慢呼吸着。王婆用低音,慈和的音调呼唤着:"起来吧!走进城去吧,有什么法子呢?"马仍然仰卧着。王婆看一看日午了,还要赶回去烧午饭,但,任她怎样拉缰绳,马仍是没有移动。

王婆恼怒着了!她用短枝打着它起来。虽是起来,老马仍然贪恋着小水沟。王婆因为苦痛的人生,使她易于暴怒,树枝在马儿的脊骨上断成条块。

又安然走在大道上了!经过一些荒凉的家屋,经过几座颓败的小庙。一个小庙前躺着个死了的小孩,那是用一捆谷草束扎着的。孩子小小的头顶露在外面,可怜的小脚从草梢直伸出来,他是谁家的孩子睡在这旷野的小庙前?

屠场近着了,城门就在眼前,王婆的心更翻着不停了。

五年前它也是一匹年青的马,为了耕种,伤害得只有毛皮蒙遮着骨架。现在它是老了!秋末了!收割完了!没有用处了!只为一张马皮,主人忍心把它送进屠场。就是一张马皮的价值,地主又要从王婆的手里夺去。

人和动物的亲密关系。为了饥饿,人牺牲动物。

相依为命,欲罢不能。

王婆的心自己感觉得好像悬起来，好像要掉落一般，当她看见板墙钉着一张牛皮的时候。那一条小街尽是一些要摊落的房屋；女人啦，孩子啦，散集在两旁。地面踏起的灰粉，污没着鞋子；冲上人的鼻孔。孩子们拾起土块，或是垃圾团打击着马儿，王婆骂道：

"该死的呀！你们这该死的一群。"

这是一条短短的街。就在短街的尽头，张开两张黑色的门扇。再走近一点，可以发见门扇斑斑点点的血印。被血痕所恐吓的老太婆好像自己踏在刑场了！她努力镇压着自己，不让一些年青时所见到刑场上的回忆翻动。但，那回忆却连续的开始织张：——一个小伙子倒下来了，一个老头也倒下来了！挥刀的人又向第三个人作着式子。

仿佛是箭，又像火剌烧着王婆，她看不见那一群孩子在打马，她忘记怎样去骂那一群顽皮的孩子。走着，走着，立在院心了。四面板墙钉住无数张毛皮。靠近房檐立了两条高杆，高杆中央横着横梁；马蹄或是牛蹄折下来用麻绳把两只蹄端扎连在一起，做一个叉形挂在上面，一团一团的肠子也搅在上面；肠子因为日久了，干成黑色不动而僵直的片状的绳索。并且那些折断的腿骨，有的从折断处涔滴着血。

在南面靠墙的地方也立着高杆，杆头晒着在蒸气的肠索。这是说，那个动物是被杀死不久哩！肠子还热着呀！

满院在蒸发腥气，在这腥味的人间，王婆快要变做一块铅了！沉重而没有感觉了！

老马——棕色的马，它孤独的站在板墙下，它借助那张钉好的毛皮在搔痒。此刻它仍是马，过一会它将也是一张皮了！

一个大眼睛的恶面孔跑出来。裂着胸襟。说话

柔弱胜刚强。如此柔情的文字极富于控诉的力量。

时,可见他胸膛在起伏:

"牵来了吗?啊!价钱好说,我好来看一下。"

王婆说:"给几个钱我就走了!不要麻烦啦。"

那个人打一打马的尾巴,用脚踢一踢马蹄,这是怎样难忍的一刻呀!

王婆得到三张票子,这可以充纳一亩地租。看着钱比较自慰些,她低着头向大门出去,她想还余下一点钱到酒店去买一点酒带回去,她已经跨出大门,后面发着响声:

"不行,不行,……马走啦!"

王婆回过头来,马又走在后面;马什么也不知道,仍想回家。屠场中出来一些男人,那些恶面孔们,想要把马抬回去,终于马躺在道旁了!像树根盘结在地中。无法,王婆又走回院中,马也跟回院中。她给马搔着头顶,它渐渐卧在地面了!渐渐想睡着了!忽然王婆站起来向大门奔走。在道口听见一阵关门声。

> 贫农与地主。全书写地主处极少,多一笔带过。重点不在于交代经济关系,而在命运的把握。

她哪有心肠买酒?她哭着回家,两只袖子完全湿透。那好像是送葬归来一般。

家中地主的使人早等在门前,地主们就连一块铜板也从不舍弃在贫农们的身上,那个使人取了钱走去。

王婆半日的痛苦没有代价了!王婆一生的痛苦也都是没有代价。

4 荒山

冬天,女人们像松树子那样容易结聚,在王婆家里满炕坐着女人。五姑姑在编麻鞋,她为着笑,弄得一条针丢在席缝里,她寻找针的时候,做出可笑的姿势来,她像一个灵活的小鸽子站起来在炕上跳着走,

她说:

"谁偷了我的针?小狗偷了我的针?"

"不是呀!小姑爷偷了你的针!"

新娶来菱芝嫂嫂,总是爱说这一类的话。五姑姑走过去要打她。

"莫要打,打人将要找一个麻面的姑爷。"

王婆在厨房里这样搭起声来;王婆永久是一阵忧默,一阵欢喜,与乡村中别的老妇们不同。她的声音又从厨房打来:

"五姑姑编成几双麻鞋了?给小丈夫要多多编几双呀!"

五姑姑坐在那里做出表情来,她说:

"哪里有你这样的老太婆,快五十岁了,还说这样话!"

王婆又庄严点说:

"你们都年青,哪里懂什么,多多编几双吧!小丈夫才会希罕哩。"

大家哗笑着了!但五姑姑不敢笑,心里笑,垂下头去,假装在席上找针。等菱芝嫂把针还给五姑姑的时候,屋子安然下来,厨房里王婆用刀刮着鱼鳞的声响,和窗外雪擦着窗纸的声响,混杂在一起了。

王婆用冷水洗着冻冰的鱼,两只手像个胡萝卜样。她走到炕沿,在火盆边烘手。生着斑点在鼻子上新死去丈夫的妇人放下那张小破布,在一堆乱布里去寻更小的一块;她迅速的穿补。她的面孔有点像王婆,腮骨很高,眼睛和琉璃一般深嵌在好像小洞似的眼眶里,并且也和王婆一样,眉峰是突出的。那个女人不喜欢听一些妖艳的词句,她开始追问王婆:

"你的第一家那个丈夫还活着吗?"

两只在烘着的手,有点腥气;一颗鱼鳞掉下去,

> 戏谑乃乡村生活的调料。

发出小小响声,微微上腾着烟。她用盆边的灰把烟埋住,她慢慢摇着头,没有回答那个问话。鱼鳞烧的烟有点难耐,每个人皱一下鼻头,或是用手揉一揉鼻头。生着斑点的寡妇,有点后悔,觉得不应该问这话。墙角坐着五姑姑的姐姐,她用麻绳穿着鞋底的沙音单调地起落着。

厨房的门,因为结了冰,破裂一般地鸣叫。

"呀!怎么买这些黑鱼?"

大家都知道是打鱼村的李二婶子来了。听了声音,就可以想象她梢长的身子。

"真是快过年了?真有钱买这些鱼?"

在冷空气中,音波响得很脆;刚踏进里屋,她就看见炕上坐满着人:"都在这儿聚堆呢!小老婆们!"

她生得这般瘦,腰,临风就要折断似的;她的奶子那样高,好像两个对立的小岭。斜面看她的肚子似乎有些不平起来。靠着墙给孩子吃奶的中年妇人,望察着而后问:

"二婶子,不是又有了呵?"

二婶子看一看自己的腰身说:

"像你们呢!怀里抱着,肚子里还装着……"

她故意在讲骗话,过了一会她坦白地告诉大家:

"那是三个月了呢!你们还看不出?"

菱芝嫂在她肚皮上摸了一下,她邪昵地浅浅地笑了:

"真没出息,整夜尽搂着男人睡吧?"

"谁说?你们新媳妇,才那样。"

"新媳妇……?哼!倒不见得!"

"像我们都老了!那不算一回事啦,你们年青,那才了不得哪!小丈夫才会新鲜哩!"

每个人为了言词的引诱,都在幻想着自己,每个人都有些心跳;或是每个人的脸发烧。就连没出嫁的五姑姑都感着神秘而不安了!她羞羞迷迷地经过厨房回家去了!只留下妇人们在一起,她们言调更无边际了!王婆也加入这一群妇人的队伍,她却不说什么,只是帮助着笑。

在乡村永久不晓得，永久体验不到灵魂，只有物质来充实她们。

李二婶子小声问菱芝嫂；其实小声人们听得更清！

"一夜几回呢？"

菱芝嫂她毕竟是新嫁娘，她猛然羞着了！不能开口。李二婶子的奶子颤动着，用手去推动菱芝嫂：

"说呀！你们年青，每夜要有那事吧？"

在这样的当儿二里半的婆子进来了！二婶子推撞菱芝嫂一下：

"你快问问她！"

"你们一夜几回？"

那个傻婆娘一向说话是有头无尾：

"十多回。"

全屋人都笑得流着眼泪了！孩子从母亲的怀中起来，大声的哭号。

李二婶子静默一会，她站起来说：

"月英要吃咸黄瓜，我还忘了，我是来拿黄瓜。"

李二婶子，拿了黄瓜走了，王婆去烧晚饭，别人也陆续着回家了。王婆自己在厨房里炸鱼。为了烟，房中也不觉得寂寞。

鱼摆在桌子上，平儿也不回来，平儿的爹爹也不回来，暗色的光中王婆自己吃饭，热气作伴着她。

月英是打鱼村最美丽的女人。她家也最贫穷，和李二婶子隔壁住着。她是如此温和，从不听她高声笑过，或是高声吵嚷。生就的一对多情的眼睛，每个人接触她的眼光，好比落到棉绒中那样愉快和温暖。

可是现在那完全消失了！每夜李二婶子听到隔壁惨厉的哭声；十二月严寒的夜，隔壁的哼声愈见浓重了！

山上的雪被风吹着像要埋蔽这傍山的小房似的。大树号叫，风雪向小房遮蒙下来。一株山边斜歪着的

> 没有灵魂的乡村生活。

大树,倒折下来。寒月怕被一切声音扑碎似的,退缩到天边去了!这时候隔壁透出来的声音,更哀楚。

"你……你给我一点水吧!我渴死了!"

声音弱得柔惨欲断似的:

"嘴干死了!……把水碗给我呀!"

一个短时间内仍没有回应,于是屠弱哀楚的小响不再作了!啜泣着,哼着,隔壁像是听到她流泪一般,滴滴点点地。

日间孩子们集聚在山坡,缘着树枝爬上去,顺着结冰的小道滑下来,他们有各样不同的姿势:——倒滚着下来,两腿分张着下来,也有冒险的孩子,把头向下,脚伸向空中溜下来。常常他们要跌破流血回家。冬天,对于村中的孩子们,和对于花果同样暴虐。他们每人的耳朵春天要脓胀起来,手或是脚都裂开条口,乡村的母亲们对于孩子们永远和对敌人一般。当孩子把爹爹的棉帽偷着戴起跑出去的时候,妈妈追在后面打骂着夺回来,妈妈们摧残孩子永久疯狂着。

王婆约会五姑姑来探望月英。正走过山坡,平儿在那里。平儿偷穿着爹爹的大毡靴子;他从山坡逃奔了!靴子好像两只大熊掌样挂在那个孩子的脚上。平儿蹒跚着了!从上坡滚落着了!可怜的孩子带着那样黑大不相称的脚,球一般滚转下来,跌在山根的大树干上。王婆宛如一阵风落到平儿的身上;那样好像山间的野兽要猎食小兽一般凶暴。终于王婆提了靴子,平儿赤着脚回家,使平儿走在雪上,好像使他走在火上一般不能停留。任孩子走得怎样远,王婆仍是说着:

"一双靴子要穿过三冬,踏破了那里有钱买?你爹进城去都没穿哩!"

月英看见王婆还不及说话,她先哑了嗓子。王婆

乡村的孩子是被虐待的孩子,而贫穷是暴虐的源头。

把靴子放在炕下,手在抹擦鼻涕:

"你好了一点?脸孔有一点血色了!"

月英把被子推动一下,但被子仍然伏盖在肩上,她说:

"我算完了,你看我连被子都拿不动了!"

月英坐在炕的当心。那幽黑的屋子好像佛龛,月英好像佛龛中坐着的女佛。用枕头四面围住她,就这样过了一年。一年月英没能倒下睡过。她患着瘫病,起初她的丈夫替她请神,烧香,也跑到土地庙前索药。后来就连城里的庙也去烧香,但是奇怪的是月英的病并不为这些香烟和神鬼所治好。以后做丈夫的觉得责任尽到了,并且月英一个月比一个月加病,做丈夫的感着伤心!他嘴里骂:

"娶了你这样老婆,真算不走运气!好像娶个小祖宗来家,供奉着你吧!"

起初因为她和他分辩,他还打她。现在不然了,绝望了!晚间他从城里卖完青菜回来,烧饭自己吃,吃完便睡下,一夜睡到天明,坐在一边那个受罪的女人一夜呼唤到天明。宛如一个人和一个鬼安放在一起,彼此不相关联。

月英说话只有舌尖在转动。王婆靠近她,同时那一种难忍的气味更强烈了!更强烈的从那一堆污浊的东西,发散出来。月英指点身后说:

"你们看看,这是那死鬼给我弄来的砖,他说我快死了!用不着被子了!用砖依住我,我全身一点肉都瘦空。那个没有天良的,他想法折磨我呀!"

五姑姑觉得男人太残忍,把砖块完全抛下炕去。月英的声音欲断一般又说:

"我不行啦!我怎么能行,我快死啦!"

她的眼睛,白眼珠完全变绿,整齐的一排前齿也

遭暴虐最惨重的是妇女。在乡村,丈夫成了敌人。

完全变绿,她的头发烧焦了似的,紧贴住头皮。她像一头患病的猫儿,孤独而无望。

王婆给月英围好一张被子在腰间,月英说:

"看看我的身下,脏污死啦!"

王婆下地用条枝拢了盆火,火盆腾着烟放在月英身后。王婆打开她的被子时,看见那一些排泄物淹浸了那座小小的骨盆。五姑姑扶住月英的腰,但是她仍然使人心楚的在呼唤!

"唉呦,我的娘!……唉呦疼呀!"

她的腿像一双白色的竹竿平行着伸在前面。她的骨架在炕上正确的做成一个直角,这完全用线条组成的人形,只有头阔大些,头在身子上仿佛是一个灯笼挂在杆头。

王婆用麦草揩着她的身子,最后用一块湿布为她擦着。五姑姑在背后把她抱起来,当擦臀部下时,王婆觉得有小小白色的东西落到手上,会蠕行似的。借着火盆边的火光去细看,知道那是一些小蛆虫,她知道月英的臀下是腐了,小虫在那里活跃。月英的身体将变成小虫们的洞穴!王婆问月英:

"你的腿觉得有点痛没有?"

月英摇头。王婆用凉水洗她的腿骨,但她没有感觉,整个下体在那个瘫人像是外接的,是另外的一件物体。当给她一杯水喝的时候,王婆问:

"牙怎么绿了?"

终于五姑姑到隔壁借一面镜子,同时她看了镜子,悲痛沁人心魂地她大哭起来。但面孔上不见一点泪珠,仿佛是猫忽然被斩轧,她难忍的声音,没有温情的声音,开始低嘎。

她说:"我是个鬼啦!快些死吧!活埋了我吧!"

她用手来撕头发,脊骨摇扭着,一个长久的时间

来自女人天性中的爱与同情。

她忙乱的不停。现在停下了，她是那样无力。头是歪地横在肩上；她又那样微微的睡去。

王婆提了靴子走出这个傍山的小房。荒寂的山上有行人走在天边，她昏旋了！为着强的光线，为着瘫人的气味，为着生、老、病、死的烦恼，她的思路被一些烦恼的波所遮拦。

五姑姑当走进大门时向王婆打了个招呼。留下一段更长的路途，给那个经验过多样人生的老太婆去走吧！

王婆束紧头上的蓝布巾，加快了速度，雪在脚下也相伴而狂速地呼叫。

三天以后，月英的棺材抬着横过荒山而奔着埋葬去，葬在荒山下。

死人死了！活人计算着怎样活下去。冬天女人们预备夏季的衣裳；男人们计虑着怎样开始明年的耕种。

那天赵三进城回来，他披着两张羊皮回家。王婆问他：

"哪里来的羊皮？——你买的吗？……哪来的钱呢……？"

赵三有什么事在心中似的，他什么也没言语。摇闪的经过炉灶，通红的火光立刻鲜明着，他走出去了。

夜深的时候他还没有回来。王婆命令平儿去找他。平儿的脚已是难于行动，于是王婆就到二里半家去。他不在二里半家，他到打鱼村去了。赵三阔大的喉咙从李青山家的窗纸透出，王婆知道他又是喝过了酒。当她推门的时候她就说：

"什么时候了？还不回家去睡？"

这样立刻全屋别的男人们也把嘴角合起来。王婆感到不能意料了。青山的女人也没在家，孩子也不见。赵三说：

"你来干么？回家睡吧！我就去……去……"

王婆看一看赵三的脸神，看一看周围也没有可坐的地方，她转身出来，她的心徘徊着：

——青山的媳妇怎么不在家呢？这些人是在做什么？

又是一个晚间。赵三穿好新制成的羊皮小袄出去。夜半才回来。披着月亮敲门。王婆知道他又是喝过了酒，但他睡的时候，王婆一点酒味也没嗅到。那么出去做些什么呢？总是愤怒的归来。

李二婶子拖了她的孩子来了，她问：

"是地租加了价吗？"

王婆说："我还没听说。"

李二婶子做出一个确定的表情：

"是的呀！你还不知道吗？三哥天天到我家去和他爹商量这事。我看这种情形非出事不可，他们天天夜晚计算着，就连我，他们也躲着。昨夜我站在窗外才听到他们说哩：'打死他吧！那是一块恶祸。'你想他们是要打死谁呢？这不是要出人命吗？"

李二婶子抚着孩子的头顶，有一点哀怜的样子：

"你要劝说三哥，他们若是出了事，像我们怎样活？孩子还都小着哩！"

五姑姑和别的村妇们带着他们的小包袱，约会着来的，踏进来的时候，她们是满脸盈笑。可是立刻她们转变了，当她们看见李二婶子和王婆默无言语的时候。

也把事件告诉了她们，她们也立刻忧郁起来，一点闲情也没有！一点笑声也没有，每个人痴呆地想了想，惊恐地探问了几句。五姑姑的姐姐，她是第一个扭着大圆的肚子走出去，就这样一个连着一个寂寞地走去。她们好像群聚的鱼似的，忽然有钓竿投下来，她们四下分行去了！

李二婶子仍没有走，她为的是嘱告王婆怎样破坏这件险事。

赵三这几天常常不在家吃饭；李二婶子一天来过三四次：

"三哥还没回来？他爹爹也没回来。"

一直到第二天下午赵三回来了，当进门的时候，他打了平儿，因为平儿的脚病着，一群孩子集到家来玩。在院心放了一点米，一块长板用短条棍架着，条棍上系着根长绳，绳子从门限拉进去，雀子们去啄食谷粮，孩子们蹲在门限守望，什么时候雀子满集成堆时，那时候，孩子们就抽动绳索。许多饥饿的麻雀丧亡在长板下。厨房里充满了雀毛的气味，孩子们在灶膛里烧食过许多雀子。

赵三焦烦着，他看见一只鸡被孩子们打住。他把板子给踢翻了！他坐在炕沿上燃着小烟袋，王婆把早饭从锅里摆出来。他说：

"我吃过了!"

于是平儿来吃这些残饭。

"你们的事情预备得怎样了?能下手便下手。"

他惊疑。怎么会走漏消息呢?王婆又说:

"我知道的,我还能弄只枪来。"

他无从想象自己的老婆有这样的胆量。王婆真的找来一支老洋炮。可是赵三还从没用过枪。晚上平儿睡了以后王婆教他怎样装火药,怎样上炮子。

赵三对于他的女人慢慢感着可以敬重!但是更秘密一点的事情总不向她说。

忽然从牛棚里发现五个新镰刀。王婆意度这事情是不远了!

李二婶子和别的村妇们挤上门来探听消息的时候,王婆的头沉埋一下,她说:

"没有那回事,他们想到一百里路外去打围,弄得几张兽皮大家分用。"

是在过年的前夜,事情终于发生了!北地端鲜红的血染着雪地;但事情做错了!赵三近些日子有些失常,一条梨木杆打折了小偷的腿骨。他去呼唤二里半,想要把那小偷丢在土坑去,用雪埋起来。二里半说:

"不行,开春时节,土坑发现死尸,传出风声,那是人命哩!"

村中人听着极痛的呼叫,四面出来寻找。赵三拖着独腿人转着弯跑,但他不能把他掩藏起来。在赵三惶恐的心情下,他愿意寻到一个井把他放下去。赵三弄了满手血。

惊动了全村的人,村长进城报告警所。

于是赵三去坐监狱,李青山他们的"镰刀会"少了赵三也就衰弱了!消灭了!

正月末赵三受了主人的帮忙,把他从监狱里提放出来。那时他头发很长,脸也灰白了些,他有点苍老。

为着给那个折腿的小偷做赔偿,他牵了那条仅有的牛上市去卖;小羊皮袄也许是卖了?再不见他穿了!

晚间李青山他们来的时候，赵三忏悔一般地说：

"我做错了！也许是我该招的灾祸；那是一个天将黑的时候，我正喝酒，听着平儿大喊有人丢柴。刘二爷前些日子来说要加地租，我不答应，我说我们联合起来不给他加，于是他走了！过了几天他又来，说：非加不可。再不然叫你们滚蛋！我说好啊！等着你吧！那个管事的，他说：你还要造反？不滚蛋，你们的草堆，就要着火！我只当是那个小子来点着我的柴堆呢！拿着杆子跑出去就把腿给打断了！打断了也甘心，谁想那是一个小偷？哈哈！小偷倒霉了！就是治好，那也是跛子了！"

关于"镰刀会"的事情他像忘记了一般。李青山问他：

"我们应该怎样铲除刘二爷那恶棍？"

是赵三说的话：

"打死他吧！那个恶祸。"

还是从前他说的话，现在他又不那样说了：

"铲除他又能怎样？我招灾祸，刘二爷也向东家（地主）说了不少好话。从前我是错了！也许现在是受了责罚！"

他说话时不像从前那样英气了！脸上有点带着忏悔的意味，羞惭和不安了。王婆坐在一边，听了这话她后脑上的小发卷也像生着气："我没见过这样的汉子，起初看来还像一块铁，后来越看越是一堆泥了！"

赵三笑了："人不能没有良心！"

于是好良心的赵三天天进城，弄一点白菜担着给东家送去，弄一点地豆也给东家送去。为着送这一类菜，王婆同他激烈地吵打，但他绝对保持着他的良心。

有一天少东家出来，站在门阶上像训诲着他一般：

"好险！若不为你说一句话，三年大狱你可怎么

> 农人的阶级意识如此。他不懂得为争取自己生存的权利而斗争，却知道要做一个"中国人"，为国家而斗争。

蹲呢？那个小偷他算没走好运吧！你看我来着手给你办，用不着给他接腿，让他死了就完啦。你把卖牛的钱也好省下，我们是'地东''地户'哪有看着过去的……"

说话的中间，间断了一会，少东家把话尾落到别处去：

"不过今年地租是得加。左近地邻不都是加了价吗？地东地户年头多了，不过得……少加一点。"

过不了几天小偷从医院抬出来，可真的死了就完了！把赵三的牛钱归还一半，另一半少东家说是用做杂费了。

二月了。山上的积雪现出毁灭的色调。但荒山上却有行人来往。渐渐有送粪的人担着担子行过荒凉的山岭。农民们蛰伏的虫子样又醒过来。渐渐送粪的车子也忙着了！只有赵三的车子没有牛挽，平儿冒着汗和爹爹并架着车辕。

地租就这样加成了！

> 地主亮相。寥寥几笔，吸血鬼的形象毕现。

5 羊群

平儿被雇做了牧羊童。他追打群羊跑遍山坡。山顶像是开着小花一般，绿了！而变红了！山顶拾野菜的孩子，平儿不断的戏弄她们，他单独的赶着一只羊去吃她们筐子里拾得的野菜。有时他选一条大身体的羊，像骑马一样的骑着来了！小的女孩们吓得哭着，她们看他像个猴子坐在羊背上。平儿从牧羊时起，他的本领渐渐得以发展。他把羊赶到荒凉的地方去，召集村中所有的孩子练习骑羊。每天那些羊和不喜欢行动的猪一样散遍在旷野。

行在归途上，前面白茫茫的一片，他在最后的一个羊背上,仿佛是大将统帅着兵卒一般。他手耍着鞭子,觉得十分得意。

"你吃饱了吗?午饭。"

赵三对儿子温和了许多。从遇事以后他好像是温顺了。

那天平儿正戏耍在羊背上,在进大门的时候,羊疯狂的跑着,使他不能从羊背跳下,那样他像耍着的羊背上张狂的猴子。一个下雨的天气,在羊背上进大门的时候,他把小孩撞倒,主人用拾柴的耙子把他打下羊背来,仍是不停,像打着一块死肉一般。

夜里,平儿不能睡,辗转着不能睡。爹爹动着他庞大的手掌拍抚他:

"跑了一天!还不困倦,快快睡吧!早早起来好上工!"

平儿在爹爹温顺的手下,感到委屈了!

"我挨打了!屁股疼。"

爹爹起来,在一个纸包里取出一点红色的药粉给他涂擦破口的地方。

爹爹是老了!孩子还那样小,赵三感到人活着没有什么意趣了。第二天平儿去上工被辞退回来,赵三坐在厨房用谷草正织鸡笼,他说:

"好啊!明天跟爹爹去卖鸡笼吧!"

天将明,他叫着孩子:

"起来吧,跟爹爹去卖鸡笼。"

王婆把米饭用手打成坚实的团子,进城的父子装进衣袋去,算做午餐。

第一天卖出去的鸡笼很少,晚间又都背着回来。王婆弄着米缸响:

"我说多留些米吃,你偏要卖出去……又吃什么呢?……又吃什么呢?"

老头子把怀中的铜板给她,她说:

"不是今天没有吃的,是明天呀?"

赵三说:"明天,那好说,明天多卖出几个笼子就有了!"

一个上午,十个鸡笼卖出去了!只剩下三个大些的,堆在那里。爹爹手心上数着票子,平儿在吃饭团。

"一百枚还多着,我们该去喝碗豆腐脑来!"

他们就到不远的那个布棚下,蹲在担子旁吃着冒气的食品。是平儿先吃,爹爹的那碗才正在上面倒醋。平儿对于这食品是怎么新鲜呀!一碗豆腐脑是怎样舒畅着平儿的小肠子呀!他的眼睛圆圆地把一碗豆腐脑吞食完了!

那个叫卖人说:"孩子再来一碗吧!"

爹爹惊奇着:"吃完了?"

那个叫卖人把勺子放下锅去说:"再来一碗算半碗的钱吧!"

平儿的眼睛溜着爹爹把碗给过去。他喝豆腐脑作出大大的抽响来。赵三却不那样,他把眼光放在鸡笼的地方,慢慢吃,慢慢吃终于也吃完了!他说:

"平儿,你吃不下吧?倒给我碗点。"

平儿倒给爹爹很少很少。给过钱爹爹去看守鸡笼。平儿仍在那里,孩子贪恋着一点点最末的汤水,头仰向天,把碗扣在脸上一般。

菜市上买菜的人经过,若注意一下鸡笼,赵三就说:

"买吧!仅是十个铜板。"

终于三个鸡笼没有人买,两个分给爹爹,留下的一个,在平儿的背上突起着。经过牛马市,平儿指嚷着:

"爹爹,咱们的青牛在那儿。"

大鸡笼在背上荡动着,孩子去看青牛。赵三笑了,向那个卖牛人说:

"又出卖吗?"

说着这话,赵三无缘的感到酸心。到家他向王婆说:

"方才看见那条青牛在市上。"

"人家的了,就别提了。"王婆整天地不耐烦。

卖鸡笼渐渐的赵三会说价了;慢慢的坐在墙根他会

穷人的吃相。

招呼了，也常常给平儿买一两块红绿的糖球吃。后来连饭团也不用带。

他弄些铜板每天交给王婆，可是她总不喜欢，就像无意之中把钱放起来。

二里半又给说妥一家，叫平儿去做小伙计。孩子听了这话，就生气。

"我不去，我不能，他们好打我呀！"平儿为了卖鸡笼所迷恋："我还是跟爹爹进城。"

王婆绝对主张孩子去做小伙计。她说：

"你爹爹卖鸡笼你跟着做什么？"

赵三说："算了吧，不去就不去吧。"

铜板兴奋着赵三，半夜他也是织鸡笼，他向王婆说：

"你就不好也来学学，一种营生呢！还好多织几个。"

但是王婆仍是去睡，就像对于他织鸡笼，怀着不满似的，就像反对他织鸡笼似的。

平儿同情着父亲，他愿意背鸡笼，多背一个。爹爹说：

"不要背了！够了！"

他又背一个，临出门时他又找个小一点的提在手里。爹爹问：

"你能拿动吗？送回两个去吧，卖不完啊！"

有一次从城里割一斤肉回来，吃了一顿像样的晚餐。

村中妇人羡慕王婆：

"三哥真能干哩！把一条牛卖掉，不能再种粮食，可是这比种粮食更好，更能得钱。"

经过二里半门前，平儿把罗圈腿也领进城去。平儿向爹爹要了铜板给小朋友买两片油煎馒头，又走到敲锣搭着小棚的地方去挤撞，每人花一个铜板看一看"西洋景"（街头影戏）。那是从一个嵌着小玻璃镜，只容一个眼睛的地方看进去，里面有一张放大的画片活动着。打仗的，拿着枪的，很快又换上一张别样的。耍画片的人一面唱，一面讲：

"这又是一片洋人打仗。你看'老毛子'夺城，那真是哗啦啦！打死的不知多少……"

罗圈腿嚷着看不清，平儿告诉他："你把眼睛闭起一个来！"

可是不久这就完了！从热闹的、孩子热爱着的城里把他们又赶出来。平儿又被装进这睡着一般的乡村。原因，小鸡初生卵的时节已经过去。家家把鸡笼全预备好了。

平儿不愿意跟着，赵三自己进城，减价出卖。后来折本卖。最后他也不去了。厨房里鸡笼靠墙高摆起来。这些东西从前会使赵三欢喜，现在会使他生气。

平儿又骑在羊背上去牧羊。但是赵三是受了挫伤！

> 强势的城市。

6 刑罚的日子

房后的草堆上，温暖在那里蒸腾起了。全个农村跳跃着泛滥的阳光。小风开始荡漾田禾，夏天又来到人间，叶子上树了！假使树会开花，那么花也上树了！

> 非常独特的写法，自然而富有生气。

房后草堆上，狗在那里生产。大狗四肢在颤颤，全身抖擞着。经过一个长时间，小狗生出来。

暖和的季节，全村忙着生产。大猪带着成群的小猪喳喳的跑过，也有的母猪肚子那样大，走路时快要接触着地面，它多数的乳房有什么在充实起来。

> 牲畜的生产与人的生产。

那是黄昏时候，五姑姑的姐姐她不能再延迟，她到婆婆屋中去说：

"找个老太太来吧！觉得不好。"

回到房中放下窗帘和蟆帐。她开始不能坐稳，她把席子卷起来，就在草上爬行。收生婆来时，她乍望见这房中，她就把头扭着。她说：

"我没见过，像你们这样大户人家，把孩子还要养到草上。'压柴，压柴，不能发财。'"

家中的婆婆把席下的柴草又都卷起来，土炕上掘起着灰尘。光着身子的女人，和一条鱼似的，她爬在那里。

黄昏以后，屋中起着烛光。那女人是快生产了，她小声叫号了一阵，收生婆和一个邻居的老太婆架扶着她，让她坐起来，在炕上微微的移动。可是罪恶的孩子，总不能生产，闹着夜半过去，外面鸡叫的时候，女人忽然苦痛得脸色灰白，脸色转黄，全家人不能安定。为她开始预备葬衣，在恐怖的烛光里四下翻寻衣裳，全家为了死的黑影所骚动。

赤身的女人，她一点不能爬动，她不能为生死再挣扎最后的一刻。天渐亮了。恐怖仿佛是僵尸，直伸在家屋。

五姑姑知道姐姐的消息，来了，正在探询：

"不喝一口水吗？她从什么时候起？"

一个男人撞进来，看形象是一个酒疯子。他的半面脸，红而肿起，走到幔帐的地方，他吼叫："快给我的靴子！"

女人没有应声，他用手撕扯幔帐，动着他厚肿的嘴唇：

"装死吗？我看看你还装不装死！"

说着他拿起身边的长烟袋来投向那个死尸。母亲过来把他拖出去。每年是这样，一看见妻子生产他便反对。

日间苦痛减轻了些，使她清明了！她流着大汗坐在幔帐中，忽然那个红脸鬼，又撞进来，什么也不讲，只见他怕人的手中举起大水盆向着帐子抛来。最后人们拖出去他。

大肚子的女人，仍胀着肚皮，带着满身冷水无言的坐在那里。她几乎一动不敢动，她仿佛是在父权下的孩子一般怕着她的男人。

> 父权下的孩子，男权下的女人。

她又不能再坐住，她受着折磨，产婆给换下她着水的上衣。门响了她又慌张了，要有神经病似的。一点声音不许她哼叫,受罪的女人,身边若有洞,她将跳进去!身边若有毒药,她将吞下去。她仇视着一切,窗台要被她踢翻。她愿意把自己的腿弄断,宛如进了蒸笼,全身将被热力所撕碎一般呀!

产婆用手推她的肚子:

"你再刚强一点,站起来走走,孩子马上就会下来的,到了时候啦!"

走过一个时间,她的腿颤颤得可怜,患着病的马一般,倒了下来。产婆有些失神色,她说:"媳妇子怕要闹事,再去找一个老太太来吧!"

五姑姑回家去找妈妈。

这边孩子落产了,孩子当时就死去!用人拖着产妇站起来,立刻孩子掉在炕上,像投一块什么东西在炕上响着。女人横在血光中,用肉体来浸着血。

窗外,阳光洒满窗子,屋内妇人为了生产疲乏着。

田庄上绿色的世界里,人们洒着汗滴。

四月里,鸟雀们也孵雏了!常常看见黄嘴的小雀飞下来,在檐下跳跃着啄食。小猪的队伍逐渐肥起来,只有女人在乡村夏季更贫瘦,和耕种的马一般。

| 人与动物的平行写法。

刑罚,眼看降临到金枝的身上,使她短的身材,配着那样大的肚子,十分不相称。金枝还不像个妇人,仍和一个小女孩一般。但是肚子膨胀起了!快做妈妈了,妇人们的刑罚快擒着她。

| 产妇所受的刑罚,是女性所独有的刑罚。

并且她出嫁还不到四个月,就渐渐会诅咒丈夫,渐渐感到男人是严凉的人类!那正和别的村妇一样。

坐在河边沙滩上,金枝在洗衣服。红日斜照着河水,对岸林子的倒影,随逐着红波模糊下去!

成业在后边,站在远远的地方:

"天黑了呀!你洗衣裳,懒老婆,白天你做什

| "男人是严凉的人类"!

么来?"

天还不明,金枝就摸索着穿起衣裳。在厨房,这大肚子的小女人开始弄得厨房蒸着气。太阳出来,铲地的工人捎着锄头回来。堂屋挤满着黑黑的人头,吞饭、吞汤的声音,无纪律地在响。

中午又烧饭;晚间烧饭,金枝过于疲乏了!腿子痛得折断一般。天黑下来卧倒休息一刻。在她迷茫中坐起来,知道成业回来了!努力掀起在睡的眼睛,她问:

"才回来?"

过了几分钟,她没有得到答话。只看男人解脱衣裳,她知道又要挨骂了!正相反,没有骂,金枝感到背后温热一些,男人努力低音向她说话:

"……"

金枝被男人朦胧着了!

立刻,那和灾难一般,跟着快乐而痛苦追来了。金枝不能烧饭。村中的产婆来了!她在炕角苦痛着脸色,她在那里受着刑罚,王婆来帮助她把孩子生下来。王婆摇着她多经验的头颅:"危险,昨夜你们必定是不安着的。年青什么也不晓得,肚子大了,是不许那样的。容易丧掉性命!"

十几天后金枝又行动在院中了!小金枝在屋中哭唤她。

牛或是马在不知觉中忙着栽培自己的痛苦。夜间乘凉的时候,可以听见马或是牛棚做出异样的声音来。牛也许是为了自己的妻子而角斗,从牛棚撞出来了。木杆被撞掉,狂张着,成业去拾了耙子猛打疯牛,于是又安然被赶回棚里。

在乡村,人和动物一起忙着生,忙着死……

二里半的婆子和李二婶子在地端相遇。

> 人与动物随处比照。
>
> "在乡村,人和动物一起忙着生,忙着死……"整部小说就是这样一种生与死的变奏。因为忙,所以叙事是快节奏的,不断跳跃,不断闪回。

"啊呀！你还能弯下腰去？"

"你怎么样？"

"我可不行了呢。"

"你什么时候的日子？"

"就是这几天。"

外面落着毛毛雨。忽然二里半的家屋吵叫起来！傻婆娘一向生孩子是闹惯了的，她大声哭，她怨恨男人：

"我说再不要孩子啦！没有心肝的，这不都是你吗？我算死在你身上！"

惹得老王婆扭着身子闭住嘴笑。过了一会傻婆娘又滚转着高声嚷叫：

"肚子疼死了，拿刀快把我肚子给割开吧！"

吵叫声中看得见孩子的圆头顶。

在这时候，五姑姑变青脸色，走进门来，她似乎不会说话，两手不住的扭绞：

"没有气了！小产了，李二婶子快死了呀！"

王婆就这样丢下麻面婆赶向打鱼村去。另一个产婆来时，麻面婆的孩子已在土炕上哭着。产婆洗着刚会哭的小孩。

等王婆回来时，窗外墙根下，不知谁家的猪也正在生小猪。

生小猪与生小孩并置。

7　罪恶的季节

五月节来临，催逼着两件事情发生：王婆服毒，小金枝惨死。

弯月如同弯刀刺上林端。王婆散开头发，她走向房后柴栏，在那儿她轻开篱门。柴栏外是墨沉沉的静甜的，微风不敢惊动这黑色的夜面；黄瓜爬上架了！玉米响着雄宽的叶子，没有蛙鸣，也少虫声。

王婆披着散发，幽魂一般的，跪在柴草上，手中的杯子放到嘴边。一切涌上心头，一切诱惑她。她平身向草堆倒卧过去。被悲哀汹淘着大哭了。

　　赵三从睡床上起来，他什么都不清楚，柴栏里，他带点愤怒对待王婆：

　　"为什么？在发疯！"

　　他以为她是闷着刺到柴栏去哭。

　　赵三撞到草中的杯子了，使他立刻停止一切思维。他跑到屋中，灯光下，发现黑色浓重的液体东西在杯底。他先用手拭一拭，再用舌头拭一拭，那是苦味。

　　"王婆服毒了！"

　　次晨村中嚷着这样的新闻。村人凄静地断续地来看她。

　　赵三不在家，他跑出去，乱坟岗子上，给她寻个位置。

　　乱坟岗子活人为死人掘着坑子了，坑子深了些，二里半先跌下去。下层的湿土，翻到坑子旁边，坑子更深了！大了！几个人都跳下去，铲子不住地翻着，坑子埋过人腰。外面的土堆涨过人头。

　　坟场是死的城廓，没有花香，没有虫鸣，即使有花，即使有虫，那都是唱奏着别离歌，陪伴着说不尽的死者永久的寂寞。

　　乱坟岗子是地主施舍给贫苦农民们死后的住宅。但活着的农民，常常被地主们驱逐，使他们提着包袱，提着小孩，从破房子再走进更破的房子去。有时被逐着在马棚里借宿。孩子们哭闹着马棚里的妈妈。

　　赵三去进城，突然的事情打击着他，使他怎样柔弱呵！遇见了打鱼村进城卖菜的车子，那个驱车人麻麻烦烦的讲一些：

　　"菜价低了，钱帖毛荒。粮食也不值钱。"

　　那个车夫打着鞭子，他又说：

　　"只有布匹贵，盐贵。慢慢一家子连咸盐都吃不起啦！地租是增加，还叫老庄活不活呢？"

　　赵三跳上车，低了头坐在车尾的辕边。两条衰乏的腿子，凄凉的挂下，并且摇荡。车轮在辙道上哐啷的牵响。

　　城里，大街上拥挤着了！菜市过量的纷嚷。围着肉铺，人们吵架一般。忙乱的叫卖童,手中花色的葫芦随著空气而跳荡,他们为了"五月节"而癫狂。

赵三他什么也没看见,好像街上的人都没有了!好像街是空街。但是一个小孩跟在后面:

"过节了,买回家去,给小孩玩吧!"

赵三不听见这话,那个卖葫芦的孩子,好像自己不是孩子,自己是大人了一般,他追逐。

"过节了,买回家去给小孩玩吧!"

柳条枝上各色花样的葫芦好像一些被系住的蝴蝶跟住赵三在后面跑。

一家棺材铺,红色的,白色的,门口摆了多多少少,他停在那里。孩子也停止追逐。

一切预备好!棺材停在门前,掘坑的铲子停止翻扬了!

窗子打开,使死者见一见最后的阳光。王婆跳突着胸口,微微尚有一点呼吸,明亮的光线照拂着她素净的打扮。已经为她换上一件黑色棉裤和一件浅色短单衫。除了脸是紫色,临死她没有什么怪异的现象,人们吵嚷说:

"抬吧!抬她吧!"

她微微尚有一点呼吸,嘴里吐出一点点的白沫,这时候她已经被抬起来了。外面平儿急叫:

"冯丫头来了!冯丫头!"

母女们相逢太迟了!母女们永远不会再相逢了!那个孩子手中提了小包袱,慢慢慢慢走到妈妈面前。她细看一看,她的脸孔快要接触到妈妈脸孔的时候,一阵清脆的爆裂的声浪嘶叫开来。她的小包袱滚滚着落地。

四围的人,眼睛和鼻子感到酸楚和湿浸。谁能止住被这小女孩唤起的难忍的酸痛而不哭呢?不相关联的人混同着女孩哭她的母亲。

其中新死去丈夫的寡妇哭得最厉害,也最哀伤。她几乎完全哭着自己的丈夫,她完全幻想是坐在她丈夫的坟前。

男人们嚷叫:"抬呀!该抬了。收拾妥当再哭!"

那个小女孩感到不是自己家,身边没有一个亲人,她不哭了。

服毒的母亲眼睛始终是张着,但她不认识女儿,她什么也不认识了!停在厨房板块上,口吐白沫,她微微心坎尚有一点跳动。

赵三坐在炕沿,点上烟袋。女人们找一条白布给女孩包在头上,平儿把白带束在腰间。

赵三不在屋的时候,女人们便开始问那个女孩:

"你姓冯的那个爹爹多咱死的?"

"死两年多。"

"你亲爹呢?"

"早回山东了!"

"为什么不带你们回去?"

"他打娘,娘领着哥哥和我到了冯叔叔家。"

女人们探问王婆旧日的生活,她们为王婆感动。那个寡妇又说:

"你哥怎不来?回家去找他来看看娘吧!"

包白头的女孩,把头转向墙壁,小脸孔又爬着眼泪了!她努力咬住嘴唇,小嘴唇偏张开,她又张着嘴哭了!接受女人们的温暖使她大胆一点,走到娘的近边,紧紧摄住娘的冰寒的手指,又用手给妈妈抹擦唇上的泡沫。小心恐只为母亲所惊扰,她带来的包袱踏在脚下。女人们又说:

"回家去找哥哥来看看你娘吧!"

一听说哥哥,她就要大哭,又勉强止住。那个寡妇又问:

"你哥哥不在家吗?"

她终于用白色的包头布拢络住脸孔大哭起来了。借了哭势,她才敢说到哥哥:

"哥哥前天死了呀:官项捉去枪毙的。"

包头布从头上扯掉。孤独的孩子癫癫着一般用头摇着母亲的心窝哭:

"娘呀……娘呀……"

她再什么也不会哭,她还小呢!

女人们彼此说:"哥哥咋死的?怎么都没听……"

赵三的烟袋出现在门口,他听清楚她们议论王婆的儿子。赵三晓得那小子是个"红胡子"。怎样死的,王婆服毒不是听说儿子枪毙才自杀的吗?这只有赵三晓得。他不愿意叫别人知道,老婆自杀还关联着某个匪案,他觉得当土匪无论如何是有些不光明。

摇起他的烟袋来,他僵直的空的声音响起,用烟袋催逼着女孩:

"你走好啦!她已死啦!没有什么看的,你快走回你家去!"

小女孩被爹爹抛弃,哥哥又被枪毙了,带来包袱和妈妈同住,妈妈又死了,妈妈不在,让她和谁生活呢?

她昏迷地忘掉包袱,只顶了一块白布,离开妈妈的门庭。离开妈妈的门庭,那有点像丢开她的心让她远走一般。

赵三因为他年老。他心中裁判着年青人:

"私奔妇人,有钱可以,无钱怎么也去奔?没见过。到过节,那个淫妇无法过节,使他去抢,年青人就这样丧掉性命。"

当他看到也要丧掉性命的自己的老婆的时候,他非常仇恨那个枪毙的小子。当他想起去年冬天,王婆借来老洋炮的那回事。他又佩服人了:

> 农人的是非观念。

"久当胡子哩!不受欺侮哩!"

妇人们燃柴,锅渐渐冒气。赵三捻着烟袋他来去踱走。

过一会他看看王婆仍少少有一点气息,气息仍不断绝。他好像为了她的死等待得不耐烦似的,他困倦了,依着墙瞌睡。

长时间死的恐怖,人们不感到恐怖!人们集聚着吃饭,喝酒。这时候王婆在地下作出声音,看起来,她紫色的脸变成淡紫。人们放下杯子,说她又要活了吧?

不是那样,忽然从她的嘴角流出一些黑血,并且她的嘴唇有点像是起动,终于她大吼两声,人们瞪住眼睛说她就要断气了吧!

许多条视线围着她的时候,她活动着想要起来了!人们惊慌了!女人跑在窗外去了!男人跑去拿挑水的扁担。说她是死尸还魂。

喝过酒的赵三勇猛着:

"若让她起来,她会抱住小孩死去,或是抱住树,就是大人她也有力量抱住。"

赵三用他的大红手贪婪着把扁担压过去。扎实的刀一般的切在王婆的腰间。她的肚子和胸膛突然增涨,像是鱼泡似的。她立刻眼睛圆起来,像发着电光。她的黑嘴角也动了起来,好像说话,可是没有说话,血从口腔直喷,射了赵三的满单衫。赵三命令那个人:

"快轻一点压吧!弄得满身血。"

王婆就算连一点气息也没有了!她被装进等在门口的棺材里。

后村的庙前,两个村中无家可归的老头,一个打着红灯笼,一个手提水壶,领着平儿去报庙。绕庙走了三周,他们顺着毛毛的行人小道回来,老人念一套成谱调的话,红灯笼伴了孩子头上的白布,他们回家去。平儿一点也不哭,他只记住那年妈妈死的时候不也是这样报庙吗?

王婆的女儿却没能同来。

王婆的死信传遍全村,女人们坐在棺材边大大的哭起!扭着鼻涕,号啕着:哭孩子的,哭丈夫的,哭自己命苦的,总之,无管有什么冤屈都到这里来送了!村中一有年岁大的人死,她们,女人之群们,就这样做。

将送棺材上坟场!要钉棺材盖了!

王婆终于没有死,她感到寒凉,感到口渴,她轻轻说:

"我要喝水!"

但她不知道,她是睡在什么地方。

五月节了,家家门上挂起葫芦。二里半那个傻婆子屋里有孩子哭着,她却蹲在门口拿刷马的铁耙子给羊刷毛。

二里半跛着脚。过节,带给他的感觉非常愉快。他在白菜地看见白菜被虫子吃倒几棵。若在平日他会用短句咒骂虫子,或是生气把白菜用脚踢着。但是现在过节了,他一切愉快着,他觉得自己是应该愉快。走在地边他看一看柿子还没红,他想摘几个青柿子给孩子吃吧!过节了!

全村表示着过节,菜田和麦地,无管什么地方都是静静的,甜美的。虫子们也仿佛比平日会唱了些。

过节渲染着整个二里半的灵魂。他经过家门没有进去,把柿子扔给孩子又走了!他要趁着这样愉快的日子会一会朋友。

左近邻居的门上都挂了纸葫芦,他经过王婆家,那个门上摆荡着的是绿色的葫芦。再走,就是金枝家。金枝家,门外没有葫芦,门里没有人了!二里半张望好久:孩子的尿布在锅灶旁被风吹着,飘飘的在浮游。

小金枝来到人间才够一个月,就被爹爹摔死了:婴儿为什么来到这样的人间?使她带了怨恨回去!仅仅是这样短促呀!仅仅是几天的小生命!

小小的孩子睡在许多死人中,他不觉得害怕吗?妈妈走远了!妈妈啜泣听不见了!

天黑了!月亮也不来为孩子做伴。

五月节的前些日子,成业总是进城跑来跑去。家来和妻子吵打。他说:

"米价落了!三月里买的米现在卖出去折本一少半。卖了还债也不足,不卖又怎能过节?"

并且他渐渐不爱小金枝,当孩子夜里把他吵醒的时候,他说:

"拼命吧!闹死吧!"

过节的前一天,他家什么也没预备,连一斤面粉也没买。烧饭的时候豆油罐子什么也倒流不出。

成业带着怒气回家,看一看还没有烧菜。他厉声

> 对早夭孩子的说话,应当含有作者自身经验的怆痛。

嚷叫：

"啊！像我……该饿死啦，连饭也没得吃……我进城……我进城。"

孩子在金枝怀中吃奶。他又说：

> 在中国，女人被称为"祸水"。乡村的女人，也得背"败家"的责任。

"我还有好的日子吗？你们累得我，使我做强盗都没有机会。"

金枝垂了头把饭摆好，孩子在旁边哭。

成业看着桌上的咸菜和粥饭，他想了一刻又不住的说起：

"哭吧！败家鬼，我卖掉你去还债。"

孩子仍哭着，妈妈在厨房里，不知是扫地，还是收拾柴堆。爹爹发火了：

"把你们都一块卖掉，要你们这些吵家鬼有什么用……"

厨房里的妈妈和火柴一般被燃着：

"你像个什么？回来吵打，我不是你的冤家，你会卖掉，看你卖吧！"

爹爹飞着饭碗，妈妈暴跳起来。

"我卖，我摔死她吧！……我卖什么！"

就这样小生命被截止了。

王婆听说金枝的孩子死了，她要来看看，可是她只扶了杖子立起来又倒卧下来。她的腿骨被毒质所侵还不能行走。

年青的妈妈过了三天她到乱坟岗子去看孩子。但那能看到什么呢？被狗扯得什么也没有。

成业他看到一堆草染了血，他幻想是捆小金枝的草吧！他俩背向着流过眼泪。

乱坟岗子不知晒干多少悲惨的眼泪？永年悲惨的地带，连个乌鸦也不落下。

成业又看见一个坟窟，头骨在那里重见天日。

走出坟场，一些棺材，坟堆，死寂死寂的印象催迫着他们加快着步速。

8 蚊虫繁忙着

她的女儿来了！王婆的女儿来了！

王婆能够拿着鱼竿坐在河沿钓鱼了！她脸上的纹褶没有什么增多或减少，这证明她依然没有什么变动，她还必须活下去。

晚间河边蛙声震耳。蚊子从河边的草丛出发，嗡声喧闹的队伍，迷漫着每个家庭。日间太阳也炎热起来！太阳烧上人们的皮肤，夏天，田庄上人们怨恨太阳和怨恨一个恶毒的暴力者一般。全个田间，一个大火球在那里滚转。

但是王婆永久欢迎夏天。因为夏天有肥绿的叶子，肥的园林，更有夏夜会唤起王婆诗意的心田，她该开始向着夏夜述说故事。今夏她什么也不说了！她偎在窗下和睡了似的，对向幽邃的天空。

蛙鸣震碎人人的寂寞；蚊虫骚扰着不能停息。

这相同平常的六月，这又是去年割麦的时节。王婆家今年没种麦田。她更忧伤而悄默了！当举着钓竿经过作浪的麦田时，她把竿头的绳线缭绕起来，她仰了头，望着高空，就这样睬也不睬的经过麦田。

王婆的性情更恶劣了！她又酗酒起来。她每天钓鱼。全家人的衣服她不补洗，她只每夜烧鱼，吃酒，吃得醉疯疯地，满院，满屋她旋走；她渐渐要到树林里去旋走。

有时在酒杯中她想起从前的丈夫；她痛心看见来在身边孤独的女儿，总之在喝酒以后她更爱烦想。

现在她近于可笑，和石块一般沉在院心，夜里她习惯于在院中睡觉。

在院中睡觉被蚊虫迷绕着，正像蚂蚁群拖着已腐的苍蝇。她是再也没有心情了吧！再也没有心情生活！

王婆被蚊虫所食，满脸起着云片，皮肤肿起来。

王婆在酒杯中也回想着女儿初来的那天,女儿横在王婆怀中:

"妈呀!我想你是死了!你的嘴吐着白沫,你的手指都凉了呀!……哥哥死了,妈妈也死了,让我到那里去讨饭吃呀!……他们把我赶出时,带来的包袱都忘了啦,我哭……哭昏啦……妈妈,他们坏心肠,他们不叫我多看你一刻……"

后来孩子从妈妈怀中站起来时,她说出更有意义的话:

"我恨死他们了!若是哥哥活着,我一定告诉哥哥把他打死。"

最后那个女孩,拭干眼泪说:

"我必定要像哥哥,……"

说完她咬一下嘴唇。

王婆思想着女孩怎么会这样烈性呢?或者是个中用的孩子?

王婆忽然停止酗酒,她每夜,开始在林中教训女儿,在静的林里,她严峻的说:

"要报仇。要为哥哥报仇,谁杀死你的哥哥?"

女孩子想:"官项杀死哥哥的。"她又听妈妈说:

"谁杀死哥哥,你要杀死谁,……"

女孩子想过十几天以后,她向妈妈踌躇着:

"是谁杀死哥哥?妈妈明天领我去进城,找到那个仇人,等后来什么时候遇见他我好杀死他。"

孩子说了孩子话,使妈妈笑了!使妈妈心痛。

王婆同赵三吵架的那天晚上,南河的河水涨出了河床。南河沿嚷着:"涨大水啦!涨大水啦!"

人们来往在河边,赵三在家里也嚷着:

"你快叫她走,她不是我家的孩子,你的崽子我不招留。快——"

第二天家家的麦子送上麦场。第一场割麦,人们要吃一顿酒来庆祝。赵三第一年不种麦,他家是静悄悄的。有人来请他,他坐到别人欢说着的酒桌前,看见别人欢说,看见别人收麦,他红色的大手在人前窘迫着了!不住的胡乱的扭搅,可是没有人注意他,种麦人和种麦人彼此谈说。

河水落了却带来众多的蚊虫。夜里蛤蟆的叫声,好像被蚊子的嗡嗡的压住似的。日间蚊群也是忙着飞。只有赵三非常哑默。

9 传染病

乱坟岗子,死尸狼藉在那里。无人掩埋,野狗活跃在尸群里。

太阳血一般昏红;从朝至暮蚊虫混同着蒙雾充塞天空。高粱,玉米和一切菜类被人丢弃在田圃,每个家庭是病的家庭。是将绝灭的家庭。

全村静悄了。植物也没有风摇动它们。一切沉浸在雾中。

赵三坐在南地端出卖五把新镰刀。那是组织"镰刀会"时剩下的。他正看着那伤心的遗留物,村中的老太太来问他:

"我说……天象,这是什么天象?要天崩地陷了。老天爷叫人全死吗?嗳……"

老太婆离去赵三,曲背立即消失在雾中,她的语声也像隔远了似的:

"天要灭人呀!……老天早该灭人啦!人世尽是强盗,打仗,杀害,这是人自己招的罪……"

渐渐远了!远处听见一个驴子在号叫,驴子号叫在山坡吗?驴子号叫在河沟吗?

什么也看不见,只能听闻:那是,二里半的女人作嘎的不愉悦的声音来近赵三。赵三为着镰刀所烦恼,他坐在雾中,他用烦恼的心思在妒恨镰刀,他想:

"青牛是卖掉了!麦田没能种起来。"

那个婆子向他说话,但他没有注意到。那个婆子被脚下的土块跌倒,她起来时慌张着,在雾层中看不清她怎样张惶。她的音波织起了网状的波纹,和老大

贫穷,愚昧,饥饿,疾病,死亡。依次地写,交叉着写。

的蚊音一般：

"三哥，还坐在这里！家怕是有'鬼子'来了，就连小孩子，'鬼子'也要给打针，你看我把孩子抱出来，就是孩子病死也甘心，打针可不甘心。"

麻面婆离开赵三去了！抱着她未死的，连哭也不会哭的孩子沉没在雾中。

太阳变成暗红的放大而无光的圆轮，当在人头。昏茫的村庄埋着天然灾难的种子，渐渐种子在滋生。

传染病和放大的太阳一般勃发起来，茂盛起来！

赵三踏着死蛤蟆走路；人们抬着棺材在他身边暂时现露而滑过去！一个歪斜面孔的小脚女人跟在后面，她小小的声音哭着。又听到驴子叫，不一会驴子闪过去，背上驮着一个重病的老人。

西洋人，人们叫他"洋鬼子"，身穿白外套，第二天雾退时，白衣女人来到赵三的窗外，她嘴上挂着白囊，说起难懂的中国话：

"你的，病人的有？我的治病好，来。快快的。"

那个老的胖一些的，动一动胡子，眼睛胖得和猪一般，把头探着窗子望。

赵三慌说没有病人，可是终于给平儿打针了！

"老鬼子"向那个"小鬼子"说话，嘴上的白囊一动一动的。管子，药瓶和亮刀从提包倾出，赵三去井边提一壶冷水。那个"鬼子"开始擦他通孔的玻璃管。

平儿被停在窗前的一块板上，用白布给他蒙住眼睛。隔院的人们都来看着，因为要晓得"鬼子"怎样治病，"鬼子"治病究竟怎样可怕。

玻璃管从肚脐一寸的地方插下，五寸长的玻璃管只有半段在肚皮外闪光。于是人们捉紧孩子，使他仰卧不得摇动。"鬼子"开始一个人提起冷水壶，另一个对准那个长长的橡皮管顶端的漏水器。看起来"鬼子"像修理一架机器。四面围观的人好像有叹气的,好像大家一起在缩肩膀。孩子只是作出"呀!呀"的短叫,很快一壶水灌完了!最后在滚涨的肚子上擦一点黄色药水,用小剪子剪一块白棉贴住破口。就这样白衣"鬼子"提了提包轻便的走了!又到别人家去。

又是一天晴朗的日子,传染病患到绝顶的时候!女人们抱着半死的小孩子,女人们始终惧怕打针,惧怕白衣的"鬼子"用水壶向小孩子肚里灌水。她们不忍看那肿胀起来奇怪的肚子。

恶劣的传闻布遍着。

"李家的全家死了!""城里派人来检查,有病象的都用车子拉进城去,老太婆也拉进城去,孩子也拉,拉去打药针。"

人死了听不见哭声,静悄地抬着草捆或是棺材向着乱坟岗子走去,接接连连的,不断……

过午二里半的婆子把小孩送到乱坟岗子去!她看到别的几个小孩有的头发蒙住白脸,有的被野狗拖断了四肢,也有几个好好的睡在那里。

野狗在远的地方安然地嚼着碎骨发响。狗感到满足,狗不再为着追求食物而疯狂,也不再猎取活人。

平儿整夜呕着黄色的水,绿色的水,白眼珠满织着红色的丝纹。

赵三喃喃着走出家门,虽然全村的人死了不少,虽然庄稼在那里衰败,镰刀他却总想出卖,镰刀放在家里永久刺着他的心。

10 十年

十年前村中的山,山下的小河,而今依旧十年前,河水静静的在流,山坡随着季节而更换衣裳;大片的村

村庄生死轮回,十年依然如故。

庄生死轮回着和十年前一样。

屋顶的麻雀仍是那样繁多。太阳也照样暖和。山下有牧童在唱童谣,那是十年前的旧调:"秋夜长,秋风凉,谁家的孩儿没有娘,谁家的孩儿没有娘,……月亮满西窗。"

什么都和十年前一样,王婆也似没有改变,只是平儿长大了!平儿和罗圈腿都是大人了!

王婆被凉风飞着头发,在篱墙外远听从山坡传来的童谣。

11　年盘转动了

> 极其简洁的过渡。

雪天里,村人们永没见过的旗子飘扬起,升上天空!

全村寂静下去,只有日本旗子在山岗临时军营前,振荡的响着。

村人们在想:这是什么年月?中华国改了国号吗?

12　黑色的舌头

宣传"王道"的旗子来了!带着尘烟和骚闹来的。

宽宏的树夹道;汽车闹嚣着了!

田间无际限的浅苗湛着青色。但这不再是静穆的村庄,人们已经失去了心的平衡。草地上汽车突起着飞尘跑过,一些红色绿色的纸片播着种子一般落下来。小茅房屋顶有花色的纸片在起落。附近大道旁的枝头挂住纸片,在飞舞嘶嘎。从城里出发的汽车又追踪着驰来。车上站着威风飘扬的日本人,高丽人,也站着威扬的中国人。车轮突飞的时候,车上每人手中的旗子摆摆有声,车上的人好像生了翅膀齐飞过去。那一些举着日本旗子作出媚笑杂样的人,消失在道口。

那一些"王道"的书篇飞到山腰去,河边去……

王婆立在门前,二里半的山羊垂下它的胡子。老羊轻轻走过正在繁茂的树下。山羊不再寻什么食物,它倦困了!它过于老,全身变成土一般地毛色。它的眼神模糊好像垂泪似的。山羊完全幽默和可怜起来;拂摆着长胡子走向洼地。

> 羊和人一样变老。

对着前面的洼地,对着山羊,王婆追踪过去痛苦的日子。她想把那些日子捉回,因为今日的日子还不如昨日。洼地没人种,山岗那些往日的麦田荒乱在那里。她在伤心地追想。

日本飞机拖起狂大的嗡鸣飞过,接着天空翻飞着纸片。一张纸片落在王婆头顶的树枝,她取下看了看丢在脚下。飞机又过去时留下更多的纸片。她不再理睬一下那些纸片,丢在脚下来复的乱踏。

过了一会,金枝的母亲经过王婆,她手中捏住两只公鸡,她问王婆说:

"日子算是没法过了!可怎么过?就剩两只鸡,还得快快去卖掉!"

王婆问她:"你进城去卖吗?"

"不进城谁家肯买?全村也没有几只鸡了!"

她向王婆耳语了一阵:

"日本子恶得很!村子里的姑娘都跑空了!年青的媳妇也是一样。我听说王家屯一个十三岁的小丫头叫日本子弄去了!半夜三更弄走的。"

"歇一歇腿再走吧!"王婆说。

她俩坐在树下。大地上的虫子并不鸣叫,只是她俩惨淡而忧伤的谈着。

公鸡在手下不时振动着膀子。太阳有点正中了!

树影做成圆形。

村中添设出异样的风光,日本旗子,日本兵。人们开始讲究这一些:"王道"啦!日"满"亲善啦!快有"真龙天子"啦!

在"王道"之下,村中的废田多起来,人们在广场上忧郁着徘徊。

那老婆说到最后:

"我这些年来,都是养鸡,如今连个鸡毛也不能留,连个'啼鸣'的公鸡也不让留下。这是什么年头?……"

她震动一下袖子,有点癫狂似的,她立起来,踏过前面一块不耕的废田,废田患着病似的,短草在那婆婆的脚下不愉快的没有弹力的被踏过。

走得很远,仍可辨出两只公鸡是用那个挂下的手提着,另外一只手在面部不住的抹擦。

王婆睡下的时候,她听见远处好像有女人尖叫。打开窗子听一听……

再听一会警笛器叫起来,枪鸣起来,远处的人家闯入什么魔鬼了吗?

"你家有人没有?"

当夜日本兵,中国警察搜遍全村。这是搜到王婆家。她回答:

"有什么人?没有。"

他们掩住鼻子在屋中转了一个弯出去了。手电灯发青的光线乱闪着,临走出门栏,一个日本兵在铜帽子下面说中国话:

"也带走她。"

王婆完全听见他说的是什么:

"怎么也带女人吗?"她想,"女人也要捉去枪毙吗?"

"谁稀罕她,一个老婆子!"那个中国警察说。

中国人都笑了!日本人也瞎笑。可是他们不晓得这话是什么意思,别人笑,他们也笑。

真的,不知他们牵了谁家的女人,曲背和猪一般被他们牵走。在稀薄乱动的手电灯绿色的光线里面,分辨不出这女人是谁!

还没走出栏门,他们就调笑那个女人。并且王婆看见那个日本"铜帽子"的手在女人的屁股上急忙的爬了一下。

13　你要死灭吗？

王婆以为又是假装搜查到村中捉女人，于是她不想到什么恶劣的事情上去，安然的睡了！赵三那老头子也非常老了！他回来没有惊动谁也睡了！

过了夜，日本宪兵在门外轻轻敲门，走进来的，看样像个中国人，他的长靴染了湿淋的露水，从口袋取出手巾，摆出泰然的样子坐在炕沿慢慢擦他的靴子，访问就在这时开始：

"你家昨夜没有人来过？不要紧，你要说实话。"

赵三刚起来，意识有点不清，不晓得这是什么事情要发生。于是那个宪兵把手中的帽子用力抖了一下，不是柔和而不在意的态度了："混蛋！你怎么不知道？等带去你就知道了！"

说了这样话并没带他去。王婆一面在扣衣纽一面抢说：

"问的是什么人？昨夜来过几个'老总'，搜查没有什么就走了！"

那个军官样的把态度完全是对着王婆，用一种亲昵的声音问：

"老太太请告诉吧！有赏哩！"

王婆的样子仍是没有改变。那人又说：

"我们是捉胡子，有胡子乡民也是同样受害，你没见着昨天汽车来到村子宣传'王道'吗？'王道'叫人诚实。老太太说了吧！有赏呢！"

王婆面对着窗子照上来的红日影，她说：

"我不知道这回事。"

那个军官又想大叫，可是停住了，他的嘴唇困难的又动几下：

"'满洲国'要把害民的胡子扫清，知道胡子不去报告，查出来枪毙！"这时那个长靴人用斜眼神侮辱赵三一下。接着他再不说什么，等待答复，终于他什么也没得到答复。

还不到中午，乱坟岗子多了三个死尸，其中一个是女尸。

人们都知道那个女尸，就是在北村一个寡妇家搜出的那个"女学生"。

赵三听得别人说"女学生"是什么"党"。但是他不晓得什么

"党"做什么解释。当夜在喝酒以后把这一切密事告诉了王婆,他也不知道那"女学生"倒有什么密事,到底为什么才死?他只感到不许传说的事情神秘,他也必定要说。

王婆她十分不愿意听,因为这件事发生,她担心她的女儿,她怕是女儿的命运和那个"女学生"一般样。

赵三的胡子白了!也更稀疏,喝过酒,脸更是发红,他任意把自己摊散在炕角。

平儿担了大捆的绿草回来,晒干可以成柴,在院心他把绿草铺平。进屋他不立刻吃饭,透汗的短衫脱在身边,他好像愤怒似的,用力来抬响他多肉的肩头,嘴里长长的吐着呼吸。过了长时间爹爹说:

"你们年青人应该有些胆量。这不是叫人死吗?亡国了!麦地不能种了,鸡犬也要死净。"

老头子说话像吵架一般。王婆给平儿缝汗衫上的大口,她感动了,想到亡国,把汗衫缝错了!她把两个袖口完全缝住。

赵三和一个老牛般样,年青时的气力全都消灭,只回想"镰刀会",又告诉平儿:

"那时候你还小着哩!我和李青山他们弄了个'镰刀会'。勇得很!可是我受了打击,那一次使我碰壁了,你娘去借只洋炮来,谁知道没有用洋炮,就是一条棍子出了人命,从那时起就倒霉了!一年不如一年活到如今。"

"狗,到底不是狼,你爹从出事以后,对'镰刀会'就没趣了!青牛就是那年卖的。"

她这样抢白着,使赵三感到羞耻和愤恨。同时自己为什么当时就那样卑小?心脏发燃了一刻,他说着使自己满意的话。

"这下子东家也不东家了!有日本子,东家也不好干什么!"

他为着充血的轻便的身子,他向树林那面去散步,那儿有树林,林梢在青色的天边涂出美调的和舒卷着的云一样的弧线。青的天幕在前面直垂下来,曲卷的树梢花边一般的嵌上天幕。田间往日的蝶儿在飞,一切野花还不曾开。小草房一座一座的摊落着,有的留下残墙在晒阳光,有的也许是被炸弹带走了屋盖。房身整整齐齐地摆在那里。

赵三阔大开胸膛，他呼吸田间透明的空气。他不愿意走了，停脚在一片荒芜的、过去的麦地旁。就这样不多一时，他又感到烦恼，因为他想起往日自己的麦田而今丧尽在炮火下，在日本兵的足下必定不能够再长起来，他带着麦田的忧伤又走过一片瓜田，瓜地也不见了种瓜的人，瓜田尽被一些蒿草充塞。去年看守瓜地小房，依然存在；赵三倒在小房下的短草梢头。他欲睡了！朦胧中看见一些"高丽"人从大树林穿过。视线从地平面直发过去，那一些"高丽"人仿佛是走在天边。

假如没有乱插在地面的家屋，那么赵三觉得自己是躺在天边了！

阳光迷住他的眼睛，使他不能再远看了！听得见村狗在远方无聊的吠叫。

如此荒凉的旷野，野狗也不到这里巡行。独有酒烧胸膛的赵三到这里巡行，但是他无有目的，任意足尖踏到什么地点，他走过无数秃田，他觉得过于可惜，点一点头，摆一摆手，不住的叹着气走回家去。

村中的寡妇多起来，前面是三个寡妇，其中的一个尚拉着她的孩子走。

红脸的老赵三走近家门又转弯了！他是那样信步而无主的走！忧伤在前面招示他，忽然间一个大凹洞，踏下脚去。他未曾注意这个，好像他一心要完成长途似的，继续前进。那里更有炸弹的洞穴，但不能阻碍他的去路，因为喝酒，壮年的血气鼓动他。

在一间破房子里，一只母猫正在哺乳一群小猫。他不愿看这些，他还走，没有一个熟人与他遇见。直到天西烧红着云彩，他滴血的心，垂泪的眼睛竟来到死去的年青时伙伴们的坟上，不带酒祭奠他们，只是无话坐在朋友们之前。

亡国后的老赵三，蓦然念起那些死去的英勇的伙伴！留下活着的老的，只有悲愤而不能走险了，老赵三不能走险了！

那是个繁星的夜，李青山发着疯了！他的哑喉咙，使他讲话带着神秘而紧张的声色。这是一次他们大型的集会。在赵三家里，他们像在举行什么盛大的典礼，庄严与静肃。人们感到缺乏空气一般，人们连鼻子也没有一个作响。屋子不燃灯,人们的眼睛和夜里的猫眼一般,闪闪有磷光而发绿。

王婆的尖脚,不住的踏在窗外,她安静的手下提了一只破洋灯罩,她时时准备着把玻璃灯罩摔碎。她是个守夜的老鼠,时时防备猫来。她到篱笆外绕走一趟,站在篱笆外听一听他们的谈论高低,有没有危险性?手中的灯罩她时刻不能忘记。

屋中李青山固执而且浊重的声音继续下去:

"在这半月里,我才真知道人民革命军真是不行,要干人民革命军那就必得倒霉,他们尽是些'洋学生',上马还得用人抬上去。他们嘴里就会狂喊'退却'。二十八日那夜外面下小雨,我们十个同志正吃饭,饭碗被炸碎了哩!派两个出去寻炸弹的来路。大家来想一想,两个'洋学生'跑出去,唉!丧气,被敌人追着连帽子都跑丢了,'洋学生'们常常给敌人打死。……"

罗圈腿插嘴了:"革命军还不如红胡子有用?"

月光照进窗来太暗了!当时没有人能发现罗圈腿发问时是个什么奇怪的神情。

李青山又在开始:

"革命军纪律可真厉害,你们懂吗?什么叫纪律?那就是规矩。规矩大紧,我们也受不了。比方吧,屯子里年青青的姑娘眼望着不准去……哈哈!我吃了一回苦,同志打了我十下枪柄哩!"

他说到这里,自己停下笑起来,但是没敢大声。他继续下去。

二里半对于这些事情始终是缺乏兴致,他在一边瞌睡,老赵三用他的烟袋锅撞一下在睡的缺乏政治思想的二里半,并且赵三大不满意起来:

"听着呀!听着,这是什么年头还睡觉?"

王婆的尖脚乱踏着地面作响一阵,人们听一听,没听到灯罩的响声,知道日本兵没有来,同时人们感到严重的气氛。李青山的计划庄重着发表。

李青山是个农人,他尚分不清该怎样把事弄起来,只说着:

"屯子里的小伙子召集起来,起来救国吧!革命军那一群'学生'

是不行。只有红胡子才有胆量。"

老赵三他的烟袋没有燃着，丢在炕上，急快的拍一下手他说：

"对！召集小伙子们，起名也叫革命军。"

其实赵三完全不能明白，因为他还不曾听说什么叫做革命军，他无由得到安慰，他的大手掌快乐的不停的捋着胡子。对于赵三这完全和十年前组织"镰刀会"同样兴致，也是暗室，也是静悄悄的讲话。

老赵三快乐得终夜不能睡觉，大手掌翻了个终夜。

同时站在二里半的墙外可以数清他鼾声的拍子。

乡间，日本人的毒手努力毒化农民，就说要恢复"大清国"，要做"忠臣""孝子""节妇"；可是另一方面，正相反的势力也增长着。

天一黑下来就有人越墙藏在王婆家中，那个黑胡子的人每夜来，成为王婆的熟人。在王婆家吃夜饭，那人向她说：

"你的女儿能干得很，背着步枪爬山爬得快呢！可是……已经……"

平儿蹲在炕下，他吸爹爹的烟袋。轻微的一点妒嫉横过心面。他有意弄响烟袋在门扇上，他走出去了。外面是阴沉全黑的夜，他在黑色中消灭了自己。等他忧悒着转回来时，王婆已是在垂泪的境况。

那夜老赵三回来得很晚，那是因为他逢人便讲亡国，救国，义勇军，革命军……这一些出奇的字眼，所以弄得回来这样晚。快鸡叫的时候了，赵三的家没有鸡，全村听不见往日的鸡鸣。只有褪色的月光在窗上，"三星"不见了，知道天快明了。

他把儿子从梦中唤醒，他告诉他得意的宣传工作：东村那个寡妇怎样把孩子送回娘家预备去投义勇军。小伙子们怎样准备集合。老头子好像已在衙门里做了官员一样，摇摇摆摆着他讲话时的姿势，摇摇摆摆着他自己的心情，他整个的灵魂在阔步！

稍微沉静一刻，他问平儿：

"那个人来了没有？那个黑胡子的人？"

平儿仍回到睡中，爹爹正鼓动着生力，他却睡了！爹爹的话在他耳边，像蚊虫嗡叫一般的无意义。赵三立刻动怒起来，他觉得他光荣的事业，不能有人承受下去，感到养了这样的儿子没用，他失望。

王婆一点声息也不作出，像是在睡般的。

明朝，黑胡子的人忽然走来，王婆又问他：

"那孩子死的时候，你到底是亲眼看见她没有？"

他弄着骗术一般：

"老太太你怎么还不明白？不是老早对你讲么？死了就死了吧！革命就不怕死，那是露脸的死啊……比当日本狗的奴隶活着强得多哪！"

王婆常常听他们这一类人说"死"说"活"……她也想死是应该，于是安静下去，用她昨夜为着泪水所侵蚀的眼睛观察那熟人急转的面孔。终于她接受了！那人从囊中取出来的小本子，和像黑点一般的小字充满在上面的零散的纸张，她全接受了！另外还有发亮的小枪一只也递给王婆。那个人急忙着要走，这时王婆又不自禁问：

"她也是枪打死的吗？"

那人开门急走出去了！因为急走，那人没有注意到王婆。

王婆往日里，她不知恐怖，常常把那一些别人带来的小本子放在厨房里。有时她竟丢在席子下面。今天她却减少了胆量，她想那些东西若被搜查着，日本兵的刺刀会刺通了自己。她好像觉着自己的遭遇要和女儿一样似的，尤其是手掌里的小枪。她被恫吓着慢慢颤栗起来。女儿也一定被同样的枪杀死。她终止了想，她知道当前的事开始紧急。

赵三仓惶着脸回来，王婆没有理他走向后面柴堆那儿。柴草不似每年，那是烧空了！在一片平地上稀疏的生着马蛇菜。她开始掘地洞；听村狗在狂咬，她有些心慌意乱，把镰刀头插进土去无力拔出。她好像要倒落一般，全身受着什么压迫要把肉体解散了一

毕竟是母亲。

般。过了一刻难忍昏迷的时间,她跑去呼唤她的老同伴。可是当走到房门又急转回来,她想起别人的训告:

——重要的事情谁也不能告诉,两口子也不能告诉。

那个黑胡子的人,向她说过的话也使回想了一遍:

——你不要叫赵三知道,那老头子说不定和小孩子似的。

等她埋好之后,日本兵继续来过十几个。多半只戴了铜帽,连长靴都没穿就来了。人们知道他们又是在弄女人。

王婆什么观察力也失去了!不自觉地退缩在赵三的身后,就连那永久带着笑脸,常来王婆家搜查的日本官长,她也不认识了。临走时那人向王婆说"再见",她直直迟疑着而不回答一声。

"拔"——"拔",就是出发的意思,老婆们给男人在搜集衣裳或是鞋袜。

李青山派人到每家去寻个公鸡,没得寻到,有人提议把二里半的老山羊杀了吧!山羊正走在李青山的门前,或者是歇凉,或者是它走不动了!它的一只独角塞进篱墙的缝隙,小伙子们去抬它,但是无法把独角弄出。

二里半从门口经过,山羊就跟在后面回家去了!二里半说:

"你们要杀就杀吧!早晚还不是给日本子留着吗!"

李二嫂子在一边说:

"日本子可不要它,老得不成样。"

二里半说:"日本子不要它,老也老死了!"

人们宣誓的日子到了!没有寻到公鸡,决定拿老山羊来代替。小伙子们把山羊抬着,在杆上四脚倒挂下去,山羊不住哀叫。二里半可笑的悲哀的形色跟着山羊走来,他的跌脚仿佛是一步一步把地面踏陷。波浪状的行走,愈走愈快!他的老婆疯狂的想把他拖回去,然而不能做到,二里半惶惶的走了一路。山羊被抬过一个山腰的小曲道。山羊被升上院心铺好红布的方桌。

东村的寡妇也来了!她在桌前跪下祷告一阵,又到桌前点着两支红蜡烛。蜡烛一点着,二里半知道快要杀羊了。

院心除了老赵三,那尽是一些年青小伙子在走转。他们袒胸露背,强壮而且凶横。

赵三总是向那个东村的寡妇说,他一看见她便宣传她。他一遇见事情,就不像往日那样贪婪吸他的烟袋。说话表示出庄严,连胡子也不动荡一下:

"救国的日子就要来到。有血气的人不肯当亡国奴,甘愿做日本刺刀下的屈死鬼。"

赵三只知道自己是中国人。无论别人对他讲解了多少遍,他总不能明白他在中国人中是站在怎样的阶级。虽然这样,老赵三也是非常进步,他可以代表整个村人在进步着,那就是他从前不晓得什么叫国家,从前也许忘掉了自己是那国的国民!

> 因为有日本人的出现,才晓得自己是中国人,有自己的国家!

他不开言了,静站在院心,等待宏壮悲愤的典礼来临。

来到三十多人,带来重压的大会,可真的触到赵三了!使他的胡子也感到非常重要而不可挫碰一下。

四月里晴朗的天空从山脊流照下来,房周的大树群在正午垂曲的立在太阳下。畅明的天光与人们共同宣誓。

寡妇们和亡家的独身汉在李青山喊过口号之后完全用膝头曲倒在天光之下。羊的脊背流过天光,桌前的大红蜡烛在壮默的人头前面燃烧。李青山的大个子直立在桌前:"弟兄们!今天是什么日子!知道吗?今天……我们去敢死……决定了……就是把我们的脑袋挂满了整个村子所有的树梢也情愿,是不是啊?……是不是……?弟兄们……?"

> 写宣誓时的庄严,却是哭声震天,很有特色。

回声先从寡妇们传出:"是呀!千刀万剐也愿意!"

哭声刺心一般痛,哭声方锥一般落进每个人的胸膛。一阵强烈的悲酸掠过低垂的人头,苍苍然蓝天欲坠了!

老赵三立到桌子前面,他不发声,先流泪:

"国……国亡了!我……我也……老了!你们还年青,你们去救国吧!我的老骨头再……再也不中用了!我是个老亡国奴,我不会眼见你们把日本旗撕碎,等着我埋在坟里……也要把中国旗子插在坟顶,我是中国人……我要中国旗子,我不当亡国奴,生是中国人,死是中国鬼……不……不是亡……亡国奴……"

浓重不可分解的悲酸,使树叶垂头。赵三在红蜡烛前用力鼓了桌子两下,人们一起哭向苍天了!人们一起向苍天哭泣。大群的人起着号啕!

就这样把一只匣枪装好子弹摆在众人前面。每人走到那枪口就跪倒下去"盟誓":

"若是心不诚,天杀我,枪杀我,枪子是有灵有圣有眼睛的啊!"

寡妇们也是盟誓。也是把枪口对准心窝说话。只有二里半在人们宣誓之后快要杀羊时他才回来。从什么地方他捉一只公鸡来!只有他没曾宣誓,对于国亡,他似乎没有什么伤心,他领着山羊,就回家去。

别人的眼睛,尤其是老赵三的眼睛在骂他:

"你个老跛脚的东西,你,你不想活吗?……"

> 人与羊。亡羊甚于亡国,可见农人的情感所系。

14 到都市里去

临行的前夜,金枝在水缸沿上磨剪刀,而后用剪刀撕破死去孩子的尿布。年青的寡妇是住在妈妈家里。

"你明天一定走吗?"

在睡的身边的妈妈被灯光照醒,带着无限怜惜,在已决定的命运中求得安慰似的。

"我不走,过两天再走。"金枝答她。

又过了不多时老太太醒来,她再不能睡,当她看见女儿不在身边而在地心洗濯什么的时候,她坐起来问着:

"你是明天走吗?再住三两天不能够吧!"

金枝在夜里收拾东西,母亲知道她是要走。金枝说:

"娘,我走两天,就回来,娘……不要着急!"

老太太像在摸索什么,不再发声音。

太阳很高很高了,金枝尚偎在病母亲的身边,母亲说:

"要走吗?金枝!走就走吧!去赚些钱吧!娘不阻碍你。"母亲的声音有些惨然:

"可是要学好,不许跟别人学,不许和男人打交道。"

女人们再也不怨恨丈夫。她向娘哭着:

"这不都是小日本子吗?挨千刀的小日本子!不走等死吗?"

金枝听老人讲,女人独自行路要扮个老相,或丑相。束上一条腰带,她把油罐子挂在身边,盛米的小桶也挂在腰带上,包着针线和一些碎布的小包袱塞进米桶去,装作讨饭的老婆,用灰尘把脸涂得很脏并有条纹。

临走时妈妈把自己耳上的银环摘下,并且说:

"你把这个带去吧!放在包袱里,别叫人给你抢去,娘一个钱也没有,若肚饿时,你就去卖掉,买个干粮吃吧!"走出门去还听母亲说:"遇见日本子,你快伏在蒿子下。"

金枝走得很远,走下斜坡,但是娘的话仍是那样

> 小说中随处可见对男权中心的挑战。

在耳边反复："买个干粮吃。"她心中乱乱的幻想，她不知走了多远，她像从家向外逃跑一般，速步而不回头。小道也尽生着短草，即便是短草也障碍金枝赶路的脚。

日本兵坐着马车，口里吸烟，从大道跑过。金枝有点颤抖了！她想起母亲的话，很快躺在道旁的蒿子里。日本兵走过，她心跳着站起，她四面惶惶在望：母亲在哪里？家乡离开她很远，前面又来到一个生疏的村子，使她感觉到走过无数人间。

红日快要落过天边去，人影横到地面杆子一般瘦长。踏过去一条小河桥，再没有多少路途了！

哈尔滨城渺茫中有工厂的烟囱插入云天。

金枝在河边喝水，她回头望向家乡，家乡遥远而不可见。只是高高的山头，山下分辨不清是烟是树，母亲就在烟树荫中。

她对于家乡的山是那般难舍，心脏在胸中飞起了！金枝感到自己的心已被摘掉不知抛向何处！她不愿走了，强行走过河桥又转入小道。前面哈尔滨城在招示她，背后家山向她送别。

小道不生蒿草，日本兵来时，让她躲身到地缝中去吗？她四面寻找，为了心脏不能平衡，脸面过量的流汗，她终于被日本兵寻到。

"你的……站住。"

金枝好比中了枪弹，滚下小沟去，日本兵走近，看一看她脏污的样子。他们和肥鸭一般，嘴里发摆响动着身子，没有理她走过去了！他们走了许久许久，她仍没起来，以后她哭着，木桶扬翻在那里，小包袱从木桶滚出。她重新走起时，身影在地面越瘦越长起来，和细线似的。金枝在夜的哈尔滨城，睡在一条小街阴沟板上。那条街是小工人和东洋车夫们的街道。有小饭馆，有最下等的妓女，妓女们的大红裤子时在小土房的门前出现。闲散的人，做出特别姿态，慢慢和大红裤子们说笑，后来走进小房去，过一会又走出来。但没有一个人理会破乱的金枝，她好像一个垃圾桶，好像一个病狗似的堆偎在那里。

这条街连警察也没有，讨饭的老婆和小饭馆的伙计吵架。

满天星火，但那都疏远了！那是与金枝绝缘的物体。半夜过后金枝身边来了一条小狗，也许小狗是个受难的小狗？这流浪的狗它进木桶去睡。金枝醒来仍没出太阳，天空许多星充塞着。

许多街头流浪人，尚挤在小饭馆门前，等候着最后的施舍。

金枝腿骨断了一般酸痛，不敢站起。最后她也挤进要饭人堆去，等了好久，伙计不见送饭出来，四月里露天睡宿打着透心的寒颤，别人看她的时候，她觉得这个样子难看，忍了饿又来在原处。

夜的街头，这是怎样的人间？金枝小声喊着娘，身体在阴沟板上不住的抽拍。绝望着，哭着，但是她和木桶里在睡的小狗一般同样不被人注意，人间好像没有他们存在。天明，她不觉得饿，只是空虚，她的头脑空空尽尽了！在街树下，一个缝补的婆子，她遇见对面去问：

"我是新来了，新从乡下来的……"

看她作窘的样子那个缝婆没理她，面色在清凉的早晨发着淡白走去。

卷尾的小狗偎依着木桶好像偎依妈妈一般，早晨小狗大约感到太寒。

小饭馆渐渐有人来往。一堆白热的馒头从窗口堆出。

"老婶娘，我新从乡下来，……我跟你去，去赚几个钱吧！"

第二次，金枝成功了，那个婆子领她走，一些搅扰的街道，发出浊气的街道，她们走过。金枝好像才明白，这里不是乡间了，这里只是生疏，隔膜，无情感。一路除了饭馆门前的鸡、鱼和香味，其余她都没有看见似的，都没有听闻似的。

"你就这样把袜子缝起来。"

在一个挂金牌的"鸦片专卖所"的门前，金枝打开小包，用剪刀剪了块布角，缝补不认识的男人的破袜。那婆子又在教她：

"你要快缝，不管好坏，缝住，就算。"

金枝一点力量也没有，好像愿意赶快死似的，无论怎样努力眼睛也不能张开。一部汽车擦着她的身边驰过，跟着警察来了，指挥她说：

"到那边去！这里也是你们缝穷的地方？"

金枝忙仰头说："老总，我刚从乡下来，还不懂得规矩。"

在乡下叫惯了老总，她叫警察也是老总，因为她看警察也是庄严的样子，也是腰间佩枪。别人都笑她，那个警察也笑了。老缝婆又教说她：

"不要理他，也不必说话，他说你，你躲后一步就完。"

她，金枝立刻觉得自己发羞，看一看自己的衣裳也不和别人同样,她立刻讨厌从乡下带来的破罐子,用脚踢了罐子一下。

袜子补完,肚子空虚的滋味不见终止,假若得法,她要到无论什么地方去偷一点东西吃,很长时间她停住针,细看那个立在街头吃饼干的孩子,一直到孩子把饼干的最末一块送进嘴去,她仍在看。

"你快缝,缝完吃午饭,……可是你吃了早饭没有?"

金枝感到过于亲热,好像要哭出来似的,她想说:

"从昨夜就没吃一点东西,连水也没喝过。"

中午来到,她们和从"鸦片馆"出来游魂似的人们同行着。女工店有一种特别不流通的气息,使金枝想到这又不是乡村,但是那一些停滞的眼睛、黄色脸,直到吃过饭,大家用水盆洗脸时她才注意到,全屋五丈多长,没有隔壁,墙的四周涂满了臭虫血,满墙拖长着黑色紫色的血点。一些污秽发酵的包袱围墙堆集着。这些多样的女人,好像每个患着病似的,就在包袱上枕了头讲话:

"我那家子的太太,待我不错,吃饭都是一样吃,哪怕吃包子我也一样吃包子。"

别人跟住声音去羡慕她。过了一阵又是谁说她被公馆里的听差扭一下嘴巴。她说她气病了一场,接着还是不断的乱说。这一些烦烦乱乱的话金枝尚不能明白,她正在细想什么叫公馆呢?什么是太太?她用遍了思想而后问一个身边在吸烟的剪发的妇人:

"'太太'不就是老太太吗?"

那个妇人没答她,丢下烟袋就去呕吐。她说吃饭吃了苍蝇。可是全屋通长的板炕,那一些城市的女人,她们笑得使金枝生厌,她们是前仆后折的笑。她们为笑着这个乡下女人彼此兴奋得拍响着肩膀,笑得

> 城市女人看不起乡下女人。

过甚的竟流起眼泪来。金枝却静静坐在一边。等夜晚睡觉时,她向初识那个老太太说:

"我看哈尔滨倒不如乡下好,乡下姊妹很和气,你看午间她们笑我拍着掌哩!"

说着她卷紧一点包袱,因为包袱里面藏着赚得的两角钱纸票,金枝枕了包袱,在都市里的臭虫堆中开始睡觉。

金枝赚钱赚得很多了!在裤腰间缝了一个小口袋,把两元钱的票子放进去,而后缝住袋口。女工店向她收费用时她同那人说:

"晚几天给不行吗?我还没赚到钱。"她无法又说:"晚上给吧!我是新从乡下来的。"

终于那个人不走,她的手摆在金枝眼下。女人们也越集越多,把金枝围起来。她好像在耍把戏一般招来这许多观众,其中有一个三十多岁的胖子,头发完全脱掉,粉红色闪光的头皮,独超出人前,她的脖子装好颤丝一般,使闪光的头颅轻便而随意地在转,在颤,她就向金枝说:

"你快给人家!怎么你没有钱?你把钱放在什么地方我都知道。"

金枝生气,当着大众把口袋撕开,她的票子四分之三觉得是损失了!被人夺走了!她只剩五角钱。她想:

"五角钱怎样送给妈妈?两元要多少日子再赚得?"

她到街上去上工很晚。晚间一些臭虫被打破,发出袭人的臭味,金枝坐起来全身瘙痒,直到搔出血来为止。

楼上她听着两个女人骂架,后来又听见女人哭,孩子也哭。

弱者剥夺更弱者,层层剥夺。

母亲病好了没有？母亲自己拾柴烧吗？下雨房子流水吗？渐渐想得恶化起来：她若死了不就是自己死在炕上无人知道吗？

金枝正在走路，脚踏车响着铃子驶过她，立刻心脏膨胀起来，好像汽车要轧上身体，她终止一切幻想了。

金枝知道怎样赚钱，她去过几次独身汉的房舍，她替人缝被，男人们问她：

"你丈夫多大岁数咧？"

"死啦！"

"你多大岁数？"

"二十七。"

一个男人拖着拖鞋，散着裤口，用他奇怪的眼睛向金枝扫了一下，奇怪的嘴唇跳动着：

"年青青的小寡妇哩！"

她不懂在意这个，缝完，带了钱走了。有一次走出门时有人喊她：

"你回来……你回来。"

给人以奇怪感觉的急切的呼叫，金枝也懂得应该快走，不该回头。晚间睡下时，她向身边的周大娘说：

"为什么缝完，拿钱走时他们叫我？"

周大娘说："你拿人家多少钱？"

"缝一个被子，给我五角钱。"

"怪不得他们叫你！不然为什么给你那么多钱？普通一张被两角。"

周大娘在倦乏中只告诉她一句。

"缝穷婆谁也逃不了他们的手。"

那个全秃的亮头皮的妇人在对面的长炕上类似尖巧的呼叫，她一面走到金枝头顶，好像要去抽拔金枝的头发，弄着她的胖手指：

"唉呀！我说小寡妇，你的好运气来了！那是又来财又开心。"

别人被吵醒开始骂那个秃头：

"你该死的，有本领的野兽，一百个男人也不怕，一百个男人你也不够。"

女人骂着彼此在交谈，有人在大笑，不知谁在一边重复了好几遍：
"还怕！一百个男人还不够哩！"

好像闹着的蜂群静了下去，女人们一点嚷声也停住了，她们全体到梦中去。

"还怕！一百个男人还不够哩！"不知道，她的声音没有人接受，空洞的在屋中走了一周，最后声音消灭在白月的窗纸上。

金枝站在一家俄国点心铺的纱窗外。里面格子上各式各样的油黄色的点心，肠子，猪腿，小鸡，这些吃的东西，在那里发出油亮。最后她发现一个整个的肥胖的小猪，竖起耳朵伏在一个长盘里。小猪四周摆了一些小白菜和红辣椒。她要立刻上去连盘子都抱住，抱回家去快给母亲看。不能那样做，她又恨小日本子，若不是小日本子搅闹乡村，自家的母猪不是早生了小猪吗？"布包"在肘间渐渐脱落，她不自觉的在铺门前站不安定，行人道上人多起来，她碰撞着行人。一个漂亮的俄国女人从点心铺出来，金枝连忙注意到她透孔的鞋子下面染红的脚趾甲；女人走得很快，比男人还快，使她不能再看。

人行道上：克——克——的大声，大队的人经过，金枝一看见铜帽子就知道是日本兵，日本兵使她离开点心铺快快跑走。

她遇到周大娘向她说：

"一点活计也没有，我穿这一件短衫，再没有替换的，连买几尺布钱也留不下，十天一交费用，那就是一块五角。又老，眼睛又花，缝的也慢，从没人领我到家里去缝。一个月的饭钱还是欠着，我住得年头多了，若是新来，那就非被赶出去不可。"她走一条横道又说："新来的一个张婆，她有病都被赶走了。"

经过肉铺，金枝对肉铺也很留恋，她想买一斤肉回家也满足。母亲半年多没尝过肉味。

松花江，江水不住的流，早晨还没有游人，舟子在江沿无聊的彼此骂笑。

周大娘坐在江边。怅然了一刻，接着擦她的眼睛，眼泪是为着她末日的命运在流。江水轻轻拍着江岸。

金枝没被感动，因为她刚来到都市，她还不晓得都市。

金枝为着钱，为着生活，她小心地跟了一个独身汉去到他的房舍。刚踏进门，金枝看见那张床，就害怕，她不坐在床边，坐在椅子上先缝被褥。那个男人开始慢慢和她说话，每一句话使她心跳。可是没有什么，金枝觉得那人很同情她。接着就缝一件夹衣的袖口，夹衣是从那个人身上立刻脱下的，等到袖口缝完时，那男人从腰带间一个小口袋取出一元钱给她，那男人一面把钱送过去，一面用他短胡子的嘴向金枝扭了一下，他说：

"寡妇有谁可怜你？"

金枝是乡下女人，她还看不清那人是假意同情，她轻轻受了"可怜"字眼的感动，她心有些波荡，停在门口，想说一句感谢的话，但是她不懂说什么，终于走了！她听道旁大水壶的笛子在耳边叫，面包作坊门前取面包的车子停在道边，俄国老太太花红的头巾驰过她。

"嗳！回来……你来，还有衣裳要缝。"

那个男人涨红了脖子追在后面。等来到房中，没有事可做，那个男人像猿猴一般，袒露出多毛的胸膛，去用厚手掌闩门去了！而后他开始解他的裤子，最后他叫金枝：

"快来呀……小宝贝。"他看一看金枝吓住了，没动："我叫你是缝裤子，你怕什么？"

缝完了，那人给她一元票，可是不把票子放到她的手里，把票子摔到床底，让她弯腰去取，又当她取得票子时夺过来让她再取一次。

金枝完全摆在男人怀中，她不时正音嘶叫：

> 到处是剥削和强暴。

"对不起娘呀！……对不起娘……"

她无助的嘶狂着，圆眼睛望一望锁住的门不能自开，她不能逃走，事情必然要发生。

女工店吃过晚饭，金枝好像踏着泪痕行走，她的头过分的迷昏，心脏落进污水沟中似的，她的腿骨软了，松懈了，爬上炕取她的旧鞋，和一条手巾。她要回乡，马上躺到娘身上去哭。

炕尾一个病婆，垂死时被店主赶走，她们停下那件事不去议论，金枝把她们的趣味都集中来。

"什么勾当？这样着急？"第一个是周大娘问她。

"她一定进财！"第二个是秃顶胖子猜说。

周大娘也一定知道金枝赚到钱了，因为每个新来的第一次"赚钱"都是过分的羞恨。羞恨摧毁她，忽然患着传染病一般。

"惯了就好了！那怕什么！弄钱是真的，我连金耳环都赚到手里。"

秃胖子用好心劝她，并且手在扯着耳朵。别人骂她：

"不要脸，一天就是你不要脸！"

旁边那些女人看见金枝的痛苦，就是自己的痛苦，人们慢慢四散，去睡觉了，对于这件事情并不表示新奇和注意。

> 不幸，同情，淡漠，麻木。

金枝勇敢地走进都市，羞恨又把她赶回了乡村，在村头的大树枝上发现人头。一种感觉通过骨髓麻寒她全身的皮肤，那是怎样可怕血浸的人头！

母亲拿着金枝的一元票子，她的牙齿在嘴里埋没不住，完全外露。她一面细看票子上的花纹，一面快乐有点不能自制的说：

"来家住一夜明日就走吧！"

金枝在炕沿捶打酸痛的腿骨；母亲不注意女儿为

> 处处把都市和乡村对照着描写，透出作者对都市的憎厌之情。

什么不欢喜，她只跟了一张票子想到另一张，在她想许多票子不都可以到手吗？她必须鼓励女儿。

"你应该洗洗衣裳收拾一下，明天一早必得要行路的，在村子里是没有出头露面之日。"

为了心切她好像责备着女儿一般，简直对于女儿没有热情。

一扇窗子立刻打开，拿着枪的黑脸孔的人竟跳进来，踏了金枝的左腿一下。那个黑人向棚顶望了望，他熟习的爬向棚顶去，王婆也跟着走来，她多日不见金枝而没说一句话，宛如她什么也看不见似的。一直爬上棚顶去。金枝和母亲什么也不晓得，只是爬上去。直到黄昏恶消息仍没传来，他们和爬虫样才从棚顶爬下。王婆说："哈尔滨一定比乡下好，你再去就在那里不要回来，村子里日本子越来越恶，他们捉大肚女人，破开肚子去破'红枪会'（义勇军的一种），活鲜鲜的小孩子从肚皮流出来。为这事，李青山把两个日本子的脑袋割下挂到树上。"

金枝鼻子作出哼声：

"从前恨男人，现在恨小日本子。"最后她转到伤心的路上去："我恨中国人呢，除外我什么也不恨。"

王婆的学识有点不如金枝了！

15　失败的黄色药包

开拔的队伍在南山道转弯时，孩子在母亲怀中向父亲送别。行过大树道，人们滑过河边。他们的衣装和步伐看起来不像一个队伍，但衣服下藏着猛壮的心。这些心把他们带走，他们的心铜一般凝结着出发。最末一刻大山坡还未曾遮没最后的一个人，一个抱在妈妈怀中的小孩他呼叫"爹爹"。孩子的呼叫什

"我恨中国人呢，除外我什么也不恨。"金枝此话基于受国人欺侮的经验。下面一句"王婆的学识有点不如金枝了！"是作者的点评，表明认同金枝的说法，明显的反狭隘民族主义的态度。

么也没得到，父亲连手臂也没摇动一下，孩子好像把声响撞到了岩石。

女人们一进家屋，屋子好像空了；房屋好像修造在天空，素白的阳光在窗上，却不带来一点意义。她们不需要男人回来，只需要好消息。消息来时，是五天过后，老赵三赤着他显露筋骨的脚奔向李二婶子去告诉：

"听说青山他们被打散啦！"显然赵三是手足无措，他的胡子也震惊起来，似乎忙着要从他的嘴巴跳下。

"真的有人回来了吗？"

李二婶的喉咙变做细长的管道，使声音出来做出多角形。

"真的平儿回来啦！"赵三说。

严黑的夜，从天上走下。日本兵团剿打鱼村，白旗屯和三家子……

平儿正在王寡妇家，他休息在情妇的心怀中。外面狗叫，听到日本人说话，平儿越墙逃走；他埋进一片蒿草中，蛤蟆在脚间跳。

"非拿住这小子不可，怕是他们和义勇军接连。"

在蒿草中他听清这是谁们在说："走狗们。"

平儿也听清他的情妇被拷打：

"男人哪里去啦？——快说，再不说枪毙！"

他们不住骂："你们这些母狗，猪养的。"

平儿完全赤身，他走了很远。他去扯衣襟拭汗，衣襟没有了，在腿上抓了一下，于是才发现自己的身影落在地面和光身的孩子一般。

二里半的麻婆子被杀，罗圈腿被杀，死了两个人，村中安息两天。第三天又是要死人的日子。日本兵满村窜走，平儿到金枝家棚顶去过夜。金枝说：

"不行呀！棚顶方才也来小鬼子翻过。"

平儿于是在田间跑着，枪弹不住向他放射，平儿的眼睛不会转弯，他听有人近处叫："拿活的，拿活的。……"

他错觉的听到了一切，他遇见一扇门推进去，一个老头在烧饭，平儿快流眼泪了：

"老伯伯，救命，把我藏起来吧！快救命吧！"

老头子说："什么事？"

"日本子捉我。"

平儿鼻子流血,好像他说到日本子才流血。他向全屋四面张望,就像连一条缝也没寻到似的,他转身要跑,老人捉住他,出了后门,盛粪的长形的笼子在门旁,掀起粪笼老人说:

"你就爬进去,轻轻喘气。"

老人用粥饭涂上纸条把后门封起来,他到锅边吃饭。粪笼下的平儿听见来人和老人讲话,接着他便听到有人在弄门扇,门就要开了,自己就要被捉了!他想要从笼子跳出来。但,很快那些人,那些魔鬼去了!

平儿从安全的粪笼出来,满脸粪屑,白脸染着红血条,鼻子仍然流血,他的样子已经很可惨。

李青山这次他信任"革命军"有用,逃回村来他不同别人一样带回衰丧的样子,他在王婆家说:

"革命军所好是他不胡乱干事,他们有纪律,这回我算相信,红胡子算完蛋:自己纷争,乱撞胡撞。"

这次听众很少,人们不相信青山。村人天生容易失望,每个人容易失望。每个人觉得完了!只有老赵三,他不失望,他说:

"那么再组织起来去当革命军吧!"

王婆觉得赵三说话和孩子一般可笑。但是她没笑他。她的身边坐着戴男人帽子的当过胡子救过国的女英雄说:

"死的就丢下,那么受伤的怎样了?"

"受微伤的不都回来了吗!受重伤那就管不了,死就是啦!"

正这时北村一个老婆婆疯了似的哭着跑来和李青山拼命。她捧住头,像捧住一块石头般的投向墙壁,嘴中发出短句:

"李青山……仇人……我的儿子让你领走去丧命。"

人们拉开她,她有力挣扎,比一条疯牛更有力:

"就这样不行,你把我给小日本子送去吧!我要死,……到应死的时候了!……"

她就这样不住的捉她的头发,慢慢她倒下来,她换不上气来,她轻轻拍着王婆的膝盖:

"老姐姐,你也许知道我的心,十九岁守寡,守了几十年,守这个儿子；……我那些挨饿的日子呀！我跟孩子到山坡去割毛草，大雨来了，雨从山坡把娘儿两个拍滚下来，我的头，在我想是碎了，谁知道？还没死……早死早完事。"

她的眼泪一阵湿热湿透王婆的膝盖，她开始轻轻哭：

"你说我还守什么？……我死了吧！有日本子等着，菱花那丫头也长不大，死了吧！"

果然死了，房梁上吊死的。三岁孩子菱花小脖颈和祖母并排悬着，高挂起正像两条瘦鱼。

> 战争的残酷不从战场写，从弱小者的角度写。

死亡率在村中又在开始快速，但是人们不怎样觉察，患着传染病一般的全村又在昏迷中挣扎。

"爱国军"从三家子经过，张着黄色旗，旗上有红字"爱国军"。人们有的跟着去了。他们不知道怎么爱国，爱国又有什么用处，只是他们没有饭吃啊！

李青山不去，他说那也是胡子编成的。老赵三为着"爱国军"和儿子吵架：

"我看你是应该去，在家里若是传出风声去有人捉拿你。跟去混混，到最末就是杀死一个日本鬼子也上算，也出出气。年青气壮，出一口气也是好的。"

老赵三一点见识也没有，他这样盲动的说话使儿子不佩服。平儿同爹爹讲话总是把眼睛绕着圈子斜视一下，或是不调协的抖一两下肩头，这样对待他，他非常不愿意接受，有时老赵三自己想：

"老赵三怎不是个小赵三呢！"

16　尼姑

金枝要做尼姑去。

尼姑庵红砖房子就在山尾那端。她去开门没能开，成群的麻雀在院心啄食，石阶生满绿色的苔藓，她问一个邻妇，邻妇说：

"尼姑在事变以后，就不见，听说跟造房子的木匠跑走的。"

从铁门栏看进去，房子还未上好窗子，一些长短的木块尚在院心，显然可以看见正房里，凄凉的小泥佛在坐着。

金枝看见那个女人肚子大起来，金枝告诉她说：

"这样大的肚子你还敢出来？你没听说小日本子把大肚女人弄去破'红枪会'吗？日本子把女人肚子割开，去带着上阵，他们说红枪会什么也不怕，就怕女人；日本子叫'红枪会'做'铁孩子'呢！"

那个女人立刻哭起来。

"我说不嫁出去，妈妈不许，她说日本子就要姑娘。看看，这回怎么办？孩子的爹爹走就没见回来，他是去当'义勇军'。"

有人从庙后爬出来，金枝她们吓着跑。

"你们见了鬼吗？我是鬼吗？……"

往日美丽的年青的小伙子，和死蛇一般爬回来。五姑姑出来看见自己的男人，她想到往日受伤的马，五姑姑问他："'义勇军'全散了吗？"

"全散啦！全死啦！就连我也死啦！"他用一只胳膊打着草梢轮回：

"养汉老婆，我弄得这个样子，你就一句亲热的话也没有吗？"

五姑姑垂下头，和睡了的向日葵花一般。大肚子的女人回家去了！金枝又走向那里去？她想出家庙庵早已空了！

> 非生即死，"生死场"中已无避难之地。

17　不健全的腿

"'人民革命军'在那里？"二里半突然问起赵三说。这使赵三想："二里半当了走狗吧？"他没对他告诉。二里半又去问青山。青山说：

"你不要问，再等几天跟着我走好了！"

二里半急迫着好像他就要跑到革命军去。青山长声告诉他：

"革命军在磐石，你去得了吗？我看你一点胆量也没有，杀一只羊都不能够。"接着他故意羞辱他似的：

"你的山羊还好啊？"

二里半为了生气，他的白眼球立刻多过黑眼球，他的热情立刻在心里结成冰。李青山不与他再多说一句，望向窗外天边的树，小声摇着头，他唱起小调来。二里半临出门，青山的女人流汗在厨房向他说：

"李大叔，吃了饭走吧！"

青山看到二里半可怜的样子，他笑说：

"回家做什么，老婆也没有了，吃了饭再说吧！"

他自己没有了家庭，他贪恋别人的家庭。当他拾起筷子时，很快一碗麦饭吃下去了，接连他又吃两大碗，别人还不吃完，他已经在抽烟了！他一点汤也没喝，只吃了饭就去抽烟。

"喝些汤，白菜汤很好。"

"不喝，老婆死了三天，三天没吃干饭哩！"二里半摇着头。

青山忙问："你的山羊吃了干饭没有？"

二里半吃饱饭，好像一切都有希望。他没生气，照例自己笑起来。他感到满意离开青山家，在小道不断的抽他的烟火，天色茫茫的并不引起他的悲哀，蛤蟆在小河边一声声的哇叫。河边的小树随了风在骚闹，他踏着往日自己的菜田，他振动着往日的心波。菜田连棵菜也不生长。

那边的人家老太太和小孩们载起暮色来在田上匍匐。他们相遇在地端，二里半说：

"你们在掘地吗？地下可有宝物？若有我也蹲下掘吧！"

一个很小的孩子发出脆声："拾麦穗呀！"孩子似乎是快乐，老祖母在那边已叹息了：

"有宝物？……我的老天爷！孩子饿得乱叫，领他们来拾几粒麦穗，回家给他们做干粮吃。"二里半把烟袋给老太太吸，她拿过烟袋，连擦都没有擦，就放进嘴去。显然她是熟习吸烟，并且十分需要。她把肩膀抬得高高，她紧合了眼睛，浓烟不住从嘴冒出，从鼻孔冒出。那样很危险，好像她的鼻子快要着火。

"一个月也多了，没得摸到烟袋。"

她像仍不愿意舍弃烟袋，理智勉强了她。二里半接过去把烟袋在地面响着。

人间已是那般寂寞了。天边的红霞没有鸟儿翻飞，人家的篱墙没有狗儿吠叫。

老太太从腰间慢慢取出一个纸团，纸团慢慢在手下舒展开，而后又折平。

"你回家去看看吧！老婆，孩子都死了！谁能救你，你回家去看看吧！看看就明白啦！"

她指点那张纸，好似指点符咒似的。

天更黑了！黑得和帐幕紧逼住人脸。最小的孩子，走几步，就抱住祖母的大腿，他不住的嚷着：

"奶奶，我的筐满了，我提不动呀！"

祖母为他提筐，拉着他。那几个大一些的孩子卫队似的跑在前面。到家，祖母点灯看时，满筐蒿草，蒿草从筐沿要流出来，而没有麦穗，祖母打着孩子的头笑了：

"这都是你拾的麦穗吗？"祖母把笑脸转换哀伤的脸，她想："孩子还不能认识麦穗，难为了孩子！"

五月节：虽然是夏天，却像吹起秋风来。二里半熄了灯，凶壮着从屋檐出现，他提起切菜刀，在墙角，在羊棚，就是院外白树下，他也搜遍。他要使自己无牵无挂，好像非立刻杀死老羊不可。

这是二里半临行的前夜。

老羊鸣叫着回来，胡子间挂了野草，在栏棚处擦得栏栅响。二里半手中的刀，举得比头还高，他朝向栏杆走去。

菜刀飞出去，喳啦的砍倒了小树。

老羊走过来,在他的腿间搔痒。二里半许久许久的摸抚羊头,他十分羞愧:好像耶稣教徒一般向羊祷告。

清早他像对羊说话,在羊棚喃喃了一阵,关好羊栏,羊在栏中吃草。

五月节,晴明的青空。老赵三看这不像个五月节样:麦子没长起来,嗅不到麦香,家家门前没挂纸葫芦。他想这一切是变了!变得这样速!去年的五月节,清清明明的,就在眼前似的,孩子们不是捕蝴蝶吗?他不是喝酒吗?

他坐门前一棵倒折的树干上,凭吊这已失去的一切。

李青山的身子经过他,他扮成"小工"模样,赤足卷起裤口,他说给赵三:

"我走了!城里有人候着,我就要去……"

青山没提到五月节。

二里半远远跛脚奔来,他青色马一样的脸孔,好像带着笑容。他说:

"你在这里坐着,我看你快要朽在这根木头上……"

二里半回头看时,被关在栏中的老羊,居然随在身后,立刻他的脸更拖长起来:

"这条老羊……替我养着吧!赵三哥!你活一天替我养一天吧!……"

二里半的手,在羊毛上惜别,他流泪的手,最后一刻摸着羊毛。

他快走,跟上前面李青山去。身后老羊不住哀叫,羊的胡子慢慢在摆动……

二里半不健全的腿颠跌着颠跌着,远了!模糊了!山岗和树林,渐去渐遥。羊声在遥远处伴着老赵三茫然的嘶鸣。

一九三四,九,九日。

*本篇完成于1934年9月9日,从此,作者正式采用萧红的笔名。

1935年12月作为"奴隶丛书"之三,假上海容光书局名义自费出版,书前有鲁迅《序言》,书后有胡风《读后记》。

这是一部描写东北农民生活和斗争的小说。全文共分十七节,前十节写的是中华民国"太平时期"的日子。"在乡村,人和动物一起忙着生,忙着死。"作者也写阶级斗争,写到地主的压迫和农民的反抗;但是她的笔墨,主要是通过生产、生殖、人伦关系,写生命的卑贱、贫困、疾病和死亡。十一节是一个枢纽,接着转入"满洲国"的殖民时期。这时,人们因日本兵的入侵而想起自己是中国人,因无法生存必须起而反抗。但是,他们的斗争能够争得主人的权利吗?能够改变生命的价值吗?国家对于个人意味着什么呢?男人对女人意味着什么呢?

作为一个流亡的女作家,萧红对此发出悲愤的控诉和抗议,表明一种坚定的底层立场和清醒的权利意识。小说不同于一般的"左翼文学"或"抗战文学",它有着更为深厚的人本主义内涵,带有启蒙的意义。

读后记

我看到过有些文章提到了肖洛诃夫[①](Shotokof)在《被开垦了的处女地》[②]里所写的农民对于牛对于马的情感,把它们送到集体农场去以前的留恋,惜别,说那画出了过渡期的某一类农民底魂魄。《生死场》底作者是没有读过《被开垦了的处女地》的,但她所写的农民们底对于家畜(羊、马、牛)的爱着,真实而又质朴,在我们已有的农民文学里面似乎还没有见过这样动人的诗片。

不用说,这里的农民底运命是不能够和走向地上乐园的苏联的农民相比的:蚊子似的生活着,糊糊涂涂的生殖,乱七八糟的死亡,用自己

---

① 肖洛诃夫即萧洛霍夫(1905—1984),苏联作家。著有长篇小说《静静的顿河》《被开垦的处女地》等。曾获诺贝尔文学奖。

② 《被开垦的处女地》:长篇小说,苏联作家肖洛诃夫著,该作品分为两部,第一部出版于1932年,第二部出版于1960年,此处指《被开垦的处女地》第一部。

底血汗,自己底生命肥沃了大地,种出食粮,养出畜类,勤勤苦苦地蠕动在自然的暴君和两只脚的暴君底威力下面。

但这样混混沌沌的生活是也并不能长久继续的。卷来了"黑色的舌头",飞来了宣传"王道"的汽车和飞机,日本旗替代了中国旗。偌大的东北四省轻轻地失去了。日本人为什么抢了去的?中国的统治者阶级为什么让了他们抢了去的?抢的是要把那些能够肥沃大地的人民做成压榨得更容易更直接的奴隶,让他们抢的是为了表示自己底驯服,为了取得做奴才的地位。

然而被抢去了的人民却是不能够"驯服"的。要么,被刻上"亡国奴"的烙印,被一口一口地吸尽血液,被强奸,被杀害。要么,反抗。这以外,到都市去也罢,到尼庵去也罢,都走不出这个人吃人的世界。

在苦难里倔强的老王婆固然站起来了,但忏悔过的"好良心"的老赵三也站起了,甚至连那个在世界上只看得见自己底一匹山羊的谨慎的二里半也站起了……到寡妇们回答出"是呀!千刀万剐也愿意!"的时候,老赵三流泪的喊着"等我埋在坟里……也要把中国旗子插在坟顶,我是中国人!我要中国旗子,我不当亡国奴,生是中国人,死是中国鬼……不……不是亡……亡国奴……"的时候每个人跪在枪口前面盟誓说:"若是心不诚,天杀我,枪杀我,枪子是有灵有圣有眼睛的啊!"的时候,这些蚁子一样的愚夫愚妇们就悲壮的站上了神圣的民族战争底前线。蚁子似的为死而生的他们现在是巨人似的为生而死了。

这写的只是哈尔滨附近的一个偏僻的村庄,而且是觉醒底最初的阶段,然而这里面是真实的受难的中国农民,是真实的野生的奋起。它"显示着中国的一份和全部,现在和未来,死路与活路"(鲁迅序《八月的乡村》[①]语)。

使人兴奋的是,这本不但写出了愚夫愚妇底悲欢苦恼而且写出了蓝空下的血迹模糊的大地和流在那模糊的血土上的铁一样重的战斗意志的书,却是出自一个青年女性底手笔。在这里我们看到了女性的纤细的感觉也看到了非女性的雄迈的胸境。前者充满了全篇,只就后者举两个例子:

  山上的雪被风吹着像要埋蔽这傍山的小房似的。大树号叫,风雪

---

 ① 《八月的乡村》:长篇小说,萧军著。

向小房遮蒙下来。一株山边斜歪着的大树，倒折下来。寒月怕被一切声音扑碎似的，退缩到天边去了。这时候隔壁透出来的声音更哀楚。

上面叙述过的，宣誓时寡妇们回答了"是呀！千刀万剐也愿意！"以后，接着写：

> 哭声刺心一般痛！哭声方锥一般落进每个人的胸膛。一阵强烈的悲酸掠过低垂的人头，苍苍然蓝天欲坠了！

老赵三流泪的喊着死了，也要把中国旗子插在坟顶以后，接着写：

> 浓重不可分解的悲酸，使树叶垂头。赵三在红蜡烛前用力鼓了桌子两下，人们一起哭向苍天了！人们一起向苍天哭泣。大群的人起着号啕！

这是用钢戟向晴空一挥似的笔触，发着颤响，飘着光带，在女性作家里面不能不说是创见了。

然而，我并不是说作者没有她底短处或弱点。第一，对于题材的组织力不够，全篇现得是一些散漫的素描，感不到向着中心的发展，不能使读者得到应该能够得到的紧张的迫力。第二，在人物底描写里面，综合的想象的加工非常不够。个别的看来，她底人物都是活的，但每个人物底性格都不凸出，不大普遍，不能够明确的跳跃在读者底前面。第三，语法句法太特别了，有的是由于作者所要表现的新鲜的意境，有的是由于被采用的方言，但多数却只是因为对于修辞的锤炼不够。我想，如果没有这几个弱点，这一篇不是以精致见长的史诗就会使读者感到更大的亲密，受到更强的感动罢。

当然，这只是我这样的好事者底苛求，这只是写给作者和读者的参考，在目前，我们是应该以作者底努力为满足的。由于《八月的乡村》和这一本，我们才能够真切地看见了被抢去的土地上的被讨伐的人民，用了心的激动更紧地和他们拥合。

一九三五，一一，二二晨二时记于上海。

胡风[1]

---

[1] 胡风（1902—1985）：中国现代文艺理论家、诗人、文学翻译家。湖北蕲春人，原名张光人，曾用谷非、高荒、张果等笔名。作品收入《胡风文集》《胡风译文集》等。

王阿嫂的死[1]

1

　　草叶和菜叶都蒙盖上灰白色霜，山上黄了叶子的树，在等候太阳。太阳出来了，又走进朝霞去。野甸上的花花草草，在飘送着秋天零落凄迷的香气。

　　雾气像云烟一样蒙蔽了野花、小河、草屋，蒙蔽了一切声息，蒙蔽了远近的山岗。

　　王阿嫂拉着小环每天在太阳将出来的时候，到前村广场上给地主们流着汗；小环虽是七岁，她也学着给地主们流着小孩子的汗。现在春天过了，夏天过了……王阿嫂什么活计都做过，拔苗、插秧。秋天一来到，王阿嫂和别的村妇们都坐在茅檐下用麻绳把茄子穿成长串长串的，一直穿着。不管蚊虫把脸和手搔得怎样红肿，也不管孩子们在屋里喊叫妈妈吵断了喉咙。她只是穿着、穿啊，两只手像纺纱车一样，在旋转着穿……

　　第二天早晨，茄子就和紫色成串的铃当一样，挂满了王阿嫂家的前檐；就连用柳条编成的短墙上也挂满着紫色的铃当。别的村妇也和王阿嫂一样，檐前尽是茄子。

　　可是过不了几天茄子晒成干菜了。家家都从房檐把茄子解下来，送

---

[1] 该篇创作于1933年5月21日，首刊何处不详。

到地主的收藏室去。王阿嫂到冬天只吃着地主用以喂猪的烂土豆，连一片干菜也不曾进过王阿嫂的嘴。

太阳在东边放射着劳工的眼睛。满山的雾气退去，男人和女人，在田庄上忙碌着。羊群和牛群在野甸子间，在山坡间，践踏并且寻食着秋天半憔悴的野花野草。

田庄上只是没有王阿嫂的影子，这却不知为了什么？竹三爷每天到广场上替张地主支配工人。现在竹三爷派一个正在拾土豆的小姑娘去找王阿嫂。

工人的头目，愣三抢着说：

"不如我去的好，我是男人走得快。"

得到竹三爷的允许，不到两分钟的工夫，愣三就跑到王阿嫂的窗前了。

"王阿嫂，为什么不去做工呢？"

里面接着就是回答声：

"叔叔来得正好，求你到前村把王妹子叫来，我头痛，今天不去做工。"

小环坐在王阿嫂的身边，她哭着，响着鼻子说："不是呀！我妈妈扯谎，她的肚子太大了！不能做工，昨夜又是整夜的哭，不知是肚子痛还是想我的爸爸。"

王阿嫂的伤心处被小环击打着，猛烈地击打着，眼泪都从眼眶转到嗓子方面去。她只是用手拍打着小环，她急性的，意思是不叫小环再说下去。

李愣三是王阿嫂男人的表弟。听了小环的话，像动了亲属情感似的，跑到前村去了。

小环爬上窗台，用她不会梳头的小手，在给自己梳着毛蓬蓬的小辫。邻家的小猫跳上窗台，蹲踞在小环的腿上，猫像取暖似的迟缓地把眼睛睁开，又合拢来。

远处的山反映着种种样的朝霞的彩色。山坡上的羊群、牛群，就像小黑点似的，在云霞里爬走。

小环不管这些，只是在梳自己毛蓬蓬的小辫。

2

在村里,王妹子、愣三、竹三爷,都是公共的名称。是凡佣工阶级都是这样简单而不变化的名字。这就是工人阶级一个天然的标识。

王妹子坐在王阿嫂的身边,炕里蹲着小环,三个人寂寞着。后山上不知是什么虫子,一到中午,就吵叫出一种不可忍耐的幽默和凄怨的情绪来。

小环虽是七岁,但是就和一个少女般的会忧愁,会思量。她听着秋虫吵叫的声音,只是用她的小嘴在学着大人叹气。这个孩子也许因为母亲死得太早的缘故?

小环的父亲是一个雇工,在她还没生下来的时候,她的父亲就死了!在她五岁的时候她的母亲又死了。她的母亲是被张地主的大儿子张胡琦强奸而后气愤死了的。

五岁的小环,开始做个小流浪者了。从她贫苦的姑家,又转到更贫苦的姨家。结果为了贫苦,不能养育她,最后她在张地主家过了一年煎熬的生活。竹三爷看不惯小环被虐待的苦处。当一天王阿嫂到张家去取米,小环正被张家的孩子们将鼻子打破,满脸是血,王阿嫂把米袋子丢落在院心,她走近小环,给她擦着眼泪和血。小环哭着,王阿嫂也哭了!

由竹三爷作主,小环从那天起,就叫王阿嫂做妈妈了。那天小环是扯着王阿嫂的衣襟来到王阿嫂的家里。

后山的虫子,不间断的,不曾间断的在叫。王阿嫂拧着鼻涕,两腮抽动,若不是肚子突出,她简直瘦得像一条龙。她的手也正和爪子一样,因为拔苗割草而骨节突出。她的悲哀像沉淀了的淀粉似的,浓重并且不可分解。她在说着她自己的话:

"王妹子,你想我还能再活下去吗?昨天在田庄

地主的凶。

上张地主是踢了我一脚。那个野兽，踢得我简直发昏了，你猜他为什么踢我呢？早晨太阳一出就做工，好身子倒没妨碍，我只是再也带不动我的肚子了！又是个正午时候，我坐在地梢的一端喘两口气，他就来踢了我一脚。"

拧一拧鼻涕又说下去：

"眼看着他爸爸死了三个月了！那是刚过了五月节的时候，那时仅四个月，现在这个孩子快生下来了。咳！什么孩子，就是冤家，他爸爸的性命是丧在张地主的手里，我也非死在他们的手里不可，我想谁也逃不出地主们的手去！"

王妹子扶她一下，把身子翻动一下：

"哟，可难为你了！肚子这样你可怎么在田庄上爬走啊？"

王阿嫂的肩头抽动得加速起来。王妹子的心跳着，她在悔恨的跳着，她开始在悔恨：

"自己太不会说话，在人家最悲哀的时节，怎能用得着十分体贴的话语来激动人家悲哀的感情呢？"

王妹子又转过话头来：

"人一辈子就是这样，都是你忙我忙，结果谁也不是一个死吗？早死晚死不是一样吗？"

说着她用手巾给王阿嫂擦着眼泪，揩着她一生流不尽的眼泪：

"嫂子你别太想不开呀！身子这种样，一劲忧愁，并且你看着小环也该宽心。那个孩子太知好歹了！你忧愁，你哭，孩子也跟着忧愁，跟着哭。倒是让我做点饭给你吃，看外边的日影快晌午了！"

王妹子心里这样相信着：

"她的肚子被踢得胎儿活动了！危险……死……"

她打开米桶，米桶是空着。

王妹子打算到张地主家去取米，从桶盖上拿下个小盆。王阿嫂叹息着说：

"不要去呀！我不愿看他家那种脸色，叫小环到后山竹三爷家去借点吧！"

小环捧着瓦盆爬上坡，小辫在脖子上摔搭摔搭地走向山后去了！山上的虫子在憔悴的野花间,叫着憔悴的声音啊!

3

王大哥在三个月前给张地主赶着起粪的车,因为马腿给石头折断,张地主扣留他一年的工钱。王大哥气愤之极,整天醉酒,夜里不回家,睡在人家的草堆。后来他简直是疯了!看着小孩也打,狗也打,并且在田庄上乱跑,乱骂。张地主趁他睡在草堆的时候,遣人偷着把草堆点着了!王大哥在火焰里翻滚,在张地主的火焰里翻滚;他的舌头伸在嘴唇以外,他嚎叫出不是人的声音来。

有谁来救他呢?穷人连妻子都不是自己的。王阿嫂只是在前村田庄上拾土豆,她的男人却在后村给人家烧死了。

当王阿嫂奔到火堆旁边,王大哥的骨头已经烧断了!四肢脱落,脑壳直和半个破葫芦一样,火虽熄灭,但王大哥的气味却在全村漂漾。

四围看热闹的人群们,有的擦着眼睛说:

"死得太可怜!"

也有的说:

"死了倒好,不然我们的孩子要被这个疯子打死呢!"

王阿嫂拾起王大哥的骨头来,裹在衣襟里,她紧紧的抱着,她发出嚎天的哭声来。她这凄惨泌血的声音,遮过草原,穿过树林的老树,直到远处的山间,发出回响来。

每个看热闹的女人,都被这个滴着血的声音诱惑得哭了!每个在哭的妇人都在生着错觉,就像自己的男人被烧死一样。

> 村人的愚昧。作者说她写作是跟人类的愚昧作斗争。

别的女人把王阿嫂的怀里紧抱着的骨头，强迫的丢开，并且劝说着：

"王阿嫂你不要这样啊！你抱着骨头又有什么用呢？要想后事。"

王阿嫂不听别人，她看不见别人，她只有自己。把骨头又抢着疯狂的包在衣襟下，她不知道这骨头没灵魂，也没有肉体，一切她都不能辨明。她在王大哥死尸被烧的气味里打滚，她向不可解脱的悲痛里用尽了她的全力的攒呵！

满是眼泪的小环的脸转向王阿嫂说：

"妈妈，你不要哭疯了啊！爸爸不是因为疯才被人烧死的吗？"

王阿嫂，她不听到小环的话，鼓着肚子，涨开肺叶般的哭。她的手撕着衣裳，她的牙齿在咬嘴唇。她和一匹吼叫的狮子一样。

后来张地主手提着苍蝇拂，和一只阴毒的老鹰一样，振动着翅膀，眼睛突出，鼻子向里勾曲调着他那有尺寸的阶级的步调从前村走来，用他压迫的口腔来劝说王阿嫂：

<small>人物描写极带主观色彩。</small>

"天快黑了！还一劲哭什么！一个疯子死就死了吧！他的骨头有什么值钱。你回家做你以后的打算好了！现在我遣人把他埋到西岗子去。"

说着他向四周的男人们下个口令：

"这种气味……越快越好！"

妇人们的集团在低语：

"总是张老爷子，有多么慈心，什么事情，张老爷子都是帮忙的。"

<small>地主的脸。</small>

王大哥是张老爷子烧死的，这事情妇人们不知道，一点不知道。田庄上的麦草打起流水样的波纹，烟筒里吐出来的炊烟，在人家的房顶上旋卷。

<small>悲剧在黑幕中上演。</small>

苍蝇拂子摆动着吸人血的姿式,张地主走回前村去。

穷汉们,和王大哥同类的穷汉们,摇煽着阔大的肩膀,王大哥的骨头被运到西岗上了!

4

三天过了!五天过了!田庄上不见王阿嫂的影子,拾土豆和割草的妇人们嘴里念道这样的话:

"她太艰苦了!肚子那么大,真是不能做工了!"

"那天张地主踢了她一脚,五天没到田庄上来。大概是孩子生了,我晚上去看看。"

"王大哥被烧死以后,我看王阿嫂就没心思过日子了!一天东哭一场,西哭一场的,最近更利害了!那天不是一面拾土豆,一面流着眼泪?"

又一个妇人皱起眉毛来说:

"真的,她流的眼泪比土豆还多。"

另一个又接着说:

"可不是吗?王阿嫂拾得的土豆,是用眼泪换得的。"

在激动着热情,一个抱着孩子拾土豆的妇人说:

"今天晚上我们都该到王阿嫂家去看看,她是我们的同类呀!"

田庄上十几个妇人用响亮的嗓子在表示赞同。

张地主走来了!她们都低下头去工作着。张地主走开,她们又都抬起头来;就像被风刮倒的麦草一样,风一过去,草稍又都伸立起来;她们说着方才的话:

"她怎能不伤心呢?王大哥死时,什么也没给她留下。眼看又来到冬天,我们虽是有男人,怕是棉衣

原始女权主义。

也预备不齐。她又怎么办呢？小孩子若生下来她可怎么养活呢？我算知道，有钱人的儿女是儿女，穷人的儿女，分明就是孽障。"

"谁不说呢？听说王阿嫂有过三个孩子都死了！"

其中有两个死去男人，一个是年轻的，一个是老太婆。她们在想起自己的事，老太婆想着自己男人被车轧死的事，年轻的妇人想着自己的男人吐血而死的事，只有这俩妇人什么也不说。

张地主来了！她们的头就和向日葵般在田庄上弯弯的垂下去。

地主的势。

小环的叫喊声在田庄上，在妇人们的头上，响起来：

"快……快来呀！我妈妈不……不能，不会说话了！"

小环是一个被大风吹着的蝴蝶，不知方向，她惊恐的翅膀痉挛在振动。她的眼泪在眼眶里急得和水银似的不定形的滚转，手在捉住自己的小辫，跺着脚破着声音喊：

"我妈……妈怎么了？……她不说话呀……不会呀！"

5

等到村妇挤进王阿嫂屋门的时候，王阿嫂自己在炕上发出她最后沉重的嚎声，她的身子是被自己的血浸染着，同时在血泊里也有一个小的、新的动物在挣扎。

王阿嫂的眼睛像一个大块的亮珠，虽然闪光而不能活动。她的嘴张得怕人，像猿猴一样，牙齿拼命地向外突出。

村妇们有的哭着,也有的躲到窗外去,屋子里散散乱乱,扫帚水壶、破鞋,满地乱摆。邻家的小猫蹲缩在窗台上。小环低垂着头在墙角间站着,她哭,她是没有声音的在哭。

王阿嫂就这样的死了!新生下来的小孩,不到五分钟也死了!

6

月亮穿透树林的时节,棺材带着哭声向西岗子移动。村妇们都来相送,拖拖落落,穿着种种样样擦满油泥的衣服,这正表示和王阿嫂同一个阶级。

竹三爷手携着小环,走在前面。村狗在远处受惊的在叫。小环并不哭,她依持别人,她的悲哀似乎分给大家担负似的,她只是随了竹三爷踏着贴在地上的树影走。

王阿嫂的棺材被抬到西岗子树林里。男人们在地面上掘坑。

小环,这个小幽灵,坐在树根下睡了!林间的月光细碎的飘落在小环的脸上。她两手扣在膝盖间,头搭在手上,小辫在脖子上给风吹动着,她是个天然的小流浪者。

棺材合着月光埋到土里了!像完成一件工作似的,人们扰攘着。

竹三爷走到树根下摸动小环的头发:

"醒醒吧!孩子!回家了。"

小环闭着眼睛说:

"妈妈,我冷呀!"

竹三爷说:

"回家吧!你那里还有妈妈?可怜的孩子别说梦话!"

醒过来了!小环才明白妈妈今天是不再搂着她睡了!她在树林里,月光下,妈妈的坟前,打着滚哭啊……

"妈妈!……你不要……我了!让我跟跟跟谁睡……睡觉呀?"

"我……还要回到……张……张张地主家去挨打吗?"——她咬住

嘴唇哭。

"妈妈！跟……跟我回……回家吧！……"

远近处颤动这小姑娘的哭声，树叶和小环的哭声一样交接的在响，竹三爷同别的人一样在擦揉眼睛。

林中睡着王大哥和王阿嫂的坟墓。

村狗在远近的人家吠叫着断续的声音……

一九三三，五，二一

> 让妈妈"回家"，"家"在何处？以若有知若无知的孩子的感受和痛哭结尾，撕人心肺。

---

*作于1933年5月21日，发表于同年哈尔滨《国际协报》副刊《夜哨》，日期未详。后编入《跋涉》。署名悄吟。

这是一个反映中国佃农阶级悲惨生活的小说。王阿嫂的丈夫被地主逼疯、烧死，她也因为被地主踢了一脚，于产后死去，家里剩下一个领养的七岁的女孩小环，结果成为一个孤儿。小说值得注意的是：一、在揭露地主的罪恶时，不写政治上的压迫和经济上的剥削，而是着重在人性方面，刻画其凶残的面目；二、"妇人们的集团"，既有同情王阿嫂的时候，也有充当看客的时候，但是，对于地主的本质始终缺乏认识。

萧红开始涉足创作，已经显示出带有启蒙性质的思想倾向；而敞开的人性的视角也是独特的，并为日后所坚持。

牛车上[1]

金花菜在三月的末梢就开遍了溪边。我们的车子在朝阳里轧着山下的红绿颜色的小草,走出了外祖父的村梢。

车夫是远族上的舅父,他打着鞭子,但那不是打在牛的背上,只是鞭梢在空中绕来绕去。

"想睡了吗?车刚走出村子呢!喝点梅子汤吧!等过了前面的那道溪水再睡。"外祖父家的女佣人,是到城里去看她的儿子的。

"什么溪水,刚才不是过的吗?"从外祖父家带回来的黄猫也好像要在我的膝头上睡觉了。

"后塘溪。"她说。

"什么后塘溪?"我并没有注意她。因为外祖父家留在我们的后面,什么也看不见了,只有村梢上庙堂前的红旗杆还露着两个金顶。

"喝一碗梅子汤吧,提一提精神。"她已经端了一杯深黄色的梅子汤在手里,一边又去盖着瓶口。

"我不提,提什么精神,你自己提吧!"

他们都笑了起来,车夫立刻把鞭子抽响了一下。

"你这姑娘……顽皮,巧舌头……我……我……"他从车辕转过身来,伸手要抓我的头发。

---

[1] 该篇创作于1936年8月前后,具体日期不详。首刊于1936年10月1日上海《文季月刊》第一卷第五期,署名萧红。

坐在了车辕。在他没有抽烟之前,他的厚嘴唇好像关紧了的瓶口似的严密。

五云嫂的说话,好像落着小雨似的,我又顺着车栏睡下了。

等我再醒来,车子停在一个小村头的井口边,牛在饮着水,五云嫂也许是哭过,她陷下的眼睛高起来了,并且眼角的皱纹也张开来。车夫从井口搅了一桶水提到车子旁边:

"不喝点吗?清凉清凉……"

"不喝。"她说。

"喝点吧,不喝就是用凉水洗洗脸也是好的。"他从腰带上取下手巾来,浸了浸水:"揩一揩!尘土迷了眼睛……"

当兵的人,怎么也会替人拿手巾?我感到了惊奇。我知道的当兵的人就会打仗,就会打女人,就会捏孩子们的耳朵。

"那年冬天,我去赶年市……我到城里去卖猪鬃,我在年市上喊着:'好硬的猪鬃来……好长的猪鬃来……'后一年,我好像把他爹忘下啦……心上也不牵挂……想想那没有个好,这些年,人还会活着!到秋天,我也到田上去割高粱,看我这手,也吃过气力……春天就带着孩子去做长工,两个月三个月的就把家拆了。冬天又把家归拢起来。什么牛毛啦……猪毛啦……还有些收拾来的鸟雀的毛。冬天就在家里收拾,收拾干净了呀……就选一个暖和的天气进城去卖。若有顺便进城去的车呢,把秃子也就带着……那一次没有带秃子。偏偏天气又不好,天天下清雪,年市上不怎么热闹;没有几捆猪鬃也总卖不完。一早就蹲在市上,一直蹲到太阳偏西。在十字街口,一家大买卖的墙头上贴着一张大纸,人们来来往往的在那里

以"我"的感应控制小说的节奏。

以对话的形式叙述故事,除了加强故事的真实性之外,还可以随意插入对生活的主观感受和各种评价。

看,像是从一早那张纸就贴出来了!也许是晌午贴的……有的还一边看,一边念出来几句。我不懂得那一套……人们说是'告示,告示',可是告的什么,我也不懂那一套……'告示'倒知道是官家的事情,与我们做小民的有什么长短!可不知为什么看的人就那么多……听说么,是捉逃兵的'告示'……又听说么……又听说么……几天就要送到县城来枪毙……"

"哪一年?民国十年枪毙逃兵二十多个的那回事吗?"车夫把卷起的衣袖在下意识里把它放下来,又用手扫着下颚。

"我不知道那叫什么年……反正枪毙不枪毙与我何干,反正我的猪鬃卖不完就不走运气……"她把手掌互相擦了一会,猛然,像是拍着蚊虫似的,凭空打了一下:

"有人念着逃兵的名字……我看着那穿黑马褂的人……我就说:'你再念一遍!'起先猪毛还拿在我的手上……我听到了姜五云姜五云的,好像那名字响了好几遍……我过了一些时候才想要呕吐……喉管里像有什么腥气的东西喷上来,我想咽下去……又咽不下去……眼睛冒着火苗……那些看'告示'的人往上挤着,我就退在了旁边,我再上前去看看,腿就不做主啦!看'告示'的人越多,我就退下来了!越退越远啦……"

她的前额和鼻头都流下汗来。

"跟了车,回到乡里,就快半夜了。一下车的时候,我才想起了猪毛……哪里还记得起猪毛……耳朵和两张木片似的啦……包头巾也许是掉在路上,也许是掉在城里……"

她把头巾掀起来,两个耳朵的下梢完全丢失了。

"看看,这是当兵的老婆……"

这回她把头巾束得更紧了一些,所以随着她的讲话那头巾的角部也起着小小的跳动。

"五云倒还活着,我就想看看他,也算夫妇一回……

"……二月里,我就背着秃子,今天进城,明天进城……'告示'听说又贴了几回,我不去看那玩艺儿,我到衙门去问,他们说:'这里不管这事。'让我到兵营里去……我从小就怕见官……乡下孩子,没有见过。那些带刀挂枪的,我一看到就发颤……去吧!反正他们也不是见人就杀……后来常常去问,也就不怕了。反正一家三口,已经有一口拿在他们的手心里……他们告诉我,逃兵还没有送过来。我说什么时候才送过来呢?他们说:'再过一个月吧!'……等我一回到乡下就听说逃兵已从什么县城,那是什么县城?到今天我也记不住那是什么县城……就是听说送过来啦就是啦……都说若不快点去看,人可就没有了。我再背着秃子,再进城……去问问,兵营的人说:'好心急,你还要问个百八十回。不知道,也许就不送过来的。'……有一天,我看着一个大官,坐着马车,叮咚叮咚的响着铃子,从营房走出来了……我把秃子放在地上,我就跑过去,正好马车是向着这边来的,我就跪下了,也不怕马蹄就踏在我的头上。

"'大老爷,我的丈夫……姜五……'我还没有说出来,就觉得肩膀上很沉重……那赶马车的把我往后面推倒了,好像跌了跤似的我爬在道边去。只看到那赶马车的也戴着兵帽子。

"我站起来,把秃子又背在背上……营房的前边,就是一条河,一个下半天都在河边上看着河水。有些钓鱼的,也有些洗衣裳的。远一点,在那河湾上,那水就深了,看着那浪头一排排的从眼前过去。不知道几百条浪头都坐着看过去了。我想把秃子放在河边上,我一跳就下去吧!留他一条小命,他一哭就会有人把他收了去。

"我拍着那小胸脯,我好像说:'秃儿,睡吧。'我还摸摸那圆圆的耳朵,那孩子的耳朵,真是,长得肥满,和他爹的一模一样,一看到那孩子的耳朵,就看到他爹了。"

她为了赞美而笑了笑。

"我又拍着那小胸脯,我又说:'睡吧!秃

官民之间。

大官怎么会认识到一个叫"姜五"的小兵呢?这个细节,让人想起契诃夫的小说《万卡》中的小主人公给世界上唯一的亲人写信时,在信封上写"乡下爷爷收"一样幽默中有绝望的痛感。

妻子和母亲的感情。情节之外的一笔,细腻而温润。

儿。'我想起了,我还有几吊钱,也放在孩子的胸脯上吧!正在伸,伸手去放……放的时节……孩子睁开眼睛了……又加上一只风船转过河湾来,船上的孩子喊妈的声音我一听到,我就从沙滩上面……把秃子抱……抱在……怀里了……"

她用包头巾像是紧了紧她的喉咙,随着她的手,眼泪就流了下来。

"还是……还是背着他回家吧!哪怕讨饭,也是有个亲娘……亲娘的好……"

那蓝色头巾的角部,也随着她的下颚颤抖了起来。

我们车子的前面正过着一堆羊群,放羊的孩子口里响着用柳条做成的叫子,野地在斜过去的太阳里边分不出什么是花,什么是草了!只是混混黄黄的一片。

车夫跟着车子走在旁边,把鞭梢在地上荡起着一条条的烟尘。

"……一直到五月,营房的人才说:'就要来的,就要来的。'

"……五月的末梢,一只大轮船就停在了营房门前的河沿上。不知怎么这样多的人!比七月十五看河灯的人还多……"

她的两只袖子在招摇着。

"逃兵的家属,站在右边……我也站过去,走过一个戴兵帽子的人,还每人给挂了一张牌子……谁知道,我也不认识那字……

"要搭跳板的时候,就来了一群兵队,把我们这些挂牌子的……就圈了起来……'离开河沿远点,远点……'他们用枪把手把我们赶到离开那轮船有三四丈远……站在我旁边的,一个白胡子的老头,他一只手提着一个包裹,我问他:'老伯,为啥还带来这东西?'……'哼!不!我有一个儿子和一个侄子……一人一包……回阴曹地府,不穿洁净衣裳是不上高的……'

"跳板搭起来了……一看跳板搭起来就有哭的……我是不哭,我把脚跟立得稳稳当当的,眼睛往船上看着……可是,总不见出来……过了一会,一个兵官,挎着洋刀,手扶着栏杆说:'让家属们再往后退退……就要下船……'听着嚓唠一声,那些兵队又用枪把手把我们向后赶了过去,一直赶上了道旁的豆田,我们就站在豆秧上,跳板又呼隆隆的搭起了一块……走下来了,一个兵官领头……那脚镣子,哗啦哗啦的……我还记得，第一个还是个小矮个……走下来五六个啦……没有一个像秃子他爹宽宽肩膀的，是真的，很难看……两条胳臂直伸伸的……我看了半天工夫才看出手上都是戴了铐子的。旁边的人越哭，我就格外更安静。我只把眼睛看着那跳板……我要问问他爹'为啥当兵不好好当，要当逃兵……你看看，你的儿子，对得起吗？'

"二十来个，我不知道哪个是他爹，远看都是那么个样儿。一个年青的媳妇……还穿了件绿衣裳，发疯了似的，穿开了兵队抢过去了……当兵的哪肯叫她过去……就把她抓回来，她就在地上打滚，她喊：'当了兵还不到三个月呀……还不到……'两个兵队的人，就把她抬回来，那头发都披散开啦。又过了一袋烟的工夫，才把我们这些挂牌子的人带过去……越走越近了，越近也就越看不清楚哪个是秃子他爹……眼睛起了白蒙……又加上别人都呜呜嗨嗨的，哭得我多少也有点心慌……

"还有的嘴上抽着烟卷，还有的骂着……就是笑的也有。当兵的这种人……不怪说，当兵的不惜命……

"我看看，真是没有秃子他爹，哼！这可怪事……我一回身就把一个兵官的皮带抓住：'姜五云呢？''他是你的什么人？''是我的丈夫。'我把秃子可就放在地上啦……放在地上那不作美的就哭起来，我啪的一声，给秃子一个嘴巴……接着我就打了那兵官：'你们把人消灭到什么地方去啦？'

"'好的……好家伙……够朋友……'那些逃兵们就连起声来跺着脚喊。兵官看看这情形赶快叫当兵的把我拖开啦……他们说：'不只姜五云一个人，还有两个没有送过来，明后天，下一班船就送来……逃

小百姓的正统观念。

当兵的各种惨剧。

完全是一支绝望的队伍。

"我背着孩子就离开了河沿,我就挂着牌子走下去了,我一路走,一路两条腿发颤。奔来看热闹的人满街满道啦……我走过了营房的背后,兵营的墙根下坐着那提着两个包裹的老头,他的包裹只剩了一个。我说:'老伯,你的儿子也没来吗?'我一问他,他就把背脊弓了起来,用手把胡子放在嘴唇上,咬着胡子就哭啦!

"他还说:'因为是头目,就当地正法了咧!'当时我还不知道这'正法'是什么……"

她再说下去,那是完全不相接连的话头。

"又过三年,秃子八岁的那年,把他送进了豆腐房……就是这样:一年我来看他两回。二年回家一趟……回来也就是十天半月的……"

> 所谓"愚妇人"。正因为不知道"正法"为何物,使长达三年变成绝望的等待。

车夫离开车子,在小毛道上走着,两只手放在背后,太阳从横面把他拖成一条长影,他每走一步,那影子就分成了一个叉形。

"我也有家小……"他的话从嘴唇上流了下来似的,好像他对着旷野说的一般。

"哟!"五云嫂把头巾放松了些。

"什么!"她鼻子上的折皱纠动了一些时候,"可是真的……兵不当啦也不回家……"

"哼!回家!就背着两条腿回家?"车夫把肥厚的手揩扭着自己的鼻子笑了。

"这几年,还没多少赚几个?"

"都是想赚几个呀!才当逃兵去啦!"他把腰带更束紧了一些。

我加了一件棉衣,五云嫂披了一张毯子。

"嗯!还有三里路……这若是套的马……嗯!一颠搭就到啦!牛就不行,这牲口性子没紧没慢,上阵打仗,牛就不行……"车夫从草包取出棉袄来,那棉袄顺着风飞着草末,他就穿上了。

黄昏的风,却是和二月里的一样。车夫在车尾上打开了外祖父给祖父带来的酒坛。

"喝吧!半路开酒坛,穷人好赌钱……喝上两杯……"他喝了几杯之后,把胸膛就完全露在外面。他一面啃嚼着肉干,一边嘴上起着泡沫。风从他的嘴边走过时,他唇上的泡沫也宏大了一些。

我们将奔到的那座城,在一种灰色的气候里,只能够辨别那不是旷野,也不是山岗,又不是海边,又不是树林,……

车子越往前进,城座看来越退越远。脸孔上和手上,都有一种黏黏的感觉……再往前看,连道路也看不到尽头……

车夫收拾了酒坛,拾起了鞭子……这时候,牛角也模糊了去。

"你从出来就没回过家?家也不来信?"五云嫂的问话,车夫一定没有听到,他打着口哨,招呼着牛。后来他跳下车去,跟着牛在前面走着。

对面走过一辆空车,车辕上挂着红色的灯笼。

"大雾!"

"好大的雾!"车夫彼此招呼着。

"三月里大雾……不是兵灾,就是荒年……"

两个车子又过去了。

一九三六年

> 用象征性大雾和谣谚结尾,意味深长。

---

*作于1936年,发表于同年《文季月刊》第1卷第5期,署名萧红。后收入同名集子。

小说叙说了村妇五云嫂因当逃兵的丈夫所招致的种种折磨。故事是由女主人公坐在牛车上,用倒叙的方法讲述的。在叙事过程中,作者还设置了悬疑,给单调的讲述形式带来更大的想象空间。

家族以外的人[1]

　　我蹲在树上,渐渐有点害怕,太阳也落下去了;树叶的声响也唰唰的了;墙外街道上走着的行人也都和影子似的黑丛丛的;院里房屋的门窗变成黑洞了,并且野猫在我旁边的墙头上跑着叫着。

　　我从树上溜下来,虽然后门是开着的,但我不敢进去,我要看看母亲睡了还是没有睡?还没经过她的窗口,我就听到了席子的声音:

　　"小死鬼……你还敢回来!"

　　我折回去,就顺着厢房的墙根又溜走了。

　　在院心空场上的草丛里边站了一些时候,连自己也没有注意到我是折碎了一些草叶咬在嘴里。白天那些所熟识的虫子,也都停止了鸣叫,在夜里叫的是另外一些虫子,他们的声音沉静,清脆而悠长。那埋着我的高草,和我的头顶一平,它们平滑,它们在我的耳边唱着那么微细的小歌,使我不能相信倒是听到还是没有听到。

　　"去吧……去……跳跳攒攒的……谁喜欢你……"

　　有二伯回来了,那喊狗的声音一直继续到厢房的那面。

　　我听到有二伯那拍响着的失掉了后跟的鞋子的声音,又听到厢房门扇的响声。

　　"妈睡了没睡呢?"我推着草叶,走出了草丛。

---

[1] 该篇创作完成于1936年9月4日,连载于1936年10月15日、11月15日上海《作家》第二卷第一号、第二号,署名萧红。

有二伯住着的厢房，纸窗好像闪着火光似的明亮。我推开门，就站在门口。

"还没睡？"

我说："没睡。"

他在灶口烧着火，火叉的尖端插着玉米。

"你还没有吃饭？"我问他。

"吃什……么……饭？谁给留饭！"

我说："我也没吃呢！"

"不吃，怎么不吃？你是家里人哪……"他的脖子比平日喝过酒之后更红，并且那脉管和那正在烧着的小树枝差不多。

"家里人"和"家族以外的人"。

"去吧……睡睡……觉去吧！"好像不是对我说似的。

"我也没吃饭呢！"我看着已经开始发黄的玉米。

"不吃饭，干什么来的……"

"我妈打我……"

"打你？为什么打你？"

孩子的心上所感到的温暖是和大人不同的，我要哭了，我看着他嘴角上流下来的笑痕。只有他才是偏着我这方面的人，他比妈妈还好。立刻我后悔起来，我觉得我的手在他身旁抓起一些柴草来，抓得很紧，并且许多时候没有把手松开，我的眼睛不敢再看到他的脸上去，只看到他腰带的地方和那脚边的火堆。我想说：

慈爱的长者形象。

"二伯……再下雨时我不说你'下雨冒泡，王八戴草帽'啦……"

"你妈打你……我看该打……"

"怎么……"我说："你看……她不让我吃饭！"

"不让你吃饭……你这孩子也太好去啦……"

"你看，我在树上蹲着，她拿火叉子往下叉

我……你看……把胳臂都给叉破皮啦……"我把手里的柴草放下，一只手卷着袖子给他看。

"叉破皮……为啥叉的呢……还有个缘由没有呢？"

"因为拿了馒头。"

"还说呢……有出息！我没见过七八岁的姑娘还偷东西……还从家里偷东西往外边送！"他把玉米从叉子上拔下来了。

火堆仍没有灭，他的胡子在玉米上，我看得很清楚是扫来扫去的。

"就拿三个……没多拿……"

"嗯！"把眼睛斜着看我一下，想要说什么，但又没有说。只是胡子在玉米上像小刷子似的来往着。

"我也没吃饭呢！"我咬着指甲。

"不吃……你愿意不吃……你是家里人！"好像抛给狗吃的东西一样，他把半段玉米打在我的脚上。

有一天，我看到母亲的头发在枕头上已经蓬乱起来，我知道她是睡熟了，我就从木格子下面提着鸡蛋筐子跑了。

那些邻居家的孩子就等在后院的空磨房里边。我顺着墙根走了回来的时候，安全，没有意外，我轻轻的招呼他们一声，他们就从窗口把篮子提了进去，其中有一个比我们大一些的，叫他小哥哥的，他一看见鸡蛋就抬一抬肩膀，伸一下舌头。小哑巴姑娘，她还为了特殊的得意啊啊了两声。

"嗳！小点声……花姐她妈剥她的皮呀……"

把窗子关了，就在碾盘上开始烧起火来，树枝和干草的烟围蒸腾了起来；老鼠在碾盘底下跑来跑去；风车站在墙角的地方，那大轮子上边盖着蛛网，罗柜

这段描写儿童生活的文字活泼至极。

旁边余留下来的谷类的粉末，那上面挂着许多种类虫子的皮壳。

"咱们来分分吧……一人几个，自家烧自家的。"

火苗旺盛起来了，伙伴们的脸孔，完全照红了。

"烧吧！放上去吧……一人三个……"

"可是多一个给谁呢？"

"给哑巴吧！"

她接过去，啊啊的。

"小点声，别吵！别把到肚的东西吵糜啦。"

"多吃一个鸡蛋……下回别用手指画着骂人啦！啊！哑巴？"

蛋皮开始发黄的时候，我们为着这心上的满足，几乎要冒险叫喊了。

"唉呀！快要吃啦！"

"预备着吧，说熟就快的……"

"我的鸡蛋比你们的全大……像个大鸭蛋……"

"别叫……别叫。花姐她妈这半天一定睡醒啦……"

窗外有哽哽的声音，我们知道是大白狗在扒着墙皮的泥土。但同时似乎听到母亲的声音。

母亲终于在叫我了！鸡蛋开始爆裂的时候，母亲的喊声也在尖利的刺着纸窗了。

等她停止了喊声，我才慢慢从窗子跳出去，我走得很慢，好像没有睡醒的样子，等我站到她面前的那一刻，无论如何再也压制不住那种心跳。

"妈！叫我干什么？"我一定惨白了脸。

"等一会……"她回身去找什么东西的样子。

我想她一定去拿什么东西来打我，我想要逃，但我又强制着忍耐了一刻。

"去把这孩子也带去玩……"把小妹妹放在我的怀中。

我几乎要抱不动她了，我流了汗。

"去吧！还站在这干什么……"其实磨房的声音，一点也传不到母亲这里来，她到镜子前面去梳她的头发。

我绕了一个圈子，在磨房的前面，那锁着的门边告诉了他们：

"没有事……不要紧……妈什么也不知道。"

我离开那门前,走了几步,就有一种异样的香味扑了来,并且飘满了院子。等我把小妹妹放在炕上,这种气味就满屋都是了。

"这是谁家炒鸡蛋,炒得这样香……"母亲很高的鼻子在镜子里使我有点害怕。

"不是炒鸡蛋……明明是烧的,哈!这蛋皮味,谁家……呆老婆烧鸡蛋……五里香。"

"许是吴大婶她们家?"我说这话的时候,隔着菜园子看到磨房的窗口冒着烟。

等我跑回了磨房,火完全灭了。我站在他们当中,他们几乎是摸着我的头发。

"我妈说谁家烧鸡蛋呢?谁家烧鸡蛋呢?我就告诉她,许是吴大婶她们家。哈!这是吴大婶?这是一群小鬼……"

我们就开朗的笑着。站在碾盘上往下跳着,甚至于多事起来,他们就在磨房里捉耗子。因为我告诉他们,我妈抱着小妹妹出去串门去了。

"什么人啊!"我们知道是有二伯在敲着窗棂。

"要进来,你就爬上来!还招呼什么?"我们之中有人回答他。

起初,他什么也没有看到,他站在窗口,摆着手。后来他说:

"看吧!"他把鼻子用力抽了两下:"一定有点故事……哪来的这种气味?"

他开始爬到窗台上面来,他那短小健康的身子从窗台跳进来时,好像一张磨盘滚了下来似的,土地发着响。他围着磨盘走了两圈。他上唇的红色的小胡为着鼻子时时抽动的缘故,像是一条秋天里的毛虫在他的唇上不住的滚动。

"你们烧火吗？看这碾盘上的灰……花子……这又是你领头！我要不告诉你妈的……整天家领一群野孩子来作祸……"他要爬上窗口去了，可是他看到了那只筐子："这是什么人提出来的呢？这不是咱家装鸡蛋的吗？花子……你不定又偷了什么东西……你妈没看见！"

他提着筐子走的时候，我们还嘲笑着他的草帽。"像个小瓦盆……像个小水桶……"

但夜里，我是挨打了。我伏在窗台上用舌尖舔着自己的眼泪。

"有二伯……有老虎……什么东西……坏老头子……"我一边哭着一边诅咒着他。

但过不多久，我又把他忘记了，我和许多孩子们一道去抽开了他的腰带，或是用杆子从后面掀掉了他的没有边沿的草帽。我们嘲笑他和嘲笑院心的大白狗一样。

秋末，我们寂寞了一个长久的时间。

那些空房子里充满了冷风和黑暗；长在空场上的高草，干败了而倒了下来；房后菜园上的各种秧棵完全挂满了白霜；老榆树在墙根边仍旧随风摇摆它那还没有落完的叶子；天空是发灰色的，云彩也失去了形状，有时带来了雨点，有时又带来了细雪。

我为着一种疲倦，也为着一点新的发现，我登着箱子和柜子，爬上了装旧东西的屋子的棚顶。

那上面，黑暗，有一种完全不可知的感觉，我摸到了一个小木箱，来捧着它，来到棚顶洞口的地方，借着洞口的光亮，看到木箱是锁着一个发光的小铁锁，我把它在耳边摇了摇，又用手掌拍一拍……那里

> "咱家"——一个"家族以外的人"却又以"家里人"自居。

面冬郎冬郎的响着。

我很失望,因为我打不开这箱子,我又把它送了回去。于是我又往更深和更黑的角落处去探爬。因为我不能站起来走,这黑洞洞的地方一点也不规则,走在上面时时有跌倒的可能。所以在爬着的当儿,手指所触到的东西,可以随时把它们摸一摸。当我摸到了一个小琉璃罐,我又回到了亮光的地方……我该多么高兴,那里面完全是黑枣,我一点也没有再迟疑,就抱着这宝物下来了,脚尖刚接触到那箱子的盖顶,我又和小蛇一样把自己落下去的身子缩了回来,我又在棚顶蹲了好些时候。

我看着有二伯打开了就是我上来的时候登着的那个箱子。我看着他开了很多时候,他用牙齿咬着他手里的那块小东西……他歪着头,咬得咯啦啦的发响,咬了之后又放在手里扭着它,而后又把它触到箱子上去试一试。最后一次那箱子上的铜锁发着弹响的时候,我才知道他扭着的是一断铁丝。

他把帽子脱下来,把那块盘卷的小东西就压在帽顶里面。

他把箱子翻了好几次:红色的椅垫子,蓝色粗布的绣花围裙……女人的绣花鞋子……还有一团滚乱的花色的线,在箱子底上还躺着一只湛黄的铜酒壶。

后来他伸出那布满了筋络的两臂,震撼着那箱子。

我想他可不是把这箱子搬开!搬开我可怎么下去?

他抱起好几次,又放下好几次,我几乎要招呼住他。

等一会,他从身上解下腰带来了,他弯下腰去,把腰带横在地上,一张一张的把椅垫子堆起来,压到腰带上去,而后打着结,椅垫子被束起来了。他喘着呼喘,试着去提一提。

他怎么还不快点出去呢?我想到了哑巴,也想到了别人,好像他们就在我的眼前吃着这东西似的使我得意。

"啊哈……这些……这些都是油乌乌的黑枣……"

我要向他们说的话都已想好了。

同时这些枣在我的眼睛里闪光,并且很滑,又好像已经在我的喉咙里上下的跳着。

他并没有把箱子搬开,他是开始锁着它。他把铜酒壶立在箱子的盖上,而后他出去了。

我把身子用力去拖长,使两个脚掌完全牢牢实实的踏到了箱子上,因为过于用力抱着那琉璃罐,胸脯感到了发疼。

有二伯又走来了,他先提起门旁的椅垫子,而后又来拿箱盖上的铜酒壶,等他把铜酒壶压在肚子上面,他才看到墙角站着的是我。

他立刻就笑了,我还从来没有看到过他笑得这样过分,把牙齿完全露在外面,嘴唇像是缺少了一个边。

"你不说么?"他的头顶站着无数很大的汗珠。

"说什么……"

"不说,好孩子……"他拍着我的头顶。

"那么,你让我把这个琉璃罐拿出去?"

"拿吧!"

他一点也没有看到我,我另外又在门旁的筐子里抓了五个馒头跑了。

等母亲说丢了东西的那天我也站到她的旁边去。

我说:"那我也不知道。"

"这可怪啦……明明是锁着……可哪儿来的钥匙呢?"母亲的尖尖的下颚是向着家里的别的人说的。后来那歪脖的年青的厨夫也说:

"哼!这是谁呢?"

我又说:"那我也不知道。"

可是我脑子上走着的,是有二伯怎样用腰带捆了那些椅垫子,怎样把铜酒壶压在肚子上,并且那酒壶就贴着肉的。并且有二伯好像在我的身体里边咬着那铁丝咖郎郎的响着似的。我的耳朵一阵阵的发烧,我把眼睛闭了一会。可是一睁开眼睛,我就向着那敞开的箱子又说:

"那我也不知道。"

后来我竟说出了:"那我可没看见。"

等母亲找来一条铁丝,试着怎样可以做成钥匙,她扭了一些时候,那铁丝并没有扭弯。

"不对的……要用牙咬,就这样……一咬……再一扭……再一咬……"很危险，舌头若一滑转的时候，就要说了出来。我看见我的手已经在作着式子。

我开始把嘴唇咬得很紧，把手臂放在背后在看着他们。

"这可怪啦……这东西，又不是小东西……怎么能从院子走得出？除非是晚上……可是晚上就是来贼也偷不出去的……"母亲很尖的下颚使我害怕，她说的时候，用手推了推旁边的那张窗子：

"是啊！这东西是从前门走的，你们看……这窗子一夏就没有打开过……你们看……这还是去年秋天糊的窗缝子。"

"别绊脚！过去……"她用手推着我。

她又把这屋子的四边都看了看。

"不信……这东西去路也没有几条……我也能摸到一点边……不信……看着吧……这也不行啦。春天丢了一个铜火锅……说是放忘了地方啦……说是慢慢找，又是……也许借出去啦！哪有那么一回事……早还了输赢账啦……当他家里人看待……还说不拿他当家里人看待，好哇……慢慢把房梁也拆走啦……"

"啊……啊！"那厨夫抓住了自己的围裙，擦着嘴角。那歪了的脖子和一根蜡签似的，好像就要折断下来。

母亲和别人完全走完了时，他还站在那个地方。

晚饭的桌上，厨夫向着有二伯：

"都说你不吃羊肉，那么羊肠你吃不吃呢？"

"羊肠也是不能吃。"他看着他自己的饭碗说。

"我说，有二爷，这炒辣椒里边，可就有一段羊肠，我可告诉你！"

"怎么早不说，这……这……这……"他把筷子放下来，他运动着又要红起来的脖颈，把头掉转过去，转得很慢，看起来就和用手去转动一只瓦盆那样迟滞。

"有二是个粗人，一辈子……什么都吃……就……是……不吃这……羊……身上……的……不戴……羊……皮帽……子……不穿羊……皮……衣裳……"他一个字一个字平板的说下去：

"下回……他说……杨安……你炒什么……不管菜汤里头……若有

那羊身上的呀……先告诉我一声……有二不是那嘴馋的人！吃不吃不要紧……就是吃口咸菜……我也不吃那……羊……身……上……的……"

"可是有二爷，我问你一件事……你喝酒用什么酒壶喝呢？非用铜酒壶不可？"杨厨子的下巴举得很高。

"什么酒壶……还不一样……"他又放下了筷子，把旁边的锡酒壶格格的蹲了两下："这不是吗？……锡酒壶……喝的是酒……酒好……就不在壶上……哼！也不……年青的时候，就总爱……这个……锡酒壶……把它擦得闪光湛亮……"

"我说有二爷……铜酒壶好不好呢？"

"怎么不好……一擦比什么都亮堂……"

"对了，还是铜酒壶好喔……哈……哈哈……"厨子笑了起来。他笑得在给我装饭的时候，几乎是抢掉了我的饭碗。

母亲把下唇拉长着，她的舌头往外边吹一点风，有几颗饭粒落在我的手上。

"哼！杨安……你笑我……不吃……羊肉，那真是吃不得：比方，我三个月就……没有了娘……羊奶把我长大的……若不是……还活了六十多岁……"

杨安拍着膝盖："你真算是个有良心的人，为人没作过昧良心的事？是不是？我说，有二爷……"

"你们年青人，不信这话……这都不好……人要知道自家的来路……不好反回头去倒咬一口……人要知恩报恩……说书讲古上都说……比方羊……就是我的娘……不是……不是……我可活六十多岁？"他挺直了背脊，把那盘羊肠炒辣椒用筷子推开了一点。

吃完了饭，他退了出去，手里拿着那没有边沿的草帽。沿着砖路，他走下去了，那泥污的，好像两块朽木头似的……他的脚后跟随着那挂在脚尖上的鞋片在砖路上拖拖着，而那头顶就完全像个小锅似的冒着气。

母亲跟那厨夫在起着高笑。

"铜酒壶……啊哈……还有椅垫子呢……问问他……他知道不知道？"杨厨夫，他的脖子上的那块疤痕，我看也大了一些。

我有点害怕母亲,她的完全露着骨节的手指,把一条很胖的鸡腿,送到嘴上去,撕着,并且还露着牙齿。

又是一回母亲打我,我又跑到树上去,因为树枝完全没有了叶子,母亲向我飞来的小石子差不多每颗都像小钻子似的刺痛着我的全身。

"你再往上爬……再往上爬……拿杆子把你绞下来。"

母亲说着的时候,我觉得抱在胸前的那树干有些颤了,因为我已经爬到了顶梢,差不多就要爬到枝子上去了。

"你这小贴树皮,你这小妖精……我可真就算治不了你……"她就在树下徘徊着……许多工夫没有向我打着石子。

许多天,我没有上树,这感觉很新奇,我向四面望着,觉得只有我才比一切高了一点,街道上走着的人,车,附近的房子都在我的下面,就连后街上卖豆芽菜的那家的幌杆,我也和它一般高了。

"小死鬼……你滚下来不滚下来呀……"母亲说着"小死鬼"的时候,就好像叫着我的名字那般平常。

"啊!怎样的?"只要她没有牢牢实实的抓到我,我总不十分怕她。

她一没有留心,我就从树干跑到墙头上去:"啊哈……看我站在什么地方?"

"好孩子啊……要站到老爷庙的旗杆上去啦……"回答着我的,不是母亲,是站在墙外的一个人。

"快下来……墙头不都是踏堆了吗?我去叫你妈来打你。"是有二伯。

"我下不来啦,你看,这不是吗?我妈在树根下等着我……"

"等你干什么?"他从墙下的板门走了进来。

"等着打我!"

"为啥打你?"

"尿了裤子。"

"还说呢……还有脸?七八岁的姑娘……尿裤子……滚下来?墙头踏坏啦!"他好像一只猪在叫唤着。

"把她抓下来……今天我让她认识认识我!"

母亲说着的时候,有二伯就开始卷着裤脚。

我想这是做什么呢?

"好!小花子,你看着……这还无法无天啦呢……你可等着……"

等我看见他真的爬上了那最低级的树叉,我开始要流出眼泪来,喉管感到特别发胀。

"我要……我要说……我要说……"

母亲好像没有听懂我的话,可是有二伯没有再进一步,他就蹲在那很粗的树叉上:

"下来……好孩子……不碍事的,你妈打不着你,快下来,明天吃完早饭二伯领你上公园……省得在家里她们打你……"

他抱着我,从墙头上把我抱到树上,又从树上把我抱下来。

我一边抹着眼泪一边听着他说:

"好孩子……明天咱们上公园。"

第二天早晨,我就等在大门洞里边,可是等到他走过我的时候,他也并不向我说一声:"走吧!"我从身后赶了上去,我拉住他的腰带:

"你不说今天领我上公园吗?"

"上什么公园……去玩去吧!去吧……"只看着前面的道路,他并不看着我。昨天说的话好像不是他。

后来我就挂在他的腰带上,他摇着身子,他好像摆着贴在他身上的虫子似的摆脱着我。

"那我要说,我说铜酒壶……"

他向四边看了看,好像是叹着气:

"走吧?绊脚星……"

一路上他也不看我,不管我怎样看中了那商店窗子里摆着的小橡皮人,我也不能多看一会,因为一转眼……他就走远了。等走在公园门外的板桥上,我就跑在他的前面。

"到了!到了啊……"我张开了两只胳臂,几乎自己要飞起来那么轻快。

没有叶子的树，公园里面的凉亭，都在我的前面招呼着我。一步进公园去，那跑马戏的锣鼓的声音，就震着我的耳朵，几乎把耳朵震聋了的样子，我有点不辨方向了。我拉着有二伯烟荷包上的小圆葫芦向前走。经过白色布棚的时候，我听到里面喊着：

"怕不怕？"

"不怕。"

"敢不敢？"

"敢哪……"

不知道有二伯要走到什么地方去？

棚棚戏，西洋景……耍猴的……耍熊瞎子的……唱木偶戏的。这一些我们都走过来了，再往那边去，就什么也看不见了。并且地上的落叶也厚了起来。树叶子完全盖着我们在走着的路径。

"二伯！我们不看跑马戏的？"

我把烟荷包上的小圆葫芦放开，我和他距离开一点，我看着他的脸色：

"那里头有老虎……老虎我看过。我还没有看过大象。人家说这伙马戏班子是有三匹象：一匹大的两匹小的，大的……大的……人家说，那鼻子，就只一根鼻子比咱家烧火的叉子还长……"

他的脸色完全没有变动。我从他的左边跑到他的右边，又从右边跑到左边：

"是不是呢？有二伯，你说是不是……你也没看见过？"

因为我是倒退着走，被一条露在地面上的树根绊倒了。

"好好走！"他也并没有拉我。

我自己起来了。

公园的末角上，有一座茶亭，我想他到这个地方来，他是渴了！但他没有走进茶亭去，在茶亭后边，有和房子差不多，是席子搭起来的小房。

他把我领进去了，那里边黑洞洞的，最里边站着一个人，比画着，还打着竹板。有二伯一进门，就靠边坐在长板凳上，我就站在他的膝盖前，我的腿站得麻木了的时候，我也不能懂得那人是在干什么？他还和姑娘似的带着一条辫子,他把腿伸开了一只,像打拳的样子,又缩了回来,又把一只手往外推着……就这样走了一圈,接着又"叭"打了一下竹板。唱戏不像唱戏,耍猴不像耍猴,好像卖膏药的,可是我也看不见有人买膏药。

后来我就不向前边看,而向四面看,一个小孩也没有。前面的板凳一空下来,有二伯就带着我升到前面去,我也坐下来,但我坐不住,我总想看那大象。

"二伯,咱们看大象去吧,不看这个。"

他说:"别闹,别闹,好好听……"

"听什么,那是什么?"

"他说的是关公斩蔡阳……"

"什么关公哇?"

"关老爷,你没去过关老爷庙吗?"

我想起来了,关老爷庙里,关老爷骑着红色的马。

"对吧!关老爷骑着红色……"

"你听着……"他把我的话截断了。

我听了一会还是不懂,于是我转过身来,面向后坐着,还有一个瞎子,他的每一个眼球上盖着一个白泡。还有一个一条腿的人,手里还拿着木杖。坐在我旁边的人,那人的手包了起来,用一条布带挂到脖子上去。

等我听到"叭叭叭"的响了一阵竹板之后,有二伯还流了几颗眼泪。

善良。

我是一定要看大象的,回来的时候再经过白布棚我就站着不动了。

"要看,吃完晌饭再来看……"有二伯离开我慢慢的走着:"回去,回去吃完晌饭再来看。"

"不吗!饭我不吃,我不饿,看了再回去。"我拉住他的烟荷包。

"人家不让进,要买'票'的,你没看见……那不是把门的人吗?"

"那咱们不好也买'票'!"

"哪来的钱……买'票'两个人要好几拾吊钱。"

"我看见啦,你有钱,刚才在那棚子里你不是还给那个人钱来吗?"我贴到他的身上去。

"那才给几个铜钱!多啦没有,你二伯多啦没有。"

"我不信,我看有一大堆!"我跷着脚尖,掀开了他的衣襟,把手探进他的衣兜里去。

"是吧!多啦没有吧!你二伯多啦没有,没有进财的道……也就是个月七成的看个小牌,赢两吊……可是输的时候也不少。哼哼。"他看着拿在我手里的五六个铜元。

"信了吧!孩子,你二伯多啦没有……不能有……"一边走下了木桥,他一边说着。

那马戏班子的喊声还是那么热烈的在我们的背后反复着。

有二伯在木桥下那围着一群孩子,抽签子的地方也替我抛上两个铜元去。

我一伸手就在铁丝上拉下一张纸条来,纸条在水碗里面立刻变出一个通红的"五"字。

"是个几?"

"那不明明是个五吗?"我用肘部击撞着他。

"我哪认得呀!你二伯一个字也不识,一天书也没念过。"

回来的路上,我就不断的吃着这五个糖球。

第二次,我看到有二伯偷东西,好像是第二年的夏天,因为那马蛇菜的花,开得过于鲜红,院心空场上的蒿草,长得比我的年龄还快,它超过我了。那草场上的蜂子,蜻蜓,还更来了一些不知名的小虫,也来了一些特殊的草种,它们还会开着花,淡紫色的,一串一串的,站在草场中,它们还特别的高,所以那花穗和小旗子一样动荡在草场上。

吃完了午饭,我是什么也不做,专等着小朋友们来,可是他们一个也不来。于是我就跑到粮食房子去，因为母亲在清早端了一个方盘走进去过。我想那方盘中……哼……一定是有点什么东西？

母亲把方盘藏得很巧妙，也不把它放在米柜上，也不放在粮食仓子上，她把它用绳子吊在房梁上了。我正在看着那奇怪的方盘的时候，我听到板仓里好像有耗子，也或者墙里面有耗子……总之，我是听到了一点响动……过了一会竟有了喘气的声音，我想不会是黄鼠狼子？我有点害怕，就故意用手拍着板仓，拍了两下，听听就什么也没有了……可是很快又有什么东西在喘气……咝咝的……像肺管里面起着泡沫。

这次我有点暴躁：

"去！什么东西……"

有二伯的胸部和他红色的脖子从板仓伸出来一段……当时，我疑心我也许是在看着木偶戏！但那顶窗透进来的太阳证明给我，被那金红色液体的东西染着的正是有二伯尖长的突出的鼻子……他的胸膛在白色的单衫下面不能够再压制得住，好像小波浪似的在雨点里面任意的跳着。

他一点声音也没有作，只是站着，站着……他完全和一只受惊的公羊那般愚傻！

我和小朋友们，捉着甲虫，捕着蜻蜓，我们做这种事情，永不会厌倦。野草，野花，野的虫子，它们完全经营在我们的手里，从早晨到黄昏。

假若是个晴好的夜，我就单独留在草丛里边，那里有闪光的甲虫，有虫子低微的吟鸣，有高草摇着的夜影。

有时我竟压倒了高草，躺在上面。我爱那天空，我爱那星子……听人说过的海洋，我想也就和这天空差不多了。

晚饭的时候,我抱着一些装满了虫子的盒子,从草丛回来,经过粮食房子的旁边,使我惊奇的是有二伯还站在那里,破了的窗洞口露着他发青的嘴角和灰白的眼圈。

衰老。

"院子里没有人吗?"好像是生病的人喑哑的喉咙。

"有!我妈在台阶上抽烟。"

"去吧!"

他完全没有笑容,他苍白,那头发好像墙头上跑着的野猫的毛皮。

饭桌上,有二伯的位置,那木凳上蹲着一匹小花狗。它戏耍着的时候,那卷尾巴和那铜铃完全引人可爱。

母亲投了一块肉给它。歪脖的厨子从汤锅里取出一块很大的骨头来……花狗跳到地上去,追了那骨头发了狂,那铜铃暴躁起来……

小妹妹笑得用筷子打着碗边,厨夫拉起围裙来擦着眼睛,母亲却把汤碗倒翻在桌子上了。

"快拿……快拿抹布来,快……流下来啦……"她用手按着嘴,可是总有些饭粒喷出来。

厨夫收拾桌子的时候,就点起煤油灯来,我面向着菜园坐在门槛上,从门道流出来的黄色的灯光当中,砌着我圆圆的头部和肩膀,我时时举动着手,揩着额头的汗水,每揩了一下,那影子也学着我揩了一下。透过我单衫的晚风,像是青蓝色的河水似的清凉……后街,粮米店的胡琴的声音也响了起来,幽远的回音,东边也在叫着,西边也在叫着……日里黄色的花变成白色的了;红色的花,变成黑色的了。

火一样红的马蛇菜的花也变成黑色的了。同时,那盘结着墙根的野马蛇菜的小花,就完全看不见了。

有二伯也许就踏着那些小花走去的,因为他太接近了墙根,我看着他……看着他……他走出了菜园的板门。

　　他一点也不知道,我从后面跟了上去。因为我觉得奇怪。他偷这东西做什么呢?也不好吃,也不好玩。

　　我追到了板门,他已经过了桥,奔向着东边的高冈。高冈上的去路,宽宏而明亮。两边排着的门楼在月亮下面,我把它们当成庙堂一般想象。

　　有二伯的背上那圆圆的小袋子我还看得见的时候,远处,在他的前方,就起着狗叫了。

　　第三次我看见他偷东西,也许是第四次……但这也就是最后的一次。

　　他捐了大澡盆从菜园的边上横穿了过去,一些龙头花被他撞掉下来。这次好像他一点也不害怕,那白洋铁的澡盆刚郎刚郎的埋没着他的头部在呻叫。

　　并且好像大块的白银似的,那闪光照耀得我很害怕,我靠到墙根上去,我几乎是发呆的站着。

　　我想:母亲抓到了他,是不是会打他呢?同时我又起了一种佩服他的心情:"我将来也敢和他这样偷东西吗?"

　　但我又想:我是不偷这东西的,偷这东西干什么呢?这样大,放到哪里母亲也会捉到的。

　　但有二伯却顶着它,像是故事里银色的大蛇似的走去了。

　　以后,我就没有看到他再偷过。但我又看到了别样的事情,那更危险,而且只常常发生,比方我在高草中正捏住了蜻蜓的尾巴……鼓冬……板墙上有一块大石头似的抛了过来,蜻蜓无疑的是飞了。比方夜里,我就不敢再沿着那道板墙去捉蟋蟀,因为不知什么时候有二伯会从墙顶落下来。

　　丢了澡盆之后,母亲把三道门都下了锁。

　　所以小朋友们之中,我的蟋蟀捉得最少。因此我就怨恨有二伯:

　　"你总是跳墙,跳墙……人家蟋蟀都不能捉了!"

"不跳墙……说得好,有谁给开门呢?"他的脖子挺得很直。

"杨厨子开吧……"

"杨……厨子……哼……你们是家里人……支使得动他……你二伯……"

"你不会喊!叫他……叫他听不着,你就不会打门……"我的两只手,向两边摆着。

"哼……打门……"他的眼睛用力往低处看去。

"打门再听不着,你不会用脚踢……"

"踢……锁上啦……踢他干什么!"

"那你就非跳墙不可,是不是?跳也不轻轻跳,跳得那样吓人?"

"怎么轻轻的?"

"像我跳墙的时候,谁也听不着,落下来的时候,是蹲着……两只膀子张开……"我平地就跳了一下给他看。

"小的时候是行啊……老了,不行啦!骨头都硬啦!你二伯比你大六十岁,哪儿还比得了"?

他嘴角上流下来一点点的笑来。右手拿抓着烟荷包,左手摸着站在旁边的大白狗的耳朵……狗的舌头舔着他。

可是我总也不相信,怎么骨头还会硬与不硬?骨头不就是骨头吗?猪骨头我也咬不动,羊骨头我也咬不动,怎么我的骨头就和有二伯的骨头不一样?

所以,以后我拾到了骨头,就常常彼此把它们磕一磕。遇到同伴比我大几岁的,或是小一岁的,我都要和他们试试,怎样试呢?撞一撞拳头的骨节,倒是软多少硬多少?但总也觉不出来。若用力些就撞得很痛,第一次来撞的是哑巴——管事的女儿。起先她不

（左栏注释）

"家里人"——家里家外,"家"的观念在有二伯心里的分量。

天真如孩童般的笑。

肯，我就告诉她：

"你比我小一岁，来试试，人小骨头是软的，看看你软不软？"

当时，她的骨节就红了，我想：她的一定比我软。可是，看看自己的也红了。

有一次，有二伯从板墙上掉下来。他摔破了鼻子。

"哼！没加小心……一只腿下来……一只腿挂在墙上……哼！闹个大头朝下……"

他好像在嘲笑着他自己，并不用衣襟或是什么揩去那血，看起来，在流血的似乎不是他自己的鼻子。他挺着很直的背脊走向厢房去，血条一面走着一面更多的画着他的前襟。已经染了血的手是垂着，而不去按住鼻子。

厨夫歪着脖子站在院心，他说：

"有二爷，你这血真新鲜……我看你多摔两个也不要紧……"

"哼，小伙子，谁也从年青过过！就不用挖苦……慢慢就有啦……"他的嘴还在血条里面笑着。

生活中苦涩的笑。

过一会，有二伯裸着胸脯和肩头，站在厢房门口，鼻子孔塞着两块小东西，他喊着：

"老杨……杨安……有单褂子借给穿穿……明天这件干啦！就把你的脱下来……我那件掉啦膀子。夹的送去做，还没倒出工夫去拿……"他手里抖着那件洗过的衣裳。

"你说什么？"杨安几乎是喊着："你送去做的夹衣裳还没倒出工夫去拿？有二爷真是忙人！衣服做都做好啦……拿一趟就没有工夫去拿……有二爷真是二爷，将来要用个跟班的啦……"

我爬着梯子，上了厢房的房顶，听着街上是有打架的,上去看一看。房顶上的风很大,我打着颤子下来了。有二伯还赤着臂膀站在檐下。那件湿的衣裳在绳子上拍拍的被风吹着。

点灯的时候,我进屋去加了件衣裳,很例外我看到有二伯单独的坐在饭桌的屋子里喝酒,并且更奇怪的是杨厨子给他盛着汤。

"我各自盛吧!你去歇歇吧……"有二伯和杨安争夺着汤盆里的勺子。

我走去看看,酒壶旁边的小碟子里还有两片肉。

有二伯穿着杨安的小黑马褂,腰带几乎是束到胸脯上去。他从来不穿这样小的衣裳,我看他不像个有二伯,像谁呢?也说不出来!他嘴在嚼着东西,鼻子上的小塞还会动着。

本来只有父亲晚上回来的时候,才单独的坐在洋灯下吃饭。在有二伯,就很新奇,所以我站着看了一会。

杨安像个弯腰的瘦甲虫,他跑到客室的门口去……

"快看看……"他歪着脖子:"都说他不吃羊肉……不吃羊肉……肚子太小,怕是胀破了……三大碗羊汤喝完啦……完啦……哈哈哈……"他小声的笑着;做着手势,放下了门帘。

又一次,完全不是羊肉汤……而是牛肉汤……可是当有二伯拿起了勺子,杨安就说:

"羊肉汤……"

他就把勺子放下了,用筷子夹着盘子里的炒茄子,杨安又告诉他:

"羊肝炒茄子。"

他把筷子去洗了洗,他自己到碗橱去拿出了一碟酱咸菜,他还没有拿到桌子上,杨安又说:

"羊……"他说不下去了。

"羊什么呢……"有二伯看着他：

"羊……羊……唔……是咸菜呀……嗯！咸菜里边说干净也不干净……"

"怎么不干净？"

"用切羊肉的刀切的咸菜。"

"我说杨安，你可不能这样……"有二伯离着桌子很远，就把碟子摔了上去，桌面过于光滑，小碟在上面呱呱的跑着，撞在另一个盘子上才停住。

"你杨安……可不用欺生……姓姜的家里没有你……你和我也是一样，是个外裸秧！年青人好好学……怪模怪样的……将来还要有个后成……"

"呃呀呀！后成！就算绝后一辈子吧……不吃羊肠……麻花铺子炸面鱼，假腥气……不吃羊肠，可吃羊肉……别装扮着啦……"杨安的脖子因为生气直了一点。

"兔羔子……你他妈……阳气什么？"有二伯站起来向前走去。

"有二爷，不要动那样大的气……气大伤身不养家……我说，咱爷俩都是跑腿子……说个笑话……开个心……"厨子嗷嗷的笑着，"哪里有羊肠呢……说着玩……你看你就不得了啦……"

好像站在公园里的石人似的，有二伯站在地心。

"……别的我不生气……闹笑话，也不怕闹……可是我就忌讳这手……这不是好闹笑话的……前年我不知道吃过一回……后来知道啦，病啦半个多月……后来这脖上生了一块疮算是好啦……吃一回羊肉倒不算什么……就是心里头放不下，就好像背了自己的良心……背良心的事不做……做了那后悔是受不住的，有二不吃羊肉也就是为的这个……"喝了一口冷水之

戏谑，生活中不能承受之轻。

"外裸秧"——家族以外的人。

后,他还是抽烟。

别人一个一个的开始离开了桌子……

从此有二伯的鼻子常常塞着小塞,后来又说腰痛,后来又说腿痛。他走过院心不像从前那么挺直,有时身子向一边歪着,有时用手拉住自己的腰带……大白狗跟着他前后的跳着的时候,他躲闪着它:

"去吧……去吧!"他把手梢缩在袖子里面,用袖口向后扫摆着。

但,他开始诅骂更小的东西,比方一块砖头打在他的脚上,他就坐下来,用手按在那砖头,好像他疑心那砖头会自己走到他脚上来的一样。若当鸟雀们飞着时,有什么脏污的东西落在他的袖子或是什么地方,他就一面抖掉它,一面对着那已经飞过去的小东西讲着话:

"这东西……啊哈!会找地方,往袖子上掉……你也是个瞎眼睛,掉,就往那个穿绸穿缎的身上掉!往我这掉也是白……穷跑腿子……"

他擦净了袖子,又向他头顶上那块天空看了一会,才重新走路。

板墙下的蟋蟀没有了,有二伯也好像不再跳板墙了。早晨厨子挑水的时候,他就跟着水桶通过板门去,而后向着井沿走,就坐在井沿旁的空着的碾盘上。差不多每天我拿了钥匙放小朋友们进来时,他总是在碾盘上招呼着:

"花子……等一等你二伯……"我看他像鸭子在走路似的。"你二伯真是不行了……眼看着……眼看着孩子们往这而来,可是你二伯就追不上……"

他一进了板门,又坐在门边的木樽上。他的一只

老人,生理上的弱者;在家族以外——没有家庭没有儿女——的老人,则是绝对弱者。萧红的小说中,多写到老人,那是"弱势文学"的主角。

脚穿着袜子,另一只的脚趾捆了一段麻绳。他把麻绳抖开,在小布片下面,那肿胀的脚趾上还腐了一小块。好像茄子似的脚趾,他又把它包扎起来。

"今年的运气十分不好……小毛病紧着添……"他取下来咬在嘴上的麻绳。

以后当我放小朋友进来的时候,不是有二伯招呼着我,而是我招呼着他。因为关了门,他再走到门口,给他开门的人也还是我。

在碾盘上不但坐着,他后来就常常睡觉,他睡得就像完全没有了感觉似的,有一个花鸭子伸着脖颈啄着他的脚心,可是他没有醒,他还是把脚伸在原来的地方。碾盘在太阳下闪着光,他像是睡在圆镜子上边。

我们这些孩子们抛着石子和飞着沙土,我们从板门冲出来,跑到井沿上去,因为井沿上有更多的石子,我把我的衣袋装满了它们,我就蹲在碾盘后和他们作战,石子在碾盘上"叭""叭",好像还冒着一道烟。

有二伯,闭着眼睛忽然抓了他的烟袋:

"王八蛋,干什么……还敢来……还敢上……"

他打着他的左边和右边,等我们都集拢来看他的时候,他才坐起来。

"……妈的……做了一个梦……那条道上的狗真多……连小狗崽也上来啦……让我几烟袋锅子就全数打了回去……"他揉一揉手骨节,嘴角上流下笑来:"妈的……真是那么个滋味……做梦狗咬啦呢……醒啦还有点疼……"

明明是我们打来的石子,他说是小狗崽,我们都为这事吃惊而得意。跑开了,好像散开的鸡群,吵叫着,展着翅膀。

他打着呵欠:"呵……呵呵……"在我们背后像

梦中的笑。

小驴子似的叫着。

我们回头看他,他和要吞食什么一样,向着太阳张着嘴。

那下着毛毛雨的早晨,有二伯就坐到碾盘上去了。杨安担着水桶从板门来来往往的走了好几回……杨安锁着板门的时候,他就说:

"有二爷子这几天可真变样……那神气,我看几天就得进庙啦……"

我从板缝往西边看看,看不清是有二伯,好像小草堆似的,在雨里边浇着。

"有二伯……吃饭啦!"我试着喊了一声。

回答我的,只是我自己的回响:"呜呜"的在我的背后传来。

"有二伯,吃饭啦!"这次把嘴唇对准了板缝。

可是回答我的又是"呜呜"。

下雨的天气永远和夜晚一样,到处好像空瓶子似的,随时被吹着随时发着响。

"不用理他……"母亲在开窗子:"他是找死……你爸爸这几天就想收拾他呢……"

我知道这"收拾"是什么意思:打孩子们叫"打",打大人就叫"收拾"。

我看到一次,因为看纸牌的事情,有二伯被管事的"收拾"了一回。可是父亲,我还没有看见过,母亲向杨厨子说:

"这几年来,他爸爸不屑理他……总也没在他身上动过手……可是他的骄毛越长越长……贱骨头,非得收拾不可……若不然……他就不自在。"

母亲越说"收拾"我就越有点害怕,在什么地方"收拾"呢?在院心,管事的那回可不是在院心,是

主人的骄纵无忌。

在厢房的炕上。那么这回也要在厢房里！是不是要拿着烧火的叉子？那回管事的可是拿着。我又想起来小哑巴，小哑巴让他们踏了一脚，手指差一点没有踏断。到现在那小手指还不是弯着吗？

有二伯一面敲着门一面说着：

"大白……大白……你是没心肝的……你早晚……"等大白狗从板墙跳出去，他又说："去……去……"

"开门！没有人吗？"

我要跑去的时候，母亲按住了我的头顶："不用你显勤快！让他站一会吧，不是吃他饭长的……"

那声音越来越大了，真是好像用脚踢着。

"没有人吗？"每个字的声音完全喊得一平。

"人倒是有，倒不是侍候你的……你这份老爷子不中用……"母亲的说话，不知有二伯听到没有听到？

但那板门暴乱起来：

"死绝了吗？人都死绝啦……"

"你可不用假装疯魔……有二，你骂谁呀……对不住你吗？"母亲在厨房里叫着："你的后半辈吃谁的饭来的……你想想，睡不着觉思量思量……有骨头，别吃人家的饭？讨饭吃，还嫌酸……"

并没有回答的声音，板墙隆隆的响着，等我们看到他，他已经是站在墙这边了。

"我……我说……四妹子……你二哥说的是杨安，家里人……我是不说的……你二哥，没能耐不是假的，可是吃这碗饭，你可也不用委曲……"我奇怪要打架的时候，他还笑着："有四兄弟在……算账咱们和四兄弟算……"

"四兄弟……四兄弟犀得跟你算……"母亲向后推着我。

> 人世的孤独者，唯与大白狗亲近。

> 这时，竟自称为"家里人"，"你二哥"。

"不屑得跟你二哥算……哼!那天咱们就算算看……那天四兄弟不上学堂……咱们就算算看……"他哼哼的,好像水洗过的小瓦盆似的,没有边沿的草帽切着他的前额。

他走过的院心上,一个一个的留下了泥窝。

"这死鬼……也不死……脚烂啦,还一样会跳墙……"母亲像是故意让他听到。

"我说四妹子……你们说的是你二哥……哼哼……你们能说出口来?我死……人不好那样,谁都是爹娘养的,吃饭长的……"他拉开了厢房的门扇,就和拉着一片石头似的那样用力,但他并不走进去。"你二哥,在你家住了三十多年……哪一点对不住你们;拍拍良心……一根草棍也没给你们糟踏过……唉……四妹子……这年头……没处说去……没处说去……人心看不见……"

我拿着满手的柿子,在院心滑着跳着跑到厢房去,有二伯在烤着一个温暖的火堆,他坐得那么刚直,和门旁那只空着的大坛子一样。

"滚……鬼头鬼脑的……干什么事?你们家里头尽是些耗子。"我站在门口还没有进去,他就这样的骂着我。

我想:可真是,不怪杨厨子说,有二伯真有点变了。他骂人也骂得那么奇怪,尽是些我不懂的话,"耗子","耗子"与我有什么关系!说它干什么?

我还是站在门边,他又说:

"王八羔子……兔羔子……穷命……狗命……不是人……在人里头缺点什么……"他说的是一套一套的,我一点也记不住。

我也学着他,把鞋脱下来,两个鞋底相对起来,

即使是同一家族,主人是主人,奴仆是奴仆。

坐在下面。

"你这孩子……人家什么样,你也什么样!看着葫芦就画瓢……那好的……新新的鞋子就坐……"他的眼睛就像坛子上没有烧好的小坑似的向着我。

"那你怎么坐呢!"我把手伸到火上去。

"你二伯坐……你看看你二伯这鞋……坐不坐都是一样,不能要啦!穿啦它已二年整。"把鞋从身下抽出来,向着火看了许多工夫。他忽然又生起气来……

"你们……这都是天堂的呀……你二伯像你那大……糜穿过鞋……哪来的鞋呢?放猪去,拿着个小鞭子就走……一天跟着太阳出去……又跟着太阳回来……带着两个饭团就算是晌饭……你看看你们……馒头干粮,满院子滚!我若一扫院子就准能捡着几个……你二伯小时候连馒头边都……都摸不着哇!如今……连大白狗都不去吃啦……"

他的这些话若不去打断他,他就会永久说下去:从幼小说到长大,再说到锅台上的瓦盆……再从瓦盆回到他幼年吃过的那个饭团上去。我知道他又是这一套,很使我起反感,我讨厌他,我就把红柿子放在火上去烧着,看一看烧熟是个什么样?

"去去……哪有你这样的孩子呢?人家烘点火暖暖……你也必得弄灭它……去,上一边去烧去……"他看着火堆喊着。

我穿上鞋就跑了,房门是开着,所以那骂的声音很大:

"鬼头鬼脑的,干些什么事?你们家里……尽是些耗子……"

有二伯和后园里的老茄子一样,是灰白了,然而老茄子一天比一天静默下去,好像完全任凭了命运。

对命运的变相的诅咒。

可是有二伯从东墙骂到西墙，从扫地的扫帚骂到水桶……而后他骂着他自己的草帽……

"……王八蛋……这是什么东西……去你的吧……没有人心！夏不遮凉冬不抗寒……"

后来他还是把草帽戴上，跟着杨厨子的水桶走到井沿上去，他并不坐到石碾上，跟着水桶又回来了。

"王八蛋……你还算个牲口……你黑心啦……"他看看墙根的猪说。

他一转身又看到了一群鸭子：

"哪天都杀了你们……一天到晚呱呱的……他妈的若是个人，也是个闲人。都杀了你们……别享福……吃得溜溜胖……溜溜肥……"

后园里的葵花子，完全成熟了，那过重的头柄几乎折断了它自己的身子。玉米有的只带了叶子站在那里，有的还挂着稀少的玉米棒。黄瓜老在架上了，赫黄色的，麻裂了皮，有的束上了红色的带子，母亲规定了它们：来年作为种子。葵花子也是一样，在它们的颈间也有的是挂了红布条。只有已经发了灰白的老茄子还都自由的吊在枝棵上，因为它们的内面，完全是黑色的子粒，孩子们既然不吃它，厨子也总不采它。

只有红柿子，红得更快，一个跟着一个，一堆跟着一堆。好像捣衣裳的声音，从四面八方传来了一样。

有二伯在一个清凉的早晨，和那捣衣裳的声音一道倒在院心了。

我们这些孩子们围绕着他，邻人们也围绕着他，但当他爬起来的时候，邻人们又都向他让开了路。

他跑过去。又倒下来了。父亲好像什么也没做，只在有二伯的头上拍了一下。

卑贱一如虫子。

照这样做了好几次，有二伯只是和一条卷虫似的滚着。

父亲却和一部机器似的那么灵巧。他读书看报时的眼镜也还戴着，他叉着腿，有二伯来了的时候，我看见他的白绸衫的襟角很和谐的抖了一下。

"有二……你这小子混蛋……一天到晚，你骂什么……有吃有喝，你还要挣命……你个祖宗的！"

有二伯什么声音也没有。倒了的时候，他想法子爬起来，爬起来他就向前走着，走到父亲的地方他又倒了下来。

等他再倒了下来的时候，邻人们也不去围绕着他。母亲始终是站在台阶上。杨安在柴堆旁边，胸前立着竹帚……邻家的老祖母在板门外被风吹着她头上的蓝色的花。还有管事的……还有小哑巴……还有我不认识的人，他们都靠到墙根上去。

到后来有二伯枕着他自己的血，不再起来了，脚趾上扎着的那块麻绳脱落在旁边，烟荷包上的小圆葫芦，只留了一些片沫在他的左近。鸡叫着，但是跑得那么远……只有鸭子来啄食那地上的血液。

我看到一个绿头顶的鸭子和一个花脖子的。

冬天一来了的时候，那榆树的叶子，连一棵也不能够存在，因为是一棵孤树，所有从四面来的风，都摇得到它。所以每夜听着火炉盖上茶壶嚓嚓的声音的时候，我就从后窗看着那棵大树，白的，穿起了鹅毛似的……连那顶小的枝子也胖了一些。太阳来了的时候，榆树也会闪光，和闪光的房顶，闪光的地面一样。

起初，我们是玩着堆雪人，后来就厌倦了，改为拖狗爬犁了，大白狗的脖子上每天束着绳子，杨安给我们做起来的爬犁。起初，大白狗完全不走正路，它

文明外表下的野蛮行径。

往狗窝里面跑,往厨房里面跑。我们打着它,终于使它习惯下来,但也常常兜着圈子,把我们全数扣在雪地上。它每这样做了一次,我们就一天不许它吃东西,嘴上给它挂了笼头。

但这它又受不惯,总是闹着,叫着……用腿抓着雪地,所以我们把它束到马桩子上。

不知为什么有二伯把它解了下来,他的手又颤颤得那么厉害。

而后他把狗牵到厢房里去,好像牵着一匹小马一样……

过了一会出来了,白狗的背上压着不少东西:草帽顶,铜水壶,豆油灯碗,方枕头,团蒲扇……小圆筐……好像一辆搬家的小车。

有二伯则挟着他的棉被。

"二伯!你要回家吗?"

他总常说"走走"。我想"走"就是回家的意思。

"你二伯……嗯……"那被子流下来的棉花一块一块的沾污了雪地,黑灰似的在雪地上滚着。

还没走到板门,白狗就停下了,并且打着,他有些牵不住它了。

"你不走吗?你……大白……"

我取来钥匙给他开了门。

在井沿的地方,狗背上的东西,就全都弄翻了。在石碾上摆着小圆筐和铜茶壶这一切。

"有二伯……你回家吗?"若是不回家为什么带着这些东西呢!

"嗯……你二伯……"

白狗跑得很远的了。

"这儿不是你二伯的家,你二伯别处也没有家。"

"来……"他招呼着大白狗:"不让你背东西……就来吧……"

他好像要去抱那狗似的张开了两臂。

"我要等到开春……就不行……"他拿起了铜水壶和别的一切。

我想他是一定要走了。

我看着远处白雪里边的大门。

但他转回身去,又向着板门走了回来,他走动的时候,好像肩上担着水桶的人一样,东边摇着,西边摇着。

"二伯,你是忘下了什么东西?"

但回答着我的,只有水壶盖上的铜环……咯铃铃咯铃铃……

他是去牵大白狗吧?对这件事我很感到趣味,所以我抛弃了小朋友们,跟在有二伯的背后。

走到厢房门口,他就进去了,戴着笼头的白狗,他像没有看见它。

他是忘下了什么东西?

但他什么也不去拿,坐在炕沿上,那所有的全套的零碎完全照样在背上和胸上压着他。

他开始说话的时候,连自己也不能知道我是已经向着他的旁边走去。

"花子!你关上门……来……"他按着从身上退下来的东西,"你来看看!"

我看到的是些什么呢?

掀起席子来,他抓了一把:

"就是这个……"而后他把谷粒抛到地上:"这不明明是往外撵我吗?……腰疼……腿疼没有人看见……这炕暖倒记住啦!说是没有米吃,这谷子又潮湿……垫在这炕下炀几天……十几天啦……一寸多厚……烧点火还能热上来……哎……想是等到开春……这衣裳不抗风……"

他拿起扫帚来,扫着窗棂上的霜雪,又扫着墙壁:

"这是些什么?吃糖可就不用花钱?"

随后他烧起火来,柴草就着在灶口外边,他的胡子上小白冰溜变成了水,而我的眼睛流着泪……那烟遮没了他和我。

他说他七岁上被狼咬了一口，八岁上被驴子踢掉一个脚趾……我问他：

"老虎，真的，山上的你看见过吗？"

他说："那倒没有。"

我又问他：

"大象你看见过吗？"

而他就不说到这上面来。他说他放牛放了几年，放猪放了几年……

"你二伯三个月没有娘……六个月没有爹……在叔叔家里住到整整七岁，就像你这么大……"

"像我这么大怎么的呢？"他不说到狼和虎我就不愿意听。

"像你那么大就给人家放猪去啦吧……"

"狼咬你就是像我那大咬的？咬完啦，你还敢再上山不敢啦……"

"不敢，哼……在自家里是孩子……在别人就当大人看……不敢……不敢……回家去……你二伯也是怕呀……为此哭过一些……好打也挨过一些……"

我再问他："狼就咬过一回？"

他就不说狼，而说一些别的：又是那年他给人家当过喂马的……又是我爷爷怎么把他领到家里来的……又是什么五月里樱桃开花啦……又是："你二伯前些年也想给你娶个二大娘……"

我知道他又是从前那一套，我冲开了门站在院心去了。被烟所伤痛的眼睛什么也不能看了，只是流着泪……

但有二伯摊在火堆旁边，幽幽的起着哭声……

我走向上房去了，太阳晒着我，还有别的白色的闪光，它们都来包围了我；或是在前面迎接着，或是

一生困苦，而晚景愈加凄凉。

在绝境中重提青少年时的梦想，则愈见悲凉。

从后面追赶着。我站在台阶上，向四面看看，那么多纯白而闪光的房顶！那么多闪光的树枝！它们好像白石雕成的珊瑚树似的站在一些房子中间。

有二伯的哭声更高了的时候，我就对着这眼前的一切更爱：它们多么接近，比方雪地是踏在我的脚下，那些房顶和树枝就是我的邻家，太阳虽然远一点，然而也来照在我的头上。

春天，我进了附近的小学校。

有二伯从此也就不见了。

九月四日，一九三六年，东京

> 结尾以一个少年人的充满朝气的遐想，反衬一个老人的孤境。有二伯的哭声更高了的时候，我就对这眼前的一切更爱——少年与老年，正如主人与奴仆之间，彼此完全不相通。

---

*作于1936年9月4日，发表于同年10月15日《作家》第2卷第一、二号，署名萧红。后收入短篇小说集《牛车上》，作为巴金主编的《文学丛刊》第五集第五册，于1937年5月由上海文化生活出版社出版。

本篇是一个非虚构的自叙性作品。主人公有二伯是萧红祖父的远房侄子，长年在张家居住，但又为主人家所歧视，因此萧红也就称他为"家庭以外的人"。作者通过孩子的视角，记叙了善良的老人穷苦而孤独的生活，并寄予深切的同情。描写逼真，活泼，却透着悲凉。

桥①

夏天和秋天，桥下的积水和水沟一般平了。

"黄良子，黄良子……孩子哭啦！"

也许是夜晚，也许是早晨，桥头上喊着这样的声音。久了！住在桥头的人家都听惯了，听熟了。

"黄良子，孩子要吃奶了！黄良子……黄良……子。"

尤其是在雨夜或刮风的早晨，静穆里的这声音受着桥下的水的共鸣，或者借助于风声，也送进远处的人家去。

"黄……良子。黄……良……子……"听来和歌声一般了。

> 凄惨的喊声"听来和歌声一般了"，暗指人们听惯了，便可以赏玩别人的苦痛。"歌声"一词，极含蓄、简洁。

月亮完全沉没下去，只有天西最后的一颗星还挂着。从桥东的空场上黄良子走了出来。

黄良是她男人的名字，从她做了乳娘那天起，不知是谁把"黄良"的末尾加上个"子"字，就算她的名字。

"啊？这么早就饿了吗？昨晚上吃得那么晚！"

---

① 该篇创作于1936年，具体日期、首刊何处不详。

开始的几天，她是要跑到桥边去，她向着桥西来唤她的人颤一颤那古旧的桥栏，她的声音也就仿佛在桥下的水上打着回旋：

"这么早吗！……啊？"

现在她完全不再那样做。"黄良子"这字眼好像号码一般，只要一触到她，她就紧跟着这字眼去了。

在初醒的朦胧中，她的呼吸还不能够平稳。她走着，她差不多是跑着，顺着水沟向北面跑去。停在桥西第一个大门楼下面，用手盘卷着松落下来的头发。

——怎么！门还关着？……怎么！

"开门呀！开门呀！"她弯下腰去，几乎是把脸伏在地面。从门槛下面的缝际看进去，大白狗还睡在那里。

因为头部过度下垂，院子里的房屋似乎旋转了一阵，门和窗子也都旋转着，向天的方向旋转着："开门呀！开门来——"

——怎么！鬼喊了我来吗？不……有人喊的，我听得清清楚楚吗……一定，那一定……

但是，她只得回来，桥西和桥东一个人也没有遇到。她感到潮湿的背脊凉下去。

——这不就是百八十步……多说二百步……可是必得绕出去一里多！

起初她试验过，要想扶着桥栏爬过去。但是，那桥完全没有底了，只剩两条栏杆还没有被偷儿拔走。假若连栏杆也不见了，那她会安心些，她会相信那水沟是天然的水沟，她会相信人没有办法把水沟消灭。

……不是吗？搭上两块木头就能走人的……就差两块木头……这桥，这桥，就隔一道桥……

她在桥边站了一会儿，想了一会儿：

——往南去，往北去呢？都一样，往北吧！

她家的草屋正对着这桥，她看见门上的纸片被风吹动。在她理想中，好像一伸手她就能摸到那小土丘上面去似的。

当她顺着沟沿往北走时，她滑过那小土丘去，远了，到半里路远的地方——水沟的尽头——再折回来。

——谁还在喊我?哪一方面喊我?

她的头发又散落下来,她一面走着一面挽卷着。

"黄良子,黄良子……"她仍然好像听到有人在喊她。

"黄……瓜茄……子黄……瓜茄……子……"菜担子迎着黄良子走来了。

"黄瓜茄子,黄……瓜茄子……"

黄良子笑了!她向着那个卖菜的人笑了。

主人家的墙头上的狗尾草肥壮起来了,桥东黄良子的孩子哭声也大起来了!那孩子的哭声会飞到桥西来。

走——走——推着宝宝上桥头,

桥头捉住个大蝴蝶,

妈妈坐下来歇一歇,

走——走——推着宝宝上桥头。

黄良子再不像夏天那样在榆树下扶着小车打瞌睡,虽然阳光仍是暖暖的,虽然这秋天的天空比夏天更好。

小主人睡在小车里面,轮子呱啦呱啦的响着,那白嫩的圆面孔,眉毛上面齐着和霜一样白的帽边,满身穿着洁净的可爱的衣裳。

黄良子感到不安了,她的心开始像铃铛似的摇了起来:

"喜欢哭吗?不要哭啦……爹爹抱着跳一跳,跑一跑……"

爹爹抱着,隔着桥站着,自己那个孩子黄瘦,眼圈发一点蓝,脖子略微长一些,看起来很像一条枯了的树枝。但是黄良子总觉得比车里的孩子更可爱一点。哪里可爱呢?他的笑也和哭差不多。他哭的时候也从不滚着发亮的肥大的泪珠,并且他对着隔着桥的

误听是因为牵挂。辛酸的笑。

通过孩子形象作贫富对比。

妈妈一点也不亲热,他看着她也并不拍一下手。托在爹爹手上的脚连跳也不跳。

但她总觉得比车里的孩子更可爱些,哪里可爱呢?她自己不知道。

走——走推着宝宝上桥头,

走——走推着宝宝上桥头。

她对小主人说的话,已经缺少了一句:

——桥头捉个大蝴蝶,妈妈坐下来歇一歇。

在这句子里边感不到什么灵魂的契合,不必要了。

"走——走——上桥头,上桥头……"

她的歌词渐渐地干枯了,她没有注意到这样的几个字孩子喜欢听不喜欢听。同时在车轮呱啦呱啦的离开桥头时,她同样唱着:

"上桥头,上桥头……"

后来连小主人躺在床上睡觉的时候,她还是哼着:"上桥头,上桥头……"

"啊?你给他擦一擦呀……那鼻涕流过嘴啦……怎么!看不见吗?唉唉……"

黄良子,她简直忘记了她是站在桥这边,她有些暴躁了。当她的手隔着桥伸出去的时候,那差不多要使她流眼泪了!她的脸为着急完全是涨红的。

"爹,爹是不行的呀……到底不中用!可是这桥,这桥……若没有这桥隔着……"借着桥下的水的反应,黄良子响出来的声音很空洞,并且横在桥下面的影子有些震撼:"你抱他过来呀!就这么看着他哭!绕一点路,男人的腿算什么?我……我是推着车的呀!"

桥下面的水上浮着三个人影和一辆小车。但分不出站在桥东的和站在桥西的。

从这一天起,"桥"好像把黄良子的生命缩短了。但她又感到太阳挂在空中,整天也没有落下去似的……究竟日长了、短了,她也不知道;天气寒了、暖了,她也不能够识别。虽然她也换上了夹衣,对于衣裳的增加,似乎别人增加起来,她也就增加起来。

沿街扫着落叶的时候，她仍推着那辆呱啦呱啦的小车。

主人家墙头上的狗尾草，一些水分也没有了，全枯了，只有很少数的还站在风里面摇着；桥东孩子的哭声一点也没有减弱，随着风声送到桥头的人家去，特别是送进黄良子的耳里，那声音扩大起来，显微镜下面苍蝇翅膀似的……

她把馒头、饼干，有时就连那包着馅、发着油香不知名的点心，也从桥西抛到桥东去。

——只隔一道桥，若不……这不是随时可以吃得到的东西吗？这小穷鬼，你的命上该有一道桥啊！

每次她抛的东西若落下水的时候，她就向着桥东的孩子说：

"小穷鬼，你的命上该有一道桥啊！"

向桥东抛着这些东西，主人一次也没有看到过。可是当水面上闪着一条线的时候，她总是害怕的，好像她的心上已经照着一面镜子了。

——这明明是啊……这是偷的东西……老天爷也知道的。

因为在水面上反映着蓝天，反映着白云，并且这蓝天和她很接近，就在她抛着东西的手底下。

有一天，她得到无数东西，月饼、梨子，还有早饭剩下的饺子。这都不是公开的，这都是主人没看见她才包起来的。

她推着车，站在桥头了，那东西放在车箱里孩子摆着玩物的地方。

"他爹爹……他爹爹……黄良，黄良！"

但是什么人也没有，土丘的后面闹着两只野狗。门关着，好像是正在睡觉。

她决心到桥东去，推着车子跑得快时，车里面孩

命运不能相通，灵魂不能相通。

子的头都颠起来,她最怕车轮响。

——到哪里去啦?推着车子跑……这是干什么推着车子跑……跑什么?……跑什么?往哪里跑?

就像女主人在她的后面喊起来:

——站住,站住——她自己把她自己吓得出了汗,心脏快要跑到喉咙边来。

孩子被颠得要哭,她就说:

"老虎!老虎!"

她亲手把睡在炕上的孩子唤醒起来,她亲眼看着孩子去动手吃东西。

不知道怎样的愉快从她的心上开始着,当那孩子把梨子举起来的时候,当那孩子一粒一粒把葡萄触破了两三粒的时候。

"呀!这是吃的呀,你这小败家子!暴殄天物……还不懂得是吃的吗?妈,让妈给你放进嘴里去,张嘴,张嘴。嘿……酸哩!看这小样。酸得眼睛像一条缝了……吃这月饼吧!快到一岁的孩子什么都能吃的……吃吧……这都是第一次吃呢……"

她笑着。她总觉得这好哭的连笑也笑不完整的孩子比坐在车里边的孩子更可爱些。

她走回桥西去的时候,心平静了;顺着水沟向北去,生在水沟旁的紫小菊,被她看到了,她兴致很好,想要伸手去折下来插到头上去。

"小宝宝!哎呀,好不好?"花穗在她的一只手里面摇着,她喊着小宝宝,那是完全从内心喊出来的,只有这样喊着,在她临时的幸福上才能够闪光。心上一点什么隔线也脱掉了,第一次,她感到小主人和自己的孩子一样可爱了!她在他的脸上扭了一下,车轮在那不平坦的道上呱啦呱啦的响……

她偶然看到孩子坐着的车是在水沟里颠乱着,于

小主人由不可爱变得可爱,——细致的心理描写。

是她才想到她是来到桥东了。不安起来,车子在水沟里的倒影跑得快了,闪过去了。

——百八十步……可是偏偏要绕一里多路……眼看着桥就过不去……

——黄良子,黄良子!把孩子推到那里去啦!——就像女主人已经喊她了:——你偷了什么东西回家的?我说黄良子!

她自己的名字在她的心上跳着。

她的手没有把握的使着小车在水沟旁乱跑起来,跑得太与水沟接近的时候,要撞进水沟去似的。车轮子两只高了,两只低了,孩子要从里面被颠出来了。

还没有跑到水沟的尽端,车轮脱落了一只。脱落的车轮,像用力抛着一般旋进水沟里去了。

黄良子停下来看一看,桥头的栏杆还模糊的可以看见。

——这桥!不都是这桥吗?

她觉到她应该哭了!但那肺叶在她的胸内颤了两下,她又停止住。

——这还算是站在桥东啊!应该快到桥西去。

她推起三个轮子的车来,从水沟的东面,绕到水沟的西面。

——这可怎么说?就说在水旁走走,轮子就掉了;就说抓蝴蝶吧?这时候没有蝴蝶了。就说抓蜻蜓吧……瞎说吧!反正车子站在桥西,可没到桥东去……

"黄良……黄良……"一切忘掉了,在她好像一切都不怕了。

"黄良……黄良……"她推着三个轮子的小车顺着水沟走到桥边去招呼。

当她的手拿到那车轮的时候,黄良子的泥污已经沾满到腰的部分。

推着三个轮子的车走进主人家的大门去,她的头发是挂下来的,在她苍白的脸上划着条痕。

——这不就是这轮子吗?掉了……是掉了的,滚下水沟去的……

她依着大门扇,哭了!

桥头上没有底的桥栏杆,在东边好像看着她哭!

第二年的夏天,桥头仍响着"黄良子,黄良子"的喊声。尤其是在天还未明的时候，简直和鸡啼一样。

第三年，桥头上"黄良子"的喊声没有了，像是同那颤抖的桥栏一同消灭下去。黄良子已经住到主人家里。

在三月里，新桥就开始建造起来。夏天，那桥上已经走着车马和行人。

黄良子一看到那红漆的桥栏杆，比所有她看到过的在夏天里开着的红花更新鲜。

"跑跑吧！你这孩子！"她每次看到她的孩子从桥东跑过来的时候，无论隔着多远，不管听见听不见，不管她的声音怎样小，她却总要说的：

"跑跑吧！这样宽大的桥啊！"

爹爹抱着他，也许牵着他，每天过桥好几次。桥上面平坦和发着哄声，若在上面跺一下脚，会咚咚的响起来。

主人家墙头上的狗尾草又是肥壮的，墙根下面有的地方也长着同样的狗尾草，墙根下也长着别样的草：野罂粟和洋雀草，还有不知名的草。

黄良子拔着洋雀草做起哨子来，给瘦孩子一个，给胖孩子一个。他们两个都到墙根的地方去拔草，拔得过量的多，她的膝盖上尽是些草了。于是他们也拔着野罂粟。

"嗞嗞，嗞嗞！"在院子的榆树下闹着、笑着和响着哨子。

桥头上孩子的哭声，不复出现了。在妈妈的膝头前，变成了欢笑和歌声。

黄良子，两个孩子都觉得可爱，她的两个膝头前一边站着一个。有时候，他们两个装着哭，就一边膝头上伏着一个。

黄良子把"桥"渐渐的遗忘了，虽然她有时走在桥上，但她不记起还是一条桥，和走在大道上一般平常，一点也没有两样。

有一天，黄良子发现她的孩子的手上划着两条血痕。

"去吧！去跟爹爹回家睡一觉再来……"有时候，她也亲手把他牵过桥去。

以后，那孩子在她膝盖前就不怎样活泼了，并且常常哭，并且脸上也发现着伤痕。

"不许这样打的呀！这是干什么……干什么？"在墙外，或是在道口，总之，在没有人的地方，黄良子才把小主人的木枪夺下来。

小主人立刻倒在地上，哭和骂，有时候立刻就去打着黄良子，用玩物，或者用街上的泥块。

"妈！我也要那个……"

小主人吃着肉包子的样子，一只手上抓着一个，有油流出来了，小手上面发着光。并且那肉包子的香味，不管站得怎样远也像绕着小良子的鼻管似的：

"妈……我也要……要……"

"你要什么？小良子！不该要呀……羞不羞？馋嘴巴！没有脸皮了？"

当小主人吃着水果的时候，那是歪着头，很圆的黑眼睛，慢慢地转着。

小良子看到别人吃，他拾了一片树叶舐一舐，或者把树枝放在舌头上，用舌头卷着，用舌头吮着。

小主人吃杏的时候，很快地把杏核吐在地上，又另吃第二个。他围裙的口袋里边，装着满满的黄色的大杏。

"好孩子！给小良子一个……有多好呢……"黄良子伸手去摸他的口袋，那孩子摆脱开，跑到很远的地方把两个杏子抛到地上。

"吞吧！小良子，小鬼头……"黄良子的眼睛弯曲地看到小良子的身上。

小良子吃杏，把杏核使嘴和牙齿相撞着，撞得发响，并且他很久很久地吮着杏核。后来，他在地上拾起那胖孩子吐出来的杏核。

有一天，黄良子看到她的孩子把手插进一个泥洼子里摸着。

妈妈第一次打他，那孩子倒下来，把两只手都插进泥坑去时，他喊着：

"妈！杏核呀……摸到的杏核丢了……"

黄良子常常送她的孩子过桥：

"黄良！黄良……把孩子叫回去……黄良！不再叫他跑过桥

来……"

也许是黄昏,也许是晌午,桥头上黄良的名字开始送进人家去。两年前人们听惯了的"黄良子"这歌好像又复活了。

"黄良,黄良,把这小死鬼绑起来吧!他又跑过桥来啦……"

小良子把小主人的嘴唇打破的那天早晨,桥头上闹着黄良的全家。

黄良子喊着,小良子跑着叫着:

"爹爹呀……爹爹呀……呵……呵……"

到晚间,终于小良子的嘴也流着血了,在他原有的,小主人给他打破的伤痕上又流着血了。这次却是妈妈给打破的。

小主人给打破的伤口,是妈妈给揩干的;被妈妈打破的伤口,爹爹也不去揩干它。

黄良子带着东西,从桥西走回来了。

她家好像生了病一样,静下去了,哑了,几乎门扇整日都没有开动,屋顶上也好像不曾冒烟。

这寂寞也波及到桥头,桥头附近的人家,在这个六月里失去了他们的音乐。

"黄良,黄良,小良子……"这声音再也听不到了。

桥下面的水,静静的流着。

桥上和桥下再没有黄良子的影子和声音了。

> 含蓄地说明黄良子已经被主人辞退了。

黄良子重新被主人唤回去上工的时候,那是秋末,也许是初冬,总之,道路上的雨水已经开始结集着闪光的冰花。但水沟还没有结冰,桥上的栏杆还是照样的红。她停在桥头,横在面前的水沟,伸到南面去的也没有延展,伸到北面去的也不见得缩短。桥西,人家的房顶,照旧发着灰色。门楼,院墙。墙头的萎黄狗尾草也和去年秋末一样的在风里摇动。

只有桥,她忽然感到高了!使她踏不上去似的。一种软弱和怕惧贯穿着她。

——还是没有这桥吧!若没有这桥,小良子不就是跑不到桥西来了吗?算是没有挡他腿的啦!这桥,不都是这桥吗?

她怀念起旧桥来,同时,她用怨恨过旧桥的情感再建设起旧桥来。

小良子一次也没有踏过桥西去,爹爹在桥头上张开两只胳膊,笑着,哭着,小良子在桥边一直被阻挡下来;他流着过量的鼻涕的时候,爹爹把他抱了起来,用手掌给暖一暖他冻得很凉的耳朵的轮边。于是桥东的空场上有个很长的人影在踱着。

也许是黄昏了,也许是孩子终于睡在他的肩上,这时候,这曲背的长的影子不见了。桥东空场上完全空旷下来。

可是空场上的土丘透出了一片灯火,土丘里面有时候也起着燃料的爆炸。

小良子吃晚饭的碗举到嘴边去,同时,桥头上的夜色流来了!深色的天,好像广大的帘子从桥头挂到小良子的门前。

第二天,小良子又是照样向桥头奔跑。

"找妈去……吃……馒头……她有馒头……妈有呵……妈有糖……"一面奔跑着,一面叫着……头顶上留着的一堆毛发,逆着风,吹得竖起来了。他看到爹爹的大手就跟在他的后面。

桥头上喊着"妈"和哭声……

这哭声借着风声,借着桥下水的共鸣,也送进远处的人家去。

等这桥头又安息下来的时候,那是从一年中落着

对桥的感觉的变化。

"妈"不属于孩子,也不属于她自己。

最末的一次雨的那天起。

小良子从此丢失了。

冬天，桥西和桥东都飘着云，红色的栏杆被雪花遮断了。

桥上面走着行人和车马，到桥东去的，到桥西去的。

那天，黄良子听到她的孩子掉下水沟去，她赶忙奔到了水沟边去。看到那被捞在沟沿上的孩子连呼吸也没有的时候，她站起来，她从那些围观的人们的头上面望到桥的方向去。

那颤抖的桥栏，那红色的桥栏，在模糊中她似乎看到了两道桥栏。

于是肺叶在她胸的内面颤动和放大。这次，她真的哭了。

仿佛桥成了孩子的死因。

桥，是由希望而绝望的见证。

一九三六年

---

*作于1936年。

一个关于保姆的故事。女主人公黄良子舍下才一岁的亲生儿子小良子，给富人家当保姆。她的家和主人家隔着一条水沟，上面虽然有一道桥，却多年来没有桥板，无法通过，只能绕道而行。她不能照顾小良子，拣了些馒头、饼干之类只能抛过沟去。后来桥修好了，小良子为寻找妈妈、吃到馒头，自己走到桥上，结果掉落水沟淹死了。

小说用对比的手法，东家和自家的孩子在一起。杏子和水果的情景尤为突出，作者寓意表现社会上贫富不均的罪恶。水沟让贫富之间对立着，悬隔着，保持着距离；但当桥一旦建立起来，贫弱的一方却付出了毁灭的代价。桥在这里是一个象征。

手[1]

> 蓝的，黑的手——一个悬念。

在我们的同学中，从来没有见过这样的手：蓝的，黑的，又好像紫的；从指甲一直变色到手腕以上。

她初来的几天，我们叫她"怪物"。下课以后大家在地板上跑着也总是绕着她。关于她的手，但也没有一个人去问过。

教师在点名，使我们越忍越忍不住了，非笑不可了。

"李洁！""到。"

"张楚芳！""到。"

"徐桂真！""到。"

迅速而有规律性的站起来一个，又坐下去一个。但每次一喊到王亚明的地方，就要费一些时间了。

"王亚明，王亚明……叫到你啦！"别的同学有时要催促她，于是她才站起来，把两只青手垂得很直，肩头落下去，面向着棚顶说：

"到，到，到。"

> 劳动者的本色。

不管同学们怎样笑她，她一点也不感到慌乱，仍

---

[1] 该篇创作于1936年3月，首刊于1936年4月15日上海《作家》第一卷第一号，署名萧红。

旧弄着椅子响，庄严的，似乎费掉了几分钟才坐下去。

有一天上英文课的时候，英文教师笑得把眼镜脱下来在擦着眼睛：

"你下次不要再答'黑耳'了，就答'到'吧！"

全班的同学都在笑，把地板擦得很响。

第二天的英文课，又喊到王亚明时，我们又听到了"黑耳——黑——耳。"

"你从前学过英文没有？"英文教师把眼镜移动了一下。

"不就是那英国话吗？学是学过的，是个麻子脸先生教的……铅笔叫'喷丝儿'，钢笔叫'盆'。可是没学过'黑耳'。"

"Here就是'这里'的意思，你读：Here！Here！"

"喜儿！喜儿。"她又读起"喜儿"来了。这样的怪读法，全课堂都笑得颤栗起来。可是王亚明，她自己却安然的坐下去，青色的手开始翻转着书页。并且低声读了起来：

"华提……贼死……阿儿……"

数学课上，她读起算题来也和读文章一样：

"$2x+y=$……$x^2=$……"

午餐的桌上，那青色的手已经抓到了馒头，她还想着"地理"课本："墨西哥产白银……云南……唔，云南的大理石。"

教育与生活相脱节。

夜里她躲在厕所里边读书，天将明的时候，她就坐在楼梯口。只要有一点光亮的地方，我常遇到过她。有一天落着大雪的早晨，窗外的树枝挂着白绒似的穗头，在宿舍的那边，长筒过道的尽头，窗台上似乎有人睡在那里了。

"谁呢？这地方多么凉！"我的皮鞋拍打着地板，发出一种空洞洞的嗡声，因为星期日的早晨，全个学校出现在特有的安宁里。一部分的同学在化着妆;一部分的同学还睡在眠床上。

还没走到她的旁边,我看到那摊在膝头上的书页被风翻动着。

"这是谁呢?礼拜日还这样用功!"正要唤醒她,忽然看到那青色的手了。

"王亚明,哎……醒醒吧……"我还没有直接招呼过她的名字,感到生涩和直硬。

"喝喝……睡着啦!"她每逢说话总是开始钝重的笑笑。

"华提……贼死,右……爱……"她还没找到书上的字就读起来。

"华提……贼死,这英国话,真难……不像咱们中国字:什么字旁,什么字头……这个:委曲拐弯的,好像长虫爬在脑子里,越爬越糊涂,越爬越记不住。英文先生也说不难,不难,我看你们也不难。我的脑筋笨,乡下人的脑筋没有你们那样灵活。我的父亲还不如我,他说他年青的时候,就记他这个'王'字,记了半顿饭的工夫还没记住。右……爱……右……阿儿……"说完一句话,在末尾不相干的她又读起单字来。

风车哗啦哗啦的响在壁上,通气窗时时有小的雪片飞进来,在窗台上结着些水珠。

她的眼睛完全爬满着红丝条;贪婪,把持,和那青色的手一样在争取她不能满足的愿望。

在角落里,在只有一点灯光的地方,我都看到过她,好像老鼠在啮嚼什么东西似的。

她的父亲第一次来看她的时候,说她胖了:

"妈的,吃胖了,这里吃的比自家吃的好,是不是?好好干吧!干下三年来,不成圣人吧,也总算明

坦率,朴素,勤奋。

白明白人情大道理。"在课堂上,一个星期之内,人们都是学着王亚明的父亲。第二次,她的父亲又来看她,她向她父亲要一双手套:

"就把我这副给你吧!书,好好念书,要一副手套还没有吗?等一等,不用忙……要戴就先戴这副,开春啦!我又不常出什么门,明子,上冬咱们再买,是不是?明子!"在"接见室"的门口嚷嚷着,四周已经是围满着同学,于是他又喊着明子明子的又说了一些事情:

"三妹妹到二姨家去串门啦,去啦两三天啦!小肥猪每天又多加两把豆子,胖得那样你没看见,耳朵都挣挣起来了……姐姐又来家腌了两罐子咸葱……"

正讲得他流汗的时候,女校长穿着人群站到前面去:

"请到接见室里面坐吧——"

"不用了,不用了,耽搁工夫,我也是不行的,我还就要去赶火车……赶回去,家里一群孩子,放不下心……"他把皮帽子放在手上,向校长点着头,头上冒着气,他就推开门出去了。好像校长把他赶走似的,可是他又转回身来,把手套脱下来。

"爹,你戴着吧,我戴手套本来是没用的。"

她的父亲也是青色的手,比王亚明的手更大更黑。

在阅报室里,王亚明问我:

"你说,是吗?到接见室去坐下谈话就要钱的吗?"

"那里要钱!要的什么钱!"

"你小点声说,叫她们听见,她们又谈笑话了。"她用手掌指点着我读着的报纸:

"我父亲说的,他说接见室里摆着茶壶和茶碗,若进去,怕是校役就给倒茶了,倒茶就要钱了。我说不要,他可是不信,他说连小店房进去喝一碗水也多少

庄稼人。

敬畏感,小人物的卑微心理。

得赏点钱，何况学堂呢？你想学堂是多么大的地方！"

校长已说过她几次：

"你的手，就洗不净了吗？多加点肥皂！好好洗洗，用热水烫一烫。早操的时候，在操场上竖起来的几百条手臂都是白的，就是你，特别呀！真特别。"女校长用她贫血的和化石一般透明的手指去触动王亚明青色的手，看那样子，她好像是害怕，好像微微有点抑止着呼吸，就如同让她去接触黑色的已经死掉的鸟类似的："是褪得很多了，手心可以看到皮肤了。比你刚来的时候强得多，那时候，那简直是铁手……你的功课赶得上了吗？多用点功，以后，早操你就不用上，学校的墙很低，春天里散步的外国人又多，他们常常停在墙外看的。等你的手褪掉颜色再上早操吧！"校长告诉她，停止了她的早操。

教育歧视。

"我已经向父亲要到了手套，戴起手套来不就看不见了吗？"打开了书箱，取出她父亲的手套来。

校长笑得发着咳嗽，那贫血的面孔立刻旋动着红的颜色："不必了！既然是不整齐，戴手套也是不整齐。"

假山上面的雪消融了去，校役把铃子也打得似乎更响些。窗前的杨树抽着芽，操场好像冒着烟似的，被太阳蒸发着。上早操的时候，那指挥官的口笛振鸣得也远了，和窗外树丛中的人家起着回应。

我们在跑在跳，和群鸟似的在噪杂。带着糖质的空气迷漫着我们，从树梢上面吹下来的风混和着嫩芽的香味。被冬天枷锁了的灵魂和被束掩的棉花一样舒展开来。

正当早操刚收场的时候，忽然听到楼窗口有人在招呼什么，那声音被空气负载着向天空响去似的：

"好和暖的太阳！你们热了吧？你们……"在抽

芽的杨树后面，那窗口站着王亚明。

等杨树已经长了绿叶，满院结成了荫影的时候，王亚明却渐渐变成了干缩，眼睛的边缘发着绿色，耳朵也似乎薄了一些，至于她的肩头一点也不再显出蛮野和强壮。当她偶然出现在树荫下，那开始陷下的胸部，使我立刻从她想到了生肺病的人。

"我的功课，校长还说跟不上，倒也是跟不上，到年底若再跟不上，喝喝！真会留级的吗？"她讲话虽然仍和从前一样"喝喝"的，但她的手却开始畏缩起来，左手背在背后，右手在衣襟下面突出个小丘。

我们从来没有看到她哭过，大风在窗外倒拔着杨树的那天，她背向着教室，也背向着我们，对着窗外的大风哭了，那是那些参观的人走了以后的事情，她用那已经开始在褪着色的青手捧着眼泪。

"还哭！还哭什么？来了参观的人，还不躲开。你自己看看，谁像你这样特别！两只蓝手还不说，你看看，你这件上衣，快变成灰的了！别人都是蓝上衣，哪有你这样特别，太旧的衣裳颜色是不整齐的……不能因为你一个人而破坏了制服的规律性……"她一面嘴唇与嘴唇切合着，一面用她惨白的手指去撕着王亚明的领口："我是叫你下楼，等参观的走了再上来，谁叫你就站在过道呢？在过道，你想想：他们看不到你吗？你倒戴起了这样大的一副手套……"

说到"手套"的地方，校长的黑色漆皮鞋，那亮晶晶的鞋尖去踢了一下已经落到地板上的一只：

"你觉得你戴上了手套站在这地方就十分好了吗？这叫什么玩艺？"她又在手套上踏了一下，她看到那和马车夫一样肥大的手套，抑止不住的笑出声来了。

王亚明哭了这一次，好像风声都停止了，她还没有停止。

校长，贵族化教育的代表。

暑假以后,她又来了。夏末简直和秋天一样凉爽,黄昏以前的太阳染在马路上使那些铺路的石块都变成了朱红色。我们集着群在校门里的山丁树下吃着山丁。就是这时候,王亚明坐着的马车从"喇嘛台"①那边哗啦哗啦地跑来了。只要马车一停下,那就全然寂静下去。她的父亲搬着行李,她抱着面盆和一些零碎。走上台阶来了,我们并不立刻为她闪开,有的说着:"来啦!""你来啦!"有的完全向她张着嘴。

等她父亲腰带上挂着的白毛巾一抖动一抖动的走上了台阶,就有人在说:

> 悬念。

"怎么!在家住了一个暑假,她的手又黑了呢?那不是和铁一样了吗?"

秋季以后,宿舍搬家的那天,我才真正注意到这铁手:我似乎已经睡着了,但能听到隔壁在吵叫着:

> 同学构成一种环境:隔膜,冷落,充满歧视,——无爱的人间。

"我不要她,我不和她并床……"

"我也不和她并床。"

我再细听了一些时候,就什么也听不清了,只听到嗡嗡的笑声和绞成一团的吵嚷。夜里我偶然起来到过道去喝了一次水。长椅上睡着一个人,立刻就被我认出来,那是王亚明。两只黑手遮着脸孔,被子一半脱落在地板上,一半挂在她的脚上。我想她一定又是借着过道的灯光在夜里读书,可是她的旁边也没有什么书本,并且她的包袱和一些零碎就在地板上围绕着她。

第二天的夜晚,校长走在王亚明的前面,一面走一面响着鼻子,她穿着床位,她用她的细手推动那一些连成排的铺平的白床单:

---

① 喇嘛台:东正教教堂,哈尔滨标志性建筑,1900年建于南岗中心广场(今博物馆红博广场),原名"圣·尼古拉教堂",亦称"中央寺院",文化大革命期间被拆除。

"这里，这里的一排七张床，只睡八个人，六张床还睡九个呢！"她翻着那被子，把它排开一点，让王亚明把被子就夹在这地方。

王亚明的被子展开了，为着高兴的缘故，她还一边铺着床铺，一边嘴里似乎打着哨子，我还从没听到过这个，在女学校里，没有人用嘴打过哨子。

她已经铺好了，她坐在床上张着嘴，把下颚微微向前抬起一点，像是安然和舒畅在镇压着她似的。校长已经下楼了，或者已经离开了宿舍，回家去了。但，舍监这老太太，鞋子在地板上擦擦着，头发完全失掉了光泽，她跑来跑去：

"我说，这也不行……不讲卫生，身上生着虫类，什么人还不想躲开她呢？"她又向角落里走了几步，我看到她的白眼球好像对着我似的："看这被子吧！你们去嗅一嗅，隔着二尺远都有气味了……挨着她睡觉，滑稽不滑稽！谁知道……虫类不会爬了满身吗？去看看，那棉花都黑得什么样子啦！"

舍监常常讲她自己的事情，她的丈夫在日本留学的时候，她也在日本，也算是留学。同学们问她：

"学的什么呢？"

"不用专学什么！在日本说日本话，看看日本风俗，这不也是留学吗？"她说话总离不了"不卫生，滑稽不滑稽……肮脏"，她叫虱子特别要叫虫类。

"人肮脏，手也肮脏。"她的肩头很宽，说着肮脏，她把肩头故意抬高了一下，好像寒风忽然吹到她似的，她跑出去了。

"这样的学生，我看校长可真是……可真是多余要……"打过熄灯铃之后，舍监还在过道里和别的一些同学在讲说着。

第三天夜晚，王亚明又提着包袱，卷着行李，前

舍监。

面又是走着白脸的校长。

"我们不要,我们的人数够啦!"

校长的指甲还没接触到她们的被边时,她们就嚷了起来,并且换了一排床铺也是嚷了起来:

"我们的人数也够啦!还多了呢!六张床,九个人,还能再加了吗?"

"一二三四……"校长开始计算:"不够,还可以再加一个,四张床,应该六个人,你们只有五个……来!王亚明!"

"不,那是留给我妹妹的,她明天就来……"那个同学跑过去,把被子用手按住。

最后,校长把她带到别的宿舍去了。

"她有虱子,我不挨着她……"

"我也不挨着她……"

"王亚明的被子没有被里,棉花贴着身子睡,不信,校长看看!"

后来她们就开着玩笑,至于说出害怕王亚明的黑手而不敢接近她。

以后,这黑手人就睡在过道的长椅上。我起得早的时候,就遇到她在卷着行李,并且提着行李下楼去。我有时也在地下"储藏室"遇到她,那当然是夜晚,所以她和我谈话的时候,我都是看看墙上的影子,她搔着头发的手,那影子印在墙上也和头发一样颜色。

"惯了,椅子也一样睡,就是地板也一样,睡觉的地方,就是睡觉,管什么好歹!念书是要紧的……我的英文,不知在考试的时候,马先生能给我多少分数?不够六十分,年底要留级的吗?"

"不要紧,一门不能够留级。"我说。

"爹爹可是说啦!三年毕业,再多半年,他也不能供给我学费……这英国话,我的舌头可真转不过弯来。喝喝……"

全宿舍的人都在厌烦她,虽然她是住在过道里。因为她夜里总是咳嗽着……同时在宿舍里边她开始用颜料染着袜子和上衣。

"衣裳旧了,染染差不多和新的一样。比方:夏季制服,染成灰色就可以当秋季制服穿……比方,买白袜子,把它染成黑色,这都可以……"

"为什么你不买黑袜子呢?"我问她。

"黑袜子,他们是用机器染的,矾太多……不结实,一穿就破的……还是咱们自己家染的好……一双袜子好几毛钱……破了就破了还得了吗?"

礼拜六的晚上,同学们用小铁锅煮着鸡子。每个礼拜六差不多总是这样,她们要动手烧一点东西来吃。从小铁锅煮好的鸡子,我也看到的,是黑的,我以为那是中了毒。那端着鸡子的同学,几乎把眼镜咆哮得掉落下来:

"谁干的好事!谁?这是谁?"

王亚明把面孔向着她们来到了厨房,她拥挤着别人,嘴里喝喝的:

"是我,我不知道这锅还有人用,我用它煮了两双袜子……喝喝……我去……"

"你去干什么?你去……"

"我去洗洗它!"

"染臭袜子的锅还能煮鸡子吃!还要它?"铁锅就当着众人在地板上光郎,光郎的跳着,人咆哮着,戴眼镜的同学把黑色的鸡子好像抛着石头似的用力抛在地上。

人们都散开的时候,王亚明一边拾着地板上的鸡子,一边在自己说着话:

"哟!染了两双新袜子,铁锅就不要了!新袜子怎么会臭呢?"

冬天,落雪的夜里,从学校出发到宿舍去,所经过的小街完全被雪片占据了。我们向前冲着,扑着,若遇到大风,我们就风雪中打着转,倒退着走,或者是横着走。清早,照例又要从宿舍出发,在十二月里,每个人的脚都冻木了,虽然是跑着,也要冻木的。所以我们诅咒和怨恨,甚至于有的同学已经在骂

俭省。赞美劳动者及其儿女的一种美德。

着，骂着校长是"混蛋"，不应该把宿舍离开学校这样远，不应该在天还不亮就让学生们从宿舍出发。

有些天，在路上我单独的遇到王亚明。远处的天空和远处的雪都在闪着光，月亮使得我和她踏着影子前进。大街和小街都看不见行人。风吹着路旁的树枝在发响，也时时听到路旁的玻璃窗被雪扫着在呻吟。我和她谈话的声音，被零度以下的气温所反应也增加了硬度。等我们的嘴唇也和我们的腿部一样感到了不灵活，这时候，我们总是终止了谈话，只听着脚下被踏着的雪，乍乍乍的响。

手在按着门铃，腿好像就要自己脱离开，膝盖向前时时要跪了下去似的。

我记不得哪一个早晨，腋下带着还没有读过的小说，走出了宿舍，我转过身去，把栏栅门拉紧。但心上总有些恐惧，越看远处模糊不清的房子，越听后面在扫着的风雪，就越害怕起来。星光是那样微小，月亮也许落下去了，也许被灰色的和土色的云彩所遮蔽。

走过一丈远，又像增加了一丈似的，希望有一个过路的人出现，但又害怕那过路人，因为在没有月亮的夜里，只能听到声音而看不见人，等一看见人影那就从地面突然长了起来似的。

我踏上了学校门前的石阶，心脏仍在发热，我在按铃的手，似乎已经失去了力量。突然石阶又有一个人走上来了：

"谁？谁？"

"我！是我。"

"你就走在我的后面吗！"因为一路上我并没听到有另外的脚步声，这使我更害怕起来。

"不，我没走在你的后面，我来了好半天了。校役他是不给开门的，我招呼了不知道多大工夫了。"

"你没按过铃吗？"

"按铃没有用，喝喝，校役开了灯，来到门口，隔着玻璃向外看看……可是到底他不给开。"

里边的灯亮起来，一边骂着似的光郎郎地把门给闪开了：

"半夜三更叫门……该考背榜不是一样考背榜吗？"

"干什么？你说什么？"我这话还没有说出来，校役就改变了态度：

"萧先生，您叫门叫了好半天了吧？"

我和王亚明一直走进了地下室，她咳嗽着，她的脸苍黄得几乎是打着皱纹似的颤嗦了一些时候。被风吹得而挂下来的眼泪还停留在脸上，她就打开了课本。

"校役为什么不给你开门？"我问。

"谁知道？他说来得太早，让我回去，后来他又说校长的命令。"

"你等了多少时候了？"

"不算多大工夫，等一会，就等一会，一顿饭这个样子。喝喝……"

她读书的样子完全和刚来的时候不一样，那喉咙渐渐窄小了似的，只是喃喃着，并且那两边摇动的肩头也显着紧缩和偏狭，背脊已经弓了起来，胸部却平了下去。

我读着小说，很小的声音读着，怕是搅扰了她；但这是第一次，我不知道为什么这只是第一次？

她问我读的什么小说，读没读过《三国演义》①？有时她也拿到手里看看书面，或是翻翻书页。"像你们多聪明！功课连看也不看，到考试的时候也一点不怕。我就不行，也想歇一会，看看别的书……可是那就不成了……"

有一个星期日，宿舍里面空朗朗的，我就大声读着《屠场》②上正是女工玛利亚昏倒在雪地上的那段，

---

① 《三国演义》：中国第一部长篇章回体小说，古典四大名著之一。全称《三国志通俗演义》。作者罗贯中（约1330—约1400），名本，字贯中，元末明初小说家、戏曲家。

② 《屠场》：美国作家辛克莱（1878—1968）于1906年创作的一部长篇小说。

校役。

谦卑，劳动者的美德。

我一面看着窗外的雪地一面读着,觉得很感动。王亚明站在我的背后,我一点也不知道。

"你有什么看过的书,也借给我一本,下雪天气,实在沉闷,本地又没有亲戚,上街又没有什么买的,又要花车钱……"

"你父亲很久不来看你了吗?"我以为她是想家了。

"哪能来!火车钱,一来回就是两元多……再说家里也没有人……"

我就把《屠场》放在她的手上,因为我已经读过了。

她笑着,"喝喝"着,她把床沿颤了两下,她开始研究着那书的封面。等她走出去时,我听在过道里她也学着我把那书开头的第一句读得很响。

以后,我又不记得是哪一天,也许又是什么假日,总之,宿舍是空朗朗的,一直到月亮已经照上窗子,全宿舍依然被剩在寂静中。我听到床头上有沙沙的声音,好像什么人在我的床头摸索着,我仰过头去,在月光下我看到了是王亚明的黑手,并且把我借给她的那本书放在我的旁边。

我问她:"看得有趣吗?好吗?"

起初,她并不回答我,后来她把脸孔用手掩住,她的头发也像在抖着似的。她说:

"好。"

我听她的声音也像在抖着,于是我坐了起来。她却逃开了,用着那和头发一样颜色的手横在脸上。

过道的长廊空朗朗的,我看着沉在月光里的地板的花纹:

"玛利亚,真像有这个人一样,她倒在雪地上,我想她没有死吧!她不会死吧……那医生知道她是没有钱的人,就不给她看病……喝喝!"很高的声音,她笑了,借着笑的抖动眼泪才滚落下来:"我也去请过医生,我母亲生病的时候,你看那医生他来吗?他先向我要马车钱,我说钱在家里,先坐车来吧!人要不行了……你看他来吗?他站在院心问我:'你家是干什么的?你家开"染缸房"(染衣店)吗?'不知为什么,一告诉他是开'染缸房'的,他就拉开门进屋去了……我等他,他没有出来,我又去敲门,他在门里面说:'不能去看这病,你回去吧！'我回来了……"她又擦了擦眼睛才说下去，"从这时候我就照顾着两个弟弟和两个妹妹。爹爹染黑的和蓝的，姐姐染红的……姐姐定亲的那年，上冬的时候，她的婆婆从乡下来住在我们家里，一看到姐姐她就说：'唉呀！那杀人的手！'从这起，爹爹就说不许某个人专染红的；某个人专染蓝的。我的手是黑的，细看才带点紫色，那两个妹妹也都和我一样。"

"你的妹妹没有读书？"

"没有，我将来教她们，可是我也不知道我读得好不好，读不好连妹妹都对不起……染一匹布多不过三毛钱……一个月能有几匹布来染呢？衣裳每件一毛钱，又不论大小，送来染的都是大衣裳居多……去掉火柴钱，去掉颜料钱……那不是吗！我的学费……把他们在家吃咸盐的钱都给我拿来啦……我那能不用心念书，我那能？"她又去摸触那本书。

染匠的艰辛。

我仍然看着地板上的花纹，我想她的眼泪比我的同情高贵得多。

还不到放寒假时，王亚明在一天的早晨，整理着手提箱和零碎，她的行李已经束得很紧，立在墙根的地方。

并没有人和她去告别，也没有人和她说一声"再见"。我们从宿舍出发，一个一个的经过夜里王亚明睡觉的长椅，她向我们每个人笑着，同时也好像从窗口在望着远方。我们使过道起着沉重的骚音，我们下着楼梯，经过了院宇，在栏栅门口，王亚明也赶到了，并且呼喘，并且张着嘴：

"我的父亲还没有来，多学一点钟是一点钟……"她向着大家在说话一样。

这最后的每一点钟都使她流着汗，在英文课上她最后的功课。忙着用小册子记下来黑板上所有的生字。同时读着,同时连教师随手写的已经是不必要的读过的熟字她也记了下来,在第二点钟地理课上她又费着力气模仿着黑板上教师画的地图,她在小册子上也画了起来……好像所有这最末一天经过她的思想都重要起来,都必得留下一个痕迹。

在下课的时间,我看了她的小册子,那完全记错了:英文字母,有的脱落一个,有的她多加上一个……她的心情已经慌乱了。

夜里,她的父亲也没有来接她,她又在那长椅上展了被褥。只有这一次,她睡得这样早,睡得超过平常以上的安然。头发接近着被边,肩头随着呼吸放宽了一些。今天她的左右并不摆着书本。

早晨,太阳停在颤抖的挂着雪的树枝上面,鸟雀刚出巢的时候,她的父亲来了。停在楼梯口,他放下肩上背来的大毡靴,他用围着脖子的白毛巾掳去胡须上的冰溜:

"你落了榜吗?你……"冰溜在楼梯上融成小小的水珠。

"没有,还没考试,校长告诉我,说我不用考啦,不能及格的……"

她的父亲站在楼梯口,把脸向着墙壁,腰间挂着的白手巾动也不动。

行李拖到楼梯口了,王亚明又去提着手提箱,抱着面盆和一些零碎,她把大手套还给她的父亲。

"我不要,你戴吧!"她父亲的毡靴一移动就在地板上压了几个泥圈圈。

因为是早晨,来围观的同学们很少。王亚明就在轻微的笑声里边戴起了手套。

"穿上毡靴吧!书没念好,别再冻掉了两只脚。"

她的父亲把两只靴子相连的皮条解开。

靴子一直掩过了她的膝盖,她和一个赶马车的人一样,头部也用白色的绒布包起。

"再来,把书带回家好好读读再来。喝……喝。"不知道她向谁在说着。当她又提起了手提箱,她问她的父亲:

"叫来的马车就在门外吗?"

"马车,什么马车?走着上站吧……我背着行李……"

王亚明的毡靴在楼梯上扑扑地拍着,父亲走在前面,变了颜色的手抓着行李的角落。

那被朝阳拖得苗长的影子,跳动着在人的前面先爬上了木栅门。从窗子看去,人也好像和影子一般轻浮,只能看到他们,而听不到关于他们的一点声音。

出了木栅门,他们就向着远方,向着迷漫着朝阳的方向走去。

雪地好像碎玻璃似的,越远那闪光就越刚强。我一直看到那远处的雪地刺痛了我的眼睛。

一九三六,三月。

> 人间的爱唯在父女之间。

> 刺痛眼睛的显然是眼前的悲剧,却说是雪地。

---

*作于1936年3月,发表于同年4月15日《作家》创刊号,署名萧红。后收入《桥》。

本篇叙说的是一个农家女孩在校寄读的故事。女主角王亚明出身染匠之家,十分珍惜家里供她上学的机会,勤勉好学,却因为劳作给她的一双黑手和贫寒的出身、土气的习惯、朴实的言行,遭到校长、舍监和众多同学的歧视与羞辱,困难重重,最后被迫离校。作者突出人的精神处境,它是由经济地位转化而来的,具有社会伦理学的内容。小说用第一人称,采取客观写实的手法,结构严谨,长于刻画,人物个性的描写是成功的。

这种严谨的写实风格,在萧红作品中并不多见,但仅此一篇,即已充分显示萧红在描写人物方面的能力。

山 下[1]

比喻极新鲜。

清早起，嘉陵江边上的风是凉爽的，带着甜味的朝阳的光辉，凉爽得可以摸到的微黄的纸片似的，混着朝露向这个四围都是山而中间这三个小镇蒙下来。

从重庆来的汽船，五颜六色的，好像一只大的花花绿绿的饱满的包裹，慢慢吞吞的从水上就拥来了。林姑娘看到，其实她不用看，她一听到那哐哐哐的响声，就喊着她母亲："奶妈，洋船来啦……"她拍着手，她的微笑是甜蜜的，充满着温暖和爱抚。

她是从母亲旁边单独的接受着母亲整个所有的爱而长起来的，她没有姐妹或兄弟。只有一个哥哥，是从别处讨来的，所以不算是兄弟，她的父亲整年不在家，就是顺着这条江坐木船下去，多半天工夫可以到的那么远的一个镇上去做窑工。林姑娘偶然在过节或过年看到父亲回来，还带羞的和见到生人似的，躲到一边去。母亲嘴里的呼唤，从来不呼唤另外的名字，一开口就是林姑娘，再一开口又是林姑娘。母亲的左腿，在儿时受了毛病的，所以她走起路来，永远要

---

[1] 该篇创作于1939年7月20日，篇尾标注的日期为中华民国纪年日期。

用一只手托着膝盖。哪怕她洗了衣裳，要想晒在竹竿上，也要喊林姑娘。因为母亲虽然有两只手，其实就和一只手一样。一只手虽然把竹竿子举到房檐那么高，但结在房檐上的那个棕绳的圈套，若不再用一只手拿住它，那就大半天工夫套不进去。等林姑娘一跑到跟前，那一长串衣裳，立刻在房檐下晒着太阳了。母亲烧柴时是坐在一个一尺高的小板凳上，因为是坐着，她的左腿任意可以不必管它，所以她这时候是两只手了，左手拿柴，右手拿着火剪子，她烤的通红的脸。小女孩用不到帮她的忙就到门前去看那从重庆开来的汽船。

那船沉重得可怕了，歪歪着走，机器咔隆咔隆的响，而且船尾巴上冒着那么黑的烟。

"奶妈，洋船来啦。"

她站在门口喊着她的母亲，她甜蜜地对着那汽船微笑。她拍着手，她想要往前跑几步。可是母亲在这时候又在喊着林姑娘。

锅里的水已经烧得翻滚了，母亲招呼她把那盛着麦粉的小泥盆递给她。其实母亲并不是绝对不能用一只手把那小盆拿到锅台上去，因为林姑娘是非常乖的孩子，母亲爱她，她也爱母亲。是凡母亲招呼她时，她没有不听从的。虽然她没能详细的看一看那汽船，她仍是满脸带着笑容。把小泥盆交到母亲手里，她还问母亲：

"要不要别个啦，还要啥子呀？"

那洋船也没有什么好看的，从城中大轰炸时起，天天还不是把洋船载得满满的，和胖得翻不过身来的小猪似的载了一个多月。开初那是多么惊人呀，就连跌腿的妈妈，有时也左手按着那脱了筋的膝盖，右手抓着女儿的肩膀，也一拐一拐的往江边上跑。跑着去

对世界充满新奇感。天真，可爱，完全是一个孩子，就开始做工挣钱了。一开始便打下伏笔：出卖劳动如何剥夺一个孩子的童真。

看那听说是完全载着下江人的汽船。

传说那下江人（四川以东的，他们皆谓之下江）和他们不同，吃得好，穿得好，钱多得很。包裹和行李就更多，因此这船才挤得风雨不透。又听说下江人到那里，先把房子刷上石灰，黑洞洞的屋子，他们说他们一天也不能住。若是有用人，无缘无故的就赏钱，三角五角的，一块八角的，都不算什么。听说就隔着一道江的对面……也不是有一个姓什么的，今天给那雇来的婆婆两角钱，说让她买一个草帽戴；明天又给一吊钱，说让她买一双草鞋，下雨天好穿。下江人，这就是下江人哪……站在江边上的，无管谁，林姑娘的妈妈，或是林姑娘的邻居，若一看到汽船来，就都一边指着一边儿喊着。

清早起林姑娘提着篮子，赤着脚走在江边清凉的沙滩上。洋船在这么早，一只也不会来的，就连过河的板船也没有几只。推船的孩子睡在船板上，睡得那么香甜，还把两只手从头顶伸出垂到船外边去，那手像要在水里抓点什么似的。而那每天在水里洗得很干净的小脚，只在脚掌上染着点沙土，那脚在梦中偶尔擦着船板一两下。

过河的人很稀少，好久好久没有一个，板船是左等也不开，右等也不开。有的人看着另外的一只也上了客人，他就跳到那只船上，他以为那只船或者会先开。谁知这样一来，两只船就都不能开了。两只船都弄得人数不够。撑船的人看看老远的江堤上走下一个人来，他们对着那人大声地喊起：

"过河……过河……"

同时每个船客也都把眼睛放在江堤上。

林姑娘就在这冷清的早晨，不是到河上来担水，就是到河上来洗衣裳。她把要洗的衣裳从提兜里取出来，摊在清清凉凉的透明的水里，江水冰凉的带着甜味舐着林姑娘的小黑手。她的衣裳鼓胀得鱼泡似的浮在她的手边，她把两只脚也放在水里，她寻着一块很干净的石头坐在上面。这江平得没有一个波浪，林姑娘一低头，水里还有一个林姑娘。

这江静得除了推船的人喊着过河的声音，就连对岸这三个市镇中最大的一个也还在睡觉呢。

打铁的声音没有，修房子的声音没有，或者一四七赶场的闹嚷嚷的声音，一切都听不到。在那江对面的大沙滩坡上，一漫平的是沙灰色，干净得连一个黑点或一个白点都不存在。偶尔发现那沙滩上走着一个人，那就只和小蚂蚁似的渺小得十分可怜了。

好像翻过这四围的无论哪一个山去，也不见得会有人家似的，又像除了这三个小镇，而世界也没有什么别的东西了。

这条江经过这三镇，是从西往东流，看起来没有多远，好像十丈八丈之外（其实是四五里路之外）这江就转弯了。林姑娘住的这东阳镇在三个镇中最没有名气，是和××镇对面，和×××镇站在一条线上。

这江转弯的地方黑乎乎的是两个山的夹缝。

林姑娘顺着这江，看一看上游，又看一看下游，又低头去洗她的衣裳。她洗衣裳时不用肥皂，也不用四川土产的皂荚。她就和玩似的把衣裳放在水里而后用手牵着一个角，仿佛在牵着一条活的东西似的，从左边游到右边，又从右边游到左边，母亲选了顶容易洗的东西才叫她到河边来洗，所以她很悠闲。她有意把衣裳按到水底去，满衣都擦满了黄宁宁的沙子，她觉得这很好玩，这多有意思呵！她又微笑着赶快把那沙子洗掉了，她又把手伸到水底去，抓起一把沙子来，丢到水皮上，水上立刻起了不少的圆圈，这小圆

文字清丽。

用大段清丽宁静的文字描写林姑娘的勤快、热情、活泼。

圈一个压着一个，彼此互相的乱七八糟的切着，很快就都抖擞着破坏了，水面又归于原来那样平静。她又抬起头来向上游看看，向下游看看。

下游江水就在两山夹缝中转弯了，而上游比较开阔，白亮亮的，一看看到很远。但是就在她的旁边有一串横在江中好像大桥似的大石头，水流到这石头旁边，就翻浆似的搅混着。在涨水时江水一流到此地就哇哇地响叫。因为是落了水，那石头记的水上标尺的记号，一个白圈一个白圈的，从石头的顶高处排到水里去，在高处的白圈白得十分漂亮；在低处的，常常受着江水的洗淹，发灰了，看不清了。

林姑娘要回去了，那筐子比提来时重了好几倍，所以她歪着身子走，她的发辫的梢头，一摇一摇的，跟她的筐子总是一个方向，她走过那块大石板石，筐子里衣裳流下来的水，滴了不少水点在大石板上。石板的石缝里是前两天涨水带来的小白鱼，已经死在石缝当中了，她放了筐子，伸手去触它，看看是死了的，拿起筐子来她又走了。

她已走上江堤去了，而那大石板上仍旧留着林姑娘长形提筐的印子，可见清早的风是多么凉快，竟连个小印一时也吹扫不去。

林姑娘的脚掌，踏着冰凉的沙子走上高坡了。经过小镇上的一段石板路，经过江岸边一段包谷林，太阳仍旧稀薄的微弱的向这山中的小镇照着。

林姑娘离家门很远便喊着：

"奶妈，晒衣裳啦。"

奶妈一拐一跌的站到门口等着她。

隔壁王家那丫头比林姑娘高，比林姑娘大两三岁，她招呼着她，她说她要下河去洗被单，请林姑娘陪着她一道去。她问了奶妈一声，就跟着一道又走了。这回是那王丫头领头跑得飞快，一边跑一边笑，致使林姑娘的母亲问她给下江人洗被单好多钱一张，她都没有听到。

河边上有一只板船正要下水，不少的人在推着，呼喊着；而那只船在一阵大喊之后，向前走了一点点，等一接近着水，人们一阵狂喊，船就滑下水去了，连看热闹的人也都欢喜的说：

"下水了，下水了。"

林姑娘她们正走在河边上，她们也拍着手笑了。她们飞跑起来，

沿着那前几天才退了水,被水洗劫出来的大崖坡跑去了。一边跑着一边模仿着船夫用宽宏的嗓子喊起:

"过河……过河……"

王丫头弯了腰,捡了个圆石子,抛到河心去,林姑娘也同样抛了一个。

林姑娘悠闲的快活的,无所挂碍的在江边上用沙子洗着脚,用淡金色的阳光洗着头发,呼吸着含着露珠的新鲜的空气。远山蓝绿蓝绿的躺着,近处的山带着微黄的绿色,可以看得出哪一块是种的田,哪一堆长的黄桷树。

等林姑娘回到家里,母亲早在锅里煮好了麦粑,在等着她。

林姑娘和她母亲的生活,安闲、平静、简单。

麦粑是用整个的麦子连皮也不去磨成粉,用水搅一搅,就放在开水的锅里来煮,不用胡椒、花椒,也不用葱,也不用姜,不用猪油或菜油,连盐也不用。

林姑娘端起碗来吃了一口,吃到一种甜丝丝的香味。母亲说:

"你吃饱吧,盆里还有呢!"

母亲拿了一个带着缺口的蓝花碗,放在灶边上,一只手按住左腿的膝盖,一只手拿了那已经用了好几年的掉了尾巴的木瓢儿为她自己装了一碗。她的腿拐拉拐拉的向床边走,那手上的麦粑汤顺着蓝花碗的缺口往下滴溜着。她刚一挨到炕沿,就告诉林姑娘:

"昨天儿,王丫头一个下半天儿就割了陇多(那样多)柴,那山上不晓得好多呀!等一下吃了饭啦,你也背着背兜去喊王丫头一道……"

她们的烧柴,就烧山上的野草,买起来一吊钱二十五把,一个月烧两角钱的柴,可是两角钱也不能烧,都是林姑娘到山上去自己采,母亲把它在门前晒

> 安闲、平静、简单,这是原先的生活状态,结果为下江人的到来而被改变。

干,打好了把子藏在屋里。她们住的是一个没有窗子,下雨天就滴水的六尺宽一丈长的黑屋子。三块钱一年的房租,沿着壁根有一串串的老鼠的洞,地土是黑粘的,房顶露着蓝天不知多少处。从亲戚那里借来一个大碗橱,这只碗橱老得不堪再老了,横格子、竖架子通通掉落了,但是过去这碗橱一看就是个很结实的。现在只在柜的底层摆着一个盛水盆子,林姑娘的母亲连水缸也没有买,水盆上也没有盖儿,任意着虫子或是蜘蛛在上边乱爬,想用水时必得先用指甲把浮在水上淹死的小虫挑出去。

当邻居说布匹贵得怎样厉害,买不得了,林姑娘的母亲也说,她就因为盐巴贵,也没有买盐巴。

但这都是十天以前的事了,现在林姑娘晚饭和中饭,都吃的是白米饭,肉丝炒杂菜,鸡丝豌豆汤,虽然还有几样不认识的,但那滋味是特别香。已经有好几天了,那跌脚的母亲也没有在灶口烧一根柴火了,自己什么也没浪费过,完全是现成的。这是多么幸福的生活。林姑娘和母亲不但没有吃过这样的饭,就连见也不常见过。不但林姑娘和母亲是这样,就连邻居们也没看见过这样经常吃着的繁华的饭,所以都非常惊奇。

贫穷的一群。

穷人的慷慨。

刘二妹一早起来,毛着头就跑过来问长问短,刘二妹的母亲拿起饭勺子就在林姑娘刚刚端过来的稀饭上搅了两下,好像要查看一下林姑娘吃的稀饭是不是那米里还夹着沙子似的。午饭王丫头的祖母也过来了,林姑娘的母亲很客气的让着她们,请她们吃点,反正娘儿两个也吃不了的。说着她就把菜碗倒出来一个,就用碗插进饭盆装了一碗饭来,就往王太婆的怀里推。王太婆起初还不肯吃,过了半天才把碗接过来,她点着头,她又摇着头。她老得连眼眉都白了。

她说："要得么！"

王丫头也在林姑娘这边吃过饭。有的时候，饭剩下来，林姑娘就端着饭送给王丫头去。中饭吃不完，晚饭又来了，晚饭剩了一大碗在那里，早饭又来了。这些饭，过夜就酸了，虽然酸了，开初几天，母亲还是可惜，也就把酸饭吃下去了。林姑娘和她的母亲都是不常见到米粒的，大半的日子，都是吃麦粑。

林姑娘到河边也不是从前那样悠闲的样子了。她慌慌张张的，脚步走得比从前快，水桶时时有水翻撒出来。王丫头在半路上喊她，她简直不愿意搭理她了。王丫头在门口买了两个小鸭，她喊着让林姑娘来看，林姑娘也没有来。林姑娘并不是帮了下江人就傲慢了，谁也不理了。其实她觉得她自己实在是忙得很。本来那下江人并没有许多事情好作，只是扫一扫地，偶尔让她到东阳镇上去买一点如火柴、灯油之类，再就是每天到那小镇上去取三次饭。因为是在饭馆里边包的伙食。再就是把要洗的衣裳拿给她奶妈洗了再送回来，再就是把余下的饭端到家里去。

但是过了两个钟点，她就自动的来问问：

"有事没有？没有事我回去啦。"

这生活虽然是幸福的，刚一开初还觉得不十分固定，好像不这么生活，仍回到原来的生活也是一样的。母亲一天到晚连一根柴也不烧，还觉得没有依靠，总觉得有些寂寞，到晚上她总是拢起火来，烧一点开水，一方面让林姑娘洗一洗脚，一方面也留下一点开水来喝。有的时候，她竟多余的把端回来的饭菜又都重热一遍，夏天为什么必得吃滚热的饭呢？就是因为生活忽然想也想不到的就单纯起来，使她反而起了一种没有依靠的感觉。

这生活一直过了半个月，林姑娘的母亲才算熟悉

写这种突而其来的"幸福"感，极其真实细致。

下来。

可是在林姑娘,这时候,已经开始有点骄傲了。她在一群小同伴之中,只有她一个月可以拿到四块钱,连母亲也是吃她的饭。而那一群孩子,飞三小、李二牛、刘二妹……还不仍旧去到山上打柴去,就连那王丫头,已经十五岁了,也不过只给下江人洗一洗衣裳,一个月还不到一块钱,还没有饭吃。

> 可怜的"骄傲"。

因此林姑娘受了大家的忌妒了。

> 穷人因匮乏而易于忌妒。人性,国民性。

她发了疟疾不能下河去担水,想找王丫头替她担一担,王丫头却坚决地站在房檐底下,鼓着嘴无论如何她不肯。

王丫头白眼眉的祖母,从房檐头取下晒衣服的杆子来吓着要打她。可是到底她不担,她扯起衣襟来,抬起她的大脚就跑了。那白头发的老太婆急得不得了,回到屋里跟她的儿媳妇说:

"陇格①多的饭,你没吃到!二天林婆婆送过饭来,你不张嘴吃吗?"

王丫头顺着包谷林跑下去了,一边跑着还一边回头张着嘴大笑。

林姑娘睡在帐子里边,正是冷得发抖,牙齿碰着牙齿,她喊她的奶妈,奶妈没有听到,只看着那连跑带笑的王丫头,她感到点羞,于是也就按着那拐腿的膝盖,走回屋来了。

林姑娘这一病,病了五六天。她自己躺在床上十分上火。

她的奶妈东家去找药,西家去问药方。她的热度一来时,她就在床上翻滚着,她几乎是发昏了。但奶妈一从外边回来,她第一声告诉她奶妈的就是:

---

① 陇格:上海方言,"这么""这样"之意。

"奶妈，你到先生家里去看看……是不是喊我？"

奶妈坐在她旁边，拿起她的手来。

"林姑娘，陇格热哟，你喝口水，把这药吃到，吃到就好啦！"

林姑娘把药碗推开了。母亲又端到她嘴上，她就把药推洒了。

"奶妈，你去看看先生，先生喊我不喊我。"

林姑娘比母亲更像个大人了。

而母亲只有这一次对于疟疾非常忌恨。从前她总是说，打摆子，哪个娃儿不打摆子呢？这不算好大事。所以林姑娘一发热冷，母亲就说，打摆子是这样的，说完了她再不说别的了。并不说这孩子多么可怜哪，或是体贴的在她旁边多坐一会。冷和热都是当然的。林姑娘有时一边喊着奶妈一边哭。母亲听了也并不十分感动。她觉得奶妈有什么办法呢？但是这一次病，与以前许多次，或是几十次都不同了。母亲忌恨这疟疾比忌恨别的一切的病都甚，她有一个观念，她觉得非把这顽强东西给扫除不可。怎样能呢，一点点年纪就发这个病，可得发到什么时候为止呢？发了这病人是多么受罪呵！这种折磨使娃儿多么可怜。

小唇儿烧得发黑，两个眼睛烧得通红，小手滚烫滚烫的。

母亲试想用她的两臂救助这可怜的娃儿，她东边去找药，西边去找偏方。她流着汗，她的腿开初感到沉重，到后来就痛起来了，并且在膝盖那早年跌转了筋的地方，又开始发炎，这腿三十来年就总是这样，一累了就发炎的，一发炎就用红花之类混着白酒涂在腿上，可是这次，她不去涂它。

她把女儿的价值抬高了，高到高过了一切，只不过下意识的把自己的腿不当做怎样值钱了。无形中母

生活教人早熟。

亲把林姑娘看成是最优秀的孩子了，是最不可损害的了。所以当她到别人家去讨药时，人家若一问她谁吃呢？她就站在人家的门口，她开始详细的解说，是她的娃儿害了病，打摆子，打得多可怜，嘴都烧黑了呢，眼睛都烧红了呢！

她一点也不提是因为她女儿给下江人帮了工，怕是生病人家辞退了她。但在她的梦中，她梦到过两次，都是那下江人辞了她的女儿了。

母亲早晨一醒来，更着急了。于是又出去找药，又要随时到那下江人的门口去看。

那糊着白纱的窗子，从外边往里看，是什么也看不见，她想要敲一敲门，不知为什么又不敢动手；想要喊一声，又怕惊动了人家。于是她把眼睛触到那纱窗上，她企图从那细密的纱缝中间看到里边的人是睡了还是醒着，若是醒着，她就敲门进去；若睡着，好转身回来。

|心理描写。|

她把两只手按着窗纱，眼睛黑洞洞的塞在手掌中间，她还没能看到里边，可是里边先看到她了，里边立刻喊着：

"干什么的，去……"

这突然的袭来，把她吓得一闪就闪开了。

主人一看还是她，问她：

"林姑娘好了没有……"

听到这里她知道这算完了，一定要辞她的女儿了。她没有细听下去，她就赶忙说：

"是……是陇格的，……好了点啦，先生们要喊她，下半天就来啦……"

过了一会她才明白了，先生说的是若没有好，想要向××学校的医药处去弄两粒金鸡纳霜来。

于是她开颜的笑了：

"还不好，人烧得滚烫，那个金鸡纳霜，前次去找了两颗，吃到就断到啦。先生去找，谢谢先生。"

她临去时还说，人还不好，人还不好的……

等走到小薄荷田里，她才后悔方才不该把病得那样厉害也说出来。可是不说又怕先生不给找那个金鸡纳霜来。她烦恼了一阵，又一想，说了也就算了。

她一抬头，看见了王丫头飞着大脚从屋里跑出来，那粗壮的手臂腿子，她看了十分羡慕，林姑娘若也像王丫头似的，就这么说吧，王丫头就是自己的女儿吧……那么一个月四块，说不定五六块洋钱好赚到手哩。

王丫头在她感觉上起了一种亲切的情绪，真像看到了自己的女儿似的，她想喊她一声。

但前天求她担水她不担那带着侮辱的狂笑，她立刻记起了。

于是她没有喊她。就在薄荷田中，她拐拉拐拉地向她自己的房子走去了。

林姑娘病了十天就好了，这次发疟疾给她的焦急超过所有她生病的苦楚。但一好了，那特有的，新鲜的感觉也是每次生病所领料不到的，她看到什么都是新鲜的。竹林里的竹子，山上的野草，还有包谷林里那刚刚冒缨的包谷，那缨穗有的淡黄色，有的微红，一大座粗亮的丝线似的，一个个的独立的卷卷着。林姑娘用手指尖去摸一摸它，用嘴向着它吹了一口气，她看见了她的小朋友，她就甜蜜蜜的微笑，好像她心里头有不知多少的快乐，这快乐是秘密的，并不说出来，只有在嘴角的微笑里可以体会得到。她觉得走起路来，连自己的腿也有无限的轻捷，她的女主人给她买了一个大草帽，还说过二天买一件麻布衣料给她。

她天天来回地跑着，从她家到她主人的家，只半里路的一半那么远。这距离的中间种着薄荷田，在她跑来跑去时，她无意的用脚尖去踢着薄荷叶，偶尔也弯下腰来，扯下一枚薄荷叶咬在嘴里。薄荷的气味，小孩子是不大喜欢的，她赶快吐了出来。可是风一吹，嘴里仍旧冒着凉风。她的小朋友们开初对她都怀着敌意，到后来看看她是不可动摇的了，于是也就上赶着和她谈话。说那下江人，就是林姑娘的主人穿的是什么花条子衣服，那衣服林姑娘也没有见过，也叫不上名来。那是什么料子？也不是绸子的，也不是缎子的，当然一定也不是布的。

她们谈着谈着没有结果的纷争了起来。最后还是别个让了林姑娘，别人一声不响的让林姑娘自己说。

开初那王丫头每天早晨和林姑娘吵架，天刚一亮，林姑娘从先生那里扫地回来，她们两个就在门前连吵带骂的，结果大半都是林姑娘哭着跑进屋去。而现在这不同了，王丫头走到那下江人门口，正碰到林姑娘在那里洗着那么白白的茶杯。她就问她：

"林姑娘，你的……你先生买给你的草帽怎么不戴起？"

林姑娘说：

"我不戴，我留着赶场戴。"

王丫头一看她脚上穿的新草鞋，她又问她：

"新草鞋，也是你先生买给你的吗？"

"不是，"林姑娘鼓着嘴，全然否认的样子，"不是，是先生给钱我自己去买的。"

林姑娘一边说着还一边得意的歪着嘴。

王丫头寂寞地绕了一个圈就走开了。

别的孩子也常常跟在后边了，有时竟帮起她的忙来，帮她下河去抬水，抬回来还帮她把主人的水缸洗得干干净净的，但林姑娘有时还多少加一点批判，她说：

"这样怎可以呢？也不揩净，这沙泥多脏。"她拿起揩布来，自己亲手把缸底揩了一遍。

林姑娘会讲下江话了，东西打"乱"了，她随着下江人说打"破"了。她母亲给她梳头时，拉着她的小辫发就说：

"林姑娘，有多乖，她懂得陇多下江话哩。"

邻居对她，也都慢慢尊敬起来了，把她看成所有孩子中的模范。

她母亲也不像从前那样随时随地喊她做这样做那样，母亲喊她担水来洗衣裳，她说：

"我没得空，等一下下吧。"

她看看她先生家没有灯碗，她就把灯碗答应送给她先生了，没有通过她母亲。

俨俨乎她家里,她就是小主人了。

母亲坐在那里不用动,就可以吃三餐饭。她去赶场,很多东西从前没有留心过,而现在都看在眼睛里了,同时也问了问价目。

下个月林姑娘的四块工钱,一定要给她做一件白短衫,林姑娘好几年就没有做一件衣裳了。

她一打听,实在贵,去年六分钱一尺的布,一张嘴就要一角七分。

她又问一下那大红的头绳好多钱一尺。

林姑娘的头绳也实在旧了。但听那价钱,也没有买。她想下个月就都一齐买算了。

四块洋钱,给林姑娘花一块洋钱买东西,还剩三块呢。

那一天她赶场,虽然觉着没有花钱,也已经花了两三角,她买了点敬神的香纸,她说她好几年都因为手里紧没有买香敬神了。

到家里,艾婆婆、王婆婆都走过来看的。并且说她的姑儿会赚钱了,做奶妈的该享福了。

林姑娘的母亲还好像害羞了似的,其实她受人家的赞美,心里边感到十分慰安哩!

总之林姑娘的家常生活,没有几天就都变了。在邻居们之中,她高贵了不知多少倍。洗衣裳不用皂荚了,就拿先生们洗衣裳的白洋碱来洗了。桃子或是玉米时常吃着,都是先生给她的。皮蛋、咸鸭蛋、花生米每天早晨吃稀饭时都有,中饭和晚饭有时那菜连动也没有动过,就整碗的端过来了。方块肉,炸排骨,肉丝炒杂菜,肉片炒木耳,鸡块山芋汤,这些东西经常吃了起来。而且饭一剩得少,先生们就给她钱,让她去买东西去吃。

这钱算起来,不到几天也有半块多了。赶场她母亲花了两三角,就是这个钱。

还没等到第二次赶场,人家就把林姑娘的工钱减了。这个母亲和她都想也想不到。

那下江人家里,不到饭馆去包饭了,自己在家请了个厨子,因为用不到林姑娘到镇上去取饭,就把她的工钱从四元减到二元。

林婆婆一回到家里,艾婆婆、王婆婆、刘婆婆都说这怎么可以呢?

> 讨便宜——一种国民心理。发"国难财"。

下江人都非常老实的，从下边来的，都是带着钱来的，逃难来，没有钱行吗？不多要两块，不是傻子吗？看人家吃的是什么，穿的是什么。每天大洋钱就和纸片似的往外飘。她们告诉林婆婆为什么眼看着四块钱跑了呢？这可是混乱的年头，千载也遇不到的机会，就是要他五块，他不也得给吗？不看他刚搬来那两天没有水吃，五分钱一担，王丫头不担，八分钱还不担，非要一角钱不可，他没有法子，也就得给一角钱不可。下江人，他逃难到这里，他啥钱不得花呢。

林姑娘才十一岁的娃儿，会做啥事情，她还能赚到两块钱。若不是这混乱的年头，还不是在家里天天吃她奶妈的饭吗？城里大轰炸，日本飞机天天来，就是官厅不也发下告示来说疏散人口，城里只准搬出不准搬入。

王婆婆指点着一个从前边过去的滑竿（轿子）：

"你不看到吗？林婆婆，那不是下江人戴着眼镜抬着东西不断的往东阳镇搬吗，下江人穿的衣裳，多白，多干净……多用几个洋钱算个什么。"

说着说着，嘉陵江里那花花绿绿的汽船也来了，小汽船那么饱满，几乎喘不出气来，在江心哐哐哐哐的响，而不见向前走。载的东西太多，歪斜的挣扎的，因此那声音特别大，很像发了警报之后日本飞机在头上飞似的。

王丫头喊林姑娘去看洋船，林姑娘听了给她减了工钱心里不乐，哪里肯去。

王丫头拉起刘二妹就跑了。王婆婆也拿着她的大芭蕉扇一扑一扑的一边跟艾婆婆交谈些什么喂鸡喂鸭的几句家常事也就走进屋去了。

只有林姑娘和她的奶妈仍坐在石头上，坐了半天工夫，林姑娘才跑进去拿了一穗包谷啃着，她问奶妈吃不吃。

奶妈本想也吃一穗。立刻心里一搅划，也就不吃了。她想：是不是要向那下江人去说，非四块钱不可。

林姑娘的母亲是个很老实的乡下人，经艾婆婆和王婆婆的劝诱，她觉得也有点道理。四块钱一个月到冬天还好给林姑娘做起大棉袍来，棉花一块钱一斤，一斤棉花，做一个厚点的。丈二青蓝布，一尺一角四，丈二是好多钱哩……她自己算了一会可没有算明白。但她只觉得棉花这一打仗，穷人就买不起了，前年棉花是两角五，去年夏天是六角，冬天是九角，腊月天就涨到一块一。今年若买，就早点买，夏天买棉花便宜些……

林姑娘把包谷在尖尖上折了一段递在母亲手里，母亲还吓了一跳，因为她正想这事情到底怎么解决呢！若林姑娘的爸爸在家，也好出个主意。所以那包谷咬在嘴里并不知道是什么味道就下去了。

母亲的心绪很烦乱，想要洗衣裳，懒得动，想把那件破夹袄拿来缝一缝，又懒得动……吃完了包谷，把包谷棒子远远的抛出去之后，还在石头上呆坐了半天，才叫林姑娘把她的针线给拿过来。可是对着针线懒洋洋的，十分不想动手，她呆呆的往远处看着，不知看的什么。林姑娘说："奶妈你不洗衣裳吗？我去担水。"

奶妈点一点头，说："是那个样的。"

林姑娘的小水桶穿过了包谷林下河去了，母亲还呆呆的在那里想。不一会那小水桶就回来了，远看那小水桶好像两个小圆胖胖的小鼓似的。

母亲还是坐在石头上想得发呆。

就是这一夜，母亲一夜没有睡觉。第二天早晨一起来，两个眼眶子就发黑了。她想两块钱就两块钱吧。一个小女儿又不会什么事情，娘儿两个吃人家的饭，若不是先生们好，怎能洗洗衣裳就白白的给两个人白饭吃吃呢，两块钱还不是白得的吗？还去要什么钱。

林婆婆是乡下老实人，她觉得她难以开口了；她自己果断的想把这事情放下去。她拿起瓦盆来，倒一点水自己洗洗脸。洗了脸之后，她想紧接着就要洗衣裳，强烈的生活的欲望和工作的喜悦又在鼓动着她了，于是她一拐一拐的更加严厉的内心批判着昨天想去再要两块钱的不应该。

她把林姑娘唤起来，起来下河去担水。

这女孩正睡得香甜，糊里糊涂的睁开眼睛，用很大的眼珠子看住她的母亲，她说：

"奶妈，先生叫我吗？"

> 小孩梦中的牵挂，仍在于生计。

那孩子在梦里觉得有人推她，有人喊她，但她就是醒不来。后来她听是先生喊她了，她一翻身起来了。

母亲说：

"先生没喊你。你去担水，担水洗衣裳。"

她担了水来，太阳还出来不很高。这天林姑娘起得又是特别早，邻居们都还一点声音没有的睡着。林姑娘担了第二担水来，王婆婆她们才起来。她们一起来看到林婆婆在那里洗衣裳了，她们就说：

"林婆婆，陇格早洗衣裳，先生们给你好多钱！给八块洋钱吗？"

林婆婆刚刚忘记了这痛苦的思想，又被她们提起了。可不是吗？

林姑娘担水又回来了，那孩子的小肩膀也露在外边，多丑，女娃不比男娃，一天比一天大，大姑娘哩，十一岁也不小了，那孩子又长得那么高。林婆婆看到自己的孩子，那衣服破得连肩膀都遮不住了，于是她又想到那四块钱，四块钱也不多吗，几块钱在下江人算个什么。为什么不去说一下呢？她又取了很多事实证明下江人是很容易欺侮的，她一定会成功的。

比方让王丫头担水那件事吧，本来一担水是三分钱，给她五分钱，她不担，就给她八分钱，并且同她商量着，"八分钱你担不担呢？"她说她不担，到底给她一角钱的。

那能看到钱不要呢，那不是傻子吗？

林姑娘帮着她奶妈把衣裳晒起，就跑到先生那边去，去了就回来了。先生给她一件白麻布的长衫，让她剪短了来穿。母亲一看了心想，下江人真是拿东西不当东西，拿钱不当钱。

这衣裳给她增加了不少的勇气，她把自己坚定起来了，心里非常平静，对于这件事情，连想也不用再想了，就是那么办，还有什么好想的呢？吃了中饭就去见先生。

女儿拿回来的那白麻布长衫，她没有仔细看，顺手就压在床角落里了。等一下就去见先生吧，还有什么呢？

午饭之后，她竟站在先生的门口子，门是开着的，向前边的小花园开着的。

不管这来的一路上心绪是多么翻搅，多么热血向上边冲，多么心跳，还好像害羞似的，耳脸都一齐发烧。怎么开口呢？开口说什么呢？不是连第一个字先说什么都想好了吗？怎么都忘了呢？

她越走越近，越近越心跳，心跳把眼睛也跳花了，什么薄荷田，什么豆田，都看不清楚了，只是绿茸茸的一片。

但不管在路上是怎样的昏乱，等她一站在先生的门口，她完全清醒了，心里开始感到过分的平静，一刻时间以前那旋转转的一切退去了，烟消火灭了，她把握住她自己了，得到了感情自主那夸耀的心情，使她坦荡荡的，大大方方的变成一个很安定的，内心十分平静的，理直气壮的人。居然这样的平静，连她自己也想象不到。

她打算开口说了，在开口之前，她把身子先靠住了门框。

"先生，我的腿不好，要找药来吃，没得钱，问先生借两块钱。"

她是这样转弯抹角的把话开了头，说完了这话，

> 贪婪、自私、狡狯与诚实、本分、耻感扭结到一起。人性的复杂。

她就等着先生拿钱给她。

两块钱拿到手了,她翻动着手上的一张蓝色花的票子,一张红色花的票子。她的内心仍旧是照样的平静,没有忧虑,没有恐惧。折磨了她一天一夜的那强烈的要求,成功或者失败,全然不关重要似的。她把她仍旧要四块一个月的工钱那话说出来了。她还是拿她的腿来开头,她说她的腿不大好,因为日本飞机来轰炸城里,下江人都到乡下来了,她租的房子,房租也抬高了,从前是三块钱一年,现在一个月就要五角钱了。

她说了这番话,当时先生就给她添了五角算做替她出了房钱。

但是她站在门口,她胜利的还不走,她又说林姑娘一点点年纪,下河去担水洗衣裳好不容易……若是给别人担,一担水要好多钱哩……她说着还表示出委屈和冤枉的神气,故意把尾音拉长,慢吞吞的非常沉着的在讲着,她那善良的厚嘴唇,故意拉着往下突出着,眼睛还把白眼珠向旁边一抹一抹地看着,黑眼珠向旁边一滚,白眼珠露出来那么一大半。

先生说:

"你十一岁的小女孩能做什么呢,擦张桌都不会。一个月连房钱两块半,还给你们两个人的饭吃。你想想两个人的饭钱要几块?一个月你算算你给我做些个什么事情?两块半钱行了吧……"

她听了这话,她觉得这是向她商量,为什么不吓吓他一下,说帮不来呢?她想着想着就照样说出来了。

"两块半钱帮不来的。"

她说完了看一看下江人并不十分坚决,只是说:

"两块半钱不少了,帮得来了。林姑娘帮我们正好是半个月,这半个月的两块钱你已拿去,下半个月再来拿两块。因为我和你讲的是四块,这个月就照四块给你。下月就是两块半了。"

林婆婆站在那里仍是不走,她想王丫头担水,三分不担,问她五分钱担不担,五分钱不担,问她八分钱她担不担,到底是一角钱担的。

她一定不放过去,两块钱不做,两块半钱还不做,就是四块钱才做。

所以她扯长串的慢慢吞吞的从她的腿说起,一直说到照灯的油也贵了,咸盐也贵了,连针带线都贵了。

下江人站起来截住了她：

"不用多说了，两块半钱，你想想，你帮来帮不来。"

"帮不来。"连想也没有想，她是早决心这样说的。

说时她把手上的钞票举得很高的，像是连这钱都不要了，她表示着很坚决的样子。

怎么能够想到呢，那下江人站起来，就说：

"帮不来算啦，晚饭就不要林姑娘来拿饭你们吃了，也不要林姑娘到这边来。半个月的钱我已给你啦。"

所以过了一刻钟之后，林婆婆仍旧站在那门口，她说：

"哪个说帮不来的，帮得来的……先生……"

但是那一点用处也没有了，人家连听也不听了。人家关了门，把她关在门外边。

龙头花和石竹子在正午的时候，各自单独的向着火似的太阳开着，蝴蝶煽煽的飞来，在那红色的花上，在那水黄色的花上，在那水红色的花上，从龙头花群飞到石竹子花群，来回的飞着。

石竹子无管是红的是粉的，每一朵上都镶着带有锯齿的白边。晚香玉连一朵也没有开，但都打了苞了。

林姑娘的母亲背转过身来，左手支着自己的膝盖，右手捏着两块钱的纸票。她的脖子如同绛色的猪肝似的，从领口一直红到耳根。

她打算回家了，她一迈步才知道全身一点力量也没有了，就像要瘫倒的房架子似的，松了，散了。她的每个骨节都像失去了筋的联系，很危险的就要倒了下来。但是她没有倒，她相反的想要迈出两个大步去，她恨不能够一步迈到家里，她想要休息，她口渴，她要喝水，她疲乏到极点，好像二三十年的劳苦在这一天才吃不消了，才抵抗不住了。但她并不是单

花开花落，"各自单独"，无须依靠，自由自在。插入一段花的描写，颇有深意。在行文上，也是一种停顿，一种节奏。

还原穷人家另一种本色。

纯的疲劳，她心里羞愧。懊悔打算谋杀了她似的捉住了她，羞愧有意煎熬到她无处可以立足的地步。她自己做了什么大的错事，她自己一点也不知道。但那么深刻的损害着她的信心，这是一点也不可以消磨的，一些些也不会冲淡的，永久存在的，永久不会忘却的。

羞辱是多么难忍的一种感情，但是已经占有了她了，它就不会退去了。

在混扰之中，她重新用左手按住了膝盖，她打算走回家去。

回到家里，女孩正在那儿洗着那用来每日到先生家去拿饭的那个瓢儿。她告诉林姑娘，消夜饭不能到先生家去拿了，她说：

"林姑娘，不要到先生家拿饭了，你上山去打柴吧。"

林姑娘听了觉得很奇怪，她正想要回问，奶妈先说了：

"先生不用你帮他……"

林姑娘听了就傻了，一动不动的站在那里翻着眼睛，手里洗湿的瓢儿，溜明的闪光地抱在胸前。

母亲给她背好了背兜，还嘱咐她要拾干草，绿的草一时点不燃的。

立时晚饭就没有烧的，也没有吃的。

林婆婆靠着门框，看着走去的女儿。她想晚饭吃什么呢？麦子在泥罐子里虽然有些，但因为不吃，也就没有想着把它磨成粉，白米是一粒也没有的。就吃老玉米吧。艾婆婆种着不少玉米，拿着几百钱去攀几棵去吧。但是钱怎么可以用呢？从今后有去路没来路了。

她看了自己女儿一眼，那背上的背兜儿还是先生给买的，应该送还回去才对。

女儿走得没有影子了，她也就回到屋里来。她看一看锅儿，上面满都是锈；她翻了翻那柴堆上，还剩几棵草刺。偏偏那柴堆底下也生了毛虫，还把她吓了一下。她想她平生没有这么胆小过，于是她又理智的翻了两下，下面竟有一条蚯蚓，距距练练的在动。她平常本来不怕这个，可以用手拿，还可以用手把它撕成几段。她小的时候帮着她父亲在河上钓鱼尽是这样做，但今天她也并不是害怕它，她是讨厌它。这什么东西，无头无尾的，难看得很，她抬起脚来去踏它，踏了好几下没有踏到，原来她用的是那只残废的左脚，那脚游游动动的不听她使用，等她一回身打了那盛麦子的泥罐子，那可真的把她吓着了，罐子盖从手上掉下去了。她瞪了眼睛，她张了嘴，这是什么呢？满罐长出来青青的长草，这罐子究竟是装的什么把她吓忘了。她感到这是很不祥，家屋又不是坟墓，怎么会长半尺多高的草呢！

她忍着，她极端憎恶的把那罐子抱到门外。因为是刚刚偏午，大家正睡午觉，所以没有人看到她的麦芽子。

她把麦芽子扭断了，还用一根竹棍向里边挖掘才把罐子里的东西挖出来，没有生芽子的没有多少了，只有罐子底上两寸多厚是一层整粒的麦子。

罐子的东西一倒出来，满地爬着小虫，围绕着她四下窜起。她用手指捉着，她用那只还可以用的脚踩着，平时，她并不伤害这类的小虫，她对于小虫也像对于一个小生命似的，让它们各自的活着。可是今天她用着不可压抑的憎恶，敌视了它们。

她把那个并排摆在灶边的从前有一个时期曾经盛过米的空罐子，也用怀疑的眼光打开来看，那里边积了一罐子底水。她扬起头来看一看房顶，就在头上有一块亮洞洞的白缝。这她才想起是下雨房子漏了。

把她的麦子给发了芽了。

恰巧在木盖边上被耗子啃了一寸大的豁牙。水是从木盖漏进去的。

她去刷锅，锅边上的红锈有马莲叶子那么厚。

她才知道，这半个月来是什么都荒废了。

这时林姑娘正在山坡上，背脊的汗一边湿着一边就干了。她丢开了那小竹耙，她用手像梳子似的梳着那干草，因为干了的草都挂在绿草上。

她对于工作永远那么热情，永远没有厌倦。她从七岁时开始担水、打柴,给哥哥送饭。哥哥和父亲一样的是一个窑工。哥哥烧砖的窑离她家三里远,也是挨着嘉陵江边。晚上送了饭,回来天总是黑了的,一个人顺着江边走时,就总听到汗水格棱格棱的向下流,若是跟着别的窑工,就是哥哥的朋友一道回来,路上会听到他们讲的各种故事,所以林姑娘若和大人谈起来。什么她都懂得。关于娃儿们的,关于婆婆的,关于蛇或蚯蚓的,从大肚子的青蛙,她能够讲到和针孔一样小的麦蚊。还有野草和山上长的果子,她也都认得。她把金边兰叫成菖蒲,她天真的用那小黑手摸着下江人种在花盆里的一棵鸡冠花,她喊着:"这大线菜,多乖呀……"她的认识有许多错误,但正因为这样,她才是孩子。关于嘉陵江的涨水,她有不少的神话。关于父亲和哥哥那等窑工们,她知道得别人不能比她再多了。从七岁到十岁这中间,每天到哥哥那窑上去送三次饭。她对于那小砖窑熟悉得老远的她一看到那窑口上升起了蓝烟,她就感到亲切,多少有点像走到家里那种温暖的滋味。天黑了,她单个人沿着那格棱格棱的江水,把脚踏进沙窝里去,一步步的拔着回来。

穷人孩子的赞美诗。

林姑娘对于生活没有不满意过,对于工作没有怨言,对于母亲是听从的。她赤着两只小脚,梳了一个一尺多长的辫子,走起路来很规矩,说起话来慢吞吞,她的笑总是甜蜜蜜的。

她在山坡上一边拔草,一边还嘟嘟的唱了些什么。

嘉陵江的汽船来了。林姑娘一听了那汽船的哨子,她站起来了,背上背筐就往山下跑。这正是到先生家拿钱到东阳镇买鸡蛋做点心的时候。因为汽船一叫,她就到那边去,已经成为习惯了。她下山下得那么快,几乎是往下滑着。已经快滑到平地,她想起来了,她不能再到先生那里去了。她站在山坡上,她满脸发烧,她想回头来再上山去采柴时,她看着那高坡觉得可怕起来,她觉得自己是上不去了,她累了。一点力量没有了,那高坡就是上也上不去了,她在半山腰又采了一阵。若没有这柴,奶妈用什么烧麦粑,没有麦粑,晚饭吃什么,她心里一急,她觉得眼前一迷花,口一渴。

打摆子不是吗?

于是她更紧急的扒着,无管干的或不干的草。她想这怎么可以呢?用什么来烧麦粑?不是奶妈让我来打柴吗?她只恍恍惚惚的记住这回事,其余的就连自己是在什么地方也不晓得了。奶妈是在哪里,她自己的家是在哪里,她都不晓得了。

她在山坡上倒下来了。

林姑娘这一病病了一个来月。

病后她完全像个大姑娘了。担着担子下河去担水,寂寞地走了一路,寂寞地去,寂寞地来,低了头,眼睛只是看着脚尖走。河边上的那些沙子石头,她连一眼也不睬。那大石板的石窝落了水之后,生了小鱼没有,这个她更没有注意。虽然是来到了六月天,早起仍是清凉的,但她不爱这个了,似乎颜色、声音,都得不到她的喜欢。大洋船来时,她再不像从前那样到江边上去看了。从前一看洋船来连喊连叫的那记忆,若一记起,就有羞耻的情绪向她袭来。若小同伴们喊她,她用了深宏的海水似的眼光向他们摇头。上山打柴时,她改变了从前的习惯,她喜欢一个人去。奶妈怕山上有狼,让她多约几个同伴,她觉得狼怕什么,狼又有什么可怕。这性情连奶妈也觉得女儿变大了。

奶妈答应给她做的白短衫,为着安慰她生病,虽然是下江人辞了她,但也给她做起了。问她穿不穿,

失败的生活教人成熟。

寂寞与悲哀。

她说:"穿它做啥子哟,上山去打柴。"

红头绳也给她买了,她也说她先不缚起。

有一天大家正在乘凉,王丫头傻里傻气的跑来了,一边跑,一边喊着林姑娘。王丫头手里拿着一朵大花。她是来喊林姑娘去看花的。

走在半路上,林姑娘觉得有点不对,先生那里从辞了她连那门口都不经过,她绕着弯走过去,问王丫头在哪里那花。王丫头说:

"你没看见吗?不就是那下江人,你先生那里吗?"

林姑娘转回身来就走回头,她脸色苍白的,凄清的,郁郁不乐的在她奶妈的旁边沉默地坐到半夜。

林姑娘变成小大人了,邻居们和她的奶妈都说她。

二八年七月二十日

在"下江人"那里,代表了一种先是得到然后失去的劳动的权利、价值与尊严。

---

*发表于1940年《天下好文章》第一号,署名萧红。后收入《旷野的呼喊》。

叙述战乱时期十一岁的林姑娘给撤退到乡下来的"下江人"去帮佣,拿到优厚的工钱,还有剩余的饭菜带回家给母亲吃,引起众邻居的妒羡。后来主人家雇了厨师,不用林姑娘到饭店取饭,相应减了工钱。她母亲受了邻居的怂恿,跑去找主人理论,要挟要恢复工钱,否则就不干。结果林姑娘被辞退,又患了一场大病,由原来的一个单纯活泼的小姑娘变成了一个沉默寡言的小大人。小说揭示代表了传统道德的成人世界的狭隘、嫉妒、贪婪,种种愚昧行为的恶果,所加于少年纯洁无邪的心灵,并造成戕害的事实。

林姑娘的前后形象及心理变化,对比极为鲜明。开头写她到河里洗衣担水的一段,优美而富有诗意,是典型的萧红文字。

萧红与生母姜玉兰合影，1915年　　　　　　　　　　　童年时代的萧红，1926年

呼兰县张家旧宅

20世纪30年代的哈尔滨中央大街

在北平女师附中读书的萧红，1930年

萧军陪同生育后的萧红在公园散步，1932年秋

1933年摄于哈尔滨，右起：
萧红、关大为、白朗

梁山丁、罗烽、萧军、萧红
1933年摄于哈尔滨

聚集在裴馨园《国际协报》周围的一群文学青年。左起：萧红、萧军、金人、舒群、黄田、裴馨园、樵夫，合影于哈尔滨兆麟公园，1933年

1933年，萧红与萧军在哈尔滨道里公园

1933年冬，萧红和萧军在哈尔滨道里公园

萧红和萧军摄于哈尔滨商市街25号，1933年

萧红与萧军在哈尔滨，1933年冬

1934年，萧红、萧军在离开哈尔滨前夕合影

1934年在青岛四方公园。
左起：萧红、萧军、李庆华、舒群

萧红与萧军在青岛海边，1934年夏

1934年底，萧红与萧军如约去赴鲁迅的宴请

1934年夏，萧红在青岛樱花公园

1935年春夏之交，萧红坐在上海北四川路底的大陆新村九号鲁迅宅门前

1935年，萧红与萧军在居门前留影

1935年，萧红与许广平在上海鲁迅居所前合影

1936年，黄源与萧军、萧红合影

1936年，萧红在日本东京 　　　萧红离开日本前，在东京留影

1937年3月在上海，后排左起：胡风、许广平、池田幸子、萧军、萧红；前排左起：鹿地亘、小田岳夫

拜谒鲁迅墓。左起：金人、袁士洁、萧红、张秀珂、萧军。1937年初

1937年春，到上海虹桥万国公墓祭奠鲁迅。左起：许广平、萧红、萧军，前为海婴

萧红与萧军在上海的最后合影,1937年

萧军、蒋锡金、萧红、罗烽在武汉东湖的合影，1938年

萧红与梅志及儿子晓谷，1938年，武昌

1938年秋，摄于武昌洪山塔下。左起：萧红、萧军、罗烽

1938年摄于西安八路军办事处前。左起：塞克、田间、聂绀弩、萧红、端木蕻良，后排为丁玲

1938年，萧红与丁玲、夏革非（后立者）在西安西北战地服务团

1938年，萧红与端木蕻良在西安

萧红摄于西安，1938年

萧红与端木蕻良在西安，1938年

1938年春，萧红在西安

39年，中国文艺界抗敌协会北碚黄桷树镇王家花园。前排左为端木蕻良，右一为胡风，右三为靳以，右四为萧红

1940年，萧红飞往香港前夕，与女友张玉莲（左）相遇在重庆

1940年，萧红在重庆北碚

1940年，萧红在香港文化界纪念鲁迅先生六十诞辰聚会上讲述鲁迅生平事迹

香港浅水湾,1940年

《生死场》《马伯乐》封面,萧红设计

后花园①

　　后花园五月里就开花的，六月里就结果子，黄瓜、茄子、玉蜀黍、大芸豆、冬瓜、西瓜、西红柿，还有爬着蔓子的倭瓜。这倭瓜秧往往会爬到墙头上去，而后从墙头它出去了，出到院子外边去了。就向着大街，这倭瓜蔓上开了一朵大黄花。

　　正临着这热闹的后花园，有一座冷清清的黑洞洞的磨房，磨房的后窗子就向着花园。刚巧沿着窗外的一排种的是黄瓜。这黄瓜虽然不是倭瓜，但同样会爬蔓子的，于是就在磨房的窗棂上开了花，而且巧妙的结了果子。

　　在朝露里，那样嫩弱的须蔓的梢头，好像淡绿色的玻璃抽成的，不敢去触，一触非断不可的样子。同时一边结着果子，一边攀着窗棂往高处伸张，好像它们彼此学着样，一个跟着一个都爬上窗子来了。到六月窗子就被封满了，而且就在窗棂上挂着滴滴都都的大黄瓜、小黄瓜、瘦黄瓜、胖黄瓜，还有最小的小黄瓜纽儿，头顶上还正在顶着一朵黄花还没有落呢。

　　于是随着磨房里打着铜筛罗的震抖，而这些黄瓜也就在窗子上摇摆起来了。铜罗在磨夫的脚下，东踏一下它就"咚"，西踏一下它就

---

①　该篇创作于1940年4月，首刊于1940年4月10日至25日香港《大公报》副刊《文艺综合》第八一四至八二四期、第一一七至一一九期与《学生界》，署名萧红。再刊桂林《中学生》战时半月刊第三十一至第三十二期。

"咚"。这些黄瓜也就在窗子上滴滴都都的跟着东边"咚",西边"咚"。

六月里,后花园更热闹起来了,蝴蝶飞,蜻蜓飞,螳螂跳,蚂蚱跳。大红的外国柿子都红了,茄子青的青,紫的紫,溜明湛亮,又肥又胖,每一棵茄秧上结着三四个、四五个。玉蜀黍的缨子刚刚才茁芽,就各色不同,好比女人绣花的丝线夹子打开了,红的绿的,深的浅的,干净得过分了,简直不知道它为什么那样干净,不知怎样它才那样干净的,不知怎样才做到那样的,或者说它是刚刚用水洗过,或者说它是用膏油涂过。但是又都不像,那简直是干净得连手都没有上过。

然而这样漂亮的缨子并不发出什么香气,所以蜂子、蝴蝶永久不在它上边搔一搔,或是吮一吮。

却是那些蝴蝶乱纷纷的在那些正开着的花上闹着。

后花园沿着主人住屋的一方面,种着一大片花草。因为这园主并非怎样精细的人,而是一位厚敦敦的老头。所以他的花园多半变成菜园了。其余种花的部分也没有什么好花,比如马蛇菜、爬山虎、胭粉豆、小龙豆……这都是些草本植物,没有什么高贵的。到冬天就都埋在大雪里边,它们就都死去了。春天打扫干净了这个地盘,再重种起来。有的甚或不用下种,它就自己出来了,好比大菽茨,那就是每年也不用种,它就自己出来的。

它自己的种子,今年落在地上没有人去拾它,明年它就出来了;明年落了子,又没有人去采它,它就又自己出来了。

这样年年代代,这花园无处不长着大花。墙根上,花架边,人行道的两旁,有的竟长在倭瓜或者黄瓜一块去了。那讨厌的倭瓜的丝蔓竟缠绕在它的身上,缠得多了,把它拉倒了。

散文化。一开始简直瞌睡散漫得没有边际。作者不少小说的开头也都如此。

可是它就倒在地上仍旧开着花。

铲地的人一遇到它,总是把它拔了,可是越拔它越生得快,那第一班开过的花子落下,落在地上,不久它就生出新的来。所以铲也铲不尽,拔也拔不尽,简直成了一种讨厌的东西了。还有那些被倭瓜缠住了的,若想拔它,把倭瓜也拔掉了,所以只得让它横躺竖卧的在地上,也不能不开花。

长得非常之高,五六尺高,和玉蜀黍差不多一般高,比人还高了一点,红辣辣的开满了一片。

人们并不把它当做花看待,要折就折,要断就断,要连根拔也都随便。到这园子里来玩的孩子随便折了一堆去,女人折了插满了一头。

这花园从园主一直到来游园的人,没有一个人是爱护这花的。这些花从来不浇水,任着风吹,任着太阳晒,可是却越开越红,越开越旺盛,把园子煊耀得闪眼,把六月夸奖得和水滚着那么热。

胭粉豆、金荷叶、马蛇菜都开得像火一般。

其中尤其是马蛇菜,红得鲜明晃眼,红得它自己随时要破裂流下红色汁液来。

从磨房看这园子,这园子更不知鲜明了多少倍,简直是金属的了,简直像在火里边烧着那么热烈。

可是磨房里的磨倌是寂寞的。

他终天没有朋友来访他,他也不去访别人,他记忆中的那些生活也模糊下去了,新的一样也没有。他三十多岁了,尚未结过婚,可是他的头发白了许多,牙齿脱落了好几个,看起来像是个青年的老头。阴天下雨,他不晓得;春夏秋冬,在他都是一样。和他同院的住些什么人,他不去留心;他的邻居和他住得很久了,他没有记得;住的是什么人,他没有记得。

他什么都忘了,他什么都记不得,因为他觉得没有一件事情是新鲜的。人间在他是全呆板的了。他只

> 活着就是一切。没有季候,没有邻居,只知道身为磨倌的自己。——一种生存状态。

知道他自己是个磨倌,磨倌就是拉磨,拉磨之外的事情都与他毫无关系。

所以邻家的女儿,他好像没有见过,见过是见过的,因为他没有印象,就像没见过差不多。

磨房里,一匹小驴子围着一盘青白的圆石转着。磨道下面,被驴子经年的踢踏,已经陷下去一圈小洼槽。小驴的眼睛是戴了眼罩的,所以它什么也看不见,只是绕着圈瞎走。嘴也给戴上了笼头,怕它偷吃磨盘上的麦子。

> 小驴与磨倌。被封闭的终年劳作循环往复地生活。

小驴知道,一上了磨道就该开始转了,所以走起来一声不响,两个耳朵尖尖的竖得笔直。

磨倌坐在罗架上,身子有点向前探着。他的面前竖了一个木架,架上横着一个用木做成的乐器,那乐器的名字叫"梆子"。

每一个磨倌都用一个,也就是每一个磨房都有一个。旧的磨倌走了,新的磨倌来了,仍然打着原来的梆子。梆子渐渐变成个元宝的形状,两端高而中间陷下,所发出来的音响也就不好听了,不响亮,不脆快,而且"踏踏"的沉闷的调子。

冯二成的梆子正是已经旧了的。他自己说:"这梆子有什么用,打在这梆子上就像打在老牛身上一样。"

他尽管如此说,梆子他仍旧是打的。

磨眼上的麦子没有了,他去添一添。从磨漏下来的麦粉满了一磨盘,他过去扫了扫。小驴的眼罩松了,他替它紧一紧。若是麦粉磨得太多了,应该上风车子了,他就把风车添满,摇着风车的大手轮,吹了起来,把麦皮都从风车的后部吹了出去。那风车是很大的,好像大象那么大。尤其是当那手轮摇起来的时候,呼呼的作响,麦皮混着冷风从洞口喷出来。这风车摇起来是很好看的,同时很好听。可是风车并不常吹，一天或两天才吹一次。

　　除了这一点点工作，冯二成子多半是站在罗架上，身子向前探着，他的左脚踏一下，右脚踏一下，罗底盖着罗床，那力量是很大的，连地皮都抖动了，和盖新房子时打地基的工夫差不多，又沉重，又闷气，使人听了要睡觉的样子。

　　所有磨房里的设备都说过了，只不过还有一件东西没有说，那就是冯二成子的小炕了。那小炕没有什么好记载的。总之这磨房是简单、寂静、呆板。看那小驴竖着两个尖尖的耳朵，好像也不吃草也不喝水，只晓得拉磨的样子。冯二成子一看就看到小驴那两个直竖竖的耳朵，再看就看到墙下跑出的耗子，那滴溜溜亮的眼睛好像两盏小油灯似的。再看也看不见别的，仍旧是小驴的耳朵。

　　所以他不能不打梆子，从午间打起，一打打个通宵。

　　花儿和鸟儿睡着了，太阳回去了。大地变得清凉了好些。从后花园透进来的热气，凉爽爽的，风也不吹了，树也不摇了。

　　窗外虫子的鸣叫，远处狗的夜吠，和冯二成子的梆子混在一起，好像三种乐器似的。

　　磨房的小油灯忽闪闪的燃着（那油灯是刻在墙壁中间的，好像古墓里边站的长明灯似的），和有风吹着它似的。这磨房只有一扇窗子，还被挂满了黄瓜，把窗子遮得风雨不透。可是从哪里来的风？小驴也在响着鼻子抖擞着毛，好像小驴也着了寒了。

　　每天是如此：东方快启明的时候，朝露就先下来了，伴随着朝露而来的，是一种阴森森的冷气，这冷气冒着白烟似的沉重重的压到地面上来了。

　　落到屋瓦上，屋瓦从浅灰变到深灰色，落到茅屋上，那本来是浅黄的草，就变成黄的了。因为露珠把

作为与人类生活的比照，大自然显得变化且富有色彩。

它们打湿了，它们吸收了露珠的缘故。

惟有落到花上、草上、叶子上，那露珠是原形不变，并且由小聚大。大叶子上聚着大露珠，小叶子聚着小露珠。

玉蜀黍的缨穗挂上了霜似的，毛绒绒的。

倭瓜花的中心抱着一颗大水晶球。

剑形草是又细又长的一种野草，这野草顶不住太大的露珠，所以它的遍身是一点点的小粒。

等到太阳一出来时，那亮晶晶的后花园无异于昨天洒了银水了。

冯二成子看一看墙上的灯碗，在灯芯上结了一个红橙橙的大灯花。他又伸手去摸一摸那生长在窗棂上的黄瓜，黄瓜跟水洗的一样。

他知道天快亮了，露水已经下来了。

这时候，正是人们睡得正熟的时候，而冯二成子就像更焕发了起来。他的梆子就更响了，他拼命地打，他用了全身的力量，使那梆子响得爆豆似的。不但如此，那磨房唱了起来了，他大声急呼。好像他是照着民间所流传的，他是招了鬼了。他有意要把远近的人家都惊动起来，他竟乱打起来，他不把梆子打断了，他不甘心停止似的。

> 内心寂寞、焦躁的表现。

有一天下雨了。

雨下得很大，青蛙跳进磨房来好几个，有些蛾子就不断的往小油灯上扑，扑了几下之后，被烧坏了翅膀就掉在油碗里溺死了，而且不久蛾子就把油灯碗给掉满了，所以油灯渐渐的不亮下去，几乎连小驴的耳朵都看不清楚。

冯二成子想要添些灯油，但是灯油在上房里，在主人的屋里。

他推开门一看，雨真是大得不得了，瓢泼的一样，而且上房里也怕是睡下了，灯光不很大，只是影影绰绰的。也许是因为下雨上了风窗的关系，才那样黑混混的。

"十步八步跑过去，拿了灯油就跑回来。"冯二成子想。

但雨也是太大了，衣裳非都湿了不可，湿了衣裳不要紧，湿了鞋子可得什么时候干。

他推开房门看了好几次，也都是把门关上了没有跑过去。

可是墙上的灯又一会一会的要灭了，小驴的耳朵简直看不见了。他又打开门向上房看看，上房灭了灯了，院子里什么也看不见，只有隔壁赵老太太那屋还亮通通的，窗里还有格格的笑声。

那笑的是赵老太太的女儿。冯二成子不知为什么心里好不平静，他赶快关了门，赶快去拨灯碗，赶快走到磨架上，开始很慌张地打动着筛罗。可是无论如何那窗里的笑声好像还在那儿笑。

冯二成子打起梆子来，打了不几下，很自然的就会停住，又好像很愿意再听到那笑声似的。

"这可奇怪了，怎么像第一天那边住着人。"他自己想。

第二天早晨，雨过天晴了。

冯二成子在院子里晒他的那双湿得透透的鞋子时，偶一抬头见了赵老太太的女儿，跟他站了个对面。

冯二成子从来没和女人接近过，他赶快低下头去。

那邻家女儿是从井边来，提了满满的一桶水，走得非常慢。等她完全走过去了，冯二成子才抬起头来。

她那向日葵花似的大眼睛，似笑非笑的样子，冯二成子一想起来就无缘无故地心跳。

有一天，冯二成子用一个大盆在院子里洗他自己

> 潜意识，性意识。

> 对女性的敬畏感，其实来源于自卑感。

的衣裳，洗着洗着，一不小心，大盆从木凳滑落而打碎了。

赵老太太也在窗下缝着针线，连忙就喊她的女儿，把自家的大盆搬出来，借给他用。

冯二成子接过那大盆时，他连看都没看赵姑娘一眼，连抬头都没敢抬头，但是赵姑娘的眼睛像向日葵花那么大，在想象之中他比看见来得清晰。于是他的手好像抖着似的把大盆接过来了。他又重新打了点水，没有打很多的水，只打了一大盆底。

恍恍忽忽的衣裳也没有洗干净，他就晒起来了。

从那之后，他也并不常见赵姑娘，但他觉得好像天天见面的一样。尤其是到了深夜，他常常听到隔壁的笑声。

有一天，他打了一夜梆子。天亮了，他的全身都酸了。他把小驴子解下来，拉到下过朝露的潮湿的院子里，看着那小驴打了几个滚，而后把小驴拴到槽子上去吃草。他也该是睡觉的时候了。

他刚躺下，就听到隔壁女孩的笑声，他赶快抓住被边把耳朵掩盖起来。

但那笑声仍旧在笑。

他翻了一个身，把背脊向着墙壁，可是仍旧不能睡。

他和那女孩相邻的住了两年多了，好像他听到她的笑还是最近的事情。他自己也奇怪起来。

那边虽是笑声停止了，但是又有别的声音了，刷锅，劈柴烧火的声音，件件样样都听得清清晰晰。而后，吃早饭的声音他都感觉到了。

这一天，他实在睡不着，他躺在那里心中十分悲哀，他把这两年来的生活都回想了一遍……

刚来的那年，母亲来看过他一次。从乡下给他带来一筐子黄米豆包。母亲临走的时候还流了眼泪说：

"孩儿，你在外边好好给东家做事，东家错待不了你的……你老娘这两年身子不大硬实。一旦有个一口气不来，只让你哥哥把老娘埋起来就算了事。人死如灯灭，你就是跑到家又能怎样！……可千万要听娘的话，人家拉磨，一天拉好多麦子，是一定的，耽误不得，可要记住老娘的话……"

那时，冯二成子已经三十六岁了，他仍很小似的，听了那话就哭了。他抬起头看看母亲，母亲确是瘦得厉害，而且也咳嗽得厉害。

"不要这样傻气，你老娘说是这样说，哪就真会离开了你们的。你和你哥哥都是三十多岁了，还没成家，你老娘还要看到你们……"

冯二成子想到"成家"两个字，脸红了一阵。

母亲回到乡下去，不久就死了。

他没有照着母亲的话做，他回去了，他和哥哥亲自送的葬。

是八月里辣椒红了的时候，送葬回来，沿路还摘了许多红辣椒，炒着吃了。

以后再想一想，就想不起什么来了。拉磨的小驴子仍旧是原来的小驴子。磨房也一点没有改变，风车也是和他刚来时一样，黑洞洞的站在那里，连个方向也没改换。筛罗子一踏起来它就"咚咚"响。他向筛罗子看了一眼，宛如他不去踏它，它也在响的样子。

一切都习惯了，一切都照着老样子。他想来想去什么也没有变，什么也没有多，什么也没有少。这两年是怎样生活的呢？他自己也不知道，好像他没有活过的一样。他伸出自己的手来，看看也没有什么变化；捏一捏手指的骨节，骨节也是原来的样子，尖锐而突出。

他又回想到他更远的幼小的时候去，在沙滩上煎

"拉磨的小驴子仍旧是原来的小驴子。"生活没有变动，身份没有变动。

着小鱼,在河里脱光了衣裳洗澡;冬天堆了雪人,用绿豆给雪人做了眼睛,用红豆做了嘴唇;下雨的天气,妈妈打来了,就往水洼中跑……妈妈因此而打不着他。

再想又想不起什么来,这时候他昏昏沉沉的要睡了去。

刚要睡着,他又被惊醒了,好几次都是这样。也许是炕下的耗子,也许是院子里什么人说话。

但他每次睁开眼睛,都觉得是邻家女儿惊动了他。他在梦中羞怯怯地红了好几次脸。

从这以后,他早晨睡觉时,他先站在地中心听一听,邻家是否有了声音。若是有了声音,他就到院子里拿着一把马刷子刷那小驴。

但是巧得很,那女孩子一清早就到院子来走动,一会出来拿一捆柴,一会出来泼一瓢水。总之,他与她从这以后,好像天天相见。

这一天八月十五,冯二成子穿了崭新的衣裳,刚刚理过头发回来,上房就嚷着:

"喝酒了,喝酒啦……"

因为过节是和东家同桌吃的饭,什么腊肉,什么松花蛋,样样皆有。其中下酒最好的要算凉拌粉皮,粉皮上外加着一束黄瓜丝,还有辣椒油洒在上面。

冯二成子喝足了酒,退出来了,连饭也没有吃,他打算到磨房去睡一觉。常年也不喝酒,喝了酒头有些昏。他从上房走出来,走到院子里碰到了赵老太太,她手里拿着一包月饼,正要到亲戚家去。她一见了冯二成子,她连忙喊着女儿说:

"你快拿月饼给老冯吃。过节了,在外边的跑腿人,不要客气。"

说完了,赵老太太就走了。

冯二成子接过月饼在手里,他看那姑娘满身都穿了新衣裳,脸上涂着胭脂和香粉。因为他怕难为情,他想说一声谢谢也没说出来,回身就进了磨房。

磨房比平日更冷清了,小驴也没有拉磨,磨盘上供着一块黄色的牌位,上面写着"白虎神之位",燃了两根红蜡烛,烧着三炷香。

冯二成子迷迷昏昏的吃完了月饼,靠着罗架站着,眼睛望着窗外的花园。他一无所思的往外看着，正这时又有了女人的笑声，并且这笑声是熟悉的，但不知这笑声是从哪方面来的，后花园还是隔壁？

他一回身，就看见了邻家的女儿站在大开着的门口。

她的嘴是红的，她的眼睛是黑的，她的周身发着光辉，带着吸力。

他怕了，低了头不敢再看。

那姑娘自言自语的说：

"这儿还供着白虎神呢！"

说着，她的一个小同伴招呼着她就跑了。

冯二成子几乎要昏倒了，他坚持着自己，他睁大了眼睛，看一看自己的周遭，看一看是否在做梦。

这哪里是在做梦，小驴站在院子里吃草，上房还没有喝完酒的划拳的吵闹声仍还没有完结。他站到磨房外边，向着远处都看了一遍。远处的人家，有的在树林中，有的在白云中露着屋角，而附近的人家，就是同院子住着的也都恬静的在节日里边升腾着一种看不见的欢喜，流荡着一种听不见的笑声。

但冯二成子看着什么都是空虚的。寂寞的秋空的游丝，飞了他满脸，挂住了他的鼻子，绕住了他的头发。他用手把游丝揉擦断了，他还是往前看去。

他的眼睛充满了亮晶晶的眼泪，他的心中起了一阵莫名其妙的悲哀。

他羡慕在他左右跳着的活泼的麻雀，他妒恨房脊上咕咕叫的悠闲的鸽子。

他的感情软弱得像要瘫了的蜡烛似的。他心里想：鸽子你为什么叫？叫得人心慌！你不能不叫吗？游丝你为什么绕了我满脸？你多可恨！

恍恍惚惚他又听到那女孩子的笑声。

而且和闪电一般，那女孩子来到他的面前了，从

> 羡慕麻雀，妒恨鸽子，都因为他并不活动，也不悠闲——他一生走不出磨房。

他面前跑过去了，一转眼跑得无影无踪的。

冯二成子仿佛被卷在旋风里似的，迷迷离离的被卷了半天，而后旋风把他丢弃了。旋风自己跑去了，他仍旧是站在磨房外边。

从这以后，可怜的冯二成子害了相思病，脸色灰白，眼圈发紫，茶也不想吃，饭也咽不下，他一心一意地想着那邻家的姑娘。

读者们，你们读到这里，一定以为那磨房里的磨倌必得要和邻家女儿发生一点关系。其实不然的。后来是另外的一位寡妇。

世界上竟有这样谦卑的人，他爱了她，他又怕自己的身份太低，怕毁坏了她。他偷着对她寄托一种心思，好像他在信仰一种宗教一样。邻家女儿根本不晓得有这么一回事。

不久，邻家女儿来了说媒的，不久那女儿就出嫁去了。

婆家来娶新媳妇的那天，抬着花轿子，打着锣鼓，吹着喇叭，就在磨房的窗外，连吹带打的热闹了起来。

冯二成子把头伏在梆子上，他闭了眼睛，他一动也不动。

那边姑娘穿了大红的衣裳，搽了胭脂粉，满手抓着铜钱，被人抱上了轿子。放了一阵炮仗，敲了一阵铜锣，抬起轿子来走了。

走得很远很远了，走出了街去，那打锣声只能咝咝啦啦听到一点。

"打锣声只能咝咝啦啦听到一点"，说明冯二成子一直追逐着这锣声，追逐着邻家女儿。

冯二成子仍旧没有把头抬起，一直到那轿子走出几里路之外，就连被娶亲惊醒了的狗叫也都平静下去时，他才抬起头来。

那小驴蒙着眼罩静静地一圈一圈地在拉着空磨。

他看一看磨眼上一点麦子也没有了，白花花的麦粉流了满地。

那女儿出嫁以后，冯二成子常常和赵老太太攀谈，有的时候还到老太太的房里坐一坐。他不知为什么总把那老太太当做一位近亲来看待，早晚相见时，总是彼此笑笑。

这样也就算了，他觉得那女儿出嫁了反而随便了些。

可是这样过了没久，赵老太太也要搬家了，搬到女儿家去。

冯二成子帮着去收拾东西。在他收拾着东西时，他看见针线篓里有一个细小的白骨顶针。他想：这可不是她的？那姑娘又活跃跃的来到他的眼前。他看见了好几样东西，都是那姑娘的。刺花的围裙卷放在小柜门里，一团扎过了的红头绳子洗得干干净净的，用一块纸包着。他在许多乱东西里拾到这纸包，他打开一看，他问赵老太太，这头绳要放在那里？老太太说：

"放在小梳头匣子里吧，我好给她带去。"

冯二成子打开了小梳头匣，他看见几根扣发针和一个假烧蓝翠的戒指仍放在里边。他嗅到一种梳头油的香气。他想这一定是那姑娘的，他把梳头匣关了。

他帮着老太太把东西收拾好，装上了车，还牵着拉车的大黑骡子上前去送了一程。

送到郊外，迎面的菜花都开了，满野飘着香气。老太太催他回来，他说他再送一程。他好像对着旷野要高歌的样子，他的胸怀像飞鸟似的张着，他面向着前面，放着大步，好像他一去就不回来的样子。

可是冯二成子回来的时候，太阳还正晌午。虽然是秋天了，没有夏天那么鲜艳，但是到处飘着香气。高粱成熟了，大豆黄了秧子，野地上仍旧是红的红，

小驴拉空磨——磨倌走神了。

睹物思人，一个简单汉子的深情。

压抑感的释放。

绿的绿。冯二成子沿着原路往回走。走了一程，他还转回身去，向着赵老太太走去的远方望一望。但是连一点影子也看不见了。

蓝天凝静得那么严酷，连一些皱褶也没有，简直像是用蓝色纸剪成的。他用了他所有的目力，探究着蓝色的天边处，是否还存在着一点点黑点，若是还有一个黑点，那就是赵老太太的车子了。可是连一个黑点也没有，实在是没有的，只有一条白亮亮的大路，向着蓝天那边爬去，爬到蓝天的尽头，这大路只剩了窄狭的一条。

赵老太太这一去什么时候再能够见到，没有和她约定时间，也没有和她约定地方。他想顺着大路跑去，跑到赵老太太的车子前面，拉住大黑骡子，他要向她说：

"不要忘记了你的邻居，上城里来的时候可来看我一次。"

但是车子一点影也没有了，追也追不上了。

他转回身来，仍走他的归途，他觉得这回来的路，比去的时候不知远了多少倍。

他不知为什么这次送赵老太太，比送他自己的亲娘还更难过。他想：人活着为什么要分别？既然永远分别，当初又何必认识！人与人之间又是谁给造了这个机会？既然造了机会，又是谁把机会给取消了！

他越走他的脚越沉重，他的心越空虚，就在一个有树阴的地方坐下来。

他往四方左右望一望，他望到的，都是在劳动着的，都是在活着的，赶车的赶车，拉马的拉马。割高粱的人，满头流着大汗。还有的手被高粱秆扎破了，或是脚被扎破了，还浸浸地泌着血，而仍是不停地在割。他看了一看，他不能明白这都是在做什么；他不明白，这都是为着什么。他想：你们那些手拿着的，脚踏着的，到了终归，你们是什么也没有的。你们没有了母亲，你们的父亲早早死了，你们该娶的时候，娶不到你们所想的；你们到老的时候，看不到你们的子女成人，你们就先累死了。

冯二成子看一看自己的鞋子掉底了，于是脱下鞋子用手提鞋子，站起来光着脚走。他越走越奇怪，本来是往回走，可是心越走越往远处飞。究竟飞到哪里去了，他自己也把捉不定。总之，他越往回走，他就越觉得空虚。路上他遇上一些推手车的，挑担的，他都用了奇怪的眼光看了他们一下：你们是什么也不知道，你们只知道为你们的老婆孩子当一辈子牛马，你们都白活了，你们自己还不知道。你们要吃的吃不到嘴，要穿的穿不上身，你们为了什么活着，活得那么起劲！

他看见几个卖豆腐脑的，搭着白布篷，篷下站着好几个人在吃。有的争着要多加点酱油，而那卖豆腐脑的偏偏给他加上几粒盐。卖豆腐脑的说酱油太贵，多加要赔本的。于是为着点酱油争吵了起来。冯二成子老远的就听他们在嚷嚷。他用斜眼看了那卖豆腐脑的：

"你这个小气人，你为什么那么苛刻？你都是为了老婆孩子！你要白白活这一辈子，你省吃俭用，到头你还不是个穷鬼！"

冯二成子这一路上所看到的几乎完全是这一类人。

他用各种眼光批评了他们。

他走了一会，转回身去看看远方，并且站着等了一会，好像远方会有什么东西自动向他飞来，又好像远方有谁在招呼着他。他几次三番的这样停下来，好像他侧着耳朵细听。但只有雀子的叫声从他头上飞过，其余没有别的了。

> 一个完全丧失了生活的权利并由此带来的乐趣的人所意识到人生的空虚和荒诞。

> 这种批评含有一点阿Q式精神胜利的意味。一种含泪的讽刺。

> 文中多处写到"远方"和雀鸟。

他又转身向回走,但走得非常迟缓,像走在荆藜的草中。仿佛他走一步,被那荆藜拉住过一次。

终于他全然没有了气力,全身和头脑。他找到一片小树林,他在那里伏在地上哭了一袋烟的工夫。他的眼泪落了一满树根。

他回想着那姑娘束了花围裙的样子,那走路的全身愉快的样子。他再想那姑娘是什么时候搬来的,他连一点印象也没有记住,他后悔他为什么不早点发现她。她的眼睛看过他两三次,他虽不敢直视过去,但他感觉得到,那眼睛是深黑的,含着无限情意的。他想到了那天早晨他与她站了个对面,那眼睛是多么大!那眼光是直逼他而来的。他一想到这里,他恨不得站起来扑过去。但是现在都完了,都去得无声无息的那么远了,也一点痕迹没有留下,也永久不会重来了。

这样广茫茫的人间,让他走到哪方面去呢?是谁让人如此,把人生下来,并不领给他一条路子,就不管他了。

黄昏的时候,他从地面上抓了两把泥土,他昏昏沉沉地站起来,仍旧得走着他的归路。

他好像失了魂魄的样子,回到了磨房。

看一看罗架好好的在那儿站着,磨盘好好的在那儿放着,一切都没有变动。吹来的风依旧是很凉爽的。从风车吹出来的麦皮仍旧在大篓子里盛着,他抓起一把放在手心上擦了擦,这都是昨天磨的麦子,昨天和今天是一点也没有变。他拿了刷子刷了一下磨盘,残余的麦粉冒了一阵白烟。这一切都和昨天一样,什么也没有变。耗子的眼睛仍旧是很亮很亮的跑来跑去。后花园静静的和往日里一样的没有声音。上房里,东家的太太抱着孙儿和邻居讲话,讲得仍旧和往常一样热闹。担水的往来在井边,有谈有笑的放着大步往来的跑，绞着井绳的转车喀啦喀啦的大大方方的响着。一切都是快乐的，有意思的。就连站在槽子那里的小驴，一看冯二成子回来了，也表示欢迎似的张开大嘴来叫了几声。冯二成子走上前去，摸一摸小驴的耳朵，而后从草包取一点草散在槽子里，而后又领着那小驴到井边去饮水。

他打算再工作起来，把小驴仍旧架到磨上，而他自己还是愿意鼓动着勇气打起梆子来。但是他未能做到，他好像丢了什么似的，好像是被人家抢去了什么似的。

他没有拉磨，他走到街上来荡了半夜，二更之后，街上的人稀疏了，都回家去睡觉去了。

他经过靠着缝衣裳来过活的老王那里，看她的灯还未灭，他想进去歇一歇脚也是好的。

老王是一个三十多岁的寡妇，因为生活的忧心，头发白了一半了。
她听了是冯二成子来叫门，就放下了手里的针线来给他开门了。
还没等他坐下，她就把缝好的冯二成子的蓝单衫取出来了，并且说着：

"我这两天就想要给你送去，为着这两天活计多，多做一件，多赚几个，还让你自家来拿……"

她抬头一看冯二成子的脸色是那么冷落，她忙着问：
"你是从街上来的吗？是从那儿来的？"
一边说着一边就让冯二成子坐下。
他不肯坐下，打算立刻就要走，可是老王说：
"有什么不痛快的？跑腿子在外的人，要舒心坦意。"
冯二成子还是没有响。
老王跑出去给冯二成子买了些烧饼来，那烧饼还是又脆又热的，还买了酱肉。老王手里有钱时，常常自己喝一点酒，今天也买了酒来。

酒喝到三更，王寡妇说：
"人活着就是这么的，有孩子的为孩子忙，有老婆的为老婆忙，反正做一辈子牛马。年青的时候，谁还不是像一棵小树似的，盼着自己往大了长，好像有多少黄金在前边等着。可是没有几年，体力也消耗完了，头发黑的黑，白的白……"

她给他再斟一盅酒。

她斟酒时，冯二成子看她满手都是筋络，苍老得好像大麻的叶子一样。

但是她说的话，他觉得那是对的，于是他把那盅酒举起来就喝了。

冯二成子也把近日的心情告诉了她。他说他对什么都是烦躁的，对什么都没有耐性了。他所说的，她都理解得很好，接着他的话，她所发的议论也和他的一样。

> 议论一样，却各有各的沧桑。

喝过了三更以后，冯二成子也该回去了。他站起来，抖擞一下他的前襟，他的感情宁静多了，他也清晰得多了，和落过雨后又复见了太阳似的，他还拿起老王在缝着的衣裳看看，问她一件夹袄的手工多少钱。

老王说："那好说，那好说，有夹袄尽管拿来做吧。"

说着，她就拿起一个烧饼，把剩下的酱肉通通夹在烧饼里，让冯二成子带着：

"过了半夜，酒要往上返的，吃下去压一压酒。"

冯二成子百般的没有要，开了门，出来了，满天都是星光；中秋以后的风，也有些凉了。

"是个月黑头夜，可怎么走！我这儿也没有灯笼……"

冯二成子说："不要，不要！"就走出来了。

在这时，有一条狗往屋里钻，老王骂着那狗：

"还没有到冬天，你就怕冷了，你就往屋里钻！"

因为是夜深了的缘故，这声音很响。

冯二成子看一看附近的人家都睡了。王寡妇也在他的背后闩上了门，适才从门口流出来的那道灯光，在闩门的声音里边，又被收了回去。

冯二成子一边看着天空的北斗星，一边来到了小土坡前。那小土坡上长着不少野草，脚踏在上边，绒绒乎乎的。于是他蹲了双腿，试着用指尖搔一搔，是否这地方可以坐一下。

他坐在那里非常宁静，前前后后的事情，他都忘得干干净净，他心里边没有什么骚扰，什么也没有想，好像什么也想不起来了。晌午他送赵老太太走的那回事，似乎是多少年前的事情。现在他觉得人间并没有许多人，所以彼此没有什么妨害，他的心境自由得多了，也宽舒得多了，任着夜风吹着他的衣襟和裤脚。

他看一看远近的人家，差不多都睡觉了，尤其是老王的那一排房子，通通睡了，只有王寡妇的窗子还透着灯光。他看了一会，他又把眼睛转到另外的方向去，有的透着灯光的窗子，眼睛看着看着，窗子忽然就黑了一个，忽然又黑了一个。屋子灭掉了灯，竟好像沉到深渊里边去的样子，立刻消灭了。

而老王的窗子仍旧是亮的，她的四周都黑了，都不存在了，那就更显得她单独的停在那里。

"她还没有睡呢！"他想。

她怎么还不睡？他似乎这样想了一下。是否他还要回到她那边去，他心里很犹疑。

等他不自觉的又回到老王的窗下时，他终于敲了她的门。里边应着的声音并没有惊奇，开了门让他进去。

这夜，冯二成子就在王寡妇家里结了婚了。

他并不像世界上所有的人结婚那样：也不跳舞，也不招待宾客，也不到礼拜堂去。而也并不像邻家姑娘那样打着铜锣，敲着大鼓。但是他们庄严得很，因为百感交集，彼此哭了一遍。

第二年夏天，后花园里的花草又是那么热闹，倭瓜淘气地爬上了树了，向日葵开了大花，惹得蜂子成

特别的婚礼。

群地闹着，大菠茨、爬山虎、马蛇菜、胭粉豆，样样都开了花。耀眼的耀眼，散着香气的散着香气。年年爬到磨房窗棂上来的黄瓜，今年又照样的爬上来了；年年结果子的，今年又照样的结了果子。

惟有墙上的狗尾草比去年更为茂盛，因为今年雨水多而风少。园子里虽然是花草鲜艳，而很少有人到园子里来，是依然如故。

偶然园主的小孙女跑进来折一朵大菠茨花，听到屋里有人喊着：

"小春，小春……"

她转身就跑回屋去，而后把门又轻轻的闩上了。

算起来就要一年了，赵老太太的女儿就是从这靠着花园的厢房出嫁的。在街上，冯二成子碰到那出嫁的女儿一次，她的怀里抱着一个小孩。

可是冯二成子也有了小孩了。磨房里拉起了一张白布帘子来，帘子后边就藏着出生不久的婴孩和孩子的妈妈。

又过了两年，孩子的妈妈死了。

冯二成子坐在罗架上打筛罗时，就把孩子骑在梆子上。夏昼十分热了，冯二成子把头垂在孩子的腿上，打着瞌睡。

不久，那孩子也死了。

后花园里经过了几度繁华，经过了几次凋零，但那大菠茨花它好像世世代代要存在下去的样子，经冬复历春，年年照样的在园子里边开着。

园主人把后花园里的房子都翻了新了，只有这磨房连动也没动，说是磨房用不着好房子的，好房子也让筛罗"咚咚"的震坏了。

所以磨房的屋瓦，为着风吹，为着雨淋，一排一排的都脱了节。每刮一次大风，屋瓦就要随着风在半

> 从小说残酷的结局看，作者当时的心境是悲凉的。

> 自然的繁荣与人世的衰败。

天空里飞走了几块。

夏昼，冯二成子伏在梆子上，每每要打瞌睡。他瞌睡醒来时，昏昏庸庸的他看见眼前跳跃着无数条光线，他揉一揉眼睛，再仔细看一看，原来是房顶露了天了。

以后两年三年，不知多少年，他仍旧在那磨房里平平静静的活着。

后花园的园主也老死了，后花园也拍卖了。这拍卖只不过给冯二成子换了个主人。这个主人并不是个老头，而是个年青的、爱漂亮、爱说话的，常常穿了很干净的衣裳来磨房的窗外，看那磨倌怎样打他的筛罗，怎样摇他的风车。

> 环境变了，主人换了，磨倌还是磨倌。

一九四〇，四

---

*作于1940年4月，发表于同月10至25日《大公报》副刊《文艺综合》与《学生界》。署名萧红。

小说叙述磨倌冯二成子从对邻家女子的单恋到与王寡妇结婚生子，然后遭遇母子先后死去，重又恢复到原先的孤独寂寞的生活。从少壮到衰老，命运没有任何改变。作者感叹命运的不可抗拒，故事颇有宿命的意味。

主人公单恋一节，绘声绘色，很有艺术魅力。

北中国①

1

一早晨起来就落着清雪。在一个灰色的大门洞里,有两个戴着大皮帽子的人,在那里响着大锯。

"扔,扔,扔,扔……"好像唱着歌似的,那白亮亮的大锯唱了一早晨了。

大门洞子里,架着一个木架,木架上边横着一个圆滚滚的大木头。那大木头有一尺多粗,五尺多长。两个人就把大锯放在这木头的身上,不一会工夫,这木头就被锯断了。先是从腰上锯开分做两段,再把那两段从中再锯一道,好像小圆凳似的,有的在地上站着,有的在地上躺着。而后那木架上又被抬上来一条五尺多长的来,不一会工夫,就被分做两段,而后是被分做四段,从那木架上被推下去了。

同时离住宅不远,那里也有人在拉着大锯……城门外不远的地方就有一段树林,树林不是一片,而是

旁注:"扔"是象声词,字义却是毁坏和抛弃。

旁注:"树犹如此,人何以堪!"

---

① 该篇创作于1941年3月26日,首刊于1941年4月13日至29日香港《星岛日报》副刊《星座》九〇一至九一七号,署名萧红。

一段树道,沿着大道的两旁长着。往年这夹树道的榆树,若有穷人偷剥了树皮,主人定要捉拿他,用绳子捆起来,用打马的鞭子打。活活的树,一剥就被剥死了。说是养了一百来年的大树,从祖宗那里继承下来的,哪好让它一旦死了呢!将来还要传给第二代、第三代儿孙,最好是永远留传下去,好来证明这门第的久远和光荣。

可是,今年却是这树林的主人自己发的号令,用大锯锯着。

那树因为年限久了,树根扎到土地里去特别深。伐树容易,拔根难。树被锯倒了,根只好留待明年春天再拔。

树上的喜鹊窝,新的旧的有许多。树一被伐倒,喀喀喀的响着,发出一种强烈的不能控制的响声;被北风冻干的树皮,触到地上立刻碎了,断了。喜鹊窝也就跟着附到地上了,有的跌破了,有的则整个地滚下来,滚到雪地里去,就坐在那亮晶晶的雪上。

是凡跌碎了的,都是隔年的,或是好几年的;而有些新的,也许就是喜鹊在夏天自己建筑的,为着冬天来居住。这种新的窝是非常结实,虽然是已经跟着大树躺在地上了,但依旧是完好的,仍旧是呆在树丫上。那窝里的鸟毛还很温暖的样子,被风忽忽的吹着。

> 百年大树在小说里是一个家族的象征。

> 连根拔起,关于家族的一个隐喻。

> 喜鹊窝,又一个隐喻。

> "坐在""呆在",状物简洁而形象。

> 写到鸟毛,纯属闲笔,却极有情致。

2

往日这树林里,是禁止打鸟的,说是打鸟是杀生,是不应该的,也禁止孩子们破坏鸟窝,说是破坏鸟窝,是不道德的事情,使那鸟将没有家了。

但是现在连大树都倒下了。

这趟夹树道在城外站了不知多少年,好像有这地方就有这树似的，人们一出城门，就先看见这夹道，已经看了不知多少年了。在感情上好像这地方必须就有这夹树道似的，现在一旦被砍伐了去，觉得一出城门，前边非常的荒凉，似乎总有一点东西不见了，总少了一点什么。虽然还没有完全砍完，那所剩的也没有几棵了。

一百多棵榆树，现在没有几棵了，看着也就全完了。所剩的只是些个木桩子，远看看不出来是些个什么。总之，树是全没有了。只有十几棵，现在还在伐着，也就是一早一晚就要完的事了。

那在门洞子里两个拉锯的大皮帽子，一个说：

"依你看，大少爷还能回来不能？"

另一个说：

"我看哪……人说不定有没有了呢……"

其中的一个把大皮帽子摘下来，拍打着帽耳朵上的白霜。另一个从腰上解下小烟袋来，准备要休息一刻了。

正在这时候，上房的门喀喀的响着就开了，老管事的手里拿着一个上面贴有红绶的信封，从台阶上下来，怀怀疑疑，把嘴唇咬着。

那两个拉锯的，刚要点起火来抽烟，一看这情景就知道大先生又在那里边闹了。于是连忙把烟袋从嘴上拿下来，一个说，另一个听着：

"你说大少爷可真的去打日本去了吗？……"

正在说着，老管事的就走上前来了，走进大门洞，坐在木架上，把信封拿着给他们两个细看。他们两个都不识字，老管事的也不识字。不过老管事的闭着眼睛也可以背得出来，因为这样的信，他的主人自从生了病的那天就写，一天或是两封三封，或是三封五封。他已经写了三个月了，因为他已经病了三个月了。

写得连家中的小孩子也都认识了。

所以老管事的把那信封头朝下、脚朝上的倒念着：

耿振华吾儿收
中华民国吉林省

> 民族英雄情结。

老管事的全念对了，只是中间写在红绶上的那一行，他只念了"耿振华收"，而丢掉了"吾儿"两个字。其中一个拉锯的，一听就听出来那是他念错了，连忙补添着说：

"耿振华吾儿收。"

他们三个都仔细的往那信封上看着，但都看不出"吾儿"两个字写在什么地方，因为他们都不识字。反正背也都背熟的了，于是大家丢开这封信不谈，就都谈着"大先生"，就是他们的主人的病，到底是个什么来历，中医说肝火太盛，由气而得；西医说受了过度的刺激，神经衰弱。而那会算命的本地最有名的黄半仙却从门帘的缝中看出了耿大先生是前生注定的骨肉分离。

因为耿大先生在民国元年的时候，就出外留学，从本地区的县城，留学到了省城，差一点就要到北京去的，去进北京大学堂。虽是没有去成，思想总算是革命的了。他的书箱子里密藏着孙中山先生的照片，等到民国七八年的时候，他才敢拿出来给大家看，说是从前若发现了有这照片是要被杀头的。

因此他的思想是维新的多了，他不迷信，他不信中医。他的儿子，从小他就不让他进私学馆，自从初级小学堂一开办，他就把他的女儿和儿子都送进小学堂去读书。

他的母亲活着的时候，很是迷信，跳神赶鬼，但是早已经死去了。现在他就是一家之主，他说怎么样就是怎么样。他的夫人，五十多岁了，读过私学馆，前清时代她的父亲进过北京去赶过考，考是没有考中的，但是学问很好，所以他的女儿《金刚经》《灶王经》都念得通熟，每到夜深人静，还常烧香打坐，还常拜斗参禅。虽然五十多岁了，其间也受了不少的丈夫的阻挠，但她善心不改，也还是常常偷着在灶王爷那里烧香。

> 一个维新派的形象。

耿大先生就完全不信什么灶王爷了，他自己不加小心撞了灶王爷板，他硬说灶王爷板撞了他。于是很开心的拿着烧火的叉子把灶王爷打了一顿。

他说什么是神，人就是神。自从有了科学以来，看得见的就是有，看不见的就是没有。

所以那黄半仙刚一探头，耿大先生唔唠一声，就把他吓回去了，只在门帘的缝中观了观形色，好在他自承他的功夫是很深的，只这么一看，也就看出个所以然来。他说这是他命里注定的前世的孽缘，是财不散，是子不离。"是财不散，是儿不死。"民间本是有这句俗话的。但是"是子不离"这可没有，是他给编上去的，因为耿大少爷到底是死是活，谁也不知道，于是就只好将就着用了这么一个含糊其词的"离"字。

假若从此音信皆无，真的死了，不就是真的"离"了吗？假若不死，有一天回来了，那就是人生的悲、欢、离、合，有离就有聚，有聚就有离的"离"。

> "之"字的使用，戏仿正统老先生的口吻，微露讽刺。

黄半仙这一套理论，不能发扬而光大之，因为大先生虽然病得很沉重，但是他还时时的清醒过来，若让他晓得了，全家上下都将不得安宁，他将要挨着个儿骂,从他夫人骂起,一直骂到那烧火洗碗的小打。所以在他这生病的期中,只得请医生,而不能够看巫医,所以像黄半仙那样的,只能到下房里向夫人讨一点零钱就去了,是没有工夫给他研究学理的。

现在那两个大皮帽子各自拿了小烟袋,点了火,彼此的咳嗽着,正想着大大的发一套议论,讨论一下关于大少爷的一去无消息。有老管事的在旁,一定有什么更丰富的见解。

老管事的用手把胡子来回的抹着,因为不一会工夫,他的胡子就挂满了白霜。他说:

"人还不知有没有了呢?看这样子跑了一个还要搭一个。"

那拉木头的就问:

"大先生的病好了一点没有?"

老管事的坐在木架上,东望望,西望望,好像无可无不可的神情,似乎并不关心,而又像他心里早有了主意,好像事情的原委他早已观察清楚了,一步一步的必要向那一方面发展,而必要发展到怎样一个地步,他都完全看透彻了似的。他随手抓起一把锯末子来,用嘴唇吹着,把那锯末子吹了满身,而后又用手拍着,把那锯末子都拍落下去。而后,他弯下腰去,从地上搬起一个圆木碳子来,把那木碳子放在木架上,而后拍着,并且用手揪着那树皮,撕下一小片来,把那绿盈盈的一层掀下来,放在嘴里,一边咬着一边说:

"还甜丝丝的呢,活了一百年的树,到今天算是完了。"

而后他一脚把那木墩子踢开。他说:

"我活了六十多年了,我没有见过这年月,让你一,你不敢二,让你说三,你不敢讲四。完了,完了……"

那两个拉锯的把眼睛呆呆的不转眼珠。

老管事的把烟袋锅子磕着自己的毡鞋底:

"跑毛子的时候,那俄大鼻子也杀也砍的,可是就只那么一阵,过去也就完了。没有像这个的,油、盐、酱、醋、吃米、烧柴,没有他管不着的;你说一句话吧,他也要听听;你写一个字吧,他也要看看。大先生为了有这场病的,虽说是为着儿子的啦,可也不尽然,而是为着小……小□□①。"

正说到这里,大门外边有两个说着"咯大内、咯大内"的话的绿色的带着短刀的人走过。老管事的他那掉在地上的写着"大中华民国"字样的信封,伸出脚去就用大毡鞋底踩住了,同时变毛变色的说:

"今年冬天的雪不小,来春的青苗错不了呵!……"

那两个人"咯大内、咯大内"的讲着些个什么走过去了。

"说鬼就有鬼,说鬼鬼就到。"

老管事的站起来就走了,把那写着"大中华民国"的信封,一边走着一边撕着,撕得一条一条的,而后放在嘴里咬着,随咬随吐在地上。他径直走上正房的台阶上去了,在那台阶上还听得到他说:

"活见鬼,活见鬼,他妈的,活见鬼……"

而后那房门喀喀的一响,人就进去了,不见了。

清雪还是照旧的下着,那两个拉锯的,又在那里唰唰的工作起来。

这大锯的响声本来是"扔扔"的,好像是唱歌似的,但那是离得远一点才可以听到的,而那拉锯的人自己就只听到"唰唰唰"。

锯末子往下飞散,同时也有一种清香的气味发散出来。那气味甜丝丝的,松香不是松香,杨花的香味也不是的,而是甜的,幽远的,好像是记忆上已经记不得那么一种气味的了。久久被忘记了的一回事,一旦来到了,觉得特别的新鲜。因为那拉锯的人真是伸手抓起一把锯末子来放到嘴里吞下去。就是不吞下这锯末子,也必得撕下一片那绿盈盈的贴身的树皮来,放到嘴里去咬着,是那么清香,不咬一咬这树皮,嘴里不能够有口味。刚一开始,他们就是那样咬着的。现在虽然不至再亲切得去咬那树皮了,但是那圆滚滚的一个一个的锯好了的木墩子,也是非常惹人爱的。他们时或用手拍着,用脚尖触着。他们每锯好一段,从那木架子推下去的时候,他们就说:

"去吧,上一边呆着去吧。"

他们心里想,这么大的木头,若做成桌子,做成椅子,修房子的时候,做成窗框该多好,这样好的木头那里去找去!

---

① 小□□:"□□"为"日本",首刊时为避报刊检查用"□□"替代。

但是现在锯了，毁了，劈了烧火了，眼看着一块材料不成用了。好像他们自己的命运一样，他们看了未免有几分悲哀。

清雪好像菲薄菲薄的玻璃片似的，把人的脸，把人的衣服都给闪着光，人在清雪里边，就像在一张大的纱帐子里似的。而这纱帐子又都是些个玻璃末似的小东西组成的，它们会飞，会跑，会纷纷的下坠。

往那大门洞里一看，只影影绰绰的看得见人的轮廓，而看不清人的鼻子眼睛了。

可是拉大锯的响声，在下雪的天气里，反而听得特别的清楚，也反而听得特别的远。因为在这样的天气里边，人们都走进屋子里去过生活了。街道上和邻家院子，都是静静的。人声非常的稀少，人影也不多见。只见远远处都是茫茫的一片白色。

尤其是在旷野上，远远的一望，白茫茫的，简直是一片白色的大化石。旷野上远处若有一个人走着，就像一个黑点在移动着似的；近处若有人走着，就好像一个影子在走着似的。

在这下雪的天气里是很奇怪的，远处都近，近的反而远了，比方旁边有人说话，那声音不如平时响亮。远处若有一点声音，那声音就好像在耳朵旁边似的。

所以那远处伐树的声音，当他们两个一休息下来的时候，他们就听见了。

因为太远了，那拉锯的"扔扔"的声音不很大，好像隔了不少的村庄，而听到那最后的音响似的，似有似无的。假若在记忆里边没有那伐树的事情，那就根本不知道那是伐树的声音了。或者根本就听不见。

"一百多棵树。"因为他们心里想着，那个地方原来有一百多棵树。

在晴天里往那边是看得见那片树的，在下雪的天里就有些看不见了，只听得不知道什么地方"扔，扔，扔，扔"。他们一想，就定是那伐树的声音了。

他们听了一会，他们说：

"百多棵树，烟消火灭了，耿大先生想儿子想疯了。"

"一年不如一年，完了，完了。"

樱桃树不结樱桃了，玫瑰树不开花了。泥大墙倒了，把樱桃树给轧断了,把玫瑰树给埋了。樱桃轧断了,还留着一些枝杈,玫瑰竟埋得连影都看不见了。

耿大先生从前问小孩子们:

"长大做什么?"

小孩子们就说:"长大当官。"

现在老早就不这么说了。

他对小孩子们说:

"有吃有喝就行了,荣华富贵咱们不求那个。"

从前那客厅里挂着画,威尔逊①,拿破仑②,现在都已经摘下去了,尤其是那拿破仑,英雄威武得实在可以,戴着大帽子,身上佩着剑。

耿大先生每早晨吃完了饭,往客厅里一坐,第一个拿破仑,第二个威尔逊,还有林肯③,华盛顿④……挨着排讲究一遍。讲完了,大的孩子让他照样的背一遍,小的孩子就让他用手指指出哪个是威尔逊,哪个是拿破仑。

他说人要英雄威武,男子汉,大丈夫,不做威尔逊,也做拿破仑。

可是现在没有了,那些画都从墙上摘下去了,另换上一个老孔⑤,宽衣大袖,安详端正,很大的耳朵,

---

① 威尔逊:伍德罗·威尔逊(1856—1924),美国第28任总统,1919年获诺贝尔和平奖。

② 拿破仑:拿破仑·波拿巴(1769—1821),法国近代军事家、政治家、数学家。法兰西共和国第一执政,法兰西第一帝国皇帝。

③ 林肯:亚伯拉罕·林肯(1809—1865),美国第16任总统。

④ 华盛顿:乔治·华盛顿(1732—1799),美国开国总统。

⑤ 老孔:孔子(前551—前479),名丘,字仲尼,春秋时期鲁国人,伟大的思想家、教育家、儒家学派创始人。

很红的嘴唇，一看上去就是仁义道德。但是自从挂了这画之后，只是白白的挂着，并没有讲。

他不再问孩子们长大做什么了。孩子们偶尔问到了他，他就说：

"只求足衣足食，不求别的。"

这都是日本人来了之后，才改变了的思想。

再不然就说：

"人生百年，三万六千日，不如僧家半日闲。"

这还都是大少爷在家里时的思想。大少爷一走了，开初耿大先生不表示什么意见，心里暗恨生气，只觉得这孩子太不知好歹。但他想过了一些时候，就会回来了，年青的人，听说哪方面热闹，就往哪方面跑。他又想到他自己年青的时候，也是这样。孙中山先生革命的时候，还偷偷地加入了革命党呢。现在还不是，青年人，血气盛，听说了是要打日本，自然是眼红，现在让他去吧，过了一些时候，他就晓得了。他以为到了中国就不再是"满洲国"了。说打日本是可以的了。其实不然，中国也不让说打日本这个话的。

本地县中学里的学生跑了两三个。听说到了上海就被抓起来了。听说犯了抗日遗害民国的罪。这些或者不是事实，耿大先生也没有见过，不过一听说，他就有点相信。他想儿子既然走了，是没有法子叫他回来的，只希望他在外边碰了钉子就回来了。

看着吧，到了上海，没有几天，也是回来的。年青人就是这样，听了什么一个好名声，就跟着去了，过了几天也就回来了。

耿大先生把这件事不十分放在心上。

儿子的母亲，一哭哭了三四天，说在儿子走的三四天前，她就看出来那孩子有点不对。那孩子的眼泡是红的，一定是不忍心走，哭过了的，还有他问过他母亲一句话，他说：

"妈，弟弟他们每天应该给他们两个钟头念中国书，尽念日本书，将来连中国字都不认识了，等一天咱们中国把日本人打跑了的时候，还满口日本话，那该多么耻辱。"

妈就说：

"什么时候会打跑日本的？"

儿子说：

"我就要去打日本去了……"

这不明明跟母亲露一个话风吗？可惜当时她不明白，现在她越想越后悔。

假如看出来了，就看住他，使他走不了。假如看出来了，他怎么也是走不了的。母亲越想越后悔，这一下子怕是不能回来了。

母亲觉得虽然打日本是未必的，但总觉得儿子走了，怕是不能回来了，这个阴影不知道从什么地方来的。也许本地县中学里的那两个学生到了上海就音信皆无，给了她很大的恐怖。总之有一个可怕的阴影，不知怎么的，似乎是儿子就要一去不回来。

但是这话她不能说出来，同时她也不愿意这样的说，但是她越想怕是儿子就越回不来了。所以当她到儿子的房里去检点衣物的时候，她看见了儿子出去打猎戴的那大帽子，她也哭。她看见了儿子的皮手套，她也哭。哭得像个泪人似的。

儿子的书桌上的书一本一本的好好地放着，毛笔站在笔架上，铅笔横在小木盒里。那儿子喝的茶杯里还剩了半杯茶呢！儿子走了吗？这实在不能够相信。那书架上站着的大圆马蹄表还在咔咔咔的一秒一秒地走着。那还是儿子亲手上的表呢。

母亲摸摸这个，动动那个。似乎是什么也没有少，一切都照原样，屋子里还温热热的，一切都像等待着晚上儿子回来照常睡在这房里，一点也不像主人就一去也不回来了。

细腻的心理描写母亲。人性。

3

儿子一去就是三年，只是到了上海的时候，有过两封信。以后就音信皆无了，传说倒是很多。正因为传说太多了，不知道相信哪一条好。芦沟桥①，"八·一三"②，儿子走了不到半年中国就打日本了。但是儿子可在什么地方，音信皆无。

传说就在上海张发奎③的部队里，当了兵，又传说没有当兵，而做了政治工作人员。后来，他的一个同学又说他早就不在上海了，在陕西八路军里边工作。过了几个月说都不对，是在山西的一个小学堂里教书。还有更奇妙的，说是儿子生活无着，沦落街头，无法还在一个瓷器公司里边做了一段小工。

对于这做小工的事情，把母亲可怜得不得了。母亲到处去探听，亲戚，朋友，只要平常对于她儿子一有来往的地方，她就没有不探听遍了的。尤其儿子的同学，她总想，他们是年青人，哪能够不通信。等人家告诉她实实在在不知道的时候，她就说：

"你们瞒着我，你们那能不通信的。"

她打算给儿子寄些钱去，可是往哪里寄呢？没有通信地址。

她常常以为有人一定晓得她儿子的通信处，不过不敢告诉她罢了；她常以为尤其是儿子的同学一定知道他在哪里，不过不肯说，说了出来，怕她去找回来。所以她常对儿子的同学说：

"你们若知道，你们告诉我，我决不去找他的。"

有时竟或说：

"他在外边见见世面，倒也好的，不然像咱们这个地方东三省，有谁到过上海。他也二十多岁了，他愿意在外边呆着，他就在外边呆着去吧，我才不去找他的。"

对方的回答很简单：

"我们不知道，我们不知道。"

---

① 芦沟桥：指"七七"卢沟桥事变。1937年7月7日，日军向卢沟桥和宛平城进攻，开始了全面侵华战争。

② "八·一三"：指"八一三"淞沪抗战。

③ 张发奎（1896—1980）：广东始兴人，中国国民党陆军二级上将，抗战时期，曾率部参加过淞沪、武汉、昆仑关等战役。

有时她这样用心可怜的说了一大套,对方也难为情起来了。说:

"老伯母,我们实在不知道。我们若知道,我们就说了。"

每次都是毫无下文,无结果而止。她自己也觉得非常的空虚,她想下回不问了,无论谁也不问了,事不关己,谁愿意听呢?人都是自私的,人家不告诉她,她心里竟或恨了别人,她想再也不必问了。

但是过些日子她又忘了,她还是照旧的问。

怎么能够沦为小工呢?耿家自祖上就没有给人家做工的,真是笑话,有些不十分相信,有些不可能。

但是自从离了家,家里一个铜板也没有寄去过,上海也没有亲戚,恐怕做小工也是真的了。

母亲爱子心切,一想到这里,有些不好过,有些心酸,眼泪就来到眼边上。她想这孩子自幼又娇又惯的长大,吃、穿都是别人扶持着,现在给人做小工,可怎么做呢?可怜了我这孩子了!母亲一想到这里,每逢吃饭,就要放下饭碗,吃不下去。每逢睡到刮风的夜,她就想刮了这样的大风,若是一个人在外边,夜里睡不着,想起家来,那该多么难受。

因为她想儿子,所以她想到了儿子要想家的。

下雨的夜里,她睡得好好的,忽然一个雷把她惊醒了,她就再也睡不着了。她想,沦落在外的人,手中若没有钱,这样连风加雨的夜,怎样能够睡着?背井离乡,要亲戚没有亲戚,要朋友没有朋友,又风雨交加。其实儿子离她不知几千里了,怎么她这里下雨,儿子那里也会下雨的?因为她想她这里下雨了,儿子那里也是下雨的。

儿子到底当了小工,还是当了兵,这些都是传闻,究竟没有证实过。所以做母亲的迷离恍惚的过了

反复状写母亲的思念之情。

两三年,好像走了迷路似的,不知道东西南北了。

母亲在这三年中,会拿东忘西的,说南忘北的,听人家唱鼓词,听着听着就哭了;给小孩子们讲瞎话,讲着讲着眼泪就流下来了。一说街上有个叫花子,三天没有吃饭饿死了,她就说:"怎么没有人给点剩饭呢?"说完了,她眼睛上就像是来了眼泪,她说人们真狠心得很……

母亲不知为什么,变得眼泪特别多,她无所因由似的,说哭就哭,看见别人家娶媳妇她也哭,听说谁家的少爷今年定了亲了,她也哭。

4

可是耿大先生则不然,他一声不响,关于儿子,他一字不提。他不哭,也不说话,只是夜里不睡觉,静静地坐着,往往一坐坐个通宵。他的面前站着一根蜡烛,他的身边放着一本书。那书他从来没有看过,只是在那烛光里边一夜一夜的陪着他。

儿子刚走的时候,他想他不久就回来了,用不着挂心的。他一看儿子的母亲在哭,他就说:"妇人女子眼泪忒多。"所以当儿子来信要钱的时候,他不但没有给寄钱去,反而写信告诉他说,要回来,就回来,必是自有主张,此后也就不要给家来信了,关里关外的通信,若给人家晓得了,有关身家性命。父亲是用这种方法要挟儿子,使他早点回来。谁知儿子看了这信,就从此不往家里写信了。

无音无信的过了三年,虽然这之中的传闻他也都听到了,但是越听越坏,还不如不听的好。不听倒还死心塌地,就和像未曾有过这样的一个儿子似的。可是偏听得见的,只能听见,又不能证实,就如隐约欲

> 父爱与母爱交叉着写,文中穿织着家国之情。

断的琴音,往往更耐人追索……

耿大先生为了忘却这件事情,他已经养成了一个习惯,就是夜里不愿意睡觉,愿意坐着。

他夜里坐了三年,竟把头发坐白了。

开初有的亲戚朋友来,还问他大少爷有信没有,到后来竟问也没有人敢问了。人一问他,他就说:"他们的事情,少管为妙。"

人家也就晓得耿大先生避免着再提到儿子。

家里的人更没有人敢提到大少爷。大少爷住过的那房子的门锁着,那里边鸦雀无声,灰尘都已经满了。太阳晃在窗子的玻璃上,那玻璃都可以照人了,好像水银镜子似的。因为玻璃的背后已经挂了一层灰秃秃的尘土。把脸贴在玻璃上往里边看,才能看到里边的那些东西,床、书架、书桌等类,但也看不十分清楚。因为玻璃上尘土的关系,也都变得影影绰绰的。

这个窗没有人敢往里看,也就是老管事的记性很不好,挨了不知多少次的耿大先生的瞪眼,他有时一早一晚还偷偷摸摸地往里看。

因为在老管事的感觉里,这大少爷的走掉,总觉得是凤去楼空,或者是凄凉的家败人亡的感觉。

眼看着大少爷一走,全家都散心了。到吃饭的时候,桌子摆着碗筷,空空的摆着,没有人来吃饭。到睡觉的时候,不睡觉,通夜通夜的上房里点着灯。家里油盐酱醋没有人检点,老厨子偷油,偷盐,并且拿着小口袋从米缸里往外灌米。送柴的来了,没有人过数;送粮的来了,没有人点粮。柴来了就往大廪上一扔,粮来了,就往仓子里一倒,够数不够数,没有人晓得。

院墙倒了,用一排麦秆附上,房子漏了雨,拿一块砖头压上。一切都是往败坏的路上走。一切的光辉生气随着大少爷的出走失去了。

老管事的一看到这里,就觉得好像家败人亡了似的,默默的心中起着悲哀。

因为是上一代他也看见了,并且一点也没有忘记,那就是耿大先生的父亲在世的时候那种兢兢业业的。现在都哪里去了,现在好像是就要烟消云散了。

他越看越不像样，也就越要看，他觉得上屋里没人，他就跷着脚尖，把头盖顶在那大少爷的房子的玻璃窗上，往里看着。他自己也不知道他是要看什么，好像是在凭吊。

其余的家里的孩子，谁也不敢提到哥哥，谁要一提到哥哥，父亲就用眼睛瞪着他们。或者是正在吃饭，或者是正在玩着，若一提到哥哥，父亲就说：

"去吧，去一边玩去吧。"

耿大先生整天不大说话。他的眼睛是灰色的，他在屋子里坐着，他就直直的望着墙壁。他在院子里站着，他就把眼睛望着天边。他什么也不说，什么也不观察，把嘴再紧紧的闭着，好像他的嘴里边已经咬住了一种什么东西。

不同形式的思念。

5

但是现在耿大先生早已经病了，有的时候清醒，有的时候则昏昏沉沉的睡着。

那就是今年阴历十二月里，他听到儿子大概是死了的消息。

这消息是本街上儿子的从前的一个同学那里传出来的。

正是这些时候。"满洲国"的报纸上大加宣传说中国要内战了，不打日本子，说是某某军队竟把某某军队一伙给杀光了，说是连军人的家属连妇人带小孩都给杀光了。

这些宣传日本一点也不出于好心。为什么知道他不是出于好心呢？因为下边紧接着就说，还是"满洲国"好，国泰民安，赶快的不要对你们的祖国怀着希望。

耿大先生一看，耿大先生就看出这又在造谣生事了。

耿大先生每天看报的，虽然他不相信，但也留心着，反正没有事做，就拿着报纸当消遣。有一天报上画着些小人，旁边注着字："自相残杀。"另外还有一张画，画的是日本人，手里拉着"满洲国"的人，向前大步的走去，旁边写着："日满提携"。

耿大先生看完了报说：

"小日本是亡不了中国的，小日本无耻。"

有一天，耿大先生正在吃饭。客厅里边来了一个青年人在说话，说话的声音不大，说了一会就走了。他也绝没想到客厅中有人。

耿太太也正在吃饭，知道客厅里来了客人，过去就没有回来，饭也没有吃。

到了晚上，全家都知道了，就是瞒着耿大先生一个人不知道。大少爷在外边当兵打仗死了。

老管事的打着灯笼到庙上去烧香去了，回来把胡子都哭湿了，他说：

"年轻轻的，那孩子不是那短命的，规矩礼法，温文尔雅……"

戴着大皮帽子的家里的长工，翻来覆去的说：

"奇怪，奇怪。当兵的是穷人当的，像大少爷这身份为啥去当兵？"

另外一个长工就说：

"打日本罢啦！"

长工们是在伙房里讲着。伙房里的锅台上点起小煤油灯来，灯上没有灯罩，所以从火苗上往上升着黑烟。大锅里边煮着猪食，咕噜咕噜的，从锅沿边往上升着白汽，白汽升到房梁上，而后结成很大的水点滴下来。除了他们谈论大少爷的说话声之外，水点也在啪嗒啪嗒地落着。

耿太太在上屋自己的卧房里哭了好一阵，而后拿着三炷香到房檐头上去跪着念《金刚经》。当她走过来的时候，那香火在黑暗里一东一西的迈着步，而后在房檐头上那红红的小点停住了。

老管事的好像哨兵似的给耿太太守卫着，说大先生没有出来。于是耿太太才喃喃的念起经来。一边念着经，一边哭着，哭了一会，忘记了，把声音渐渐的放大起来，老管事的在一旁说：

"小心大先生听见，小点声吧。"

耿太太又勉强着把哭声收回去，以致那喉咙里边像有什么在横着似的，时时起着咯咯的响声。

把经念完了，耿太太昏迷迷的往屋里走，那想到大先生就在玻璃窗里边站着。她想这事情的原委，已经被他看破，所以当他一问："你在做什么？"她就把实况说了出来：

"咱们的孩子被中国人打死了。"

耿大先生说：

"胡说。"

于是，拿起这些日子所有的报纸来，看了半夜，满纸都是日本人的挑拨离间，却看不出中国人会打中国人来。

直到鸡叫天明，耿大先生伏在案上，枕着那些报纸，忽然做了一梦。

在梦中，他的儿子并没有死，而是做了抗日英雄，带着千军万马，从中国杀向"满洲国"来了。

6

耿大先生一梦醒来，从此就病了，就是那有时昏迷，有时清醒的病。

清醒的时候，他就指挥着伐树。他说：

"伐呀，不伐白不伐。"

把树木都锯成短段。他说：

"烧啊！不烧白不烧，留着也是小日本的。"

等他昏迷的时候，他就要笔要墨写信，那样的信不知写了多少了，只写信封，而不写内容的。

信封上总是写：

　　　　大中华民国抗日英雄
　　　　　耿振华吾儿　收
　　　　　　　　父　字

这信不知道他要寄到什么地方去，只要客人来了，他就说：

"你等一等,给我带一封信去。"。

老管事的提着酒瓶子到街上去装酒,从他窗前一经过,他就把他叫住:

"你等一等,我这儿有一封信给我带去。"

无管什么人上街,若让他看见,他就要带封信去。

医生来了,一进屋,皮包还没有放下,他就对医生说。

"请等一等,给我带一封信去!"

家里的人,觉得这是一种可怕的情形。若是来了日本客人,他也把那抗日英雄的信托日本人带去,可就糟了。

所以自从他一发了病,也就被幽禁起来,把他关在最末的一间房子的后间里,前边罩着窗帘,后边上着风窗。

晴天时,太阳在窗帘的外边,那屋子是昏黄的;阴天时,那屋子是发灰色的。那屋里什么也没有,只有一个高大的暖墙,在一边站着,那暖墙是用白净的凸花的瓷砖砌的。其余别的东西都已经搬出去了,只有这暖墙是无法可搬的,只好站在那里让耿大先生迟迟的看来看去。他好像不认识这东西,不知道这东西的性质,有的时候看,有的时候用手去抚摸。

家里的人看了这情形很是害怕,所以把所有的东西都搬开了,不然他就样样的细细的研究,灯台、茶碗、盘子、帽盒子,他都拿在手里观摩。

现在都搬走了,只剩了这暖墙不能搬了。他就细细的用手指摸着这暖墙上的花纹,他说:

"怕这也是日本货吧!"

耿大先生一天很无聊的过着日子。

窗帘整天的上着,昏昏暗暗的,他的生活与世隔离了。

他的小屋虽然安静,但外边的声音也还是可以听得到的。外边狗咬,或是有脚步声,他就说:

"让我出去看看,有人来了。"

或是:

"有人来了,让他给我带一封信去。"

若有人阻止了他，他也就不动了；旁边若没有人，他会开门就经过耿太太的卧房，再经过客厅就出去的。

有一天日本东亚什么什么协进会的干事，一个日本人到家里了，要与耿大先生谈什么事情，因为他也是协进会的董事。

这一天，可把耿太太吓坏了：

"上街去了。"说完了，自己的脸色就变白了。

因为一时着急说错了，假若那日本人听说若是他病在家里不见，这不是被看破了实情，无疑也有弊了。

于是大家商量着，把耿大先生又给换了一个住处。这房间又小又冷，原来是个小偏房，是个使女住的。屋里没有壁炉，也没有暖墙，只生了一个炭火盆取暖。因为这房子在所有的房子的背后，或者更周密一些。

但是并不，有一天医生来到家里给耿大先生诊病。正在客厅里谈着，说耿大先生的病没有见什么好，可也没有见坏。

正这时候，掀开门帘，耿大先生进来了，手里拿了一封信说：

"我好了，我好了。请把这一封信给我带去。"

耿太太吓慌了，这假若是日本人在，便糟了。于是又把耿大先生换了一个地方。这回更荒凉了，把他放在花园的角上那凉亭子里去了。

那凉亭子的四角都像和尚庙似的挂着小钟，半夜里有风吹来，发出叮叮的响声。

耿大先生清醒的时候，就说：

"想不到出家当和尚了，真是笑话。"

等他昏迷的时候他就说：

"给我笔，我写信……"

那花园里素常没有人来，因为一到了冬天，满园子都是白雪。偶尔一条狗从这园子里经过，那留下来一连串的脚印，把那完完整整的洁净得连触不敢触的大雪地给踏破了，使人看了非常的可惜。假若下了第二次雪，那就会平了。假若第二次雪不来，那就会十天八天地留着。

平常人走在路上，没有人留心过脚印。猫跪在桌子上，没有留心过那踪迹。就像鸟雀从天空飞过，没有人留心过那影子的一样。但是这平平的雪地若展现在前边就不然了。若看到了那上边有一个坑一个点都要追寻它的来历。老鼠从上边跳过去的脚印,是一对一对的,好像一对尖尖的枣核打在那上边了。

鸡子从上边走过去,那脚印好像松树枝似的,一个个的。人看了这痕迹,就想要追寻,这是从哪里来的?到哪里去了呢?若是短短的只在雪上绕了一个弯就回来了的,那么一看就看清楚了,那东西在这雪上没有走了那么远。若是那脚印一长串地跑了出去,跑到大墙的那边,或是跑到大树的那边,或是跑到凉亭的那边,让人的眼睛看不到,最后究竟是跑到哪里去了?这一片小小的白雪地,四外有大墙围,本来是一个小小的世界,但经过几个脚印足痕的踩踏之后却显得这世界宽广了。因为一条狗从上边跑过了,那狗究竟是跳墙出去了呢,还是从什么地方回来的。再仔细查那脚印,那脚印只是单单的一行,有去路,而没有回路。

耿大先生自从搬到这凉亭里来,就整天的看着这满花园子的大雪,那雪若是刚下过了的,非常的平,连一点的痕迹—没有的时候,他就更寂寞了。

那凉亭边生了一个炭火盆,他寂寞的时候,就往炭火盆上加炭。那炭火盆上冒着蓝烟,他就对着那蓝烟呆呆的坐着。

7

有一天,有两个亲戚来看他,怕是一见了面,又要惹动他的心事,他要写那"大中华民国抗日英雄耿振华吾儿"的信了。

于是没敢惊动,就围绕着凉亭,踏着雪,企图偷偷看了就走了。

看了一会,没有人影,又看了一会连影子也没有。

耿太太着慌了,以为一定是什么时候跑出去了。心

旁注:
写"踪迹",笔触极为工致。

"有去路,而没有回路。"大少爷也如此。

下想着，跑到什么地方去了呢？可不要闯了乱子。她急忙地走上台阶去，一看那吊在门上的锁，还是好好的锁着。那锁还是耿太太临出来的时候，她自己亲手锁的。

耿太太于是放了心，她想他是睡觉了，她让那两个客人站在门外，她先进去看看。若是他精神明白，就请两位客人进来。若不大明白，就不请他们进来了。免得一见面第二句话没有，又是写那"大中华民国"的信了。但是当她把耳朵贴在门框上去听的时候，她断定他是睡着了，于是她就说："他是睡着了，让他多睡一会吧。"带着客人，一面说话一面回到正房去了。

厨子给老爷送饭的时候，一开门，那满屋子的蓝烟，就从门口跑了出来。往地上一看，耿大先生就在火盆旁边卧着，一只手按着自己的胸口，好像是在睡觉，又好像还有许多话没有说出来似的。

耿大先生被炭烟熏死了。

外边凉亭四角的铃子还在咯棱咯棱的响着。

因为今天起了一点小风，说不定一会工夫还要下清雪的。

一九四一，三，二十六

旁注：反因了最安全。

旁注：闲笔结尾。大悲剧的结局，却故作忽略，轻描淡写。

---

*作于1941年3月26日，发表于同年4月13日至29日《星岛日报》副刊《星座》，署名萧红。

小说写一位在伪满洲国任职，而又怀有抗日思想的耿大先生，因思念投身抗日斗争的儿子而积忧成疾，精神失常。妻子怕他惹祸，将他监禁起来，结果煤烟中毒窒息而死。作者借管家的眼睛看耿家历史的变化，"一切都是往败坏的路上走"，家宅周围到处响着"扔扔扔"的声音，一种被无情抛弃的声音。小说的开头结尾以伐木相照应，明显地是一个象征。

在这里，作者表达了她怀念故乡的心情，有伤悼之意。

小城三月[①]

1

三月的原野已经绿了,像地衣那样绿,透出在这里,那里。郊原上的草,是必须转折了好几个弯儿才能钻出地面的,草儿头上还顶着那胀破了种粒的壳,发出一寸多高的芽子,欣幸地钻出了土皮。放牛的孩子,在掀起了墙脚片下面的瓦片时,找到了一片草芽了,孩子们到家里告诉妈妈,说:"今天草芽出土了!"妈妈惊喜的说:"那一定是向阳的地方!"抢根菜的白色的圆石似的籽儿在地上滚着,野孩子一升一斗地在拾着。蒲公英发芽了,羊咩咩地叫,乌鸦绕着杨树林子飞,天气一天暖似一天,日子一寸一寸的都有意思。杨花满天照地地飞,像棉花似的。人们出门都是用手捉着,杨花挂着他了。草和牛粪都横在道上,放散着强烈的气味。远远的有用石子打船的声音,"空空……"的大声传来。

河冰发了,冰块顶着冰块,苦闷的又奔放地向下

> 浓墨重彩写春天。

[①] 该篇首刊于1941年7月1日香港《时代文学》第一卷第二期,署名萧红。

流。乌鸦站在冰块上寻觅小鱼吃,或者是还在冬眠的青蛙。

天气突然的热起来,说是"二八月,小阳春",自然冷天气还是要来的,但是这几天可热了。春带着强烈的呼唤从这头走到那头……

小城里被杨花给装满了,在榆树还没变黄之前,大街小巷到处飞着,像纷纷落下的雪块……

春来了。人人像久久等待着一个大暴动,今天夜里就要举行,人人带着犯罪的心情,想参加到解放的尝试……春吹到每个人的心坎,带着呼唤,带着蛊惑……

> 春天,是爱情萌动的季节,也是自由、"解放"的象征。

我有一个姨,和我的堂哥哥大概是恋爱了。

姨母本来是很近的亲属,就是母亲的姊妹。但是我这个姨,她不是我的亲姨,她是我的继母的继母的女儿。那么她可算与我的继母有点血统的关系了,其实也是没有的。因为我这个外祖母是在已经做了寡妇之后才来到我外祖父家,翠姨就是这个外祖母原来在另外一家所生的女儿。

翠姨还有一个妹妹,她的妹妹小她两岁,大概是十七八岁,那么翠姨也就是十八九岁了。

翠姨生得并不是十分漂亮,但是她长得窈窕,走起路来沉静而且漂亮,讲起话来清楚的带着一种平静的感情。她伸手拿樱桃吃的时候,好像她的手指尖对那樱桃十分可怜的样子,她怕把它触坏了似的轻轻地捏着。

> 善良、柔弱、安静。

假若有人在她的背后唤她一声,她若是正在走路,她就会停下;若是正在吃饭,就要把饭碗放下,而后把头向着自己的肩膀转过去,而全身并不大转,于是她自觉的闭合着嘴唇,像是有什么要说而一时说不出来似的……

而翠姨的妹妹,忘记了她叫什么名字,反正是一个大说大笑的,不十分修边幅,和她的姐姐完全不同。花的绿的,红的紫的,只要是市上流行的,她就不大加以选择,做起一件衣服来赶快就穿在身上。穿上了而后,到亲戚家去串门,人家恭维她的衣料怎样漂亮的时候,她总是说,和这完全一样的,还有一件,她给了她的姐姐了。

我到外祖父家去,外祖父家里没有像我一般大的女孩子陪着我玩,所以每当我去,外祖母总是把翠姨喊来陪我。

翠姨就住在外祖父的后院,隔着一道板墙,一招呼,听见就来了。

外祖父住的院子和翠姨住的院子,虽然只隔一道板墙,但是却没有门可通,所以还得绕到大街上去从正门进来。

因此有时翠姨先来到板墙这里,从板墙缝中和我打了招呼,而后回到屋去装饰了一番,才从大街上绕了个圈来到她母亲的家里。

翠姨很喜欢我,因为我在学堂里念书,而她没有,她想什么事我都比她明白。所以,她总是有许多事务同我商量,看看我的意见如何。

到夜里,我住在外祖父家里了,她就陪着我也住下的。

每每睡下就谈,谈过了半夜,不知为什么总是谈不完⋯⋯

开初谈的是衣服怎么穿,穿什么样的颜色的,穿什么样的料子。比如走路应该快或是应该慢,有时白天里她买了一个别针,到夜里她拿出来看看,问我这别针到底是好看或是不好看。那时候,大概是十五年前的时候,我们不知城外如何装扮一个女子,而在这个城里,几乎个个都有一条宽大的绒绳结的披肩,蓝的,紫的,各色的都有,但最多多不过枣红色的。几乎在街上所见的都是枣红色的大披肩了。

哪怕红的绿的那么多,但总没有枣红色的最流行。

翠姨的妹妹有一张,翠姨有一张,我的所有的同学,几乎每人有一张。就连素不考究的外祖母的肩上也披着一张,只不过披的是蓝色的,没有敢用最流行的枣红色的就是了。因为她总算年纪大了一点,对年青人让了一步。

还有那时候都流行穿绒绳鞋,翠姨的妹妹就赶快的买了穿上。因为她那个人很粗心大意,好坏她不管,只是人家有她也有,别人是人穿衣裳,而翠姨的妹妹就好像被衣服所穿了似的,芜芜杂杂。但永远合乎着应有尽有的原则。

翠姨的妹妹的那绒绳鞋,买来了,穿上了。在地板上跑着,不大一会工夫,那每只鞋脸上系着的一只毛球,竟有一个毛球已经离开了鞋子,向上跳着,只还有一根绳连着,不然就要掉下来了。很好玩的,好像一颗大红枣被系到脚上去了。因为她的鞋子也是枣红色的。大家都在嘲笑她的鞋子——买回来就坏了。

翠姨她没有买,也许她心里边早已经喜欢了,但是看上去她都像反对似的,好像她都不接受。

谨慎、隐忍。

她必得等到许多人都开始采办了,这时候看样子,她才稍稍有些动心。

好比买绒绳鞋,夜里她和我谈话问过我的意见,我也说是好看的,我有很多的同学,她们也都买了绒绳鞋。

第二天,翠姨就要求我陪着她上街,先不告诉我去买什么,进了铺子选了半天别的,才问到我绒绳鞋。

走了几家铺子,都没有,都说是已经卖完了。我晓得店铺的人是这样瞎说的。表示他家这店铺平常总是最丰富的,只恰巧你要的这件东西,他就没有了。我劝翠姨说,咱们慢慢的走,别家一定会有的。

我们是坐马车从街梢上的外祖父家来到街中心的。

见了第一家铺子,我们就下了马车。不用说,马车我们已经是付过了车钱的。等我们买好了东西回来的时候,会另外叫一辆的。因为我们不知道要等多久。

大概看见什么好,虽然不需要也要买点;或是东西已经买全了,不必要再多留连,也要留连一会;或是买东西的目的,本来只在一双鞋,而结果鞋子没有买到,反而啰里啰嗦的买回来许多用不着的东西。

这一天,我们辞退了马车,进了第一家店铺。

在别的大城市里没有这种情形,而在我家乡里往往是这样,坐了马车,虽然是付过了钱,让他自由去兜揽生意,但是他常常还仍旧等候在铺子的门外,等一出来,他仍旧请你坐他的车。

我们走进第一个铺子,一问没有。于是就看了些别的东西,从绸缎看到呢绒,从呢绒再看到绸缎,布匹是根本不看的,并不像母亲们进了店铺那样子。这个买去做被单,那个买去做棉袄的,因为我们管不了被单棉袄的事。母亲们一月不进店铺,一进店铺又是这个便宜应该买,那个不贵,也应该买。比方一块在夏天才用的花洋布,母亲们冬天里就买起来了,说是趁着便宜多买点,总是用得着的。而我们就不然了,我们是天天进店铺的,天天搜寻些个是好看的,是贵的值钱的,平常时候绝对的用不到想不到的。

那一天我们就买了许多花边回来,钉着光片的,带着琉璃的。说不上要做什么样的衣服才配得着这种花边。也许根本没有想到做衣服,就贸然地把花边买下了。一边买着,一边说好,翠姨说好,我也说好。到了后来,回到家里,当众打开了让大家批判,这个一言,那个一语,让大家说得也有点没有主意了,心里已经五六分空虚了。于是赶快地收拾了起来,或者从别人的手中夺过来,把它包起来,说她们不识货,不让她们看了。

勉强说着:

"我们要做一件红金丝绒的袍子,把这个黑琉璃边镶上。"

或是:

"这红的我们送人去……"

说虽仍旧如此说,心里已经八九分空虚了,大概是这些所心爱的,从此就不会再出头露面的了。

在这小城里,商店究竟没有多少,到后来又加上看不到绒绳鞋,心里着急,也许跑得更快些。不一会工夫,只剩了三两家了。而那三两家,又偏偏是不常去的,铺子小,货物少。想来它那里也是一定不会有的了。

我们走进一个小铺子里去,果然有三四双,非小即大,而且颜色都不好看。

翠姨有意要买,我就觉得奇怪,原来就不十分喜欢,既然没有好的,又为什么要买呢？让我说着，没有买成，回家去了。

过了两天，我把买鞋子这件事情早就忘了。

翠姨忽然又提议要去买。

从此我知道了她的秘密，她早就爱上了那绒绳鞋了，不过她没有说出来就是了，她的恋爱的秘密就是这样子的。她似乎要把它带到坟墓里去，一直不要说出口，好像天底下没有一个人值得听她的告诉……

在外边飞着满天的大雪，我和翠姨坐着马车去买绒绳鞋。我们身上围着皮褥子，赶车的车夫高高的坐在车夫台上，摇晃着身子唱着沙哑的山歌："喝咧咧……"耳边风呜呜的啸着，从天上倾下来的大雪，迷乱了我们的眼睛，远远的天隐在云雾里，我默默的祝福翠姨快快买到可爱的绒绳鞋，我从心里愿意她得救……

市中心远远的朦朦胧胧地站着，行人很少，全街静悄无声。我们一家挨一家地问着，我比她更急切，我想赶快买到吧，我小心地盘问着那些店员们，我从来不放弃一个细微的机会，我鼓励翠姨，没有忘记一家。使她都有点儿诧异，我为什么忽然这样热心起来。但是我完全不管她的猜疑，我不顾一切地想在这小城里面，找出一双绒绳鞋来。

只有我们的马车，因为载着翠姨的愿望，在街上奔驰得特别的清醒，又特别的快。雪下的更大了，街上什么人都没有了，只有我们两个人，催着车夫，跑来跑去。一直到天都很晚了，鞋子没有买到。翠姨深深地看到我的眼里说："我的命，不会好的。"我很想装出大人的样子，来安慰她，但是没有等到找出什么适当的话来，泪便流出来了。

内倾，心思细密。

买绒绳鞋一事透露了翠姨的性情，她对待爱情也如此——被新时代的潮流所唤醒的爱，却以传统的方式处理掉了。

因为迟疑，等待，终于得不到所爱——这里为爱情的悲剧结局埋了伏笔。

2

　　翠姨以后也常来我家住着,是我的继母把她接来的。

　　因为她的妹妹订婚了,怕是她一旦的结了婚,忽然会剩下她一个人来,使她难过。因为她的家里并没有多少人,只有她的一个六十多岁的老祖父,再就是一个也是寡妇的伯母,带一个女儿。

　　堂姊妹本该在一起玩耍解闷的,但是因为性格的相差太远,一向是水火不同炉的过着日子。

　　她的堂妹妹,我见过,永久是穿着深色的衣裳,黑黑的脸,一天到晚陪着母亲坐在屋子里。母亲洗衣裳,她也洗衣裳;母亲哭,她也哭。也许她帮着母亲哭她死去的父亲,也许哭的是她们的家穷。那别人就不晓得了。

　　本来是一家的女儿,翠姨她们两姊妹却像有钱的人家的小姐,而那个堂妹妹,看上去却像乡下丫头。这一点使她得到常常到我们家里来住的权利。

　　她的亲妹妹订婚了,再过一年就出嫁了。在这一年中,妹妹大大的阔气了起来,因为婆家那方面一订了婚就送来了聘礼。这个城里,从前不用大洋票,而用的是广信公司出的帖子,一百吊一千吊的论。她妹妹的聘礼大概是几万吊。所以她忽然不得了起来,今天买这样,明天买那样,花别针一个又一个的,丝头绳一团一团的,带穗的耳坠子,洋手表,样样都有了。每逢上街的时候,她和她的姐姐一道,现在总是她付车钱了,她的姐姐要付,她却百般的不肯,有时当着人面,姐姐一定要付,妹妹一定不肯,结果闹得很窘,姐姐无形中觉得一种权利被人剥夺了。

　　但是关于妹妹的订婚,翠姨一点也没有羡慕的心理。妹妹未来的丈夫,她是看过的,没有什么好看,很高,穿着蓝袍子黑马褂,好像商人,又像一个小土绅士。又加上翠姨太年轻了,想不到什么丈夫,什么结婚。

　　因此,虽然妹妹在她的旁边一天比一天的丰富起来,妹妹是有钱了,但是妹妹为什么有钱,她没有考查过。

　　所以当妹妹尚未离开她之前,她绝对的没有重视"订婚"的事。

不过她常常的感到寂寞。她和妹妹出来进去的，因为家庭环境孤寂，竟好像一对双生子似的，而今去了一个。不但翠姨自己觉得单调，就是她的祖父也觉得她可怜。

人世的寂寞。

所以自从她的妹妹嫁了人，她就不大回家，总是住在她的母亲的家里。有时我的继母也把她接到我们家里。

翠姨非常聪明，她会弹大正琴①，就是前些年所流行在中国的一种日本琴，她还会吹箫或是会吹笛子。不过弹那琴的时候却很多。住在我家里的时候，我家的伯父，每在晚饭之后必同我们玩这些乐器的。笛子、箫、日本琴②、风琴、月琴，还有什么打琴③。真正的西洋的乐器，可一样也没有。

在这种正玩得热闹的时候，翠姨也来参加了。翠姨弹了一个曲子，和我们大家立刻就配合上了。于是大家都觉得在我们那已经天天闹熟了的老调子之中，又多了一个新的花样。于是立刻我们就加倍的努力，正在吹笛子的把笛子吹得特别响，把笛膜震抖得似乎就要爆裂了似的，滋滋的叫着。十岁的弟弟在吹口琴，他摇着头，好像要把那口琴吞下去似的，至于他吹的是什么调子，已经是没有人留意了。在大家忽然来了勇气的时候，似乎只需要这种胡闹。

而那按风琴的人，因为越按越快，到后来也许是

---

① 大正琴：即"中山琴"。由日本森田吾郎在大正元年（1912年）发明。中国为纪念孙中山和民国的诞辰，定名为"中山琴"。

② 日本琴：本指"KOTO"，即十三弦古筝，此处指"大正琴"。

③ 打琴：即扬琴，击弦乐器。又称洋琴、铜丝琴、蝴蝶琴。

已经找不到琴键了，只是那踏脚板越踏越快，踏得呜呜地响，好像有意要毁坏了那风琴，而想把风琴撕裂了一般的。

大概所奏的曲子是《梅花三弄》①，也不知道接连的弹过了多少圈，看大家的意思都不想要停下来。不过到了后来，实在是气力没有了，找不着拍子的找不着拍子，跟不上调的跟不上调，于是在大笑之中，大家停下来了。

不知为什么，在这么快乐的调子里边，大家都有点伤心，也许是乐极生悲了，把我们都笑得流着眼泪，一边还笑。

正在这时候，我们往门窗处一看，我的最小的小弟弟，刚会走路，他也背着一个很大的破手风琴来参加了。

谁都知道，那手风琴从来也不会响的。把大家笑死了。在这回得到了快乐。

我的哥哥（伯父的儿子，钢琴弹得很好），吹箫吹得最好，这时候他放下了箫，对翠姨说："你来吹吧！"翠姨却没有言语，站起身来，跑到自己的屋子去了，我的哥哥，好久好久的看住那帘子。

> 极力渲染人伦之乐。

> 乐极生悲，自怡幽独。

3

翠姨在我家，和我住一个屋子。月明之夜，屋子照得通亮，翠姨和我谈话，往往谈到鸡叫，觉得也不过刚刚才半夜。

---

① 梅花三弄：中国古琴曲，由东晋桓伊所奏的笛曲改编而得，体现梅花洁白、芬芳和耐寒的品性，又名《梅花引》《玉妃引》。

鸡叫了，才说："快睡吧，天亮了。"

有的时候，一转身，她又问我：

"是不是一个人结婚太早不好，或许是女孩子结婚太早是不好的！"

我们以前谈了很多话，但没有谈到这些。

总是谈什么，衣服怎样穿，鞋子怎样买，颜色怎样配；买了毛线来，这毛线应该打个什么样的花纹；买了帽子来，应该批判这帽子还微微有缺点，这缺点究竟在什么地方！虽然说是不要紧，或者是一点关系也没有，但批评总是要批评的。

有时再谈得远一点，就表姊表妹之类订了婆家，或是什么亲戚的女儿出嫁了，或是什么耳闻的，听说的，新娘子和新姑爷闹别扭之类。

那个时候，我们的县里早就有了洋学堂了。小学好几个，大学没有。只有一个男子中学，往往成为谈论的目标，谈论这个，不单是翠姨、外祖母、姑姑、姐姐之类，都愿意讲究这当地中学的学生。因为他们一切洋化，穿着裤子，把裤腿卷起来一寸，一张口"格得毛宁"①外国话，他们彼此一说话就"答答答"，听说这是什么俄国话。而更奇怪的是他们见了女人不怕羞。这一点，大家都批评说是不如从前了，从前的书生，一见了女人脸就红。

时代风气。

我家算是最开通的了。叔叔和哥哥他们都到北京和哈尔滨那些大地方去读书了，他们开了不少的眼界，回到家里来，大讲他们那里都是男孩子和女孩子同学。

家庭风气。

这一题目，非常的新奇，开初都认为这是造了反。后来因为叔叔也常和女同学通信，因为叔叔在家

---

① "格得毛宁"：英语"Good morning"的音译，意为"早上好"。

庭里是有点地位的人。并且父亲从前也加入过国民党,革过命,所以这个家庭都"咸与维新"①起来。

因此在我家里,一切都是很随便的,逛公园,正月十五看花灯,都是不分男女,一齐去。

而且我家里设了网球场,一天到晚打网球,亲戚家的男孩子来了,我们也一齐的打。

这都不谈,仍旧来谈翠姨。

翠姨听了很多的故事,关于男学生结婚的事情,就是我们本县里,已经有几件事情不幸的了。有的结婚了,从此就不回家了;有的娶来了太太,把太太放在另一间屋子里住着,而且自己却永久住在书房里。

> 以翠姨的性格,一定羡慕读书,犹如羡慕绒绳鞋。

每逢讲到这些故事时,多半别人都是站在女的一面,说那男子都是念书念坏了,一看了那不识字的又不是女学生之类就生气。觉得处处都不如他。天天总说是婚姻不自由,可是自古至今,都是爹许娘配的,偏偏到了今天,都要自由。看吧,这还没有自由呢,就先来了花头故事了,娶了太太的不回家,或是把太太放在另一个屋子里。这些都是念书念坏了的。

翠姨听了许多别人家的评论。大概她心里边也有些不平,她就问我不读书是不是很坏的,我自然说是很坏的。而且她看了我们家里男孩子,女孩子通通到学堂去念书的。而且我们亲戚家的孩子也都是读书的。

因此她对我很佩服,因为我是读书的。

但是不久,翠姨就订婚了。这是她妹妹出嫁不久的事情。

---

① "咸与维新":语出《书·胤征》,"天吏逸德,烈於猛火,歼厥渠魁,胁从罔治。旧染污俗,咸与维新。"本义为"都给(沾染恶习、旧俗的人)重新做人",后表示"都参加更新旧制"。

她的未来的丈夫，我见过，在外祖父的家里。人长得又矮又小，穿一身蓝布棉袍子，黑马褂，头上戴一顶赶大车的人所戴的五耳帽子。

当时翠姨也在的，但她不知道那是她的什么人，她只当是那里来了这样一位乡下的客人。外祖母偷着把我叫过去，特别告诉了我一番，这就是翠姨将来的丈夫。

不久翠姨就很有钱，她的丈夫的家里，比她妹妹丈夫的家里还更有钱得多。婆婆也是个寡妇，守着个独生的儿子。儿子才十七岁，是在乡下的私学馆里读书。

翠姨的母亲常常替翠姨解说，人小点不要紧，岁数还小呢，再长上两三年两个人就一般高了。劝翠姨不要难过，婆家有钱就好的。聘礼的钱十多万都交过来了，而且就由外祖母的手亲自交给了翠姨；而且还有别的条件保障着，那就是说，三年之内绝对不准娶亲，藉着男的一方面年纪太小为辞，翠姨更愿意远远的推着。

翠姨自从订婚之后，是很有钱的了，什么新样子的东西一到，虽说不是一定抢先去买了来，总是过不了多久，箱子里就要有的了。那时候夏天最流行银灰色市布大衫，而翠姨穿起来最好，因为她有好几件，穿过两次不新鲜就不要了，就只在家里穿，而出门就又去做一件新的。

那时候正流行着一种长穗的耳坠子，翠姨就有两对：一对红宝石的，一对绿的。而我的母亲才能有两对，而我才有一对。可见翠姨是顶阔气的了。

还有那时候就已经开始流行高跟鞋了。可是在我们本街上却不大有人穿，只有我的继母早就开始穿，其余就算是翠姨。并不是一定因为我的母亲有钱，也不是因为高跟鞋一定贵，只是女人们没有那么摩登的行为，或者说她们不很容易接受新的思想。

翠姨第一天穿起高跟鞋来，走路还很不安定，但到第二天就比较的习惯了。到了第三天，就说以后，她就是跑起来也是很平稳的。而且走路的姿态更加可爱了。

我们有时也去打网球玩玩，球撞到她脸上的时候，她才用球拍遮了一下，否则她半天也打不到一个球。因为她一上了场站在白线上就是白线上，站在格子里就是格子里，她根本不动。有的时候，她竟拿着网球拍子站着一边去看风景去。尤其是大家打完了网球,吃东西的吃东西去了,洗脸的洗脸去了。惟有她一个人站在短篱前面,向着远远的哈尔滨市影痴望着。

有一次我同翠姨一同去做客。我继母的族中娶媳妇。她们是八旗人,也就是满人。满人才讲究场面呢,所有的族中的年青的媳妇都必得到场,而且个个打扮得如花似玉。似乎咱们中国的社会,是没这么繁华的社交的场面的,也许那时候,我是小孩子,把什么都看得特别繁华,就只说女人们的衣服吧,就个个都穿得和现在西洋女人在夜总会里边那么庄严,一律都穿着绣花大袄。而她们是八旗人,大袄的襟下一律的没有开口,而且很长。大袄的颜色枣红的居多,绛色的也有,玫瑰紫色的也有。而那上边绣的花色,有的荷花,有的玫瑰,有的松竹梅,一句话,特别的繁华。

她们的脸上,都搽着白粉,她们的嘴上都染得桃红。

每逢一个客人到了门前,她们是要列着队出来迎接的,她们都是我的舅母,一个一个的上前来问候了我和翠姨。

翠姨早就熟识她们的,有的叫表嫂子,有的叫四嫂子。而在我,她们就都是一样的,好像小孩子的时候,所玩的用花纸剪的纸人,这个和那个都是一样,完全没有分别。都是花缎袍子,都是白白的脸,都是很红的嘴唇。

就是这一次,翠姨出了风头了,她进到屋里,靠着一张大镜子旁坐下了。女人们就忽然都上前来看她,也许她从来没有这么漂亮过,今天把别人都惊住了。

依我看,翠姨还没有她从前漂亮呢,不过她们说翠姨漂亮得像棵新开的腊梅。翠姨从来不搽胭脂的,而那天又穿了一件为着将来作新娘子而准备的蓝色缎子满是金花的夹袍。

翠姨让她们围起看着,难为情了起来,站起来想要逃掉似的,迈着很勇敢的步子,茫然的往里边的房间里闪开了。

谁知那里边就是新房呢,于是许多的嫂嫂,就哗然的叫着,说:

"翠姐姐不要急,明年就是个漂亮的新娘子,现在先试试去。"

当天吃饭饮酒的时候,许多客人从别的屋子来呆呆的望着翠姨。翠姨举着筷子,似乎是在思量着,保持着镇静的态度,用温和的眼光看着她们。仿佛她不晓得人们专门在看着她似的。但是别的女人们羡慕了翠姨半天了,脸上又都突然的冷落起来,觉得有什么话要说出,又都没有说,然后彼此对望着,笑了一下,吃菜了。

> 细腻,含蓄,细部中留有悬念。

4

有一年冬天,刚过了年,翠姨就来到了我家。

伯父的儿子——我的哥哥,就正在我家里。

我的哥哥,人很漂亮,很直的鼻子,很黑的眼睛,嘴也好看,头发也梳得好看,人很长,走路很爽快。大概在我们所有的家族中,没有这么漂亮的人物。

冬天,学校放了寒假,所以来我们家里休息。大概不久,学校开学就要上学去了。哥哥是在哈尔滨读书。

我们的音乐会,自然要为这新来的角色而开了,翠姨也参加的。

于是非常的热闹,比方我的母亲,她一点也不懂这行,但是她也列了席,她坐在旁边观看。连家里的厨子,女工,都停下了工作来望着我们,似乎他们不是听什么乐器,而是在看人。我们聚满了一客厅。这些乐器的声音,大概很远的邻居都可以听到。

第二天邻居来串门的,就说:

"昨天晚上,你们家又是给谁祝寿?"

我们就说,是欢迎我们的刚到的哥哥。因此我们家是很好玩的,很有趣的。不久就来到了正月十五看花灯的时节了。

我们家里自从父亲维新革命,总之在我们家里,兄弟姊妹,一律相待,有好玩的就一齐玩,有好看的就一齐去看。

伯父带着我们，哥哥、弟弟、姨……共八九个人，在大月亮地里往大街里跑去了。那路之滑，滑得不能站脚，而且高低不平。他们男孩子们跑在前面，而我们因为跑得慢就落了后。

于是那在前边的他们回头来嘲笑我们，说我们是小姐，说我们是娘娘。说我们走不动。

我们和翠姨早就连成一排向前冲去，但是，不是我倒，就是她倒。到后来还是哥哥他们一个一个地来扶着我们，说是扶着，未免的太示弱了，也不过就是和他们连成一排向前进着。

不一会到了市里，满路花灯。人山人海。又加上狮子、旱船、龙灯、秧歌，闹得眼也花起来，一时也数不清多少玩艺。哪里会来得及看，似乎只是在眼前一晃，就过去了，而一会别的又来了，又过去了。其实也不见得繁华得多不得了，不过觉得世界上是不会比这个再繁华的了。

商店的门前，点着那么大的火把，好像热带的大椰子树似的。一个比一个亮。

我们进了一家商店，那是父亲的朋友开的。他们很好的招待我们，茶、点心、橘子、元宵。我们哪里吃得下去，听到门外一打鼓，就心慌了。而外边鼓和喇叭又那么多，一阵来了，一阵还没有去远，一阵又来了。

因为城本来是不大的，有许多熟人也都是来看灯的，都遇到了。其中我们本城里的在哈尔滨念书的几个男学生，他们也来看灯了。哥哥都认识他们。我也认识他们，因为这时候我到哈尔滨念书去了。所以一遇到了我们，他们就和我们在一起。他们出去看灯，看了一会，又回到我们的地方，和伯父谈话，和哥哥谈话。我晓得他们，因为我们家比较有势力，他们是很愿和我们讲话的。

所以回家的一路上，又多了两个男孩子。

不管人讨厌不讨厌，他们穿的衣服总算都市化了。个个都穿着西装，戴着呢帽，外套都是到膝盖的地方，脚下很利落清爽。比起我们城里的那种怪样子的外套，好像大棉袍子似的，好看得多了。而且颈间又都束着一条围巾，那围巾自然也是全丝全棉的花纹。似乎一束起那围巾来，人就更显得庄严，漂亮。

翠姨觉得他们个个都很好看。

哥哥也穿的西装，自然哥哥也很好看。因此在路上她直在看哥哥。

翠姨梳头梳得是很慢的，必定梳得一丝不乱，搽粉也要搽了洗掉，洗掉再搽，一直搽到认为满意为止。花灯节的第二天早晨，她就梳得更慢，一边梳头一边在思量。本来按规矩每天吃早饭，必得三请两请才能出席，今天必得请到四次，她才来了。

我的伯父当年也是一位英雄，骑马、打枪绝对的好。后来虽然已经五十岁了，但是风采犹存。我们都爱伯父的，伯父从小也就爱我们。诗、词、文章，都是伯父教我们的。翠姨住在我们家里，伯父也很喜欢翠姨。今天早饭已经开好了。催了翠姨几次，翠姨总是不出来。

伯父说了一句："林黛玉……"

于是我们全家的人都笑了起来。

翠姨出来了，看见我们这样的笑，就问我们笑什么。我们没有人肯告诉她。翠姨知道一定是笑的她，她就说：

"你们赶快的告诉我，若不告诉我，今天我就不吃饭了，你们读书识字，我不懂，你们欺侮我……"

闹嚷了很久，是我的哥哥讲给她听了。伯父当着自己的儿子面前到底有些难为情，喝了好些酒，总算是躲过去了。

翠姨从此想到了念书的问题，但是她已经二十岁了，上那里去念书？上小学，没有她这样大的学生，上中学，她是一字不识，怎么可以？所以仍旧住在我们家里。

弹琴、吹箫，看纸牌，我们一天到晚的玩着。我们玩的时候，全体参加，我的伯父，我的哥哥，我的母亲。

> 她的目光要让读者留神了。

> 读书的要求暗含了爱的内驱力。

翠姨对我的哥哥没有什么特别的好，我的哥哥对翠姨就像对我们，也是完全的一样。

不过哥哥讲故事的时候，翠姨总比我们留心听些，那是因为她的年龄稍稍比我们大些，当然在理解力上，比我们更接近一些哥哥的了。哥哥对翠姨比对我们稍稍的客气一点。他和翠姨说话的时候，总是"是的""是的"的，而和我们说话则"对啦""对啦"。这显然因为翠姨是客人的关系，而且在名分上比他大。

不过有一天晚饭之后，翠姨和哥哥都不见了。每天饭后大概总要开个音乐会的。这一天也许因为伯父不在家，没有人领导的缘故。大家吃过也就散了。客厅里一个人也没有。我想找弟弟和我下一盘棋，弟弟也不见了。于是我就一个人在客厅里按起风琴来，玩了一下也觉得没有趣。客厅是静得很的，在我关上了风琴盖子之后，我就听见了在后屋里，或者在我的房子里是有人的。

我想一定是翠姨在屋里。快去看看她，叫她出来张罗着看纸牌。

我跑进去一看，不单是翠姨，还有哥哥陪着她。

看见了我，翠姨就赶快的站起来说：

"我们去玩吧。"

哥哥也说：

"我们下棋去，下棋去。"

他们出来陪我来玩棋，这次哥哥总是输，从前是他回回赢我。我觉得奇怪，但是心里高兴极了。

不久寒假终了，我就回到哈尔滨的学校念书去了。可是哥哥没有同来，因为他上半年生了点病，曾在医院里休养了一些时候，这次伯父主张他再请两个月的假，留在家里。

以后家里的事情，我就不大知道了。都是由哥哥或母亲讲给我听的。我走了以后，翠姨还住在家里。

> 情窦初开时候，写得非常慢，细。

> 草蛇灰线。

后来母亲告诉过，就是在翠姨还没有订婚之前，有过这样一件事情。我的族中有一个小叔叔，和哥哥一般大的年纪，说话口吃，没有风采，也是和哥哥在一个学校里读书。虽然他也到我们家里来过，但怕翠姨没有见过。那时外祖母就主张给翠姨提婚。那族中的祖母，一听就拒绝了，说是寡妇的孩子，命不好，也怕没有家教，何况父亲死了，母亲又出嫁了，好女不嫁二夫郎，这种人家的女儿，祖母不要。但是我母亲说，辈分合，他家还有钱，翠姨过门是一品当朝的日子，不会受气的。

这件事情翠姨是晓得的，而今天又见了我的哥哥，她不能不想哥哥大概是那样看她的。她自觉的觉得自己的命运不会好的，现在翠姨自己已经订了婚，是一个人的未婚妻。二则她是出了嫁的寡妇的女儿，她自己一天把这个背了不知有多少遍，她记得清清楚楚。

封建的鬼魂毁了翠姨——年轻的一代。

5

翠姨订婚，转眼三年了，正这时，翠姨的婆家，通了消息来，张罗要娶。她的母亲来接她回去整理嫁妆。

翠姨一听就得病了。

但没有几天，她的母亲就带着她到哈尔滨办嫁妆去了。

偏偏那带着她采办嫁妆的向导，又是哥哥介绍来的他的同学。他们住在哈尔滨的秦家岗上，风景绝佳，是洋人最多的地方。那男学生们的宿舍里边，有暖气、洋床。翠姨带着哥哥的介绍信，像一个女同学似的被他们招待着。又加上已经学了俄国人的规矩，处处尊重女子，所以翠姨当然受了他们不少的尊敬，请她吃大菜，请她看电影。坐马车的时候，上车让她先上，下车的时候，人家扶她下来。她每一动别人都为她服务，外套一脱，就接过去了。她刚一表示要穿外套，就给她穿上了。

不用说，买嫁妆她是不痛快的，但那几天，她总算一生中最开心的时候。

她觉得到底是读大学的人好，不野蛮，不会对女人不客气，绝不能像她的妹夫常常打她的妹妹。

经这到哈尔滨去一买嫁妆，翠姨就不愿意出嫁了。她一想那个又丑又小的男人，她就恐怖。

她回来的时候，母亲又接她来到我们家来住着，说她的家里又黑又冷，说她太孤单可怜。我们家是一团和气的。

到了后来，她的母亲发现她对于出嫁太不热心，该剪裁的衣裳，她不去剪裁；有一些零碎还要去买的，她也不去买。做母亲的总是常常要加以督促，后来就要接她回去，接到她的身边，好随时提醒她。她的母亲以为年青的人必定要随时提醒的，不然总是贪玩。而况出嫁的日子又不远了，或者就是二三月。

想不到外祖母来接她的时候，她从心里的不肯回去，她竟很勇敢的提出来她要读书的要求。她说她要念书，她想不到出嫁。

开初外祖母不肯，到后来，她说若是不让她读书，她是不出嫁的。外祖母知道她的心情，而且想起了很多可怕的事情……

外祖母没有办法，依了她。给她在家里请了一位老先生，就在自己家院子的空房子里边摆上了书桌，还有几个邻居家的姑娘，一齐念书。

翠姨白天念书，晚上回到外祖母家。

念了书，不多日子，人就开始咳嗽，而且整天的闷闷不乐。她的母亲问她，有什么不如意？陪嫁的东西买得不顺心吗?或者是想到我们家去玩吗?什么事都问到了。

翠姨摇着头不说什么。

过了一些日子,我的母亲去看翠姨,带着我的哥哥,他们一看见她,第一个印象,就觉得她苍白了不少。而且母亲断言的说,她活不久了。

大家都说是念书累的,外祖母也说是念书累的,没有什么要紧的,要出嫁的女儿们,总是先前瘦的,嫁过去就要胖了。

而翠姨自己则点点头,笑笑,不承认,也不加以否认。还是念书,也不到我们家来了,母亲接了几次,也不来,回说没有工夫。

翠姨越来越瘦了,哥哥去到外祖母家看了她两次,也不过是吃饭喝酒,应酬了一番,而且说是去看外祖母的。在这里,年轻的男子去拜访年轻的女子,是不可以的。哥哥回来也并不带回什么欢喜或是什么新奇的忧郁,还是照样和我们打牌下棋。

翠姨后来支持不了啦,躺下了。她的婆婆听说她病了,就要娶她,因为花了钱,死了不是可惜了吗?这一种消息,翠姨听了病就更加严重。婆家一听她病重,立刻要娶她。因为在迷信中有这样一章:病新娘娶过来一冲,就冲好了。翠姨听了,就只盼望赶快死,拼命的糟蹋自己的身体,想死得越快一点儿越好。

母亲记起了翠姨,叫哥哥去看翠姨。是我的母亲派哥哥去的,母亲拿了一些钱让哥哥给翠姨送去,说是母亲送她在病中随便买点什么吃的。母亲晓得他们年青人是很拘泥的,或者不好意思去看翠姨,也或者翠姨是很想看他的,他们好久不能看见了。同时翠姨不愿意出嫁,母亲很久的就在心里猜疑着他们了。

男子是不好先去专访一位小姐的,这城里没有这

> 小说家在此顾左右而言他,别有会心。

> 仍是封建的鬼魂作祟。

> 一种暗示。

样的风俗。母亲给了哥哥一件礼物,哥哥就可去了。

哥哥去的那天,她家里正没有人,只是她家的堂妹妹迎接着这从未见过的生疏的年青的客人。那堂妹妹还没问清客人的来由,就往外跑,说是去找她们的祖父去,请他等一等。大概她想是凡是男客就是来会祖父的。

客人只说了自己的名字,那女孩子连听也没有听就跑出去了。

哥哥正想,翠姨在什么地方?或者在里屋吗?翠姨大概听出什么人来了,她就在里边说:

"请进来。"

哥哥进去了,坐在翠姨的枕边,他要去摸一摸翠姨的前额是否发热,他说:

"好了点吗?"

他刚一伸出手去,翠姨就突然地拉住他的手,而且大声地哭起来了,好像一颗心也哭出来了似的。哥哥没有准备,就很害怕,不知道说什么,做什么。他不知道现在该是保护翠姨的地位,还是保护自己的地位。同时听得见外边已经有人来了,就要开门进来了。一定是翠姨的祖父。

翠姨平静的向他笑着,说:

"你来得很好,一定是姐姐,你的婶母(我的母亲)告诉你来的,我心里永远纪念着她。她爱我一场,可惜我不能去看她了……我不能报答她了……不过我总会记起在她家里的日子的……她待我也许没有什么,但是我觉得已经太好了……我永远不会忘记的……我现在也不知道为什么,心里只想死得快一点就好,多活一天也是多余的……人家也许以为我是任性……其实是不对的。不知为什么,那家对我也会是很好的,但是我不愿意。我小时候,就不好,我的脾气总是,不从心的事,我不愿意……这个脾气把我折

爱情之谜在此揭开谜底。

作者在此不忘揭露男性的自私。

磨到今天了……可是我怎能从心呢……真是笑话……谢谢姐姐她还惦着我……请你告诉她，我并不像她想的那么苦呢，我也很快乐……"翠姨苦笑了一笑，"我的心里安静，而且我求的我都得到了……"

哥哥茫然的不知道说什么。这时祖父进来了。看了翠姨的热度，又感谢了我的母亲，对我哥哥的降临，感到荣幸。他说请我母亲放心吧，翠姨的病马上就会好的，好了就嫁过去。

哥哥看了翠姨就退出去了，从此再没有看见她。

哥哥后来提起翠姨常常落泪，他不知翠姨为什么死，大家也都心中纳闷。

尾　声

等我到春假回来，母亲还当我说：

"要是翠姨一定不愿意出嫁，那也是可以的，假如他们当我说。"

……

翠姨坟头的草籽已经发芽了，一掀一掀的和土粘成了一片，坟头显出淡淡的青色，常常会有白色的山羊跑过。

这时城里的街巷，又装满了春天。

暖和的太阳，又转回来了。

街上有提着筐子卖蒲公英的了，也有卖小根蒜的了。更有些孩子们，他们按着时节去折了那刚发芽的柳条，正好可以拧成哨子，就含在嘴里满街的吹。声音有高有低，因为那哨子有粗有细。

大街小巷，到处是呜呜呜，呜呜呜。好像春天是从他们的手里招呼回来了似的。但是这为期甚短，一转眼，吹哨子的不见了。

接着杨花飞起来了，榆钱飘满了一地。

旁批：

爱的表白极为婉曲。

爱情未及萌发就被扼杀了，然而大家都"纳闷"，不明白，更增了一层悲哀。

回应开头，大写春天。

> 春天是生命的象征，蓬勃生长的象征，小说却以此反衬一位少女的生命的完结。

在我的家乡那里，春天是快的，五天不出屋，树发芽了，再过五天不看树，树长叶了，再过五天，这树就像绿得使人不认识它了。使人想，这棵树，就是前天的那棵树吗？自己回答自己：当然是的。春天就像跑着似的那么快。好像人能够看见似的，春天从老远的地方跑来了，跑到这个地方，只向人的耳朵吹一句小小的声音："我来了呵"，而后很快的就跑过去了。

春，好像它不知多么忙迫，好像无论什么地方都在招呼它，假若它晚到一刻，太阳会变色的，大地会干成石头，尤其是树木，那真是好像再多一刻工夫也不能忍耐。假若春天稍稍在什么地方留连了一下，就会误了不少的生命。

春天为什么它不早一点来，来到我们这城里多住一些日子，而后再慢慢的到另外的一个城里去，在另外一个城里也多住一些日子。

但那是不能的了，春天的命运就是这么短。

> 令人联想小说开头翠姨坐车遍城寻找绒绳鞋的情景。
>
> 点睛之笔。戛然而止，却余音不绝。

年青的姑娘们，她们三两成双，坐着马车，去选择衣料去了，因为就要换春装了。她们热心的弄着剪刀，打着衣样，想装成自己心中想得出的那么好，她们白天黑夜的忙着，不久春装换起来了，只是不见载着翠姨的马车来。

一九四一，七

---

*作于1941年7月，发表于同月《时代文学》第一卷第二期，署名萧红。

这是一个具有古典意味的哀婉的爱情故事。女主人公暗恋着"我"的堂兄，却没有勇气反抗传统，结果郁郁以终。小说看起来"怨而不怒，哀而不伤"，实质上，其悲剧性是一条用皮包起来的钢鞭；努力是一个强有力的鞭挞。

小说以春天为背景，尤其结尾，以乐寄哀，作者在这里回到了一个关于追求与败亡的主题。

呼兰河传

第一章

1

　　严冬一封锁了大地的时候,则大地满地裂着口。从南到北,从东到西,几尺长的,一丈长的,还有好几丈长的,它们毫无方向的,便随时随地,只要严冬一到,大地就裂开口了。

　　严寒把大地冻裂了。

　　年老的人,一进屋用扫帚扫着胡子上的冰溜,一面说:

　　"今天好冷啊!地冻裂了。"

　　赶车的车夫,顶着三星,绕着大鞭子走了六七十里,天刚一蒙亮,进了大车店,第一句话就向客栈掌柜的说:

　　"好厉害的天啊!小刀子一样。"

　　等进了栈房,摘下狗皮帽子来,抽一袋烟之后,伸手去拿热馒头的时候,那伸出来的手在手背上有无数的裂口。

　　人的手被冻裂了。

> 小说开头写严冬大地,颇有点浩茫无际。

卖豆腐的人清早起来，沿着人家去叫卖，偶一不慎，就把盛豆腐的方木盘贴大地上拿不起来了。被冻在地上了。

卖馒头的老头，背着木箱子，里边装着热馒头，太阳一出来，就在街上叫唤。他刚一从家里出来的时候，他走的快，他喊的声音也大。可是过不了一会，他的脚上挂了掌子了，在脚心上好像踏着一个鸡蛋似的，圆滚滚的。原来冰雪封满了他的脚底了。他走起来十分的不得力，若不是十分的加着小心，他就要跌倒了。就是这样，也还是跌倒的。跌倒了是不很好的，把馒头箱子跌翻了，馒头从箱底一个一个的跑了出来。旁边若有人看见，趁着这机会，趁着老头子倒下一时还爬不起来的时候，就拾了几个一边吃着就走了。等老头子挣扎起来，连馒头带冰雪一起拣到箱子去，一数，不对数。他明白了。他向着那走得不太远的吃他馒头的人说：

"好冷的天，地皮冻裂了，吞了我的馒头了。"

行路人听了这话都笑了。他背起箱子来再往前走，那脚下的冰溜，似乎是越结越高，使他越走越困难，于是背上出了汗，眼睛上了霜，胡子上的冰溜越挂越多，而且因为呼吸的关系，把破皮帽子的帽耳朵和帽前遮都挂了霜了。这老头越走越慢，担心受怕，颤颤惊惊，好像初次穿上了滑冰鞋，被朋友推上了溜冰场似的。

小狗冻得夜夜的叫唤，哽哽的，好像它的脚爪被火烧着了一样。

天再冷下去：

水缸被冻裂了；

井被冻住了；

大风雪的夜里，竟会把人家的房子封住，睡了一夜，早晨起来，一推门，竟推不开门了。

大地一到了这严寒的季节，一切都变了样，天空是灰色的，好像刮了大风之后，呈着一种混沌沌的气象，而且整天飞着清雪。人们走起路来是快的，嘴里边的呼吸，一遇到了严寒好像冒着烟似的。七匹马拉着一辆大车，在旷野上成串的一辆挨着一辆地跑，打着灯笼，甩着大鞭子，天空挂着三星。跑了二里路之后，马就冒汗了。再跑下去，这一批人马在冰天雪地里边竟热气腾腾的了。一直到太阳出来，进了栈房，那些马才停止了出汗。但是一停止了出汗，马毛立刻就上了霜。

人和马吃饱了之后，他们再跑。这寒带的地方，人家很少，不像南方，走了一村，不远又来了一村，过了一镇，不远又来了一镇。这里是什么也看不见，远望出去是一片白。从这一村到那一村，根本是看不见的。只有凭了认路的人的记忆才知道是走向了什么方向。拉着粮食的七匹马的大车，是到他们附近的城里去。载来大豆的卖了大豆，载来高粱的卖了高粱。等回去的时候，他们带了油、盐和布匹。

呼兰河就是这样的小城，这小城并不怎样繁华，只有两条大街，一条从南到北，一条从东到西，而最有名的算是十字街了。十字街口集中了全城的精华。十字街上有金银首饰店、布庄、油盐店、茶庄、药店，也有拔牙的洋医生。那医生的门前，挂着很大的招牌，那招牌上画着特别大的有量米的斗那么大的一排牙齿。这广告在这小城里边无乃太不相当，使人们看了竟不知道那是什么东西。因为油店，布店和盐店，他们都没有什么广告，也不过是盐店门前写个"盐"字，布店门前挂着两张怕是自古亦有之的两张布幌子。其余的如药店的招牌也不过是把那戴着花镜的伸出手去在小枕头上号着妇女们的脉管的医生的名字挂在门外就是了。比方那医生的名字叫李永春，那药店也就叫"李永春"。人们凭着记忆，哪怕就是李永春摘掉了他的招牌，人们也都知李永春是在那里。不但城里的人这样，就是从乡下来的人也多半都把这城里的街道，和街道上尽是些什么都记熟了。用不着什么广告，用不着什么招引的方式，要买的比如油盐、布匹之类，自己走进去就会买。不需要的，你就是挂了多大的牌子人们也是不去买。那牙医生就是一

小城风景，平实而又古怪。

> 广告带有现代商业社会的特征，其被视为古怪，可见小城的人们之保守，拒绝接受新事物。

个例子，那从乡下来的人们看了这么大的牙齿，真是觉得稀奇古怪，所以那大牌子前边，停了许多人在看，看也看不出是什么道理来。假若他是正在牙痛，他也绝对的不去让那用洋法子的医生给他拔掉，也还是走到李永春药店去，买二两黄连，回家去含着算了吧！因为那牌子上的牙齿太大了，有点莫名其妙，怪害怕的。

所以那牙医生，挂了两三年招牌，到那里去拔牙的却是寥寥无几。

后来那女医生没有办法，大概是生活没法维持，她兼做了收生婆。

城里除了十字街之外，还有两条街，一个叫做东二道街，一个叫做西二道街。这两条街是从南到北的，大概五六里长。这两条街上没有什么好记载的：有几座庙，有几家烧饼铺，有几家粮栈。

东二道街上有一家火磨，那火磨的院子很大，用红色的好砖砌起来的大烟筒是非常高的，听说那火磨里边进去不得，那里边的消信可多了，是碰不得的。一碰就会把人用火烧死，不然为什么叫火磨呢？就是因为有火，听说那里边不用马，或是毛驴拉磨，用的是火。一般人以为尽是用火，岂不把火磨烧着了吗？想来想去，想不明白，越想也就越糊涂。偏偏那火磨又是不准参观的。听说门口站着守卫。

东二道街上还有两家学堂，一个在南头，一个在北头。都是在庙里边，一个在龙王庙里，一个在祖师庙里。两个都是小学。

龙王庙里的那个学的是养蚕，叫做农业学校。祖师庙里的那个，是个普通的小学，还有高级班，所以又叫做高等小学。

这两个学校，名目上虽然不同，实际上是没有什么分别的。也不过那叫做农业学校的,到了秋天把蚕用油炒起来,教员们大吃几顿就是了。

那叫做高等小学的,没有蚕吃,那里边的学生的确比农业学校的学生长的高,农业学生开头是念"人、手、足、刀、尺",顶大的也不过十六七岁。那高等小学的学生却不同了,吹着洋号,竟有二十四岁的,在乡下私学馆里已经教了四五年的书了,现在才来上高等小学。有的在粮栈里当了二年的管账先生的现在也来上学了。

> 新旧交替的时代。

这小学的学生写起家信来,竟有写到:"小秃子闹眼睛好了没有?"小秃子就是他的八岁的长公子的小名。次公子,女公子还都没有写上,若都写上怕是把信写得太长了。因为他已经子女成群,已经是一家之主了,写起信来总是多谈一些个家政:姓王的地户的地租送来没有?大豆卖了没有?行情如何之类。

这样的学生,在课堂里边也是极有地位的,教师也得尊敬他,一不留心,他这样的学生就站起来了,手里拿着《康熙字典》,常常会把先生指问住的。万里乾坤的"乾"和乾菜的"乾",据这学生说是不同的,乾菜的"乾"应该这样写:"乾"。而不是那样写:"乾"。

西二道街上不但没有火磨,学堂也就只有一个。是个清真学校,设在城隍庙里边。

> 新学堂设在城隍庙旁边,混杂而荒诞。

其余的也和东二道街一样,灰秃秃的,若有车马走过,则烟尘滚滚,下了雨满地是泥。而且东二道街上有大泥坑一个,五六尺深。不下雨那泥浆好像粥一样,下了雨,这泥坑就便成河了,附近的人家,就要吃它的苦头,冲了人家里满满是泥,等坑水一落了去,天一晴了,被太阳一晒,出来很多蚊子飞到附近的人家去。同时那泥坑也就越晒越纯净,好像在提炼什么似的，好像要从那泥坑里边提炼出点什么来似的。若是一个月以上不下雨，那大泥坑的质度更纯了，水分完全被蒸发走了，那里边的泥，又黏又黑，比粥锅潋糊，比浆糊还黏。好像炼胶的大锅似的，黑糊糊的，油亮亮的，哪怕苍蝇蚊子从那里一飞也要黏住的。

小燕子是很喜欢水的，有时误飞到这泥坑上来，用翅子点着水，看起来很危险，差一点没有被泥坑陷害了它，差一点没有被黏住，赶快地头也不回的飞跑了。

若是一匹马，那就不然了，非黏住不可。而不仅仅是黏住，而是把它陷进去，马在那里边滚着，挣扎着，挣扎了一会，没有了力气那马就躺下了，一躺下那就很危险，很有致命的可能。但是这种时候不很多，很少有人牵着马或是拉着车子来冒这种险。

> 写大泥坑颇费笔墨，唯因作者把它当作"国民性"的一个象征。

这大泥坑出乱子的时候，多半是在旱年，若两三个月不下雨这泥坑子才到了真正危险的时候。在表面上看来，似乎是越下雨越坏，一下了雨好像小河似的了，该多么危险，有一丈来深，人掉下去也要没顶的。其实不然，呼兰河这城里的人没有这么傻，他们都晓得这个坑是很厉害的，没有一个人敢有这样大的胆子牵着马从这泥坑上过。

可是若三个月不下雨，这泥坑子就一天一天地干下去，到后来也不过是二三尺深，有些勇敢者就试探着冒险的赶着车从上边过去了，还有些次勇敢者，看着别人过去，也就跟着过去了。一来二去的，这坑子的两岸，就压成车轮经过的车辙了。那再后来者，一看，前边已经有人走在先了，这懦怯者比之勇敢的人更勇敢，赶着车子走上去了。

谁知这泥坑子的底是高低不平的，人家过去了，可是他却翻了车了。

车夫从泥坑爬出来，弄得和个小鬼似的，满脸泥污，而后再从泥中往外挖掘他的马，不料那马已经倒在泥污之中了，这时候有些过路的人，也就走上前来，帮忙施救。

这过路的人分成两种，一种是穿着长袍短褂的，非常清洁。看那样子也伸不出手来，因为他的手也是很洁净的。不用说那就是绅士一流的人物了，他们是站在一旁参观的。

看那马要站起来了，他们就喝彩，"噢！噢！"的喊叫着，看那马又站不起来，又倒下去了，这时他们又是喝彩，"噢噢"的又叫了几声。不过这喝的是倒彩。

就这样的马要站起来，而又站不起来的闹了一阵之后，仍是没有站起来，仍是照原样可怜地躺在那里。这时候，那些看热闹的觉得也不过如此，也没有什么新花样了。于是星散开去，各自回家去了。

现在再来说那马还是在那里躺着，那些帮忙救马的过路人，都是些普通的老百姓，是这城里的担葱的、卖菜的、瓦匠、车夫之流。他们卷卷裤脚，脱了鞋子，看看没有什么办法，走下泥坑去，想用几个人的力量把那马抬起来。

结果抬不起来了，那马的呼吸不大多了。于是人们着了慌，赶快解了马套。从车子把马解下来，以为这回那马毫无担负的就可以站起来了。

不料那马还是站不起来。马的脑袋露在泥浆的外边，两个耳朵哆嗦着，眼睛闭着，鼻子往外喷着突突的气。

看了这样可怜的景象，附近的人们跑回家去，取了绳索，拿了绞锥。用绳子把马捆了起来，用绞锥从下边掘着。人们喊着号令，好像造房子或是架桥梁似

看客心态。

的,把马抬出来了。

马是没有死,躺在道旁。人们给马浇了一些水,还给马洗了一个脸。

看热闹的也有来的,也有去的。

第二天大家都说:

"那大水泡子又淹死了一匹马。"

虽然马没有死,一哄起来就说马死了。若不这样说,觉得那大泥坑也太没有什么威严了。

在这大泥坑上翻车的事情不知有多少。一年除了被冬天冻住的季节之外,其余的时间,这大泥坑子像它被赋给生命了似的,它是活的。水涨了,水落了,过些日子大了,过些日子又小了。大家对它都起着无限的关切。

水大的时候,不但阻碍了车马,且也阻碍了行人。老头走在泥坑子的沿上,两条腿打颤,小孩走在泥坑子的沿上吓得狼哭鬼叫。

一下起雨来这大泥坑子白亮亮的涨得溜溜的满,涨到两边的人家的墙根上去了,把人家的墙根给淹没了。来往过路的人,一走到这里,就像在人生的路上碰到了打击。是要奋斗的,卷起袖子来,咬紧了牙根,全身的精力集中起来,手抓着人家的板墙,心脏扑通扑通的跳,头不要晕,眼睛不要花,要沉着迎战。

偏偏那人家的板墙造得又非常的平滑整齐,好像有意在危难的时候不帮人家的忙似的,使那行路人无管怎样巧妙的伸出手来,也得不到那板墙的怜悯。东抓抓不着什么,西摸也摸不到什么,平滑得连一个疤拉节子也没有,这可不知道是什么山上长的木头,长得这样完好无缺。

挣扎了五六分钟之后,总算是过去了。弄得满头流汗,满身发烧,那都不说。再说那后来的人,依法炮制,那花样也不多,也只是东抓抓,西摸摸。弄了五六分钟之后,又过去了。

一过去了可就精神饱满,哈哈大笑着,回头向那后来的人,向那正在艰苦阶段上奋斗着的人说:

"这算什么,一辈子不走几回险路那不算英雄。"

可也不然,也不一定都是精神饱满的,而大半是被吓得脸色发白。有的虽然已经过去了,还是不能够很快地抬起腿来走路,因为那腿还在打颤。

　　这一类胆小的人，虽然是险路已经过去了，但是心里边无由地生起来一种感伤的情绪，心里颤抖抖的，好像被这大泥坑子所感动了似的，总要回过头来望一望，打量一会，似乎要有些话说。终于也没有说什么，还是走了。

　　有一天，下大雨的时候，一个小孩掉下去了，让一个卖豆腐的救了上来。

　　救上来一看，那孩子是农业学校校长的儿子。

　　于是议论纷纷了，有的说是因为农业学堂设在庙里边，冲了龙王爷了，龙王爷要降大雨淹死这孩子。

迷信，愚昧。

　　有的说不然，完全不是这样，都是因为这孩子的父亲的关系，他父亲在讲堂上指手画脚的讲，讲给学生们说，说这天下雨不是在天的龙王爷下的雨，他说没有龙王爷。你看这不把龙王爷活活的气死，他这口气哪能不出呢？所以就抓住了他的儿子来实行因果报应了。

　　有的说，那学堂里的学生也太不像样了，有的爬上了老龙王的头顶，给老龙王去戴了一个草帽。这是什么年头，一个毛孩子就敢惹这么大的祸，老龙王怎么会不报应呢？看着吧，这还不能算了事，你想龙王爷并不是白人呵！你若惹了他，他可能够饶了你？那不像对付一个拉车的、卖菜的，随便的踢他们一脚就让他们去。那是龙王爷呀！龙王爷还是惹得的吗？

　　有的说，那学堂的学生都太不像样了，他说他亲眼看见过，学生们拿着蚕放在大殿上老龙王的手上。你想老龙王那能够受得了。

　　有的说，现在的学堂太不好了，有孩子是千万上不得学堂的。一上了学堂就天地人鬼神不分了。

　　有的说他要到学堂把他的儿子领回来，不让他念书了。

有的说孩子在学堂里念书，是越念越坏，比方吓掉了魂，他娘给他叫魂的时候，你听他说什么？他说这叫迷信。你说再念下去那还了得吗？

说来说去，越说越远了。

过了几天，大泥坑子又落下去了，泥坑两岸的行人通行无阻。

再过些日子不下雨，泥坑子就又有点像要干了。这时候，又有车马开始在上面走，又有车子翻在上面，又有马倒在泥中打滚，又是绳索棍棒之类的，往外抬马，被抬出去的赶着车子不走了。后来的，陷进去，再抬。

一年之中抬车抬马，在这泥坑子上不知抬了多少次，可没有一个人说把泥坑子用土填起来不就好了吗？没有一个。

有一次一个老绅士在泥坑涨水时掉在里边了。他一爬出来，他就说：

"这街道太窄了，去了这水泡子连走路的地方都没有了。这两边的院子，怎么不把院墙拆了让出一块来？"

他正说着，板墙里边，就是那院中的老太太搭了言。她说院墙是拆不得的，她说最好种树，若是沿着墙根种上一排树，下起雨来人就可以攀着树过去了。

说拆墙的有，说种树的有，若说用土把泥坑来填平的，一个人也没有。

这泥坑子里边淹死过小猪，用泥浆闷死过狗，闷死过猫，鸡和鸭也常常死在这泥坑里边。

原因是这泥坑上边结了一层硬壳，动物们不认识那硬壳下面就是陷阱，等晓得了可也就晚了。它们跑着或是飞着，等往那硬壳上一落可就再也站不起来了。白天还好，或者有人又要来施救。夜晚可就没有办法了。它们自己挣扎，挣扎到没有力量的时候就很自然地沉下去了，其实也或者越挣扎越沉下去的快。有时至死也还不沉下去的事也有。若是那泥浆的密度过高的时候，就有这样的事。

比方肉上市。忽然卖便宜猪肉了，于是大家就想起那泥坑子来了，说：

"可不是那泥坑子里边又淹死了猪了？"

说着若是腿快的，就赶快跑到邻人的家去，告诉邻居：

"快去买便宜肉吧，快去吧，快去吧，一会没有了。"

等买回家来才细看一番，似乎有点不大对，怎么这肉又紫又青的！可不要是瘟猪肉。

但是又一想，哪能是瘟猪肉呢，一定是那泥坑子淹死的。

于是煎、炒、蒸、煮，家家吃起便宜猪肉来。虽然吃起来了，但就总觉得不大香，怕还是瘟猪肉。

可是又一想，瘟猪肉怎么可以吃得，那么还是泥坑子淹死的吧！

本来这泥坑子一年只淹死一两口猪，或两三口猪，有几年还连一个猪也没有淹死。至于居民们常吃淹死的猪肉，这可不知是怎么一回事，真是龙王爷晓得。

虽然吃的自己说是泥坑子淹死的猪肉，但也有吃病了的，那吃病了的就大发议论说：

"就是淹死的猪肉也不应该抬到市上去卖，死猪肉终究是不新鲜的，税局子是干什么的，让大街上，在光天化日之下就卖起死猪肉来？"

那也是吃了死猪肉的，但是尚且没有病的人说：

"话可也不能是那么说，一定是你疑心，你三心二意的吃下去还会好。你看我们也一样是吃了，可怎么没病？"

间或也有小孩子太不知时务，他说他妈不让他吃，说那是瘟猪肉。

这样的孩子，大家都不喜欢。大家都用眼睛瞪着他，说他：

"瞎说，瞎说！"

有一次一个孩子说那猪肉一定是瘟猪肉，并且是当着母亲的面向邻人说的。

邻人听了倒并没有坚决的表示什么,可是他的母亲的脸立刻就红了。伸出手去就打了那孩子。

那孩子很固执,仍是说:

"是瘟猪肉吗!是瘟猪肉吗!"

母亲实在难为情起来,就拾起门旁的烧火的叉子,向着那孩子的肩膀就打了过去。

于是孩子一边哭着一边跑回家里去了。

一进门,炕沿上坐着外祖母,那孩子一边哭着一边扑到外祖母的怀里说:

"姥姥,你吃的不是瘟猪肉吗?我妈打我。"

外祖母对这打得可怜的孩子本想安慰一番,但是一抬头看见了同院的老李家的奶妈站在门口往里看。

于是外祖母就掀起孩子后衣襟来,用力的在孩子的屁股上哐哐的打起来,嘴里还说着:

"谁让你这么一点你就胡说八道!"

一直打到李家的奶妈抱着孩子走了才算完事。

那孩子哭得一塌糊涂,什么"瘟猪肉"不"瘟猪肉"的,哭得也说不清了。

总共这泥坑子施给当地居民的福利有两条:

第一条:常常抬车抬马,淹鸡淹鸭,闹得非常热闹,可使居民说长道短,得以消遣。

> 日常叙事中的讽刺笔墨。

第二条就是这猪肉的问题了,若没有这泥坑子,可怎么吃瘟猪肉呢?吃是可以吃的,但是可怎么说法呢?真正说是吃的瘟猪肉,岂不太不讲卫生了吗?有这泥坑子可就好办,可以使瘟猪变成淹猪,居民们买起肉来,第一经济,第二也不算什么不卫生。

2

东二道街除了大泥坑子这番盛举之外,再就没有什么了。也不过是几家碾磨房,几家豆腐店,也有一两家机房,也许有一两家染布匹的染缸房,这个也不过是自己默默的在那里做着自己的工作,没有什么可以使别人开心的,也不能招来什么议论。那里边的人都是天黑了就睡觉,天亮了就起来工作,一年四季,春暖花开,秋雨,冬雪,也不过是随着季节穿起棉衣来,脱下单衣去地过着。生老病死也都是一声不响的默默地办理。

比方就是那东二道街南头,卖豆芽菜的王寡妇吧:她在房脊上插了一个很高的杆子,杆子头上挑着一个破筐。因为那杆子很高,差不多和龙王庙的铁马铃子一般高了。来了风,庙上的铃子格仍格仍的响。王寡妇的破筐子虽是它不会响,但是它也会东摇西摆的作着态。

就这样一年一年的过去,王寡妇一年一年地卖着豆芽菜,平静无事,过着安详的日子。忽然有一年夏天,她的独子到河里边去洗澡,掉河淹了。

这事情似乎轰动了一时,家传户晓,可是不久也就平静下去了。不但邻人、街坊,就是她的亲戚朋友也都把这回事情忘记了。

再说那王寡妇,虽然她从此以后就疯了,但她到底还晓得卖豆芽菜,她仍还是静静的活着,虽然偶尔她的疯性发了,在大街上或是在庙台上狂哭一场,但一哭过了之后,她还是平平静静的活着。

至于邻人街坊们,或是过路的人看见了她在庙台上哭,也会引起一点恻隐之心来的,不过为时甚短罢了。

还有人们常常喜欢把一些不幸者归划在一起,比如疯子傻子之类,都一律去看待。

哪个乡、哪个县、哪个村都有些个不幸者,瘸子啦,瞎子啦,疯子或是傻子。

> 关于呼兰河,作者关注的是底层的弱势者和不幸者。

呼兰河这城里，就有许多这一类的人。人们关于他们都似乎听得多，看得多，也就不以为奇了。偶尔在庙台上或是大门洞里不幸遇到了一个，刚想多少加一点恻隐之心在那人身上，但是一转念，人间这样的人多着哩！于是转过眼睛去，三步两步地就走过去了。即或有人停下来，也不过是和那些毫没有记性的小孩子似的向那疯子投一个石子，或是做着把瞎子故意领到水沟里边去的事情。

> 缺乏爱和同情，人性中丑陋的一面。

一切不幸者，就都是叫化子，至少在呼兰河这城里边是这样。

人们对待叫化子们是很平凡的。

门前聚了一群狗在咬，主人问：

"咬什么？"

仆人答：

"咬一个讨饭的。"

说完了也就完了。

可见这讨饭人的活着是一钱不值了。

卖豆芽菜的女疯子，虽然她疯了还忘不了自己的悲哀，隔三差五的还到庙台上去哭一场，但是一哭完了，仍是得回家去吃饭，睡觉，卖豆芽菜。

她仍是平平静静的活着。

3

再说那染缸房里边，也发生过不幸。两个年青的学徒，为了争一个街头上的妇人，其中的一个把另一个按进染缸子给淹死了。死了的不说，就说那活着的也下了监狱，判了个无期徒刑。

> 愚昧，野蛮。

但这也是不声不响的把事就解决了，过了三年二载，若有人提起那件事来，差不多就像人们讲着岳

> 熟视无睹。健忘症。

飞、秦桧似的,久远得不知多少年前的事情似的。

同时发生这件事情的染缸房,仍旧是在原址,甚或连那淹死人的大缸也许至今还在那儿使用着。从那染缸房发卖出来的布匹,仍旧是远近的乡镇都流通着。蓝色的布匹男人们做起棉裤棉袄来,冬天穿它来抵御严寒。红色的布匹,则做成大红袍子,给十八九岁的姑娘穿上,让她去做新娘子。

总之,除了这染缸房子在某年某月某日死了一个人外,其余的世界,并没有因此而改动了一点。

再说那豆腐房里边也发生过不幸:两个伙计打仗,竟把拉磨的小驴的腿打断了。

因为它是驴子,不谈它也就罢了。只因为这驴子哭瞎了一个妇人的眼睛(即打了驴子那人的母亲),所以不能不记上。

再说那造纸的纸房里边,把一个私生子活活饿死了。因为他是一个初生的孩子,算不了什么。也就不说他了。

> 一仍其旧。

> "不谈它也就罢了""算不了什么,也就不说他了",故意取一种随便、无所谓的叙事语气,以凸显生命的卑贱。

4

其余的东二道街上,还有几家扎彩铺。这是为死人而预备的。

人死了,魂灵就要到地狱里边去,地狱里边怕是他没有房子住,没有衣裳穿,没有马骑。活着的人就为他做了这么一套,用火烧了,据说是到阴间就样样都有了。

大至喷钱兽、聚宝盆、大金山、大银山,小至丫环使女,厨房里的厨子,喂猪的猪官,再小至花盆、茶壶茶杯、鸡鸭鹅犬,以至窗前的鹦鹉。

看起来真是万分的好看,大院子也有院墙,墙头上是金色的琉璃瓦。一进了院，正房五间，厢房三间，一律是青砖红瓦房，窗明几净，空气特别新鲜。花盆一盆一盆的摆在花架子上，石柱子、金百合、马蛇菜、九月菊都一齐的开了。看起使人不知道是什么季节，是夏天还是秋天，居然那马蛇菜也和菊花同时站在一起。也许阴间是不分什么春夏秋冬的。这且不说。

再说那厨房里的厨子，真是活神活现，比真的厨子真是干净到一千倍，头戴白帽子，身扎白围裙，手里边在做拉面条。似乎午饭的时候就要到了，煮了面就要开饭了似的。

院子里的牵马童，站在一匹大白马的旁边，那马好像是阿拉伯马，特别高大，英姿挺立，假若有人骑上，看样子一定比火车跑得更快。就是呼兰河这城里的将军，相信他也没有骑过这样的马。

小车子，大骡子，都排在一边。骡子是油黑的，闪亮的，用鸡蛋壳做的眼睛，所以眼珠是不会转的。

大骡子旁边还站着一匹小骡子，那小骡子也特别好看，眼珠是和大骡子一般的大。

小车子装潢得特别漂亮，车轮子都是银色的，车前边的帘子是半卷半掩的，使人得以看到里边去。车里边是红堂堂的铺着大红的褥子。赶车的坐在车沿上，满脸是笑，得意洋洋，装饰得特别漂亮，扎着紫色的腰带，穿着蓝色花丝葛的大袍，黑缎鞋，雪白的鞋底。大概穿起这鞋来还没有走路就赶起车来了。他头上戴着黑帽头，红帽顶，把脸扬着，他蔑视着一切，越看他越不像一个车夫，好像一位新郎。

公鸡三两只，母鸡七八只，都是在院子里边静静的啄食，一声不响。鸭子也并不呱呱的乱叫，叫得烦人。狗蹲在上房的门旁，非常的守职，一动不动。

看热闹的人，人人说好，个个称赞。穷人们看了这个竟觉得活着还没有死了好。

正房里，窗帘、被格、桌椅板凳，一切齐全。

还有一个管家的，手里拿着一个算盘在打着。旁边还摆着一个账本，上边写着：

北烧锅欠酒二十二斤

东乡老王家昨借米二十担

白旗屯泥人子昨送地租四百卅吊

白旗屯二傻子共欠地租两千吊

这以下写了个：

四月廿八日

以上的是四月廿七日的流水账，大概廿八日的还没有写呢！

看这账目也就知道阴间欠了账也是马虎不得的，也设了专门人才，即管账先生一流的人物来管。同时也可以看出来，这大宅子的主人不用说就是个地主了。

这院子里边，一切齐全，一切都好，就是看不见这院子的主人在什么地方，未免的使人疑心这么好的院子而没有主人了。这一点似乎使人感到空虚，无着无落的。

再一回头看，就觉得这院子终归是有点两样，怎么丫环、使女、车夫、马童的胸前都挂着一张纸条，那纸条上写着他们每个人的名字。

那漂亮得和新郎似的车夫的名字叫：

"长鞭。"

马童的名字叫：

"快腿。"

左手拿着水烟袋，右手抢着花手巾的小丫环叫：

"德顺。"

另外一个叫：

"顺手。"

> 其实，这种仪式主义背后，隐藏着对于生存幸福的渴望。

管账的先生叫：

"妙算。"

提着喷壶在浇花的使女叫：

"花姐。"

再一细看才知道那匹大白马也是有名字的，那名字是贴在马屁股上的，叫：

"千里驹。"

其余的，如骡子、狗、鸡、鸭之类没有名字。

那在厨房里拉着面条的"老王"，他身上写着他名字的纸条，来风一吹，还忽咧忽咧地跳着。

这可真有点奇怪，自家的仆人，自己都不认识了，还要挂上个名签。

这一点未免的使人迷离恍惚，似乎阴间究竟没有阳间好。

虽然这么说，羡慕这座宅子的人还是不知多少。因为的确这座宅子是好：清悠，闲静，鸦雀无声，一切规整，绝不紊乱。丫环，使女，照着阳间的一样，鸡犬猪马，也都和阳间一样，阳间有什么，到了阴间也有。阳间吃面条，到了阴间也吃面条；阳间有车子坐，到了阴间也一样的有车子坐。阴间是完全和阳间一样，一模一样的。

只不过没有东二道街上那大泥坑子就是了。是凡好的一律都有，坏的不必有。

5

东二道街上的扎彩铺，就扎的是这一些。一摆起来又威风，又好看，但那作坊里边是乱七八糟的，满地碎纸，秫杆棍子一大堆，破盆子、乱罐子、颜料瓶子、浆糊盆、细麻绳、粗麻绳……走起路来，会使人跌倒。那里边砍的砍，绑的绑，苍蝇也来回地飞着。

要做人，先做一个脸孔，糊好了，挂在墙上，男的女的，到用的时候，摘下一个来就用。给一个用秫杆捆好的人架子，穿上衣服，装上一个头就像人了。把一个瘦骨伶仃的用纸糊好的马架子，上边贴上用纸剪成的白毛，那就是一匹很漂亮的马了。

做这样的活计的，也不是几个极粗糙极丑陋的人，他们虽懂得怎样打扮一个马童或是打扮一个车夫，怎样打扮一个妇人女子。但他们对他们自己是毫不加修饰的，长头发的、毛头发的、歪嘴的、斜眼的、赤足裸膝的，似乎使人不能相信，这么漂亮炫眼耀目，好像要活了的人似的，是出于他们之手。

他们吃的是粗菜、粗饭，穿的是破乱的衣服，睡觉则睡在车马、人、头之中。

他们这种生活，似乎也很苦的。但是一天一天的，也就糊里糊涂地过去了，也就随着春夏秋冬，脱下单衣去，穿起棉衣来的过去了。

生，老，病，死，都没有什么表示。生了就任其自然的长去，长大就长大，长不大也就算了。

老，老了也没有什么关系。眼花了，就不看；耳聋了，就不听；牙掉了，就整吞；走不动了，就瘫着。这有什么办法，谁老谁活该。

病，人吃五谷杂粮，谁不生病呢？

死，这回可是悲哀的事情了。父亲死了，儿子哭；儿子死了母亲哭；哥哥死了一家全哭；嫂子死了，她的娘家人来哭。

哭了一朝或是三日，就总得到城外去，挖一个坑把这人埋起来。

埋了之后，那活着的仍旧得回家照旧的过着日子，该吃饭，吃饭。该睡觉，睡觉。外人绝对看不出来是他家已经没有了父亲或是失掉了哥哥，就连他们自己也不是关起门来，每天哭上一场。他们心中的悲哀，也不过是随着当地的风俗的大流逢年过节的到坟上去观望一回。二月过清明，家家产产都提着香火去上坟茔，有的坟头上塌了一块土，有的坟头上陷了几个洞，相观之下，感慨唏嘘，烧香点酒。若有近亲的

重返"生死场"的主题。

人如子女父母之类，往往且哭上一场；那哭的语句，数数落落，无异是在做一篇文章或者是在诵一篇长诗。歌诵完了之后，站起来拍拍屁股上的土，也就随着上坟的人们回城的大流，回城去了。

回到城中的家里，又得照旧的过着日子，一年柴米油盐，浆洗缝补。从早晨到晚上忙了个不休。夜里疲乏之极，躺在炕上就睡了。在夜梦中并梦不到什么悲哀的或是欣喜的景况，只不过咬着牙，打着哼，一夜一夜的就都这样的过去了。

假若有人问他们，人生是为了什么？他们并不会茫然无所对答的，他们会直截了当地不假思索地说了出来："人活着是为吃饭穿衣。"

再问他，人死了呢？他们会说："人死了就完了。"

所以没有人看见过做扎彩匠的活着的时候为他自己糊一座阴宅，大概他不怎么相信阴间。假如有了阴间，到那时候他再开扎彩铺，怕是又要租人家的房子了。

> 扎彩匠是一群绝望于眼前生活的人，对他们来说无所谓"来世"。

6

呼兰河城里，除了东二道街，西二道街，十字街之外，再就都是些个小胡同了。

小胡同里边更没有什么了，就连打烧饼麻花的店铺也不大有，就连卖红绿糖球的小床子，也都是摆在街口上去，很少有摆在小胡同里边的。那些住在小街上的人家，一天到晚看不见多少闲散杂人。耳听的眼看的，都比较的少，所以整天寂寂寞寞的，关起门来在过着生活。破草房有上半间，买上二斗豆子，煮一点盐豆下饭吃，就是一年。

在小街上住着，又冷清，又寂寞。

一个提篮子卖烧饼的，从胡同的东头喊，胡同的西头都听到了。虽然不买，若走谁家的门口，谁家的人都是把头探出来看看，间或有问一问价钱的，问一问糖麻花和油麻花现在是不是还卖着前些日子的价钱。

间或有人走过去掀开了筐子上盖着的那张布，好像要买似的，拿起一个来摸一摸是否还是热的。

摸完了也就放下了，卖麻花的也绝对的不生气。

于是又提到第二家的门口去。

第二家的老太婆也是在闲着，于是就又伸出手来，打开筐子，摸了一回。

摸完了也是没有买。

等到了第三家，这第三家可要买了。

一个三十多岁的女人，刚刚睡午觉起来，她的头顶上梳着一个卷，大概头发不怎样整齐，发卷上罩着一个用大黑珠线织的网子，网子上还插了不少的疙疸针。可是因为这一睡觉，不但头发乱了，就是那些疙疸针也都跳出来了，好像这女人的发卷上被射了不少的小箭头。

她一开门就很爽快，把门扇刮打的往两边一分，她就从门里闪出来了。随后就跟出来五个孩子。这五个孩子也都个个爽快。像一个小连队似的，一排就排好了。

第一个女孩子，十二三岁。伸出手来就拿了一个五吊钱一只的一竹筷子长的大麻花。她的眼光很迅捷，这麻花在这筐子里的确是最大的，而且就只有这一个。

第二个是男孩子，拿了一个两吊钱一只的。

第三个也是拿了个两吊钱一只的。也是个男孩子。

第四个看了看，没有办法，也只得拿了一个两吊钱的。也是个男孩子。

轮到第五个了，这个可分不出来是男孩子，还是女孩子。头是秃的，一只耳朵上挂着钳子，瘦得好像个干柳条，肚子可特别大。看样子也不过五岁。

一伸手，他的手就比其余的四个的都黑得更厉害，其余的四个，虽然他们的手也黑得够厉害的，但总还认得出来那是手，而不是别的什么，唯有他的手是连认也认不出来了，说是手呢！说是什么呢，说什么都行。完全起着黑的灰的，深的浅的，各种的云层。看上去，好像看隔山照似的，有无穷的趣味。

他就用这手在筐子里边挑选，几乎是每个都让他摸过了，不一会工夫，全个的筐子都让他翻遍了。本来这筐子虽大，麻花也并没有几只，除了一个顶大的之外，其余小的也不过十来只，经了他这一翻，可就完全遍了。弄了他满手是油，把那小黑手染得油亮油亮的，黑亮黑亮的。

而后他说：

"我要大的。"

于是就在门口打了起来。

他跑得非常之快，他去追着他的姐姐。他的第二个哥哥，他的第三个哥哥，也都跑了上去，都比他跑得更快。再说他的大姐，那个拿着大麻花的女孩，她跑得更快到不能想象了。已经找到一块墙的缺口的地方，跳了出去，后边的也就跟着一溜烟的跳过去。等他们刚一追着跳过去，那大孩子又跳回来了。在院子里跑成了一阵旋风。

那个最小的，不知是男孩子还是女孩子的，早已追不上了。落在后边，在号啕大哭。间或也想拣一点便宜，那就是当他的两个哥哥，把他的姐姐已经扭住的时候，他就趁机会想要从中抢他姐姐手里的麻花。可是几次都没有做到，于是又落在后边号啕大哭。

他们的母亲，虽然是很有威风的样子，但是不动手是招呼不住他们的。母亲看了这样子也还没有个完了，就进屋去，拿起烧火的铁叉子来，向着她的孩子就奔去了。不料院子里有一个小泥坑，是猪在里打腻的地方。她恰好就跌在泥坑那儿了，把叉子跌出去五

完全回到日常生活本身的无中心、无序的状态。这才是逼真的生活。

尺多远。

于是这场戏才算达到了高潮,看热闹的人没有不笑的,没有不称心愉快的。

就连那卖麻花的人也看出神了,当那女人坐到泥坑中把泥花四边溅起来的时候,那卖麻花的差一点没把筐子掉了地下。他高兴极了,他早已经忘了他手里的筐子了。

至于那几个孩子,则早就不见了。

等母亲起来去把他们追回来的时候,那做母亲的这回可发了威风,让他们一个一个的向着太阳跪下,在院子里排起一小队来,把麻花一律的解除。

顶大的孩子的麻花没有多少了,完全被撞碎了。

第三个孩子的已经吃完了。

第二个的还剩了一点点。

只有第四个的还拿在手上没有动。

第五个,不用说,根本没有拿在手里。

闹到结果,卖麻花的和那女人吵了一阵之后提着筐子又到另一家去叫卖去了。他和那女人所吵的是关于那第四个孩子手上拿了半天的麻花又退回了的问题,卖麻花的坚持着不让退,那女人又非退回不可。结果是付了三个麻花的钱,就把那提篮子的人赶了出来了。

为着麻花而下跪的五个孩子不提了。再说那一进胡同口就被挨家摸索过来的麻花,被提到另外的胡同里去,到底也卖掉了。

一个已经脱完了牙齿的老太太买了其中的一个,用纸裹着拿到屋子去了。她一边走着一边说:

"这麻花真干净,油亮亮的。"

而后招呼了她的小孩子,快来吧。

那卖麻花的人看了老太太很喜欢这麻花,于是就又说：

"是刚出锅的，还热乎着哩！"

7

过去了卖麻花的，后半天，也许又来了卖凉粉的，也是在胡同口的这头喊，那头就听到了。

要买的拿着小瓦盆出去了。不买的坐在屋子一听这卖凉粉的一招呼，就知道是应烧晚饭的时候了。因为这凉粉一个整个的夏天都是在太阳偏西，他就来的，来得那么准，就像时钟一样，到了四五点钟他必来的。就像他卖凉粉专门到这一条胡同来卖似的。似乎在别的胡同里就没有为着多卖几家而耽误了这一定的时间。

卖凉粉的一过去了，一天也就快黑了。

打着拨浪鼓的货郎，一到太阳偏西，就再不进到小巷子里来，就连僻静的街他也不去了，他担着担子从大街口走回家去。

卖瓦盆的，也早都收市了。

拣绳头的，换破烂的也都回家去了。

只有卖豆腐的则又出来了。

晚饭时节，吃了小葱蘸大酱就已经很可口了，若外加上一块豆腐，那真是锦上添花，一定要多浪费两碗苞米大云豆粥的。一吃就吃多了，那是很自然的，豆腐加上点辣椒油，再拌上点大酱，那是多么可口的东西。用筷子触了一点点豆腐，就能够吃下去半碗饭，再到豆腐上去触了一下，一碗饭就完了。因为豆腐而多吃两碗饭，并不算多吃得多，没有吃过的人，不能够晓得其中的滋味的。

所以卖豆腐的人一来了，男女老幼，全都欢迎。打开门来，笑盈盈的，虽然不说什么，但是彼此有一种融洽的感情，默默生了起来。

似乎卖豆腐的在说：

"我的豆腐真好！"

似乎买豆腐的回答：

"你的豆腐果然不错。"

买不起豆腐的人对那卖豆腐的,就非常的羡慕,一听了那从街口越招呼越近的声音,就特别地感到诱惑,假若能吃一块豆腐可不错,切上一点青辣椒,拌上一点小葱子。

但是天天这样想,天天就没有买成,卖豆腐的一来,就把这等人白白地引诱一场。于是那被诱惑的人,仍然逗不起决心,就多吃几口辣椒,辣得满头是汗。他想假若一个人开了一个豆腐房可不错,那就可以自由随便的吃豆腐了。

果然,他的儿子长到五岁的时候,问他:

"你长大了干什么?"

五岁的孩子说:

"开豆腐房。"

这显然要继承他父亲未遂的志愿。

关于豆腐这美妙的一盘菜的爱好,竟有还甚于此的,竟有想要倾家荡产的。传说上,有这样的一个家长,他下了决心,他说:

"不过了,买一块豆腐吃去!"这"不过了"的三个字,用旧的语言来翻译,就是毁家纾难的意思,用现代的话来说,就是:"我破产了!"

贫困如此。

8

卖豆腐的一收了市,一天的事情都完了。

家家户户都把晚饭吃过了。吃过了晚饭,看晚霞的看晚霞,不看晚霞的躺到炕上去睡觉的也有。

这地方的晚霞是很好看的,有一个土名,叫火烧云。说"晚霞"人们不懂,若一说"火烧云"就连三岁的孩子也会呀呀的往西天空里指给你看。

晚饭一过,火烧云就上来了。照得小孩子的脸是红的。把大白狗变成红色的狗了。红公鸡就变成金的了。黑母鸡变成紫檀色的了。喂猪的老头子，往墙根上靠，他笑盈盈地看着他的两匹小白猪，变成小金猪了，他刚想说：

"他妈的，你们也变了……"

他的旁边走来了一个乘凉的人，那人说：

"你老人家必要高寿，你老是金胡子了。"

天空的云，从西边一直烧到东边，红堂堂的，好像是天着了火。

这地方的火烧云变化极多，一会红堂堂的了，一会金洞洞的了，一会半紫半黄的，一会半灰半百合色。葡萄灰、大黄梨、紫茄子，这些颜色天空上边都有。还有些说也说不出来的，见也未曾见过的，诸多种的颜色。

五秒钟之内，天空里有一匹马，马头向南，马尾向西，那马是跪着的，像是在等着有人骑到它的背上，它才站起来。再过一秒钟，没有什么变化。再过两三秒钟，那匹马加大了，马腿也伸开了，马脖子也长了，但是一条马尾巴却不见了。

看的人，正在寻找马尾巴的时候，那马就变靡了。

忽然又来了一条大狗，这条狗十分凶猛，它在前边跑着，它的后边似乎还跟了好几条小狗仔。跑着跑着，小狗就不知跑到哪里去了，大狗也不见了。

又找到了一个大狮子，和娘娘庙门前的大石头狮子一模一样的，也是那么大，也是那样的蹲着，很威武的，很镇静地蹲着，它表示着漠视一切的样子，似乎眼睛连什么也不睬，看着看着的，一不谨慎，同时又看到了别一个什么。这时候，可就麻烦了，人的眼睛不能同时又看东，又看西。这样子会活活把那个大狮子糟蹋了。一转眼，一低头，那天空的东西就变

一个画家笔下的色彩的盛会，可谓绚丽至极。

了。若是再找，怕是看瞎了眼睛也找不到了。

大狮子既然找不到，另外的那什么，比方就是一个猴子吧，猴子虽不如大狮子，可同时也没有了。

一时恍恍惚惚的，满天空里又像这个，又像那个，其实是什么也不像，什么也没有了。

必须是低下头去，把眼睛揉一揉，或者是沉静一会再来看。

可是天空偏偏又不常常等待着那些爱好它的孩子。一会工夫火烧云下去了。

于是孩子们困倦了，回屋去睡觉了。竟有还没能来得及进屋的，就靠在姐姐的腿上，或者是依在祖母的怀里就睡着了。

祖母的手里，拿着白马鬃的蝇甩子，就用蝇甩子给他驱逐着蚊虫。

祖母还不知道这孩子是已经睡了，还以为他在那里玩着呢！

"下去玩一会去吧！把奶奶的腿压麻了。"

用手一推，那孩子已经睡得摇摇晃晃的了。

这时候，火烧云已经完全下去了。

于是家家户户都进屋去睡觉，关起窗门来。

呼兰河这地方，就是在六月里也是不十分热的，夜里总要盖着薄棉被睡觉。

等黄昏之后的乌鸦飞过时，只能够隔着窗子听到那很少的尚未睡的孩子在嚷叫：

乌鸦，乌鸦你打场，

给你二斗粮……

那铺天盖地的一群黑乌鸦，啊啊的大叫着在整个的县城的头顶上飞过去了。

据说飞过了呼兰河的南岸，就在一个大树林子里边住下了。明天早晨起来再飞。

夏秋之间每夜要过乌鸦，究竟这些成百成千的乌鸦过到哪里去，孩子们是不大晓得的，大人们也不大讲给他们听。

只晓得念这套歌，"乌鸦乌鸦你打场，给你二斗粮。"

究竟给乌鸦二斗粮做什么，似乎不大有道理。

9

乌鸦一飞过,这一天才真正的过去了。

因为大昴星升起来了,大昴星好像铜球似的亮咚咚的了。

> 大自然的诗意。

天河和月亮也都上来了。

蝙蝠也飞起来了。

是凡跟着太阳一起来的,现在都回去了。人睡了,猪、马、牛、羊也都睡了,燕子和蝴蝶也都不飞了。就连房根底下的牵牛花,也一朵没有开的。含苞的含苞,卷缩的卷缩。含苞的准备着欢迎那早晨又要来的太阳,那卷缩的,因为它已经在昨天欢迎过了,它要落去了。

随着月亮上来的星夜,大昴星也不过是月亮的一个马前卒,让它先跑到一步就是了。

夜一来蛤蟆就叫,在河沟里叫,在洼地里叫。虫子也叫,在院心草棵子里,在城外的大田上,有的叫在人家的花盆里,有的叫在人家的坟头上。

夏夜若无风无雨就这样的过去了,一夜又一夜。

很快的夏天就过完了,秋天就来了。秋天和夏天的分别不太大,也不过天凉了,夜里非盖着被子睡觉不可。种田的人白天忙着收割,夜里多做几个割高粱的梦就是了。

女人一到了八月也不过就是浆衣裳,拆被子,捶棒棰,捶得街街巷巷早晚的叮叮当当的乱响。

"棒棰"一捶完,做起被子来,就是冬天。

冬天下雪了。

人们四季里,风、霜、雨、雪的过着,霜打了,雨淋了。大风来时是飞沙走石,似乎是很了不起的样子。冬天,大地被冻裂了,江河被冻住了。再冷起来，江河也被冻得锵锵的，响着裂开了纹。冬天，冻掉了人的耳朵，冻破了人的鼻子，冻裂了人的手和脚。

但这是大自然的威风，与小民们无关。

呼兰河的人们就是这样，冬天来了就穿棉衣裳，夏天来了就穿单衣裳。就好像太阳出来了就起来，太阳落了就睡觉似的。

被冬天冻裂了手指的，到了夏天也自然就好了。好不了的，到"李永春"药铺，去买二两红花，泡一点红花酒来擦一擦，擦得手指通红也不见消，也许就越来越肿起来。那么再到"李永春"药铺去，这回可不买红花了，是买了一贴膏药来。回到家里，用火一烤，黏黏糊糊的就贴在冻疮上。这膏药是真好，贴上了一点也不碍事。该赶车的去赶车，该切菜的去切菜。黏黏糊糊的是真好，见了水也不掉，该洗衣裳的去洗衣裳去好了。就是掉了，拿在火上再一烤，就还贴得上的。一贴，贴了半个月。

呼兰河这地方的人，什么都讲结实、耐用，这膏药这样的耐用，实在是合乎这地方的人情。虽然是贴了半个月，手也还没有见好，但这膏药总算是耐用，没有白花钱。

于是再买一贴去，贴来贴去，这手可就越肿越大了。还有些买不起膏药的，就拣人家贴乏了的来贴。

到后来，那结果，谁晓得都怎样呢，反正一塌糊涂去了吧。

春夏秋冬，一年四季来回循环的走，那是自古也就这样的了。风霜雨雪，受得住的就过去了，受不住的，就寻求着自然的结果。那自然的结果不大好，把一个人默默的一声不响的就拉着离开了这人间的世界了。

至于那还没有被拉去的，就风霜雨雪，仍旧在人间被吹打着。

> 春夏秋冬，一年四季，风霜雨雪，生老病死，如此循环往复，毫无进步，——这就是呼兰河人的生活。

第二章

1

呼兰河除了这些卑琐平凡的实际生活之外,在精神上,也还有不少的盛举:

跳大神;

唱秧歌;

放河灯;

野台子戏;

四月十八娘娘庙大会……

先说大神。大神是会治病的,她穿着奇怪的衣裳,那衣裳平常的人不穿。红的,是一张裙子,那裙子一围在她的腰上,她的人就变样子。开初,她并不打鼓,只是一围起那红花裙子就哆嗦。从头到脚,无处不哆嗦,哆嗦了一阵之后,又开始打颤。她闭着眼睛,嘴里边卟卟的。每一打颤,就装出来要倒的样子。把四边的人都吓得一跳,可是她又坐住了。

大神坐的是凳子,她的对面摆着一块牌位,牌位上贴着红纸,写着黑字。那牌位越旧越好,好显得她一年之中跳神的次数不少,越跳多了就越好,她的信用就远近皆知。她的生意就会兴隆起来。那牌前,点着香,香烟慢慢地旋着。

那女大神多半在香点了一半的时候神就下来了。那神一下来,可就威风不同,好像有万马千军让她领导似的,她全身是劲,她站起来乱跳。

大神的旁边,还有一个二神,当二神的都是男人。他并不昏乱,他是清晰如常的,他赶快把一张圆鼓交到大神的手里,大神拿了这鼓,站起来就乱跳,先诉说那附在她身上的神灵的下山的经历,是乘着

民俗学。

云,是随着风,或者是驾雾而来,说得非常之雄壮。二神站在一边,大神问他什么,他回答什么。好的二神是对答如流的,坏的二神,一不加小心说冲着了大神的一字,大神就要闹起来的。大神一闹起来的时候,她也没有别的办法,只是打着鼓,乱骂一阵,说这的病人,不出今夜就必得死的,死了之后,还会游魂不散,家族、亲戚乡里都要招灾的。这时吓得那请神的人家赶快烧香点酒,烧香点酒之后,若再不行,就得赶送上红布来,把红布挂在牌位上,若再不行,就得杀鸡,若闹到了杀鸡这个阶段,就多半不能再闹了。因为再闹就没有什么想头了。

这鸡,这布,一律都归大神所有,跳过了神之后,她把鸡拿回家去自己煮上吃了。把红布用蓝靛染了之后,做起裤子穿了。

有的大神,一上手就百般的下不来神。请神的人家就得赶快的杀鸡来,若一杀慢了,等一会跳到半道就要骂的,谁家请神都是为了治病,让大神骂,是非常不吉利的。所以对大神是非常尊敬的,又非常怕。

跳大神,大半是天黑跳起,只要一打起鼓来,就男女老幼,都往这跳神的人家跑,若是夏天,就屋里屋外都挤满了人。还有些女人,拉着孩子,抱着孩子,哭天叫地地从墙头上跳过来,跳过来看跳神的。

跳到半夜时分,要送神归山了,那时候,那鼓打得分外地响,大神唱得也分外的好听,邻居左右,十家二十家的人家都听得到,使人听了起着一种悲凉的情绪,二神嘴里唱:

"大仙家回山了,要慢慢地走,要慢慢地行。"

大神说:

"我的二仙家,青龙山,白虎山……夜行三千里,乘着风儿不算难……"

> 音乐感，营造一种氛围。

这唱着的词调，混合着鼓声，从几十丈远的地方传来，实在是冷森森的，越听就越悲凉。听了这种鼓声，往往终夜而不能眠的人也有。

请神的人家为了治病，可不知那家的病人好了没有？却使邻居街坊感慨兴叹，终夜而不能已的也常常有。

满天星光，满屋月亮，人生何如，为什么这么悲凉。

过了十天半月的，又是跳神的鼓，咚咚响。于是人们又都着了慌，爬墙的爬墙，登门的登门，看看这一家的大神，显的是什么本领，穿的是什么衣裳。听听她唱的是什么腔调，看看她的衣裳漂亮不漂亮。

跳到了夜静时分，又是送神回山。送神回山的鼓，个个都打得漂亮。

若赶上一个下雨的夜，就特别凄凉，寡妇可以落泪，鳏夫就要起来彷徨。

那鼓声就好像故意招惹那般不幸的人，打得有急有慢，好像一个迷路的人在夜里诉说着他的迷惘，又好像不幸的老人在回想着他幸福的短短的幼年。又好像慈爱的母亲送着她的儿子远行。又好像是生离死别，万分的难舍。

人生为了什么，才有这样凄凉的夜。

> 人生寂寞，所以要这种热闹。

似乎下回再有打鼓的连听也不要听了。其实不然，鼓一响就又是上墙头的上墙头，侧着耳朵听的侧着耳朵在听，比西洋人赴音乐会更热心。

2

七月十五盂兰会，呼兰河上放河灯了。

河灯有白菜灯、西瓜灯，还有莲花灯。

和尚，道士吹着笙、管、笛、箫，穿着拼金大红缎子的褊衫。在河沿上打起场子来在做道场。那乐器的声音离开河沿二里路就听到了。

一到了黄昏，天还没有完全黑下来，奔着去看河灯的人就络绎不绝了。小街小巷，哪怕终年不出门的人，也要随着人群奔到河沿去。先到了河沿的就蹲在那里。沿着河岸蹲满了人，可是从大街小巷往外出发的人仍是不绝，瞎子、瘸子都来看河灯（这里说错了，唯独瞎子是不来看河灯的），把街道跑得冒了烟了。

姑娘，媳妇，三个一群，两个一伙，一出了大门，不用问，到那里去，就都是看河灯去。

黄昏时候的七月，火烧云刚刚落下去，街道发着显微的白光，喊喊喳喳，把往日的寂静都冲散了，个个街道都活了起来，好像这城里发生了大火，人们都赶去救火的样子。非常忙迫，踢踢踏踏地向前跑。

先跑到了河沿的就蹲在那里，后跑到的，也就挤上去蹲在那里。

大家一齐等候着，等候着月亮高起来，河灯就要从水上放下来了。

七月十五是个鬼节，死了的冤魂怨鬼，不得脱生，缠绵在地狱里边是非常苦的，想脱生，又找不着路。这一天若是每个鬼托着一个河灯，就可得以脱生。大概从阴间到阳间的这一条路，非常之黑，若没有灯是看不见路的。所以放河灯这件事情是件善举。可见活着的正人君子们，对着那些已死的冤魂冤鬼还没有完全忘记。

但是这其间也有一个矛盾，就是七月十五这夜生的孩子，怕是都不大好，多半都是野鬼托着个莲花灯投生而来的。这个孩子长大了将不被父母所喜欢，长到结婚的年龄，男女两家必要先对过生日时辰，才能够结亲。若是女家生在七月十五，这女子就很难出嫁，必须改了生日，欺骗了男家。若是男家七月十五

涉及妇女的地位。

的生日，也不大好，不过若是财产丰富的，也就没有多大关系，嫁是可以嫁过去的，虽然就是一个恶鬼，有了钱大概怕也不怎样恶了。但在女子这方面可就万万不可，绝对的不可以。若是有钱的寡妇的独养女，又当别论，因为娶了这姑娘可以有一份财产在那里晃来晃去，就是娶了而带不过财产，先说那一份妆奁也是少不了的。假说女子就是一个恶鬼的化身，但那也不要紧。

平常的人说："有钱能使鬼推磨。"似乎人们相信鬼是假的，有点不十分真。

但是当河灯一放下来的时候，和尚为着庆祝鬼们更生，打着鼓，叮咚地响。念着经，好像紧急符咒似的，表示着，这一工夫可是千金一刻，且莫匆匆地让过，诸位男鬼女鬼，赶快托着灯去投生吧。

念完了经，就吹笙管笛箫，那声音实在好听，远近皆闻。

同时那河灯从上流拥拥挤挤，往下浮来了。浮得很慢，又镇静，又稳当，绝对的看不出来水里边会有鬼们来捉了它们去。

这灯一下来的时候，金忽忽的，亮通通的，又加上有千万人的观众，这举动实在是不小的。河灯之多，有数不过来的数目，大概是几千百只。两岸上的孩子们，拍手叫绝，跳脚欢迎。大人则都看出了神了，一声不响，陶醉在灯光河水之中。灯光照得河水幽幽地发亮。水上跳跃着天空的月亮。真是人生何世，会有这样好的景况。

一直闹到月亮来到了中天，大昴星，二昴星，三昴星都出齐了的时候，才算渐渐地从繁华的景况，走向了冷静的路去。

河灯从几里路长的上流，流了很久很久才流过来了。再流了很久很久才流过去了。在这过程中，有的流到半路就灭了。有的被冲到了岸边，在岸边生了野草的地方就被挂住了。还有每当河灯一流到了下流，就有些孩子拿着杆子去抓它，有些渔船也顺手取了一两只。到后来河灯越来越稀疏了。

再往下流去，就显出荒凉，孤寂的样子来了。因为越流越少了。

流到极远处去的，似乎那里的河水也发了黑。而且是流着流着的就少了一个。

河灯从上流过来的时候，虽然路上也有许多落伍的，也有许多淹灭了的，但始终没有觉得河灯是被鬼们托着走了的感觉。

可是当这河灯，从上流的远处流来，人们是从心欢喜的，等流过了自己，也还没有什么，唯独到了最后，那河灯流到了极远的下流去的时候，使看河灯的人们，内心无由地来了空虚。

"那河灯，到底是要漂到那里去呢？"

多半的人们，看到了这样的景况，就抬起身来离开了河沿回家去了。

于是不但河里冷落，岸上也冷落了起来。

这时再往远处的下流看去，看着，看着，那灯就灭了一个。再看着看着，又灭了一个，还有两个一块灭的。于是就真像被鬼一个一个地托着走了。

打过了三更，河沿上一个人也没有了，河里边一个灯也没有了。

河水是寂静如常的，小风把河水皱着极细的波浪。月光在河水上边并不像在海水上边闪着一片一片的金光，而是月亮落到河底里去了。似乎那渔船上的人，伸手可以把月亮拿到船上来似的。

河的南岸，尽是柳条丛，河的北岸就是呼兰河城。

那看河灯回去的人们，也许都睡着了。不过月亮还是在河上照着。

看河灯以热闹始，以寂寞终。

3

野台子戏也是在河边上唱的。也是秋天，比方这一年秋收好，就要唱一台子戏，感谢天地。若是夏天大旱，人们戴起柳条圈来求雨，在街上几十人，跑了几天，唱着，打着鼓。求雨的人不准穿鞋，龙王爷可怜他们在太阳下边把脚烫得很痛，就因此下了雨了。一下了雨，到秋天就得唱戏的，因为求雨的时候许下了愿。许愿就得还愿,若是还愿的戏就更非唱不可了。

一唱就是三天。

在河岸的沙滩上搭起了台子来。这台子是用杆子绑起来的,上边搭上了席棚,下了一点小雨也不要紧,太阳则完全可以遮住的。

戏台搭好了之后,两边就搭看台。看台还有楼座。坐在那楼座上是很好的,又风凉,又可以远眺。不过,楼座是不大容易坐得到的,除非当地的官、绅,别人是不大坐得到的。既不卖票,哪怕你就是有钱,也没有办法。

只搭戏台,就搭三五天。

台子的架一竖起来,城里的人就说:

"戏台竖起架子来了。"

一上了棚,人就说:

"戏台上棚了。"

戏台搭完了就搭看台,看台是顺着戏台的左边搭一排,右边搭一排,所以是两排平行而相对的。一搭要搭出十几丈远去。

眼看台子就要搭好了,这时候,接亲戚的接亲戚,唤朋友的唤朋友。

比方嫁了的女儿,回来住娘家,临走(回婆家)的时候,做母亲的送到大门外,摆着手还说:

"秋天唱戏的时候,接你回来看戏。"

坐着女儿的车子走远了,母亲含着眼泪还说:

"看戏的时候接你回来。"

所以一到了唱戏的时候,可并不是简单的看戏,而是接姑娘唤女婿,热闹得很。

东家的女儿长大了,西家的男孩子也该成亲了,说媒的这个时候,就走上门来。约定两家的父母在戏台底下,第一天或是第二天,彼此相看。也有只通知

> 母亲与女儿的特殊关系,就因为同为女性。在深隐的人性描写中有社会文化学的成分。

男家而不通知女家的，这叫作"偷看"，这样的看法，成与不成，没有关系，比较的自由，反正那家的姑娘也不知道。

所以看戏去的姑娘，个个都打扮得漂亮。都穿了新衣裳，擦了胭脂涂了粉，刘海剪得并排齐。头辫梳得一丝不乱，扎了红辫根，绿辫梢。也有扎了水红的，也有扎了蛋青的。走起路来像客人，吃起瓜子来，头不歪眼不斜的，温文尔雅，都变成了大家闺秀。有的着蛋青市布长衫，有的穿了藕荷色的，有的银灰的。有的还把衣服的边上压了条，有的蛋青色的衣裳压了黑条，有的水红洋纱的衣裳压了蓝条，脚上穿了蓝缎鞋，或是黑缎绣花鞋。

> 众女图。其细腻处，颇有《红楼》笔致。

鞋上有的绣着蝴蝶，有的绣着蜻蜓，有的绣着莲花的，绣着牡丹的各样的都有。

手里边拿着花手巾，耳朵上戴了长钳子，土名叫做"带穗钳子"。这带穗钳子有两种，一种是金的，翠的；一种是铜的，琉璃的。有钱一点的戴金的，少微差一点的带琉璃的。反正都很好看，在耳朵上摇来晃去。黄忽忽，绿森森的。再加上满脸矜持的微笑，真不知这都是谁家的闺秀。

那些已嫁的妇女，也是照样的打扮起来，在戏台下边，东邻西舍的姊妹们相遇了，好互相的品评。

谁的模样俊，谁的鬓角黑。谁的手镯是福泰银楼的新花样，谁的压头簪又小巧又玲珑。谁的一双绛紫缎鞋，真是绣得漂亮。

老太太虽然不穿什么带颜色的衣裳，但也个个整齐，人人利落，手拿长烟袋，头上撇着大扁方。慈祥，温静。

戏还没有开台，呼兰河城就热闹不得了了，接姑娘的，唤女婿的，有一个很好的童谣：

"拉大锯,扯大锯,老爷(外公)门口唱大戏。接姑娘,唤女婿,小外孙也要去。……"

于是乎不但小外孙,三姨二姑也都聚在了一起。

每家如此,杀鸡买酒,笑语迎门,彼此谈着家常,说着趣事,每夜必到三更,灯油不知浪费了多少。

某村某村,婆婆虐待媳妇。那家那家的公公喝了酒就耍酒疯。又是谁家的姑娘出嫁了刚过一年就生了一对双生。又是谁的儿子十三岁就定了一家十八岁的姑娘做妻子。

烛火灯光之下,一谈谈了个半夜,真是非常的温暖而亲切。

一家若有几个女儿,这几个女儿都出嫁了,亲姊妹,两三年不能相遇的也有。平常是一个住东,一个住西。不是隔水的就是离山,而且每人有一大群孩子,也各自有自己的家务,若想彼此过访,那是不可能的事情。

若是做母亲的同时把几个女儿都接来了,那她们的相遇,真仿佛已经隔了三十年了。相见之下,真是不知从何说起,羞羞惭惭,欲言又止,刚一开口又觉得不好意思,过了一刻工夫,耳脸都发起烧来,于是相对无语,心中又喜又悲。过了一袋烟的工夫,等那往上冲的血流落了下去,彼此都逃出了那种昏昏恍恍的境界,这才来找几句不相干的话来开头;或是——

"你多咱来的?"

或是:

"孩子们都带来了?"

关于别离了几年的事情,连一个字也不敢提。

从表面上看来,她们并不像是姊妹,丝毫没有亲热的表现。面面相对的,不知道她们两个人是什么关系,似乎连认识也不认识,似乎从前她们两个并没有

体察入微。

见过，而今天是第一次的相见，所以异常的冷落。

但是这只是外表，她们的心里，就早已沟通着了。甚至于在十天或半月之前，她们的心里就早已开始很远的牵动起来，那就是当着她们彼此都接到了母亲的信的时候。

那信上写着要迎接她们姊妹都回来看戏的。

从那时候起，她们就把要送给姐姐或妹妹的礼物规定好了。

一双黑大绒的云子卷，是亲手做的。或者就在她们的本城和本乡里，有一个出名的染缸房，那染缸房会染出来很好的麻花布来。于是送了两匹白布去，嘱咐他好好的加细地染着。一匹是白地染蓝花，一匹是蓝地染白花。蓝地的染的是刘海戏金蟾，白地的染的是蝴蝶闹莲花。

一匹送给大姐姐，一匹送给三妹妹。

现在这东西，就都带在箱子里边。等过了一天二日的，寻个夜深人静的时候，轻轻的从自己的箱底把这等东西取出来，摆在姐姐的面前，说：

"这麻花布被面，你带回去吧！"

只说了这么一句，看样子并不像是送礼物，并不像今人似的，送一点礼物很怕邻居左右看不见，是大嚷大吵着的，说这东西是从什么山上，或是什么海里得来的，哪怕是小河沟子的出品，也必要连那小河沟子的身份也提高，说河沟子是怎样的不凡，是怎样的与众不同，可不同别的河沟子。

这等乡下人，糊里糊涂的，要表现的，无法表现，什么也说不出来，只是把东西递过去就算了事。

至于那受了东西的，也是不会说什么，连声道谢也不说，就收下了。也有的稍微推辞了一下，也就收下了。

> 朴实、深沉的姐妹之爱，人性之美。

"留着你自己用吧！"

当然那送礼物的是加以拒绝。一拒绝，也就收下了。

每个回娘家看戏的姑娘，都零零碎碎的带来一大批东西。送父母的，送兄嫂的，送侄女的，送三亲六故的。带了东西最多的，是凡见了长辈或晚辈都多少有点东西拿得出来，那就是谁的人情最周到。

这一类的事情，等野台子唱完，拆了台子的时候，家家户户才慢慢的传诵。

每个从娘家回婆家的姑娘，也都带着很丰富的东西，这些都是人家送给她的礼品。东西丰富得很，不但有用的，也有吃的，母亲亲手制的咸肉，姐姐亲手晒的干鱼，哥哥上山打猎打了一只雁来腌上，至今还有一只雁大腿，这个也给看戏的姑娘带回去，带回去给公公去喝酒吧。

于是乌三八四的，离走的前一天晚上，真是忙了个不休，就要分散的姊妹们连说个话儿的工夫都没有了。大包小包的包了一大堆。

再说在这看戏的时间，除了看亲戚，会朋友，还成了许多好事，那就是谁家的女儿和谁家公子订婚了，说是明年二月，或是三月就要娶亲。订婚酒，已经吃过了，眼前就要过"小礼"的，所谓"小礼"就是在法律上的订婚形式，一经过了这番手续，东家的女儿，终归就要成了西家的媳妇了。

也有男女两家都是外乡赶来看戏的，男家的公子也并不在，女家的小姐也并不在。只是两家的双亲有媒人从中媾通着，就把亲事给定了。也有的喝酒作乐的随便的把自己的女儿许给了人家。也有的男女两家的公子，小姐都还没有生出来，就给定下亲了。这叫作"指腹为亲"。这指腹为亲的，多半都是相当有点资财的人家才有这样的事。

两家都很有钱，一家是本地的烧锅掌柜的，一家是白旗屯的大窝堡，两家是一家种高粱，是一家开烧锅。开烧锅的需要高粱，种高粱的需烧锅买他的高粱，烧锅非高粱不可，高粱非烧锅不行。恰巧又赶上这两家的妇人，都要将近生产，所以就"指腹为亲"了。

无管是谁家生了男孩子，谁家生了女孩子，只要是一男一女就规定他们是夫妇。假若两家都生了男孩，都就不能勉强规定了。两家都生了女孩也是不能够规定的。

但是这指腹为亲,好处不太多,坏处是很多的。半路上其中的一家穷了,不开烧锅了,或者没有窝堡了,其余的一家,就不愿意娶他家的媳妇,或是把女儿嫁给一家穷人。假若女家穷了,那还好办,若实在不娶,他也没有什么办法。若是男家穷了,男家就一定要娶,若一定不让娶,那姑娘的名誉就很坏,说她把谁家谁给"妨"穷了,又不嫁。"妨"字在迷信上说就是因为她命硬,因为她某家某家穷了。她的婆家就不大容易找了,会给她起一个名叫做"望门妨"。无法,只得嫁过去,嫁过去之后,妯娌之间又要说她嫌贫爱富,百般的侮辱她。丈夫因此也不喜欢她了,公公婆婆也虐待她,她一个年青的未出过家门的女子,受不住这许多攻击,回到娘家去,娘家也无甚办法,就是那当年指腹为亲的母亲说:

"这都是你的命(命运),你好好地耐着吧!"

年青的女子,莫名其妙的,不知道自己为什么要有这样的命,于是往往演出悲剧来,跳井的跳井,上吊的上吊。

古语说,"女子上不了战场。"

其实不对的,这井多么深,平白地你问一个男子,问他这井敢跳不敢跳,怕他也不敢的。而一个年青的女子竟敢了,上战场不一定死,也许回来闹个一官半职的。可是跳井就很难不死,一跳就多半跳死了。

那么节妇坊上为什么没写着赞美女子跳井跳得勇敢的赞词?那是修节妇坊的人故意给删去的。因为修节妇坊的,多半是男人。他家里也有一个女人。他怕是写上了,将来他打他女人的时候,他的女人也去跳井。女人也跳了井,留下来一大群孩子可怎么办?于是一律不写。只写,温文尔雅,孝顺公婆……

大戏还没有开台,就来了这许多事情。等大戏一

宿命论在底层大有市场。

这段插叙,可以看到作者的一种独特的女性主义。

开了台,那戏台下边,真是人山人海,拥挤不堪。搭戏台的人,也真是会搭,正选了一块平平坦坦的大沙滩,又光滑,又干净,使人就是倒在上边,也不会把衣裳沾一丝儿的土星。这沙滩有半里路长。

人们笑语连天,哪里是在看戏,闹得比锣鼓好像更响,那戏台上出来一个穿红的,进去一个穿绿的,只看见摇摇摆摆的走出走进,别的什么也不知道了,不用说唱得好不好,就连听也听不到。离着近的还看得见不挂胡子的戏子在张嘴,离得远的就连戏台那个穿红衣裳的究竟是一个坤角,还是一个男角也都不大看得清楚。简直是还不如看木偶戏。

但是若有一个唱木偶戏的这时候来在台下,唱起来,问他们看不看,那他们一定不看的,哪怕就连戏台子的边也看不见了,哪怕是站在二里路之外,他们也不看那木偶戏的。因为在大戏台底下,哪怕就是睡了一觉回去,也总算是从大戏台子底下回来的,而不是从什么别的地方回来的。

一年没有什么别的好看,就这一场大戏还能够轻容的放过吗?所以无论看不看,戏台底下是不能不来。

> 大气派,多视角,逶迤而来。

所以一些乡下的人也都来了,赶着几套马的大车,赶着老牛车,赶着花轮子,赶着小车子,小车子上边驾着大骡子。总之家里有什么车就驾了什么车来。也有的似乎他们家里并不养马,也不养别的牲口,就只用了一匹小毛驴,拉着一个花轮子也就来了。

来了之后,这些车马,就一齐停在沙滩上,马匹在草包上吃着草,骡子到河里去喝水。车子上都搭席棚,好像小看台似的,排列在戏台的远处。那车子带来了他们的全家,从祖母到孙子媳,老少三辈,他们离着戏台二三十丈远,听是什么也听不见的,看也很难看到什么,也不过是五红大绿的,在戏台上跑着圈子，头上戴着奇怪的帽子，身上穿着奇怪的衣裳。谁知道那些人都是干什么的，有的看了三天野台子戏，而连一场的戏名字也都叫不出来。回到乡下去，他也跟着人家说长道短的，偶尔人家问了他说的是那出戏，他竟瞪了眼睛，说不出来了。

至于一些孩子们在戏台底下，就更什么也不知道了，只记住一个大胡子，一个花脸的，谁知道那些都是在做什么，比比划划，刀枪棍棒的乱闹一阵。

反正戏台底下有些卖凉粉的，有些卖糖球的，随便吃去好了。什么黏糕，油炸馒头，豆腐脑都有，这些东西吃了又不饱，吃了这样再去吃那样。卖西瓜的，卖香瓜的，戏台底下都有，招得苍蝇一大堆，嗡嗡地飞。

戏台上敲锣打鼓震天的响。

那唱戏的人，也似乎怕远处的人听不见，也在拼命地喊，喊破了喉咙也压不住台的。那在台下的早已忘记了是在看戏，都在那里说长道短，男男女女的谈起家常来。还有些个远亲，平常一年也看不到，今天在这里看到了，哪能不打招呼。所以三姨二婶子的，就在人多的地方大叫起来，假若是在看台的凉棚里坐着，忽然有一个老太太站了起来，大叫着说：

"他二舅母，你可多咱来的？"

于是那一方面也就应声而起。原来坐在看台的楼座上的，离着戏比较近，听唱是听得到的，所以那看台上比较安静。姑娘媳妇都吃着瓜子，喝着茶。对这大嚷大叫的人，别人虽然讨厌，但也不敢去禁止，你若让她小一点声讲话，她会骂了起来：

"这野台子戏，也不是你家的，你愿听戏，你请一台子到你家里去唱……"

另外的一个也说：

> "哟哟,我没见过,看起戏来,都六亲不认了,说个话儿也不让……"

这还是比较好的,还有更不客气的,一开口就说:

> "小养汉老婆……你奶奶,一辈子家里外头靡受过谁的大声小气,今天来到戏台底下受你的管教来啦,你娘的……"

被骂的人若是不搭言,过一回也就了事了,若一搭言,自然也没有好听的。于是两边就打了起来啦,西瓜皮之类就飞了过去。

这来在戏台下看戏的,不料自己竟演起戏来,于是人们一窝蜂似的,都聚在这个真打真骂的活戏的方面来了。也有一些流氓混子之类,故意的叫着好,惹得全场的人哄哄大笑。假若打仗的还是个年轻青的女子,那些讨厌的流氓们还会说着各样的俏皮话,使她火上加油越骂就越凶猛。

自然那老太太无理,她一开口就骂了人。但是一闹到后来,谁是谁非也就看不出来了。

幸而戏台上的戏子总算沉着,不为所动,还在那里阿拉阿拉的唱。过了一个时候,那打得热闹的也究竟平静了。

再说戏台下边也有一些个调情的,那都是南街豆腐房里的嫂嫂,或是碾磨房的碾倌磨倌的老婆。碾倌的老婆看上了一个赶马车的车夫。或是豆腐匠看上了开粮米铺那家的小姑娘。有的是两方面都眉来眼去,有的是一方面殷勤,他一方面则表示要拒之千里之外。这样的多半是一边低,一边高,两方面的资财不对。

绅士之流,也有调情的,彼此都坐在看台之上,东张张,西望望。三亲六故,姐夫小姨之间,未免地就要多看几眼,何况又都打扮得漂亮,非常好看。

绅士们平常到别人家的客厅去拜访的时候,绝不

— 戏台下的民间社会。

能够看上了人家的小姐就不住地看，那该多么不绅士，那该多么不讲道德。那小姐若一告诉了她的父母，她的父母立刻就和这样的朋友绝交。绝交了，倒不要紧，要紧的是一传出去名誉该多坏。绅士是高雅的，哪能够不清不白的，哪能够不分长幼的去存心朋友的女儿，像那般下等人似的。

绅士彼此一拜访的时候，都是先让到客厅里去，端端庄庄地坐在那里，而后倒茶装烟。规矩礼法，彼此都尊为是上等人。朋友的妻子儿女，也都出来拜见，尊为长者。在这种时候，只能问问大少爷的书读了多少，或是又写了多少字了。连朋友的太太也不可以过多的谈话，何况朋友的女儿呢？那就连头也不能够抬的，哪里还敢细看。

现在在戏台上看看怕不要紧，假设有人问道，就说是东看西看，瞧一瞧是否有朋友在别的看台上。何况这地方又人多眼杂，也许没有人留意。

三看两看的，朋友的小姐到没有看上，可看上了一个不知道在什么地方见到过的一位妇人，那妇人拿着小小的鹅翎扇子，从扇子梢上往这边转着眼珠，虽说是一位妇人，可是又年青，又漂亮。

这时候，这绅士就应该站起来打着口哨，好表示他是开心的。可是我们中国上一辈的老绅士不会这一套。他另外也有一套，就是他的眼睛似睁非睁的迷离恍惚的望了出去，表示他对她有无限的情意。可惜离得太远，怕不会看得清楚，也许枉费了心思了。

也有的在戏台下边，不听父母之命，不听媒妁之言，自己就结了终生不解之缘。这多半是表哥表妹等等，稍有点出身来历的公子小姐的行为。他们一言为定，终生合好。间或也有被父母所阻拦，生出来许多波折。但那波折都是非常美丽的，使人一讲起来，真是比看《红楼梦》更有趣味。来年再唱大戏的时候，姊妹们一讲起这佳话来，真是增添了不少的回想……

赶着车进城来看戏的乡下人，他们就在河边沙滩上，扎了营。夜里大戏散了，人们都回家了，只有这等连车带马的，他们就在沙滩上过夜。好像出征的军人似的，露天为营。有的住了一夜，第二夜就回去了。有的住了三夜，一直到大戏唱完，才赶着车子回乡。不用说这沙滩上是很雄壮的，夜里，他们每家燃了火，煮茶的煮茶，谈天的谈天。但终归是人数太少，也不过二三十辆车子。所燃起来的火，也不会火光冲天，所以多少有一些凄凉之感。夜深了，住在河边上，被河水吸着又特别的凉，人家睡起觉来都觉得冷森森的。尤其是车夫马倌之类，他们不能够睡觉，怕是有土匪来抢劫他们马匹，所以就坐以待旦。

于是在纸灯笼下边，三个两个的赌钱。赌到天色发白了，该牵着马到河边去饮水去了。在河上，遇到了捉蟹的蟹船。蟹船上的老头说：

"昨天的《打渔杀家》①唱得不错。听说今天有《汾河湾》②。"

那牵着牲口饮水的人，是一点大戏常识也没有的。他只听到牲口喝水的声音呵呵的，其他的则不知所答了。

4

四月十八娘娘庙大会，这也是为着神鬼，而不是为着人的。

这庙会的土名叫做"逛庙"，也是无分男女老幼都来逛的，但其中以女子最多。

女子们早晨起来，吃了早饭，就开始梳洗打扮。打扮好了，就约了东家姐姐，西家妹妹的去逛庙去了。竟有一起来就先梳洗打扮的，打扮好了，才吃饭，一吃了饭就走了。总之一到逛庙这天，各不后人，到不了半晌午，就车水马龙，拥挤得气息不通了。

挤丢了孩子的站在那儿喊，找不到妈的孩子在人群里边哭，三岁的、五岁的，还有两岁的刚刚会走，竟也被挤丢了。

所以每年庙会上必得有几个警察在收这些孩子。收了站在庙台上，等着他的家人来领。偏偏这些孩子都很胆小，张着嘴大哭，哭得实在可怜，满头满脸是汗。有的十二三岁了，也被丢了，问他家住在哪里？他竟说不出所以然来，东指指，西划划，说是他家门口有一条小河沟，那河沟里边出虾米？就叫作"虾沟子"，也许他家那地名就叫"虾沟

---

① 《打渔杀家》：京剧传统剧目，取《水浒后传》中李俊事改编而成。
② 《汾河湾》：京剧传统剧目，又名《打雁进窑》。

子"，听了使人莫名其妙。再问他这虾沟子离城多远，他便说：骑马要一顿饭的工夫可到，坐车要三顿饭的工夫可到。究竟离城多远，他没有说。问他姓什么，他说他祖父叫史二，他父亲叫史成……这样你就再也不敢问他了。要问他吃饭没有？他就说："睡觉了。"这是没有办法的，任他去吧。于是就都连大带小的一齐站在庙门口，他们哭的哭，叫的叫，好像小兽似的，警察在看守他们。

娘娘庙是在北大街上，老爷庙和娘娘庙离不了好远。那些烧香的人，虽然说是求子求孙，是先该向娘娘来烧香的，但是人们都以为阴间也是一样的重男轻女，所以不敢倒反天干。所以都是先到老爷庙去，打过钟，磕过头，好像跪到那里报个到似的，而后才上娘娘庙去。

> 民俗中的男尊女卑。

老爷庙有大泥像十多尊，不知道那个是老爷，都是威风凛凛，气概盖世的样子。有的泥像的手指尖都被攀了去，举着没有手指的手在那里站着，有的眼睛被挖了，像是个瞎子似的。有的泥像的脚趾是被写了一大堆的字，那字不太高雅，不怎么合乎神的身份。似乎是说泥像也该娶个老婆，不然他看了和尚去找小尼姑，他是要忌妒的。这字现在没有了，传说是这样。

为了这个，县官下了手令，不到初一十五，一律的把庙门锁起来，不准闲人进去。

当地的县官是很讲仁义道德的。传说他第五个姨太太，就是从尼姑庵接来的。所以他始终相信，尼姑绝不会找和尚。自古就把尼姑列在和尚一起，其实是世人不查，人云亦云。好比县官的第五房姨太太，就是个尼姑。难道她也被和尚找过了吗？这是不可能的。

所以下令一律的把庙门关了。

娘娘庙里比较的清静，泥像也有一些个，以女子

> 作者的文字，可以说随处挑战男权中心社会。

为多，多半都没有横眉竖眼，近乎普通人，使人走进了大殿不必害怕。不用说是娘娘了，那自然是很好的温顺的女性。就说女鬼吧，也都不怎样恶，至多也不过披头散发的就完了，也决没有像老爷庙里那般泥像似的，眼睛冒了火，或像老虎似的张着嘴。

不但孩子进了老爷庙有的吓得大哭，就连壮年的男人进去也要肃然起敬。好像说虽然他在壮年，那泥像若走过来和他打打，他也决打不过那泥像的。

所以在老爷庙上磕头的人，心里比较虔诚，因为那泥像，身子高，力气大。

到了娘娘庙，虽然也磕头，但就总觉得那娘娘没有什么出奇之处。

塑泥像的人是男人，他把女人塑得很温顺，似乎对女人很尊敬。他把男人塑得很凶猛，似乎男性很不好。其实不对的，世界上的男人，无论多凶猛，眼睛冒火的似乎还未曾见过。就说西洋人吧，虽然与中国人的眼睛不同，但也不过是蓝瓦瓦的有点类似猫头鹰的眼睛而已，居然间冒了火的还没有。眼睛会冒火的民族，目前的世界还未发现。那么塑泥像的人为什么把他塑成那个样子呢？那就是让你一见生畏，不但磕头，而且要心服。就是磕完了头站起再看着，也绝不会后悔，不会后悔这头是向一个平庸无奇的人白白磕了。至于塑像的人塑起女子来为什么要那么温顺，那就告诉人，温顺的就是老实的，老实的就是好欺侮的，告诉人快来欺侮她们吧。

人若老实了，不但异类要来欺侮，就是同类也不同情。

比方女子去拜过了娘娘庙，也不过向娘娘讨子讨孙。讨完了就出来了，其余的并没有什么尊敬的意思。觉得子孙娘娘也不过是个普通的女子而已，只是她的孩子多了一些。

所以男人打老婆的时候便说：

"娘娘还得怕老爷打呢？何况你一个长舌妇！"

可见男人打女人是天理应该，神鬼齐一。怪不得那娘娘庙里的娘娘特别温顺，原来是常常挨打的缘故。可见温顺也不是怎么优良的天性，而是被打的结果。甚或是招打的原由。

两个庙都拜过了的人，就出来了，拥挤在街上。街上卖什么玩具的都有，多半玩具都是适于几岁的小孩子玩的。泥做的泥公鸡，鸡尾巴上插着两根红鸡毛，一点也不像，可是使人看去，就比活的更好看。家里有小孩子的不能不买。何况拿在嘴上一吹又会呜呜地响。买了泥公鸡，又看见了小泥人，小泥人的背上也有一个洞，这洞里边插着一根芦苇，一吹就响，那声音好像是诉怨似的，不太好听，但是孩子们都喜欢，做母亲的也一定要买。其余的如卖哨子的，卖小笛子的，卖线蝴蝶的，卖不倒翁的，其中尤以不倒翁最著名，也最上讲究，家家都买，有钱的买大的，没有钱的，买个小的。大的有一尺多高，二尺来高。小的有小得像个鸭蛋似的。无论大小，都非常灵活，按倒了就起来，起得很快，是随手就起来的。买不倒翁要当场试验，间或有生手的工匠所做出来的不倒翁，因屁股太大了，他不愿意倒下，也有的倒下了他就不起来。所以买不倒翁的人就把手伸出去，一律把他们按倒，看那个先站起来就买那个，当那一倒一起的时候真是可笑，摊子旁边围了些孩子，专在那里笑。不倒翁长得很好看，又白又胖。并不是老翁的样子，也不过他的名字叫不倒翁就是了。其实他是一个胖孩子。做得讲究一点的，头顶上还贴了一簇毛，算是头发。有头发的比没有头发的要贵二百钱。有的孩子买的时候力争要戴头发的，做母亲的舍不得那二百钱，就说到家给他剪点狗毛贴。孩子非要戴毛的不可，选了一个戴毛的抱在怀里不放。没有法只得买了。这孩子抱着欢喜了一路，等到家一看，那簇毛不知什么时候已经飞了。于是孩子大哭。虽然母亲已经给剪了簇狗毛贴上了，但那孩子就总觉得这狗毛不是真的，不如原来的好看。也许那原来也贴的是狗毛，或许还不如现在的这个好看。但那孩子就总不开心，忧愁了一个下半天。

庙会到下半天就散了。虽然庙会是散了，可是庙门还开着，烧香的人、拜佛的人陆续的还有。有些没有儿子的妇女，仍旧在娘娘庙上捉弄着娘娘。给子孙娘娘的背后钉一个纽扣，给她的脚上绑一条带子，耳朵上挂一只耳环，给她戴一副眼镜，把她旁边的泥娃娃给偷着抱走了一个。据说这样做，来年就都会生儿子的。

娘娘庙的门口，卖带子的特别多，妇人们都争着去买，她们相信买了带子，就会把儿子给带来了。

若是未出嫁的女儿，也误买了这东西，那就将成为大家的笑柄了。

庙会一过，家家户户就都有一个不倒翁，离城远至十八里路的，也都买了一个回去。回到家里，摆在迎门的向口，使别人一过眼就看见了，他家的确有一个不倒翁不差，这证明逛庙会的时节他家并没有落伍，的确是去逛过了。

歌谣上说：

"小大姐，去逛庙，扭扭搭搭走的俏，回来买个搬不倒。"

5

这些盛举，都是为鬼而做的，并非为人而做的。至于人去看戏，逛庙，也不过是揩油借光的意思。

跳大神有鬼，唱大戏是唱给龙王爷看的。七月十五放河灯，是把灯放给鬼，让他顶着个灯去脱生。四月十八也是烧香磕头的祭鬼。

只是跳秧歌，是为活人而不是为鬼预备的。跳秧歌是在正月十五，正是农闲的时候，趁着新年而化起装来，男人装女人，装得滑稽可笑。

狮子、龙灯、旱船、等等，似乎也跟祭鬼似的，花样复杂，一时说不清楚。

第三章

1

呼兰河这小城里边住着我的祖父。

我生的时候,祖父已经六十多岁了,我长到四五岁,祖父就快七十了。

我家有一个大花园,这花园里蜂子、蝴蝶、蜻蜓、蚂蚱,样样都有。蝴蝶有白蝴蝶、黄蝴蝶。这种蝴蝶极小,不太好看。好看的是大红蝴蝶,满身带着金粉。

蜻蜓是金的,蚂蚱是绿的,蜂子则嗡嗡地飞着,满身绒毛,落到一朵花上,胖圆圆的就和一个小毛球似的不动了。

花园里边明晃晃的,红的红,绿的绿,新鲜漂亮。

据说这花园,从前是一个果园。祖母喜欢吃果子就种了果园。祖母又喜欢养羊,羊就把果树给啃了。果树于是都死了。到我有记忆的时候,园子里就只有一棵樱桃树,一棵李子树,因为樱桃和李子都不大结果子,所以觉得他们是并不存在的。小的时候,只觉得园子里边就有一棵大榆树。

这榆树,在园子的西北角上,来了风,这榆树先啸,来了雨,大榆树先就冒烟了。太阳一出来,大榆树的叶子就发光了,它们闪烁得和沙滩上的蚌壳一样了。

祖父一天都在后园里边,我也跟着祖父在后园里边。祖父戴一个大草帽,我戴一个小草帽,祖父栽花,我就栽花;祖父拔草,我就拔草。当祖父下种,种小白菜的时候,我就跟在后边,把那下了种的土窝,用脚一个一个地溜平,哪里会溜得准,东一脚的,西一脚的瞎闹。有的把菜种不单没被土盖上,反

> 在充满苦难、愚昧、冷漠的呼兰河小城,这个后花园可谓是一块"飞地",这里充满着大自然蓬勃的生命,人间的温爱,而丝毫不受世事的干扰。

而把菜子踢飞了。

小白菜长得非常之快,没有几天就冒了芽了,一转眼就可以拔下来吃了。

祖父铲地,我也铲地。因为我太小,拿不动那锄头杆,祖父就把锄头杆拔下来,让我单拿着那个锄头的"头"来铲。其实那里是铲,也不过爬在地上,用锄头乱勾一阵就是了。也认不得哪个是苗,哪个是草。往往把韭菜当作野草一起的割掉,把狗尾草当作谷穗留着。

等祖父发现我铲的那块满留着狗尾草的一片,他就问我:

"这是什么?"

我说:

"谷子。"

祖父大笑起来,笑得够了,把草摘下来问我:

"你每天吃的就是这个吗?"

我说:

"是的。"

我看着祖父还在笑,我就说:

"你不信,我到屋里拿来你看。"

我跑到屋里,拿了鸟笼上的一头谷穗,远远地就抛给祖父了。说:

"这不是一样的吗?"

祖父慢慢地把我叫过去,讲给我听,说谷子是有芒针的。狗尾草则没有,只是毛嘟嘟的真像狗尾巴。

祖父虽然教我,我看了也并不细看,也不过马马虎虎承认下来就是了。一抬头看见了一个黄瓜长大了,跑过去摘下来,我又吃黄瓜去了。

黄瓜也许没有吃完,又看见了一个大蜻蜓从旁飞过,于是丢了黄瓜又去追蜻蜓去了。蜻蜓飞得多么快,哪里会追得上?好在一开初也没有存心一定追上。所以站起来,跟了蜻蜓跑了几步就又去做别的去了。

采一个倭瓜花心,捉一个大绿豆青蚂蚱,把蚂蚱腿用线绑上,绑了一会,也许把蚂蚱腿就绑掉,线头上只拴了一只腿,而不见蚂蚱了。

玩腻了,又跑到祖父那里去乱闹一阵,祖父浇菜,我也抢过来浇,奇怪的就是并不往菜上浇,而是拿着水瓢,拼尽了力气,把水往天空里一扬，大喊着：

"下雨了，下雨了。"

太阳在园子里是特大的，天空是特别高的，太阳的光芒四射，亮得使人睁不开眼睛，亮得蚯蚓不敢钻出地面来，蝙蝠不敢从什么黑暗的地方飞出来。是凡在太阳下的，都是健康的，漂亮的，拍一拍连大树都会发响的，叫一叫就是站在对面的土墙都会回答似的。

花开了，就像花睡醒了似的。鸟飞了，就像鸟上天了似的。虫子叫了，就像虫子在说话似的。一切都活了。都有无限的本领，要做什么，就做什么。要怎么样，就怎么样。都是自由的。倭瓜愿意爬上架就爬上架，愿意爬上房就爬上房。黄瓜愿意开一个谎花，就开一个谎花，愿意结一个黄瓜，就结一个黄瓜。若都不愿意，就是一个黄瓜也不结，一朵花也不开，也没有人问它。玉米愿意长多高就长多高，它若愿意长上天去，也没有人管。蝴蝶随意的飞，一会从墙头上飞来一对黄蝴蝶，一会又从墙头上飞走了一个白蝴蝶。它们是从谁家来的，又飞到谁家去？太阳也不知道这个。

只是天空蓝悠悠的，又高又远。

可是白云一来了的时候，那大团的白云，好像洒了花的白银似的，从祖父的头上经过，好像要压到了祖父的草帽那么低。

我玩累了，就在房子底下找个阴凉的地方睡着了。不用枕头，不用席子，就把草帽扣在脸上就睡了。

2

祖父的眼睛是笑盈盈的，祖父的笑，常常笑成和孩子似的。

> 写太阳，大树，土墙，花鸟，虫子，倭瓜和黄瓜，还有蝴蝶，全凭感觉写，随意，自然，富于表现力。

祖父是个长得很高的人，身体很健康，手里喜欢拿着个手杖。嘴上则不住地抽着旱烟管，遇到了小孩子，每每喜欢开个玩笑，说：

"你看天空飞个家雀。"

趁那孩子往天空一看，就伸出手去把那孩子的帽给取下来了。有的时候放在长衫的下边，有的时候放在袖口里头。他说：

"家雀叼走了你的帽啦。"

孩子们都知道了祖父的这一手了，并不以为奇，就抱住他的大腿，向他要帽子，摸着他的袖管，撕着他的衣襟，一直到找出帽子来为止。

祖父常常这样做，也总是把帽放在同一的地方，总是放在袖口和衣襟下。那些搜索他的孩子没有一次不是在他衣襟下把帽子拿出来的，好像他和孩子们约定了似的：我就放在这块，你来找吧！

这样的不知做过了多少次，就像老太太永久讲着"上山打老虎"这一个故事给孩子们听似的，哪怕是已经听过了五百遍，也还是在那里回回拍手，回回叫好。

每当祖父这样做一次的时候，祖父和孩子们都一齐地笑得不得了。好像这戏还像第一次演似的。

别人看了祖父这样做，也有笑的，可不是笑祖父的手法好，而是笑他天天使用一种方法抓掉了孩子的帽子，这未免可笑。

祖父不怎样会理财，一切家务都由祖母管理。祖父只是自由自在地一天闲着。我想，幸好我长大了，我三岁了。不然祖父该多寂寞。我会走了，我会跑了。我走不动的时候，祖父就抱着我，我走动了，祖父就拉着我。一天到晚，门里门外，寸步不离，而祖父多半是在后园里，于是我也在后园里。

我小的时候，没有什么同伴，我是我母亲的第一

一个和善而散漫的老人。

个孩子。

我记事很早,在我三岁的时候,我记得我的祖母用针刺过我的手指,所以我很不喜欢她。我家的窗子,都是四边糊纸,当中嵌着玻璃。祖母是有洁癖的,以她屋的窗纸最白净。别人抱着把我一放在祖母的炕边上,我不假思索地就要往炕里边跑,跑到窗子那里,就伸出手去,把那白白透着花窗棂的纸窗给捅了几个洞,若不加阻止,就必得挨着排给捅破,若有人招呼着我,我也得加速的抢着多捅几个才能停止。手指一触到窗上,那纸窗像小鼓似的,嘭嘭的就破了。破得越多,自己越得意。祖母若来追我的时候,我就越得意了,笑得拍着手,跳着脚的。

有一天祖母看我来了,她拿了一个大针就到窗子外边去等我去了。我刚一伸出手去,手指就痛得厉害。我就叫起来了。那就是祖母用针刺了我。

从此,我就记住了,我不喜欢她。

虽然她也给我糖吃,她咳嗽时吃猪腰烧川贝母,也分给我猪腰,但是我吃了猪腰还是不喜欢她。

在她临死之前,病重的时候,我还会吓了她一跳。有一次她自己一个人坐在炕上熬药,药壶是坐在炭火盆上,因为屋里特别的寂静,听得见那药壶骨碌骨碌地响。祖母住着两间房子,是里外屋,恰巧外屋也没有人,里屋也没人,就是她自己。我把门一开,祖母并没有看见我,于是我就用拳头在板隔壁上,咚咚地打了两拳。我听到祖母"哟"的一声,铁火剪子就掉了地上了。

我再探头一望,祖母就骂起我来。她好像就要下地来追我似的,我就一边笑着,一边跑了。

我这样的吓唬祖母,也并不是向她报仇,那时我才五岁,是不晓得什么的。也许觉得这样好玩。

祖父一天到晚是闲着的,祖母什么工作也不分配给他。只有一件事,就是祖母的地榇上的摆设,有一套锡器,却总是祖父擦的。这可不知道是祖母派给他的,还是他自动的愿意工作,每当祖父一擦的时候,我就不高兴,一方面是不能领着我到后园里去玩了,另一方面祖父因此常常挨骂。祖母骂他懒,骂他擦的不干净。祖母一骂祖父的时候,就常常不知为什么连我也骂上。

祖母一骂祖父,我就拉着祖父的手往外边走,一边说:

"我们后园里去吧。"

也许因此祖母也骂了我。

她骂祖父是"死脑瓜骨",骂我是"小死脑瓜骨"。

我拉着祖父就到后园里去了,一到了后园里,立刻就另是一个世界了。决不是那屋子里的狭窄的世界,而是宽广的,人和天地在一起,天地是多么大,多么远,用手摸不到天空。而土地上所长的又是那么繁华,一眼看上去,是看不完的,只觉得眼前鲜绿的一片。

一到后园里,我就没有对象地奔了出去,好像我是看准了什么而奔去了似的,好像有什么在那儿等着我似的。其实我是什么目的也没有。只觉得这园子里边无论什么东西都是活的,好像我的腿也非跳不可了。

若不是把全身的力量跳尽了,祖父怕我累了想招呼住我,那是不可能的,反而他越招呼,我越不听话。

等到自己实在跑不动了,才坐下来休息,那休息也是很快的,也不过随便在秧子上摘下一个黄瓜来,吃了也就好了。

休息好了又是跑。

樱桃树,明明是没有结樱桃,就偏跑到树上去找樱桃。李子树是半死的样子了,本不结李子的,就偏去找李子。一边在找还一边大声的喊,在问着祖父:

"爷爷,樱桃树为什么不结樱桃?"

祖父老远的回答着:

"因为没有开花,就不结樱桃。"

再问:

"为什么樱桃树不开花?"

祖父说:

"因为你嘴馋,它就不开花。"

我一听了这话,明明是嘲笑我的话,于是就飞奔着跑到祖父那里,似乎是很生气的样子。等祖父把眼睛一抬,他用了完全没有恶意的眼睛一看我,我立刻就笑了。而且是笑了半天的工夫才能够止住,不知哪里来了那许多高兴，把后园一时都让我搅乱了，我笑的声音不知有多大，自己都感到震耳了。

后园中有一棵玫瑰。一到五月就开化的。一直开到六月。花朵和酱油碟那么大。开得很茂盛，满树都是，因为花香，招来了很多的蜂子，嗡嗡地在玫瑰树那儿闹着。

别的一切都玩厌了的时候，我就想起来去摘玫瑰花，摘了一大堆把草帽脱下来用帽兜子盛着。在摘那花的时候，有两种恐惧，一种是怕蜂子的勾刺人，另一种是怕玫瑰的刺刺手。好不容易摘了一大堆，摘完了可又不知道做什么了。忽然异想天开，这花若给祖父戴起来该多好看。

祖父蹲在地上拔草，我就给他戴花。祖父只知道我是在捉弄他的帽子，而不知道我到底是在干什么。我把他的草帽给他插了一圈的花，红通通的二三十朵。我一边插着一边笑。当我听到祖父说：

"今年春天雨水大，咱们这棵玫瑰开得这么香。二里路也怕闻得到的。"

就把我笑得哆嗦起来。我几乎没有支持的能力再插上去。等我插完了，祖父还是安然的不晓得。他还照样地拔着垅上的草。我跑得很远的站着，我不敢往祖父那边看，一看就想笑。所以我借机进屋去找一点吃的来，还没有等我回到园中，祖父也进屋来了。

那满头红通通的花朵，一进来祖母就看见了。她看见什么也没说，就大笑了起来。父亲母亲也笑了起来，而以我笑得最厉害，我在炕上打着滚笑。

祖父把帽子摘下来一看，原来那玫瑰的香并不是因为今年春天雨水大的缘故，而是那花就顶在他的头上。

他把帽子放下，他笑了十多分钟还停不住，过一会一想起来，又笑了。

祖父刚有点忘记了，我就在旁边提着说：

"爷爷……今年春天雨水大呀……"

一提祖父的笑就来了。于是我也在炕上打起滚来。

就这样一天一天的，祖父，后园，我，这三样是一样也不可缺少的了。

刮了风，下了雨，祖父不知怎样，在我却是非常寂寞的了。去没有去处，玩没有玩的，觉得这一天不知有多少日子那么长。

3

偏偏这后园每年都要封闭一次的。秋雨之后这花园就开始凋零了，黄的黄、败的败，好像很快似的一切花朵都灭了，好像有人把它们摧残了似的。它们一齐都没有从前那么健康了，好像它们都很疲倦了，而要休息了似的。好像要收拾收拾回家去了似的。

大榆树也是落着叶子，当我和祖父偶尔在树下坐坐，树叶竟落在我的脸上来了。树叶飞满了后园。

没有多少时候，大雪又落下来了，后园就被埋住了。

通到园去的后门，也用泥封起来了，封得很厚，整个的冬天挂着白霜。

我家住着五间房子，祖母和祖父共住两间，母亲和父亲共住两间。祖母住的是西屋，母亲住的是东屋。

是五间一排的正房，厨房在中间，一齐是玻璃窗子，青砖墙，瓦房顶。

祖母的屋子，一个是外间，一个是内间。外间里摆着大躺箱，地长桌，太师椅。椅子上铺着红椅垫，躺箱上摆着硃砂瓶，长桌上列着座钟。钟的两旁站着帽筒。帽筒上并不挂着帽子，而插着几个孔雀翎。

我小的时候，就喜欢这个孔雀翎，我说它有金色的眼睛，总想用手摸一摸，祖母就一定不让摸，祖母是有洁癖的。

还有祖母的躺箱上摆着一个座钟，那座钟是非常稀奇的，画着一个穿着古装的大姑娘，好像活了似的，每当我到祖母屋去，若是屋子里没有人，她就总用眼睛瞪我，我几次的告诉过祖父，祖父说：

"那是画的，她不会瞪人。"

我一定说她是会瞪人的，因为我看得出来，她的眼珠像是会转。

还有祖母的大躺箱上也尽雕着小人，尽是穿古装衣裳的，宽衣大袖，还戴顶子，带着翎子。满箱子都刻着，大概有二三十个人，还有吃酒的，吃饭的，还有作揖的……

我总想要细看一看，可是祖母不让我沾边，我还离得很远的，她就说：

"可不许用手摸，你的手脏。"

祖母的内间里边，在墙上挂着一个很古怪很古怪的挂钟，挂钟的下边用铁链子垂着两穗铁苞米。铁苞米比真的苞米大了很多，看起来非常重，似乎可以打死一个人。再往那挂钟里边看就更稀奇古怪了，有一个小人，长着蓝眼珠，钟摆一秒钟就响一下，钟摆一响，那眼珠就同时一转。

那小人是黄头发，蓝眼珠，跟我相差太远，虽然祖父告诉我，说那是毛子人，但我不承认她，我看她不像什么人。

所以我每次看这挂钟，就半天半天的看，都看得有点发呆了。我想：这毛子人就总在钟里边呆着吗？永久也不下来玩吗？

外国人在呼兰河的土语叫作"毛子人"。我四五岁的时候，还没有见过一个毛子人，以为毛子人就是因为她的头发毛烘烘地卷着的缘故。

祖母的屋子除了这些东西，还有很多别的，因为那时候，别的我都不发生什么趣味，所以只记住了这三五样。

母亲的屋里，就连这一类的古怪玩艺也没有了，都是些普通的描金柜，也是些帽筒，花瓶之类，没有什么好看的，我没有记住。

这五间房子的组织，除了四间住房一间厨房之外，还有极小的、极黑的两个小后房。祖母一个，母亲一个。

那里边装着各种样的东西，因为是储藏室的缘故。

坛子罐子，箱子柜子，筐子篓子。除了自己家的东西，还有别人寄存的。

那里边是黑的，要端着灯进去才能看见。那里边的耗子很多，蜘蛛网也很多。空气不大好，永久有一种扑鼻的和药的气味似的。

我觉得这储藏室很好玩，随便打开哪一只箱子，里边一定有一些好看的东西，花丝线、各种色的绸条、香荷包、搭腰、裤腿、马蹄袖，绣花的领子。古香古色，颜色都配得特别的好看。箱子里边也常常有蓝翠的耳环，或戒指被我看见了，我一看见就非要一个玩不可，母亲常常就随手抛给我一个。

还有些桌子带着抽屉的,一打开那里边更有些好玩的东西,铜环、木刀、竹尺、观音粉。这些个都是我在别的地方没有看过的。而且这抽屉始终也不锁的。所以我常常随意地开,开了就把样样,似乎是不加选择地都搜了出去,左手拿着木头刀,右手拿着观音粉,这里砍一下,那里画一下。后来我又得到了一个小锯,用这小锯,我开始毁坏起东西来,在椅子腿上锯一锯,在炕沿上锯一锯。我自己竟把我自己的小木刀也锯坏了。

无论吃饭和睡觉,我这些东西都带在身边,吃饭的时候,我就用这小锯,锯着馒头。睡觉做起梦来还喊着:

"我的小锯哪里去了?"

储藏室好像变成我探险的地方了。我常常趁着母亲不在屋我就打开门进去了。这储藏室也有一个后窗,下半天也有一点亮光,我就趁着这亮光打开了抽屉,这抽屉已经被我翻得差不多的了,没有什么新鲜的了。翻了一会,觉得没有什么趣味了,就出来了。到后来连一块水胶,一段绳头都让我拿出来了,把五个抽屉通通拿空了。

除了抽屉还有筐子笼子,但那个我不敢动,似乎每一样都是黑洞洞的,灰尘不知有多厚,蛛网蛛丝的不知有多少,因此我连想也不想动那东西。

记得有一次我走到这黑屋子的极深极远的地方去,一个发响的东西撞住我的脚上,我摸起来抱到光亮的地方一看,原来是一个小灯笼,用手指把灰尘一划,露出来是个红玻璃的。

我在一两岁的时候,大概我是见过灯笼的,可是长到四五岁,反而不认识了。我不知道这是个什么。我抱着去问祖父去了。

祖父给我擦干净了,里边点上个洋蜡烛,于是我欢喜得就打着灯笼满屋跑,跑了好几天,一直到把这灯笼打碎了才算完了。

我在黑屋子里边又碰到了一块木头,这块木头是上边刻着花的,用手一摸,很不光滑,我拿出来用小锯锯着。祖父看见了,说:

"这是印帖子的帖板。"

我不知道什么叫帖子,祖父刷上一片墨刷一张给我看,我只看见印出来几个小人。还有一些乱七八糟的花,还有字。祖父说:

"咱们家开烧锅的时候,发帖子就是用这个印的,这是一百吊的……还有伍十吊的十吊的……"

祖父给我印了许多,还用鬼子红给我印了些红的。

还有戴缨子的清朝的帽子,我也拿了出来戴上。多少年前的老大的鹅翎扇子,我也拿了出来吹着风。翻了一瓶莎仁出来,那是治胃病的药,母亲吃着,我也跟着吃。

不久,这些八百年前的东西,都被我弄出来了。有些是祖母保存着的,有些是已经出了嫁的姑母的遗物。已经在那黑洞洞的地方放了多少年了,连动也没有动过,有些个快要腐烂了,有些个生了虫子,因为那些东西早被人们忘记了,好像世界上已经没有那么一回事了。而今天忽然又来到了他们的眼前,他们受了惊似的又恢复了他们的记忆。

每当我拿出一件新的东西的时候,祖母看见了,祖母说:

"这是多少年前的了!这是你大姑在家里边玩的……"

祖父看见了,祖父说:

"这是你二姑在家时用的……"

这是你大姑的扇子,那是你三姑的花鞋……都有了来历。但我不知道谁是我的三姑,谁是我的大姑。也许我一两岁的时候,我见过她们,可是我到四五岁时,我就不记得了。

我祖母有三个女儿,到我长起来时,她们都早已出嫁了。可见二三十年内就没有小孩子了。而今也只有我一个。实在的还有一个小弟弟,不过那时他才一岁半岁的,所以不算他。

家里边多少年前放的东西,没有动过,他们过的是既不向前,也不回头的生活。是凡过去的,都算是忘记了,未来的他们也不怎样积极地希望着,只是一天一天的平板地、无怨无尤地在他们祖先给他们准备好的口粮之中生活着。

等我生来了,第一给了祖父的无限的欢喜,等我长大了,祖父非常的爱我。使我觉得在这世界上,有了祖父就够了,还怕什么呢?虽然父亲的冷淡,母亲的恶言恶色,和祖母的用针刺我手指的这些事,都觉得算不了什么。何况又有后花园!后园虽然让冰雪给封闭了,但是又发现了这储藏室。这里边是无穷无尽的什么都有,这里边宝藏着的都是我所想象不到的东西，使我感到这世界上的东西怎么这样多！而且样样好玩，样样新奇。

比方我得到了一包颜料，是中国的大绿，看那颜料闪着金光，可是往指甲上一染，指甲就变绿了，往胳臂一染，胳臂立刻飞来了一张树叶似的。实在是好看，也实在是莫名其妙，所以心里边就暗暗的欢喜，莫非是我得了宝贝吗？

得了一块观音粉，这观音粉往门上一划，门就白了一道，往窗上一划，窗就白了一道。这可真有点奇怪，大概祖父写字的墨是黑墨，而这是白墨吧！

得了一块圆玻璃，祖父说是"显微镜"。他在太阳底下一照，竟把祖父装好的一袋烟照着了。

这该多么使人欢喜，什么什么都会变的。你看它是一块废铁，说不定它就有用，比方我捡到一块四方的铁块，上边有一个小窝。祖父把榛子放在小窝里边，打着榛子给我吃。在这小窝里打，不知道比用牙咬要快了多少倍。何况祖父老了，他的牙又多半不大好。

我天天从那黑屋子往外搬着，而天天有新的。搬出来一批，玩厌了，弄坏了，就再去搬。

因此使我的祖父、祖母常常的慨叹。

他们说这是多少年前的了，连我的第三个姑母还没有生的时候就有这东西。那是多少年前的了，还是分家的时候，从我曾祖那里得来的呢。又那样那样是什么人送的，而那家人家到今天也都家败人亡了，而这东西还存在着。

又是我在玩着的那葡蔓藤的手镯，祖母说她就戴着这个手镯，有一年夏天坐着小车子，抱着我大姑去回娘家，路上遇了土匪，把金耳环给摘去了，而没有要这手镯，若也是金的银的，那该多危险，也一定要被抢去的。

我听了问她：

"我大姑在哪儿呢？"

祖父笑了。祖母说：

"你大姑的孩子比你都大了。"

原来是四十年前的事情，我哪里知道。可是藤手镯却戴在我的手上，我举起手来，摇了一阵，那手镯好像风车似的，滴溜滴溜的转，手镯太大了，我的手太细了。

祖母看见我把从前的东西都搬出来了，她常常骂我：

"你这孩子，没有东西不拿着玩的，这小不成器的……"

她嘴里虽然是这样说，但她又在光天化日之下得以重看到这东西，也似乎给了她一些回忆的满足。所以她说我是并不十分严刻的，我当然也不听她，该拿还是照旧地拿。

于是我家里久不见天日的东西，经我这一搬弄，才得以见了天日。于是坏的坏，扔的扔，也就都从此消灭了。

我有记忆的第一个冬天，就这样过去了。没有感到十分的寂寞，但总不如在后园里那样玩着好。但孩子是容易忘记的，也就随遇而安了。

4

第二年夏天，后园里种了不少的韭菜，是因为祖母喜欢吃韭菜馅的饺子而种的。

可是当韭菜长起来时，祖母就病重了，而不能吃这韭菜了，家里别的人也没有吃这韭菜的，韭菜就在园子里荒着。

因为祖母病重，家里非常热闹，来了我的大姑母，又来了我的二姑母。

二姑母是坐着她自家的小车子来的。那拉车的骡子挂着铃当，哗哗啷啷的就停在窗前了。

从那车上第一个就跳下来一个小孩，那小孩比我高了一点，是二姑母的儿子。

他的小名叫"小兰"，祖父让我向他叫兰哥。

别的我都不记得了，只记得不大一会工夫我就把他领到后园里去了。

告诉他这个是玫瑰树，这个是狗尾草，这个是樱桃树。樱桃树是不结樱桃的，我也告诉了他。

不知道在这之前他见过我没有，我可并没有见过他。

我带他到东南角上去看那棵李子树时,还没有走到跟前,他就说:
"这树前年就死了。"

他说了这样的话,是使我很吃惊的。这树死了,他可怎么知道的?心中立刻来了一种忌妒的情感,觉得这花园是属于我的,和属于祖父的,其余的人连晓得也不该晓得才对的。

我问他:

"那么你来过我们家吗?"

他说他来过。

这个我更生气了,怎么他来我不晓得呢?

我又问他:

"你什么时候来过的?"

他说前年来的,他还带给我一个毛猴子。他问着我:

"你忘了吗?你抱着那毛猴子就跑,跌倒了你还哭了哩!"

我无论怎样想,也想不起来了。不过总算他送给我过一个毛猴子,可见对我是很好的,于是我就不生他的气了。

从此天天就在一块玩。

他比我大三岁,已经八岁了,他说他在学堂里边念了书的,他还带来了几本书,晚上在煤油灯下他还把书拿出来给我看。书上有小人,有剪刀,有房子。因为都是带着图,我一看就连那字似乎也认识了,我说:

"这念剪刀,这念房子。"

他说不对:

"这念剪,这念房。"

我拿过来一细看,果然都是一个字,而不是两个字,我是照着图念的,所以错了。

我也有一盒方字块,这边是图,那边是字,我也拿出来给他看了。

从此整天的玩。祖母病重与否,我不知道。不过在她临死的前几天就穿上了满身的新衣裳,好像要出门做客似的。说是怕死了来不及穿衣裳。

因为祖母病重家里热闹得很,来了很多亲戚。忙忙碌碌不知忙些个什么。有的拿了些白布撕着,撕得一条一块的,撕得非常的响亮,旁边就有人拿着针在缝那白布。还有的把一个小罐,里边装了米,罐口蒙上了红

布。还有的在后园门口拢起火来,在铁大勺里边炸着面饼子。问她:

"这是什么?"

"这是打狗饽饽。"

她说阴间有十八关,过到狗关的时候,狗就上来咬人,用这饽饽一打,狗吃了饽饽就不咬人了。

似乎是姑妄言之、姑妄听之,我没有听进去。

家里边的人越多,我就越寂寞,走到屋里,问问这个,问问那个,一切都不理解。祖父也似乎把我忘记了。我从后园里捉了一个特别大的蚂蚱送给他去看,他连看也没有看,就说:

"真好,真好,上后园去玩去吧!"

新来的兰哥也不陪我时,我就在后园里一个人玩。

5

祖母已经死了,人们都到龙王庙上去报过庙回来了。而我还在后园里边玩着。

后园里边下了点雨,我想要进屋去拿草帽去,走到酱缸旁边(我家的酱缸是放在后园里的),一看,有雨点拍拍的落到缸帽子上。我想这缸帽子该多大,遮起雨来,比草帽一定更好。

于是我就从缸上把它翻下来了,到了地上它还乱滚一阵,这时候,雨就大了。我好不容易才设法钻进这缸帽子去。因为这缸帽子太大了,差不多和我一般高。

我顶着它,走了几步,觉得天昏地暗。而且重也是很重的,非常吃力。而且自己已经走到那里了,自己也不晓,只晓得头顶上啪啪拉拉的打着雨点,往脚下看着,脚下只是些狗尾草和韭菜。找了一个韭菜很厚的地方,我就坐下了,一坐下这缸帽子就和个小房似的扣着我。这比站着好得多,头顶不必顶着,缸帽子就扣在韭菜地上。但是里边可是黑极了,什么也看不见。

同时听什么声音,也觉得都远了。大树在风雨里边被吹得呜呜的,好像大树已经被搬到别人家的院子去了似的。

韭菜是种在北墙根上,我是坐在韭菜上。北墙根离家里的房子很远的,家里边那闹嚷嚷的声音,也像是来自远方。

我细听了一会,听不出什么来,还是在我自己的小屋里边坐着。这小屋多么好,不怕风,不怕雨。站起来走的时候,顶着屋盖就走了,有多么轻快。

其实是很重的了,顶起来非常吃力。

我顶着缸帽子,一路摸索着,来到了后门口,我是要顶给爷爷看看的。

我家的后门槛特别高,迈也迈不过去,因为缸帽子太大,使我抬不起腿来。好不容易用手把腿拉着,弄了半天,总算是过去了。虽然进了屋,仍是不知道祖父在什么方向,于是我就大喊,正在这喊之间,父亲一脚把我踢翻了,差点没把我踢到灶口的火堆上去。缸帽子也在地上滚着。

等人家把我抱了起来,我一看,屋子里的人,完全不对了,都穿了白衣裳。

再一看,祖母不是睡在炕上,而是睡在一张长板上。

从这以后祖母就死了。

6

祖母一死,家里继续着来了许多亲戚,有的拿着香、纸,到灵前哭了一阵就回去了。有的就带着大包小包的来了就住下了。

大门前边吹着喇叭,院子里搭了灵棚,哭声终日,一闹闹了不知多少日子。

请了和尚道士来,一闹闹到半夜,所来的都是吃、喝、说、笑。

我也觉得好玩,所以就特别高兴起来。又加上从前我没有小同伴,而现在有了。比我大的,比我小的,共有四五个。我们上树爬墙,几乎连房顶也要上去了。

他们带我到大门洞子顶上去捉鸽子,搬了梯子到房檐头上去捉家雀。后花园虽然大,已经装不下我了。

我跟着他们到井口边去往井里边看,那井是多么深,我从未见过。在上边喊一声,里边有人回答。用一个小石子投下去,那响声是很深远的。

他们带我到粮食房子去,到碾磨房去,有时候竟把我带到街上,是已经离开家了,不跟着家人在一起,我是从来没有走过这样远。

不料除了后园之外,还有更大的地方,我站在街上,不是看什么热闹,不是看那街上的行人车马,而是心里边想:是不是我将来一个人也可以走得很远?

有一天,他们把我带到南河沿上去了,南河沿离我家本不算远,也不过半里多地。可是因为我是第一次走,觉得实在是远,走出汗来了。走过一个黄土坑,又过一个南大营,南大营的门口,有兵把守门。那营房的院子大得在我看来太大了,实在是不应该。我们的院子就够大的了,怎么能比我们家的院子更大呢?大得有点不大好看了,我走过了,我还回过头来看。

路上有一家人家,把花盆摆到墙头上来了,我觉得这也不大好,若是看不见人家偷去呢!

还看见了一座小洋房,比我们家的房不知好了多少倍。若问我,哪里好?我也说不出来,就觉得那房子是一色新,不像我家的房子那么陈旧。

我仅仅走了半里多路,我所看见的可太多了。所以觉得这南河沿实在远。问他们:

"到了没有?"

他们说:

"就到的,就到的。"

果然,转过了大营房的墙角,就看见河水了。

我第一次看见河水,我不能晓得这河水是从什么地方来的,来了几年了。

那河太大了,等我走到河边上,抓了一把沙子抛下去,那河水简直没有因此而脏了一点点。河上有船,但是不很多,有的往东去了,有的往西去了。也有的划到河的对岸去的,河的对岸似乎没有人家,而是一片柳条林。再往远看,就不能知道别是什么地方了,因为也没有人家,也没有房子,也看不见道路,也听不见一点音响。

我想将来是不是我也可以到那没有人的地方去看一看。

除了我家的后园,还有街道。除了街道,还有大河。除了大河,还有柳条林。除了柳条林,还有更远的,什么也没有的地方,什么也看不见的地方,什么声音也听不见的地方。

究竟除了这些,还有什么,我越想越不知道了。

就不用说这些我未曾见过的。就说一个花盆吧,就说一座院子吧。院子和花盆,我家里都有。但说那营房的院子就比我家的大,我家的花盆是摆在后园里的,人家的花盆就摆到墙头上来了。

可见我不知道的一定还有。

所以祖母死了,我竟聪明了。

7

祖母死了,我就跟祖父学诗。因为祖父的屋子空着,我就闹着一定要睡在祖父那屋。

早晨念诗,晚上念诗,半夜醒了也是念诗。念了一阵,念困了再睡去。

祖父教我的是《千家诗》①,并没有课本,全凭口头传诵,祖父念一句,我就念一句。

祖父说:

"少小离家老大回……"

我也说:

"少小离家老大回……"

都是些什么字,什么意思,我不知道,只觉得念起来那声音很好听。所以很高兴地跟着喊。我喊的声音,比祖父的声音更大。

我一念起诗来,我家的五间房都可以听见,祖父怕我喊坏了喉咙,常常警告着我说:

"房盖被你抬走了。"

---

① 《千家诗》:中国古代具有启蒙性质的诗歌选本,由宋代谢枋得《重定千家诗》和明代王相所选的《五言千家诗》合并而成。

听了这笑话,我略微地笑了一会工夫,过不了多久,就又喊起来了。

夜里也是照样地喊,母亲吓唬我,说再喊她要打我。

祖父也说:

"没有你这样念诗的,你这不叫念诗,你这叫乱叫。"

但我觉得这乱叫的习惯不能改,若不让我叫,我念它干什么。每当祖父教我一个新诗,一开头我若听了不好听,我就说:

"不学这个。"

祖父于是就换一个,换一个不好,我还是不要。

"春眠不觉晓,处处闻啼鸟,

夜来风雨声,花落知多少。"

这一首诗,我很喜欢,我一念到第二句,"处处闻啼鸟"那"处处"两字,我就高兴起来了。觉得这首诗,实在是好,真好听,"处处"该多好听。

还有一首我更喜欢的:

"重重叠叠上楼台,几度呼童扫不开。

刚被太阳收拾去,又教明月送将来。"

就这"几度呼童扫不开",我根本不知道什么意思,就念成"西沥忽通扫不开"。

越念越觉得好听,越念越有趣味。

每当客人来了,祖父总是呼我念诗的,我就总喜念这一首。

那客人不知听懂了与否,只是点头说好。

8

就这样瞎念,到底不是久计。念了几十首之后,祖父开讲了。

"少小离家老大回,乡音无改鬓毛衰。"

祖父说:

"这是说小的时候离开了家到外边去,老了回来了。乡音无改鬓毛衰,这是说家乡的口音还没有改变,胡子可白了。"

我问祖父:

"为什么小的时候离家?离家到哪里去?"

祖父说:

"好比爷爷像你那么大离家,现在老了回来了,谁还认识呢?儿童相见不相识,笑问客从何处来。小孩子见了就招呼着说:你这个白胡老头,是从哪里来的?"

我一听,觉得不大好,赶快就问祖父:

"我也要离家的吗?等我胡子白了回来,爷爷你也不认识我了吗?"

心里很恐惧。

祖父一听就笑了:

"等你老了还有爷爷吗?"

祖父说完了,看我还是不很高兴,他又赶快说:

"你不离家的,你哪里能够离家……快再念一首诗吧!念春眠不觉晓……"

我一念起春眠不觉晓来,又是满口的大叫,得意极了。完全高兴,什么都忘了。

但从此再读新诗,一定要先讲的,没有讲过的也要重讲。似乎那大嚷大叫的习惯稍稍好了一点。

"两个黄鹂鸣翠柳,一行白鹭上青天。"

这首诗本来我也很喜欢的,黄梨是很好吃的。经祖父这一讲,说是两个鸟。于是不喜欢了。

"去年今日此门中,人面桃花相映红。

人面不知何处去,桃花依旧笑春风。"

这首诗祖父讲了我也不明白,但是我喜欢这首。因为其中有桃花。桃树一开了花不就结桃吗?桃子不是好吃吗?

所以每念完这首诗,我就接着问祖父:

"今年咱们的樱桃树开花不开花?"

> 慈爱、豁达的老祖父。

9

除了念诗之外,还很喜欢吃。

记得大门洞子东边那家房户是养猪的,一个大猪在前边走,一群小猪跟在后边。有一天一个小猪掉井了,人们用抬土的筐子把小猪从井吊了上来。吊上来,那小猪早已死了。井口旁边围了很多人看热闹,祖父和我也在旁边看热闹。

那小猪一被打上来,祖父就说他要那小猪。

祖父把那小猪抱到家里,用黄泥裹起来,放在灶坑里烧上了,烧好了给我吃。

我站在炕沿旁边,那整个的小猪,就摆在我的眼前,祖父把那小猪一撕开,立刻就冒了油,真香,我从来没有吃过那么香的东西,从来没有吃过那么好吃的东西。

第二次,又有一只鸭子掉井了,祖父也用黄泥包起来,烧上给我吃了。

在祖父烧的时候,我也帮着忙,帮着祖父搅黄泥,一边喊着,一边叫着,好像拉拉队似的给祖父助兴。

鸭子比小猪更好吃,那肉是不怎样肥的。所以我最喜欢吃鸭子。

我吃,祖父在旁边看着,祖父不吃。等我吃完了,祖父才吃。他说我的牙齿小,怕我咬不动,先让我选嫩的吃,我吃剩了的他才吃。

祖父看我每咽下去一口,他就点一下头,而且高兴地说:

"这小东西真馋,"或是"这小东西吃得真快。"

我的手满是油,随吃随在大襟上擦着,祖父看了也并不生气,只是说:

"快蘸点盐吧,快蘸点韭菜花吧,空口吃不好,等会要反胃的……"

说着就捏几个盐粒放在我手上拿着的鸭子肉上。我一张嘴又进肚去了。

祖父越称赞我能吃,我越吃得多。祖父看看不好了,怕我吃多了。让我停下,我才停下来。我明明白白的是吃不下去了,可是我嘴里还说着:

"一个鸭子还不够呢!"

自此吃鸭子的印象非常之深，等了好久，鸭子不再掉到井里，我看井沿有一群鸭子，我拿了秫秆就往井里边赶，可是鸭子不进去，围着井口转，而呱呱的叫着。我就招呼了在旁边看热闹的小孩子，我说：

"帮我赶哪！"

正在吵吵叫叫的时候，祖父奔到了，祖父说：

"你在干什么？"

我说：

"赶鸭子，鸭子掉井，捞出来好烧吃。"

祖父说：

"不用赶了，爷爷抓个鸭子给你烧着。"

我不听他的话，我还是追在鸭子的后边跑着。

祖父上前来把我拦住了，抱在怀里，一面给我擦着汗一面说：

"跟爷爷回家，抓个鸭子烧上。"

我想：不掉井的鸭子，抓都抓不住，可怎么能规规矩矩贴起黄泥来让烧呢？于是我从祖父的身上往下挣扎着，喊着：

"我要掉井的，我要掉井的！"

祖父几乎抱不住我了。

第四章

1

一到了夏天，蒿草长没大人的腰了，长没我的头顶了，黄狗进去，连个影也看不见了。

夜里一刮起风来，蒿草就刷拉刷拉地响着，因为满院子都是蒿草，所以那响声就特别大，成群结队的就响起来了。

> 天真烂漫的少年时代是残酷荒凉的成人世界的一个比照，犹如悲怆交响乐中的一支欢快的间奏曲。

下了雨，那蒿草的梢上都冒着烟，雨本来下得不很大，若一看那蒿草，就像那雨下得特别大似的。

　　下了毛毛雨，那蒿草上就迷漫得朦朦胧胧的，像是已经来了大雾，或者像是要变天了，好像是下了霜的早晨，混混沌沌的，在蒸腾着白烟。

　　刮风和下雨，这院子是很荒凉的了。就是晴天，多大的太阳照在上空，这院子也一样是荒凉的。没有什么显眼耀目的装饰，没有用人工设置过的一点痕迹，什么都是任其自然，愿意东，就东，愿意西，就西。若是纯然能够做到这样，倒也保存了原始的风景。但不对的，这算什么风景呢？东边堆着一堆朽木头，西边扔着一片乱柴火。左门旁排着一大片旧砖头，右门边晒着一片沙泥土。

　　沙泥土是厨子拿来搭炉灶的，搭好了炉灶，泥土就扔在门边了。若问他还有什么用处吗？我想他也不知道。不过忘了就是了。

　　至于那砖头可不知道是干什么的，已经放了很久了，风吹日晒，下了雨被雨浇。反正砖头是不怕雨的，浇浇又碍什么事。那么就浇着去吧，没人管它。其实也正不必管它，凑巧炉灶或是炕洞子坏了，那就用得着它了。就在眼前，伸手就来，用着多么方便。但是炉灶就总不常坏，炕洞子修的也比较结实。不知哪里找的这样好的工人，一修上炕洞子就是一年，头一年八月修上，不到第二年八月是不坏的，就是到了第二年八月，也得泥水匠来，砖瓦匠来用铁刀一块一块地把砖砍着搬下来。所以那门前的一堆砖头似乎是一年也没有多大的用处。三年两年的还是在那里摆着。大概总是越摆越少，东家拿去一块垫花盆，西家搬去一块又是做什么。不然若是越摆越多，那可就糟了，岂不是慢慢地会把房门封起来的吗？

　　其实门前的那砖头是越来越少的。不用人工，任其自然，过了三年两载也就没有了。

　　可是目前还是有的。就和那堆泥土同时在晒着太阳，它陪伴着它，它陪伴着它。

　　除了这个，还有打碎了的大缸扔在墙边上，大缸旁边还有一个破了口的坛子陪着它蹲在那里。坛子底上没有什么，只积了半坛雨水，用手攀着坛子边一摇动，那水里边有很多活物，会上下地跑，似鱼非鱼，似虫非虫，我不认识。再看那勉强站着的，几乎是站不住了的已经被打碎了的大缸，那缸里边可是什么也没有。其实不能够说那是"里边"，本来这缸已经破了肚子，谈不到什么"里边""外边"了。就简称"缸碴"吧！在这缸碴上什么也没有，光滑可爱，用手一拍还会发响。小的时就总喜欢到旁边去搬一搬，一搬就不得了了，在这缸碴的下边有无数的潮虫。吓得赶快就跑，跑得很远地站在那里回头看着，看了一回，那潮虫乱跑一阵又回到那缸碴的下边去了。

这缸碴为什么不扔掉呢？大概就是专养潮虫。

和这缸碴相对着，还扣着一个猪槽子，那猪槽子已经腐朽了，不知扣了多少年了。槽子底上长了不少的蘑菇，黑森森的，都是些小蘑，看样子，大概吃不得，不知长着做什么。

靠着槽子的旁边就睡着一柄生锈的铁犁头。

说也奇怪，我家里的东西都是成对的，成双的。没有单个的。

砖头晒太阳，就有泥土来陪着。有破坛子，就有破大缸。有猪槽子就有铁犁头。像是它们都配了对，结了婚。而且各自都有新生命送到世界上来。比方缸子里的似鱼非鱼，大缸下边的潮虫，猪槽子上的蘑菇等等。

不知为什么，这铁犁头，却看不出什么新生命来，而是全体腐烂下去了。什么也不生，什么也不长，全体黄澄澄的。用手一触就往下掉末，虽然他本质是铁的，但沦落到今天，就完全像黄泥做的了，就像要瘫了的样子。比起它的同伴那木槽子来，真是远差千里，惭愧惭愧。这犁头假若是人的话，一定要流泪大哭："我的体质比你们都好哇，怎么今天衰弱到这个样子？"

衰败、荒凉与前一章的蓬勃、跃动对比强烈。

它不但它自己衰弱,发黄,一下了雨,它那满身的黄色的色素,还跟着雨水流到别人的身上去。那猪槽子的半边已经被染黄了。

那黄色的水流,还一直流得很远,是凡它所经过的那条土地,都被它染得焦黄。

2

我家是荒凉的。

一进大门,靠着大门洞子的东壁是三间破房子,靠着大门洞子的西壁仍是三间破房子。再加上一个大门洞,看起来是七间连着串,外表上似乎是很威武的,房子都很高大,架着很粗的木头的房架。大柁是很粗的,一个小孩抱不过来。都一律是瓦房盖,房脊上还有透窿的用瓦做的花,迎着太阳看去,是很好看的。房脊的两梢上,一边有一个鸽子,大概也是瓦做的。终年不动,停在那里。这房子的外表,似乎不坏。

但我看它内容空虚。

西边的三间,自家用装粮食的,粮食没有多少,耗子可是成群了。

粮食仓子底下让耗子咬出洞来,耗子的全家在吃着粮食。耗子在下边吃,麻雀在上边吃。全屋都是土腥气。窗子坏了,用板钉起来,门也坏了,每一开就颤抖抖的。

靠着门洞子西壁的三间房,是租给一家养猪的。那屋里屋外没有别的,都是猪了。大猪小猪,猪槽子,猪粮食。来往的人也都是猪贩子,连房子带人,都弄得气味非常之坏。

说来那家也并没有养了多少猪,也不过十个八个的。每当黄昏的时候,那叫猪的声音远近可闻。打着猪槽子,敲着圈棚。叫了几声,停了一停。声音有高有低,在黄昏的庄严的空气里好像是说他家的生活是非常寂寞的。

除了这一连串的七间房子之外,还有六间破房子,三间破草房,三间碾磨房。

三间碾磨房一起租给那家养猪的了,因为它靠近那家养猪的。

三间破草房是在院子的西南角上,这房子它单独的跑得那么远,孤伶伶的，毛头毛脚的，歪歪斜斜地站在那里。

房顶的草上长着青苔，远看去，一片绿，很是好看。下了雨，房顶上就出蘑菇，人们就上房采蘑菇，就好像上山去采蘑菇一样，一采采了很多。这样出蘑菇的房顶实在是很少有，我家的房子共有三十来间，其余的都不会出蘑菇，所以住在那房里的人一提着筐子上房去采蘑菇，全院子的人没有不羡慕的，都说：

"这蘑菇是新鲜的，可不比那干蘑菇，若是杀一个小鸡炒上，那真好吃极了。"

"蘑菇炒豆腐，嗳，真鲜！"

"雨后的蘑菇嫩过了仔鸡。"

"蘑菇炒鸡，吃蘑菇而不吃鸡。"

"蘑菇下面，吃汤而忘了面。"

"吃了这蘑菇，不忘了姓才怪的。"

"清蒸蘑菇加姜丝，能吃八碗小米子干饭。"

"你不要小看了这蘑菇，这是意外之财！"

同院住的那些羡慕的人，都恨自己为什么不住在那草房里。若早知道租了房子连蘑菇都一起租来了，就非租那房子不可。天下哪有这样的好事，租房子还带蘑菇的。于是感慨唏嘘，相叹不已。

再说那在房顶上正在采着的，在多少只眼目之中，真是一种光荣的工作。于是也就慢慢的采，本来一袋烟的工夫就可以采完，但是要延长到半顿饭的工夫。同时故意选了几个大的，从房顶上骄傲地抛下来，同时说：

"你们看吧，你们见过这样干净的蘑菇吗？除了是这个房顶，哪个房顶能够长出这样的好蘑菇来！"

那在下面的，根本看不清房顶到底那蘑菇全都多大，以为一律是这样大的，于是就更增加了无限的惊异。赶快弯下腰去拾起来，拿到家里，晚饭的时候，卖豆腐的来，破费二百钱捡点豆腐，把蘑菇烧上。

可是那在房顶上的因为骄傲，忘记了那房顶有许多地方是不结实的，已经露了洞了，一不加小心就把脚掉下去了，把脚往外一拔，脚上的鞋子不见了。

鞋子从房顶落下去,一直就落在锅里,锅里正是翻开的滚水,鞋子就在滚水里边煮上了。锅边漏粉的人越看越有意思,越觉得好玩,那一只鞋子在开水里滚着,翻着,还从鞋底上滚下一些泥浆来,弄得漏下去的粉条都黄忽忽的了。可是他们还不把鞋子从锅里拿出来,他们说,反正这粉条是卖的,也不是自己吃。

这房顶虽然产蘑菇,但是不能够避雨,一下起雨来,全屋就像小水罐似的。摸摸这个是湿的,摸摸那个是湿的。

好在这里边住的都是些个粗人。

有一个歪鼻瞪眼的名叫"铁子"的孩子。他整天手里拿着一柄铁锹,在一个长槽子里边往下切着,切些个什么呢?初到这屋子里来的人是看不清的,因为热气腾腾的这屋里不知都在做些个什么。细一看,才能看出来他切的是马铃薯。槽子里都是马铃薯。

这草房是租给一家开粉房的。漏粉的人都是些粗人,没有好鞋袜,没有好行李,一个一个的和小猪差不多,住在这房子里边是很相当的,好房子让他们一住也怕是住坏了。何况每一下雨还有蘑菇吃。

这粉房里的人吃蘑菇,总是蘑菇和粉配在一道,蘑菇炒粉,蘑菇炖粉,蘑菇煮粉。没有汤的叫作"炒",有汤的叫做"煮",汤少一点的叫作"炖"。

他们做好了,常常还端着一大碗来送给祖父。等那歪鼻瞪眼的孩子一走了,祖父就说:

"这吃不得,若吃到有毒的就吃死了。"

但那粉房里的人,从来没吃死过,天天里边唱着歌,漏着粉。

粉房的门前搭了几丈高的架子,亮晶晶的白粉,好像瀑布似的挂在上边。

他们一边挂着粉,也是一边唱着的。等粉条晒干

悲剧中的小喜剧。

劳动者的苦乐。

了,他们一边收着粉,也是一边地唱着。那唱不是从工作所得到的愉快,好像含着眼泪在笑似的。

逆来顺受,你说我的生命可惜,我自己却不在乎。你看着很危险,我却自己以为得意。不得意怎么样?人生是苦多乐少。

那粉房里的歌声,就像一朵红花开在了墙头上。越鲜明,就越觉得荒凉。

> 正月十五正月正,
> 家家户户挂红灯。
> 人家的丈夫团圆聚,
> 孟姜女的丈夫去修长城。

只要是一个晴天,粉丝一挂起来了,这歌音就听得见的。因为那破草房是在西南角上,所以那声音比较的来得辽远。偶尔也有装腔女人的音调在唱《五更天》。

那草房实在是不行了,每下一次大雨,那草房北头就要多加一只支柱,那支柱已经有七八只之多了,但是房子还是天天的往北边歪。越歪越厉害,我一看了就害怕,怕从那旁边一过,恰好那房子倒了下来,压在我身上。那房子实在是不像样子了,窗子本来是四方的,都歪斜得变成菱形的了。门也歪斜得关不上了。墙上的大柁就像要掉下来似的,向一边跳出来了。房脊上的正梁一天一天的往北走,已经拔了榫,脱离别人的牵掣,而它自己单独行动起来了。那些钉在房脊上的椽杆子,能够跟着它跑的,就跟着它一顺水地往北边跑下去了。不能够跟着它跑的,就挣断了钉子,而垂下头来,向着粉房里的人们的头垂下来,因为另一头是压在檐外,所以不能够掉下来,只是滴里郎当地垂着。

我一次走进粉房去,想要看一看漏粉到底是怎样漏法。但是不敢细看,我很怕那椽子头掉下来打了我。

一刮起风来这房子就喳喳的山响,大柁响,马房梁响,门框、窗框响。

一下了雨又是喳喳的响。

不刮风,不下雨,夜里也是会响的,因为夜深人静了,万物齐鸣,何况这本来就会响的房子,哪能不响呢?

以它响得最厉害。别的东西的响,是因为倾心去听它,就是听得到的,也是极幽渺的,不十分可靠的。也许是因为一个人的耳鸣而引起来的错觉,比方猫、狗、虫子之类的响叫,那是因为他们是生物的缘故。

可曾有人听过夜里房子会叫的,谁家的房子会叫,叫得好像个活物似的,嚓嚓的,带着无限的重量。往往会把睡在这房子里的人叫醒。

被叫醒了的人,翻了一个身说:

"房子又走了。"

真是活神活现,听他说了这话,好像房子要搬了场似的。

房子都要搬场了,为什么睡在里边的人还不起来。他是不起来的,他翻了个身又睡了。

住在这里边的人,对于房子就要倒的这回事,毫不加戒心,好像他们已经有了血族的关系,是非常信靠的。

似乎这房一旦倒了,也不会压到他们,就像是压到了,也不会压死的,绝对的没有生命的危险。这些人的过度的自信,不知从哪里来的,也许住在那房子里边的人都是用铁铸的,而不是肉长的。再不然就是他们都是敢死队,生命置之度外了。

若不然为什么这么勇敢?生死不怕。

若说他们是生死不怕,那也是不对的,比方那晒粉条的人,从杆子上往下摘粉条的时候,那杆子掉下来了,就吓他一哆嗦。粉条打碎了,他还没有被打着。他把粉条收起来,他还看着那杆子,他思索起来,他说:

"莫不是……"

他越想越奇怪,怎么粉打碎了,而人没打着呢。他把那杆子扶了上去,远远地站在那里看着,用眼睛捉摸着。越捉摸越觉得可怕。

"唉呀!这要是落到头上呢。"

那真是不堪想象了。于是他摸着自己的头顶,他觉得万幸万幸,下回该加小心。

本来那杆子还没有房椽子那么粗,可是他一看见,他就害怕,每次他再晒粉条的时候,他都是躲着那杆子,连在它旁边走也不敢走。总是用眼睛溜着它,过了很多日才算把这回事忘了。

若下雨打雷的时候,他就把灯灭了,他们说雷扑火,怕雷劈着。

他们过河的时候,抛两个铜板到河里去,传说河是馋的,常常淹死人的,把铜板一抛到河里,河神高兴了,就不会把他们淹死了。

这证明住在这嚓嚓响着的草房里的他们,也是很胆小的,也和一般人一样是颤颤惊惊地活在这世界上。

> 迷信,其实是穷人命运的一个投影。

那么这房子既然要塌了,他们为什么不怕呢?

据卖馒头的老赵头说:

"他们要的就是这个要倒的么!"

据粉房里的那个歪鼻瞪眼的孩子说:

"这是住房子呵,也不是娶媳妇要她周周正正。"

据同院住的周家的两位少年绅士说:

"这房子对于他们那等粗人,就再合适也没有了。"

据我家的有二伯说:

"是他们贪图便宜,好房子呼兰城里有的多,为啥他们不搬家呢?好房子人家要房钱的呀,不像是咱们家这房子,一年送来十斤二十斤的干粉就完事,等于白住。你二伯是没有家眷,若不我也找这样房子去住。"

有二伯说的也许有点对。

祖父早就想拆了那座房子的,是因为他们几次的全体挽留才留下来的。

至于这个房子将来倒与不倒,或是发生什么幸与不幸,大家都以为这太远了,不必想了。

3

我家的院子是荒凉的。

那边住着几个漏粉的,那边住着几个养猪的。养猪的那厢房里还住着一个拉磨的。

那拉磨的,夜里打着梆子通夜地打。

养猪的那一家有几个闲散杂人,常常聚在一起唱着秦腔,拉着胡琴。

西南角上那漏粉的则欢喜在晴天里边唱一个《叹五更》①。

他们虽然是拉胡琴、打梆子、叹五更,但是并不是繁华的,并不是一往直前的,并不是他们看见了光明,或是希望着光明,这些都不是的。

他们看不见什么是光明的,甚至于根本也不知道,就像太阳照在了瞎子的头上了,瞎子也看不见太阳,但瞎子却感到实在是温暖了。

他们就是这类人,他们不知道光明在哪里,可是他们实实在在的感得到寒凉就在他们的身上,他们想击退了寒凉,因此而来了悲哀。

他们被父母生下来,没有什么希望,只希望吃饱了,穿暖了。但也吃不饱,也穿不暖。

逆来的,顺受了。

顺来的事情,却一辈子也没有。

磨房里那打梆子的,夜里常常是越打越响,他越打得激烈,人们越说那声音凄凉。

因为他单单的响着,没有同调。

> 重复"我家的院子是荒凉的",如诗的复沓,着墨于底层命运的荒凉。

---

① 《叹五更》:在中国流传甚广的民间小调。

4

我家的院子是荒凉的。

粉房旁边的那小偏房里，还住着一家赶车的，那家喜欢跳大神，常常就打起鼓来，喝喝咧咧唱起来了。鼓声往往打到半夜才止，那说仙道鬼的，大神和二神的一对一答。苍凉，幽渺，真不知今世何世。

那家的老太太终年生病，跳大神都是为她跳的。

那家是这院子顶丰富的一家，老少三辈。家风是干净利落，为人谨慎，兄友弟恭，父慈子爱。家里绝对的没有闲散杂人。绝对不像那粉房和那磨房，说唱就唱，说哭就哭。他家永久是安安静静的。跳大神不算。

那终年生病的老太太是祖母，她有两个儿子，大儿子是赶车的，二儿子也是赶车的。一个儿子都有一个媳妇。大儿媳妇胖胖的，年已五十了。二儿媳妇瘦瘦的，年已四十了。

除了这些，老太太还有两个孙儿，大孙儿是二儿子的。二孙儿是大儿子的。

因此他家里稍稍有点不睦，那两个媳妇妯娌之间，稍稍有点不合适，不过也不很明朗化。只是你我之间各自晓得。做嫂子的总觉得兄弟媳妇对她有些不驯，或者就因为她的儿子大的缘故吧。兄弟媳妇就总觉得嫂子是想压她，凭什么想压人呢？自己的儿子小。没有媳妇指使着，看了别人还眼气。

老太太有了两个儿子，两个孙子，认为十分满意了。人手整齐，将来的家业，还不会兴旺吗？就不用说别的，就说赶大车这把力气也是够用的。看看谁家的车上是爷四个，拿鞭子的，坐在车后尾巴上的都是姓胡的，没有外姓。在家一盆火，出外父子兵。

所以老太太虽然是终年病着，但很乐观，也就是

跳大神。

"多子多福"。社会底层的劳动力崇拜。

跳一跳大神什么的解一解心疑也就算了。她觉得就是死了，也是心安意得的了，何况还活着，还能够看得见儿子们的忙忙碌碌。

媳妇们对于她也是很好的，总是隔长不短的张罗着给她花几个钱跳一跳大神。

每一次跳神的时候，老太太总是坐在炕里，靠着枕头，挣扎着坐了起来，向那些来看热闹的姑娘媳妇们讲：

"这回是我大媳妇给我张罗的，"或是"这回是我二媳妇给我张罗的。"

她说的时候非常得意，说着说着就坐不住了，她患的是瘫病。就赶快招了媳妇们来把她放下了。放下了还要喘一袋烟的工夫。

看热闹的人，没有一个不说老太太慈祥的，没有一个不说媳妇孝顺的。

所以每一跳大神，远远近近的人都来的，东院西院的，还有前街后街的也都来了。

只是不能够预先订座，来得早的就有凳子，炕沿坐。来得晚的，就得站着了。

一时这胡家的孝顺，居于领导的地位，风传一时，成为妇女们的楷模。

不但妇女，就是男人也得说：

"老胡家人旺，将来财也必旺。"

"天时、地利、人和，最要紧的还是人和。人和了，天时不好也好了。地利，不利也利了。"

"将来看着吧，今天人家是赶大车的，再过五年看，不是二等户，也是三等户。"

我家的有二伯说：

"你看着吧，过不了几年人家就骡马成群了。别看如今人家就一辆车。"

他家的大儿媳妇和二儿媳妇的不睦，虽然没有新的发展，可也总没有消灭。

大孙子媳妇通红的脸，又能干，又温顺。人长得不肥不瘦，不高不矮,说起话来,声音不大不小。正合适配到他们这样的人家。

车回来了,牵着马就到井边去饮水。车马一出去了,就铡草。看她那长样可并不是做这类粗活人,可是做起事来并不弱于人,比起男人来,也差不了许多。

放下了外边的事情不说,再说屋里的,也样样拿得起来,剪、裁、缝、补,做哪样像哪样,他家里虽然没有什么绫、罗、绸、缎可做的,就说粗布衣也要做个四六见线,平平板板,一到过年的时候,无管怎样忙,也要偷空给奶奶婆婆,自己的婆婆,大娘婆婆,各人做一双花鞋。虽然没有什么好的鞋面,就说青水布的,也要做个精致。虽然没有丝线,就用棉花线,但那颜色却配得水灵灵的新鲜。

奶奶婆婆的那双绣的是桃红的大瓣莲花。大娘婆婆的那双绣的是牡丹花。婆婆的那双绣的是素素雅雅的绿叶兰。

这孙子媳妇回了娘家,娘家的人一问她婆家怎样,她说都好都好,将来非发财不可。大伯公是怎样的兢兢业业,公公是怎样的吃苦耐劳。奶奶婆婆也好,大娘婆婆也好。是凡婆家的无一不好。完全顺心,这样的婆家实在难找。

媳妇之道。

虽然她的丈夫也打过她,但她说,哪个男人不打女人呢?于是也心满意足的并不以为那是缺陷了。

她把绣好的花鞋送给奶奶婆婆,她看她绣了那么一手好花,她感到了对这孙子媳妇有无限的惭愧,觉得这样一手好针线,每天让她喂猪打狗的,真是难为了她了。奶奶婆婆把手伸出来,把那鞋接过来,真是不知如何说好,只是轻轻的托着那鞋,苍白的脸孔,笑盈盈地点着头。

这是这样好的一个大孙子媳妇。二孙子媳妇也订好了,只是二孙子还太小,一时不能娶过来。

她家的两个妯娌之间的磨擦,都是为了这没有娶过来的媳妇,她自己的婆婆主张把她接过来,做团圆媳妇,妯婆婆就不主张接来,说她太小不能干活,只能白吃饭,有什么好处。

争执了许久,来与不来,还没有决定。等下回给老太太跳大神的时候,顺便问一问大仙家再说吧。

> 决定命运的是"大仙家"。

5

我家是荒凉的。

天还未明,鸡先叫了,后边磨房里那梆子声还没有停止,天就发白了。天一发白,乌鸦群就来了。

我睡在祖父旁边,祖父一醒,我就让祖父念诗,祖父就念:

"春眠不觉晓,处处闻啼鸟。

夜来风雨声,花落知多少。"

"春天睡觉不知不觉的就睡醒了,醒了一听,处处有鸟叫着,回想昨夜的风雨,可不知道今早花落了多少。"

是每念必讲的,这是我的约请。

祖父正在讲着诗,我家的老厨子就起来了。

他咳嗽着,听得出来,他担着水桶到井边去挑水去了。

井口离得我家的住房很远,他摇着井绳哗拉拉地响,日里是听不见的,可是在清晨,就听得分外地清明。

老厨子挑完了水,家里还没有人起来。

听得见老厨子刷锅的声音刷拉拉地响。老厨子刷完了锅,烧了一锅洗脸水了,家里还没有人起来。

我和祖父念诗,一直念到太阳出来。

祖父说:

"起来吧。"

我说:

"再念一首。"

祖父说:

"再念一首可得起来了。"

于是再念一首,一念完了,我又赖起来不算了,说再念一首。

每天早晨都是这样纠缠不清地闹。等一开了门,到院子去。院子里边已经是万道金光了,大太阳晒在头上都滚热的了。太阳两丈高了。

祖父到鸡架那里去放鸡,我也跟在后边,祖父到鸭架那里去放鸭,我也跟在后边。

我跟着祖父,大黄狗在后边跟着我。我跳着,大黄狗摇着尾巴。

大黄狗的头像盆那么大,又胖又圆,我总想要当一匹小马来骑它。祖父说骑不得。

但是大黄狗是喜欢我的,我是爱大黄狗的。

鸡从架里出来了,鸭子从架里出来了,它们抖擞着毛,一出来就连跑带叫的,吵的声音很大。

祖父撒着通红的高粱粒在地上,又撒了金黄的谷粒子在地上。

于是鸡啄食的声音,咯咯地响成群了。

喂完了鸡,往天空一看,太阳已经三丈高了。

我和祖父回到屋里,摆上小桌,祖父吃一碗饭米汤,浇白糖,我则不吃,我要吃烧苞米。祖父领着我,到后园去,趟着露水去到苞米丛中为我掰一穗苞米来。

掰来了苞米,袜子、鞋,都湿了。

祖父让老厨子把苞米给我烧上,等苞米烧好了,我已经吃了两碗以上的饭米汤浇白糖。苞米拿来,我吃了一两个粒,就说不好吃,因为我已吃饱了。

于是我手里拿着烧苞米就到院子去喂大黄去了。

"大黄"就是大黄狗的名字。

街上，在墙头外面，各种叫卖的声音都有了，卖豆腐的，卖馒头的，卖青菜的。

卖青菜的喊着，茄子、黄瓜、豆荚和小葱子。

一挑喊着过去了，又来了一挑。这一挑不喊茄子、黄瓜，而喊着芹菜、韭菜、白菜……

街上虽然热闹起来了，而我家里则仍是静悄悄的。

满院子蒿草，草里面叫着虫子。破东西东一件西一样的扔着。

看起来似乎是因为清早，我家才冷静，其实不然的，是因为我家的房子多，院子大，人少的缘故。

哪怕就是到了正午，也仍是静悄悄的。

每到秋天，在蒿草的当中，也往往开了蓼花，所以引来了不少的蜻蜓和蝴蝶在那荒凉的一片蒿草上闹着。这样一来，不但不觉得繁华，反而更显得荒凉寂寞。

第五章

1

我玩的时候，除了在后花园里，有祖父陪着，其余的玩法，就只有我自己了。

我自己在房檐下搭了个小布棚，玩着玩着就睡在那布棚里了。

我家的窗子是可以摘下来的，摘下来直立着是立不住的，就靠着墙斜立着，正好立出一个小斜坡来，我称这小斜坡叫"小屋"，我也常常睡到这小屋里边去了。

我家满院子是蒿草，蒿草上飞着许多蜻蜓，那蜻蜓是为着红蓼花而来的。可是我偏偏喜欢捉它，捉累了就躺在蒿草里边睡着了。

小说以"我"贯穿全篇，所取的是一个孩子的视角，除了场景转换的自然方便之外，也易于表现生活的新奇与荒诞。

蒿草里边长着一丛一丛的天星星,好像山葡萄似的,是很好吃的。

我在蒿草里边搜索着吃,吃困了,就睡在天星星秧子的旁边了。

蒿草是很厚的,我躺在上边好像是我的褥子,蒿草是很高的,它给我遮着荫凉。

有一天,我就正在蒿草里边做着梦,那是下午晚饭之前,太阳偏西的时候。大概我睡得不太着实,我似乎是听到了什么地方有不少的人讲着话,说说笑笑,似乎是很热闹。但到底发生了什么事情,却听不清,只觉得在西南角上,或者是院里,或者是院外。到底是院里院外,那就不太清楚了。反正是有几个人在一起嚷嚷着。

我似睡非睡的听了一会就又听不见了。大概我已经睡着了。

等我睡醒了,回到屋里去,老厨子第一个就告诉我:

"老胡家的团圆媳妇来啦,你还不知道,快吃了饭去看吧!"

老厨子今天特别忙,手里端着一盘黄瓜菜往屋里走,因为跟我指手划脚地一讲话,差一点没把菜碟子掉在地上,只把黄瓜丝打翻了。

我一走进祖父的屋去,只有祖父一个人坐在饭桌前面,桌子上边的饭菜都摆好了,却没有人吃,母亲和父亲都没有来吃饭,有二伯也没有来吃饭。祖父一看见我,祖父就问我:

"那团圆媳妇好不好?"

大概祖父以为我是去看团圆媳妇回来的。我说我不知道,我在草棵里边吃天星星来的。

祖父说:

"你妈他们都去看团圆媳妇去了,就是那个跳大神的老胡家。"

祖父说着就招呼老厨子,让他把黄瓜菜快点拿来。

醋拌黄瓜丝,上边浇着辣椒油,红的红,绿的绿,一定是那老厨子又重切了一盘的,那盘我眼看着撒在地上了。

祖父一看黄瓜菜也来了,祖父说:

"快吃吧,吃了饭好看团圆媳妇去。"

老厨子站在旁边,用围裙在擦着他满脸的汗珠,他每一说话就眨巴眼睛,从嘴里往外喷着唾沫星。他说:

"那看团圆媳妇的人才多呢!粮米铺的二老婆,带着孩子也去了。

后院的小麻子也去了，西院老杨家也来了不少的人，都是从墙头上跳过来的。"

他说他在井沿上打水看见的。

经他这一喧惑，我说：

"爷爷，我不吃饭了，我要看团圆媳妇去。"

祖父一定让我吃饭，他说吃了饭他带我去。我急得一顿饭也没有吃好。我从来没有看过团圆媳妇，我以为团圆媳妇不知道多么好看呢！越想越觉得一定是很好看的，越着急也越觉得非是特别好看不可。不然，为什么大家都去看呢。不然，为什么母亲也不回来吃饭呢。

越想越着急，一定是很好看的节目都看过。若现在就去，还多少看得见一点，若再去晚了，怕是就来不及了。我就催促着祖父。

"快吃，快吃，爷爷快吃吧。"

那老厨子还在旁边乱讲乱说，祖父间或问他一两句。

我看那老厨子打搅祖父吃饭，我就不让那老厨子说话。那老厨子不听，还是笑嘻嘻的说。我就下地把老厨子硬推出去了。

祖父还没有吃完，老周家的周三奶奶又来了，是她说她的公鸡总是往我这边跑，她是来捉公鸡的。公鸡已经捉到了，她还不走，她还扒着玻璃窗子跟祖父讲话。她说：

"老胡家那小团圆媳妇来啦，你老爷子还没去看看吗？那看的人才多呢，我还没去呢，吃了饭就去。"

祖父也说吃了饭就去，可是祖父的饭总也吃不完。一会要点辣椒油，一会要点咸盐面的。我看不但我着急，就是那老厨子也急得不得了了。头上直冒汗，眼睛直眨巴。

祖父一放下饭碗，连点一袋烟我也不让他点，拉着他就往西南墙角那边走。

一边走，一边心里后悔，眼看着一些看热闹的人都回来了。为什么一定要等祖父呢？不会一个人早就跑着来吗？何况又觉得我躺在草棵子里就已经听见这边有了动静了。真是越想越后悔，这事情都闹了一个下半天了，一定是好看的都过去了，一定是来晚了。白来了，什么也看不见了。在草棵子听到了这边说笑，为什么不就立刻跑来看呢？越想越后悔。自己和自己生气,等到了老胡家的窗前,一听,果然连一点声音也没有了。差一点没有气哭了。

等真的进屋一看,全然不是那么一回事,母亲,周三奶奶,还有些个不认识的人,都在那里,与我想象的完全不一样,没有什么好看的,团圆媳妇在哪儿?我也看不见,经人家指指点点的,我才看见了。不是什么媳妇,而是一个小姑娘。

我一看就没有兴趣了,拉着爷爷就往外边走,说:

"爷爷回家吧。"

等第二天早晨她出来倒洗脸水的时候,我看见她了。

她的头发又黑又长,梳着很大的辫子,普通姑娘们的辫子都是到腰间那么长,而她的辫子竟快到膝间了。她脸长得黑忽忽的,笑呵呵的。

院子里的人,看过老胡家的团圆媳妇之后,没有什么不满意的地方。不过都说太大方了,不像个团圆媳妇了。

周三奶奶说:

"见人一点也不知道羞。"

隔院的杨老太太说:

"那才不怕羞呢!头一天来到婆家,吃饭就吃三碗。"

周三奶奶又说:

"哟哟!我可没见过,别说还是一个团圆媳妇,就说一进门就姓了人家的姓,也得头两天看看人家的脸色。哟哟!那么大的姑娘。她今年十几岁啦?"

"听说十四岁么!"

"十四岁会长得那么高,一定是瞒岁数。"

"可别说呀!也有早长的。"

"可是他们家可怎么睡呢?"

"可不是,老少三辈,就三铺小炕……"

这是杨老太太扒在墙头上和周三奶奶讲的。

小团圆媳妇亮相时,是一个健康、快乐的小姑娘。

至于我家里，母亲也说那团圆媳妇不像个团圆媳妇。

老厨子说：

"没见过，大模大样的，两个眼睛骨碌骨碌的转。"

有二伯说：

"介（这）年头是啥年头呢，团圆媳妇也不像个团圆媳妇了。"

只是祖父什么也不说，我问祖父：

"那团圆媳妇好不好？"

祖父说：

"怪好的。"

于是我也觉得怪好的。

她天天牵马到井边上去饮水，我看见她好几回。中间没有什么人介绍，她看看我就笑了，我看看她也笑了。我问她十几岁？她说：

"十二岁。"

我说不对。

"你十四岁的，人家都说你十四岁。"

她说：

"他们看我长得高，说十二岁怕人家笑话，让我说十四岁的。"

我不大知道，为什么长得高还让人家笑话。我问她：

"你到我们草棵子里去玩好吧！"

她说：

"我不去，他们不让。"

2

过了没有几天，那家就打起团圆媳妇来了，打得特别厉害，那叫声无管多远都可以听得见的。

一写看客。

这全院子都是没有小孩子的人家，从没有听到过谁家在哭叫。

邻居左右因此又都议论起来，说早就该打的，那有那样的团圆媳妇一点也不害羞，坐到那儿坐得笔直，走起路来，走得风快。

她的婆婆在井边上饮马，和周三奶奶说：

"给她一个下马威。你听着吧，我回去我还得打她呢，这小团圆媳妇才厉害呢！没见过，你拧她大腿，她咬你，再不然，她就说她回家。"

从此以后，我家的院子里，天天有哭声，哭声很大，一边哭，一边叫。

> 传统观念可以让一个和善的老太太变成一个把人往死里整的恶鬼。

祖父到老胡家去说了几回，让他们不要打她了。说小孩子，知道什么，有点差错教导教导也就行了。

后来越打越厉害了，不分昼夜，我睡到半夜醒来和祖父念诗的时候，念着念着就听西南角上哭叫起来了。

我问祖父：

"是不是那小团圆媳妇哭？"

祖父怕我害怕，说：

"不是，是院外的人家。"

我问祖父：

"半夜哭什么？"

祖父说：

"别管那个，念诗吧。"

清早醒了，正在念"春眠不觉晓"的时候，那西南角上的哭声又来了。

一直哭了很久，到了冬天，这哭声才算没有了。

3

虽然不哭了，那西南角上又夜夜跳起大神来，打着鼓,叮当叮当地响。大神唱一句,二神唱一句,因为是夜里,听得特别清晰,一句半句的我都记住了。

什么"小灵花呀",什么"胡家让她去出马"。

差不多每天大神都唱些个这个。

早晨起来,我就模拟着唱:

"小灵花呀,胡家让她去出马呀……"

而且叮叮当,叮叮当的,用声音模拟着打鼓。

"小灵花"就是小姑娘;"胡家"就是胡仙,"胡仙"就是狐狸精;"出马"就是当跳大神的。

大神差不多跳了一个冬天,把那小团圆媳妇就跳出毛病来了。

那小团圆媳妇,有点黄。没有夏天她刚一来的时候,那么黑了。不过还是笑呵呵的。

祖父带着我到那家去串门,那小团圆媳妇还过来给祖父装了一袋烟。

她看见我,也还偷着笑,大概她怕她婆婆看见,所以没和我说话。

她的辫子还是很大的。她的婆婆说她有病了,跳神给她赶鬼。

等祖父临出来的时候,她的婆婆跟出来了,小声跟祖父说:

"这团圆媳妇,怕是要不好,是个胡仙旁边的,胡仙要她去出马……"

祖父很想让他们搬家。但呼兰河这地方有个规矩,春天是二月搬家,秋天是八月搬家。一过于二八月就不是搬家的时候了。

我们每当半夜让跳神惊醒的时候,祖父就说:

"明年二月就让他们搬了。"

我听祖父说了好几次这样的话。

当我模拟着大神喝喝呼呼的唱着"小灵花"的时

小团圆媳妇的微妙变化。

候，祖父也说那同样的话，明年二月让他们搬家。

4

可是在这期间，院子的西南角上就越闹越厉害。请一个大神，请好几个二神，鼓声连天地响。

说那小团圆媳妇若再去让她出马，她的命就难保了。所以请了不少的二神来，设法从大神那里把她要回来。

于是有许多人给他家出了主意，人哪能够见死不救呢？于是凡有善心的人都帮起忙来。他说他有一个偏方，她说她有一个邪令。

有的主张给她扎一个谷草人，到南大坑去烧了。

有的主张到扎彩铺去扎一个纸人，叫作"替身"，把它烧了或者可以替了她。

有的主张给她画上花脸，把大神请到家里，让那大神看了，嫌她太丑，也许就不捉她当弟子了，就可以不必出马了。

周三奶奶则主张给她吃一个全毛的鸡，连毛带腿的吃下去，选一个星星出全的夜，吃了用被子把人蒙起来，让她出一身大汗。蒙到第二天早晨鸡叫，再把她从被子放出来。她吃了鸡，她又出了汗，她的魂灵里边因此就永远有一个鸡存在着，神鬼和胡仙黄仙就都不敢上她的身了。传说鬼是怕鸡的。

据周三奶奶说，她的曾祖母就是被胡仙抓住过的，闹了整整三年，差一点没死，最后就是用这个方法治好的。因此一生不再闹别的病了。她半夜里正做一个噩梦，她正吓得要命，她魂灵里边的那个鸡，就帮了她的忙，只叫了一声，噩梦就醒了。她一辈子没生过病。说也奇怪，就是到死，也死得不凡，她死那

二写看客。

年已经是八十二岁了。八十二岁还能够拿着花线绣花,正给她小孙子绣花兜肚嘴。绣着绣着,就有点困了,她坐在木樽上,背靠着门扇就打一个盹。这一打盹就死了。

别人就问周三奶奶:

"你看见了吗?"

她说:

"可不是……你听我说呀,死了三天三夜按都按不倒。后来没有办法,给她打着一口棺材也是坐着的,把她放在棺材里,那脸色是红扑扑的,还和活着的一样……"

别人问她:

"你看见了吗?"

她说:

"哟哟!你这问的可怪,传话传话,一辈子谁能看见多少,不都是传话传的吗!"

她有点不大高兴了。

再说西院的杨老太太,她也有个偏方,她说黄连二两,猪肉半斤,把黄连和猪肉都切碎了,用瓦片来焙,焙好了,压成面,用红纸包分成五包包起来。每次吃一包,专治惊风,掉魂。

这个方法,倒也简单。虽然团圆媳妇害的病可不是惊风,掉魂,似乎有点药不对症。但也无妨试一试,好在只是二两黄连,半斤猪肉。何况呼兰河这个地方,又常有卖便宜猪肉的。虽说那猪肉怕是瘟猪,有点靠不住。但那是治病,也不是吃,又有什么关系。

"去,买上半斤来,给她治一治。"

旁边有的赞成的说:

"反正治不好也治不坏。"

她的婆婆也说:

"反正死马当活马治吧!"

于是团圆媳妇先吃了半斤猪肉加二两黄连。

这药是婆婆亲手给她焙的。可是切猪肉是他家的大孙子媳妇给切的。那猪肉虽然是连紫带青的,但中间毕竟有一块是很红的,大孙子媳妇就偷着把这块给留下来了,因为她想,奶奶婆婆不是四五个月没有尝到一点荤腥了吗?于是她就给奶奶婆婆偷着下了一碗面疙瘩汤吃了。

奶奶婆婆问:

"可哪儿来的肉?"

大孙子媳妇说:

"你老人家吃就吃吧,反正是孙子媳妇给你做的。"

那团圆媳妇的婆婆是在灶坑里边搭起瓦来给她焙药。一边焙着,一边说:

"这可是半斤猪肉,一条不缺……"

越焙,那猪肉的味越香,有一匹小猫嗅到了香味而来了,想要在那已经焙好了的肉干上攫一爪,它刚一伸爪,团圆媳妇的婆婆一边用手打着那猫,一边说:

"这也是你动得爪的吗!你这馋嘴巴,人家这是治病呵,是半斤猪肉,你也想要吃一口?你若吃了这口,人家的病可治不好了。一个人活活地要死在你身上,你这不知好歹的。这是整整半斤肉,不多不少。"

药焙好了,压碎了就冲着水给团圆媳妇吃了。

一天吃两包,才吃了一天,第二天早晨,药还没有再吃,还有三包压在灶王爷板上,那些传偏方的人就又来了。

有的说,黄连可怎么能够吃得?黄连是大凉药,出虚汗像她这样的人,一吃黄连就要泄了元气,一个人要泄了元气那还得了吗?

又一个人说:

"那可吃不得呀!吃了过不去两天就要一命归阴的。"

团圆媳妇的婆婆说:

"那可怎么办呢?"

那个人就慌忙的问:

> 通过看客的传言描述小团圆媳妇健康的情形。

"吃了没有呢？"

团圆媳妇的婆婆刚一开口，就被他家的聪明的大孙子媳妇给遮过去了，说：

"没吃，没吃，还没吃。"

那个人说："既然没吃就不要紧，真是你老胡家有天福，吉星高照，你家差点没有摊了人命。"

于是他又给出了个偏方，这偏方，据他说已经不算是偏方了，就是东二道街上"李永春"药铺的先生也常常用这个方单，是一用就好的，百试百灵。无管男、女、老、幼，一吃一个好。也无管什么病、头痛、脚痛、肚子痛，五脏六腑痛，跌、打、刀伤，生疮、生疔、生疖子……

无管什么病，药到病除。

这究竟是什么药呢？人们越听这药的效力大，就越想知道究竟是怎样的一种药。

他说：

"年老的人吃了，眼花缭乱，又恢复到了青春。

"年青的人吃了，力气之大，可以搬动泰山。

"妇女吃了，不用胭脂粉，就可以面如桃花。

"小孩子吃了，八岁可以拉弓，九岁可以射箭，十二岁可以考状元。"

开初，老胡家的全家，都为之惊动，到后来怎么越听越远了。本来老胡家一向是赶车拴马的人家，一向没有过状元。

大孙子媳妇，就让一些围观的闪开一点，她到梳头匣子里拿出一根画眉的柳条炭来。她说：

"快请把药方开给我们吧，好到药铺去赶早去抓药。"

这个出药方的人，本是"李永春"药铺的厨子。三年前就离开了"李永春"那里了。三年前他和一个妇人吊膀子，那妇人背弃了他，还带走了他半生所积下的那点钱财。因此一气而成了个半疯。虽然是个半疯子，但他在"李永春"那里所记住的药名字还没有全然忘记。

他是不会写字的，他就用嘴说：

"车前子二钱，当归二钱，生地二钱，藏红花二钱，川贝母二钱，白术二钱，远志二钱，紫河车二钱……"

他说着说着似乎就想不起来了，急得头顶一冒汗，张口就说红糖二斤，就算完了。

说完了，他就和人家讨酒喝。

"有酒没有，给两盅喝喝。"

这半疯，全呼兰河的人都晓得，只有老胡家不知道。因为老胡家是外来户，所以受了他的骗了。家里没酒，就给了他两吊钱的酒钱。那个药方是根本不能够用的，是他随意胡说了一阵的结果。

团圆媳妇的病，一天比一天严重，据他家里的人说，夜里睡觉，她要忽然坐起来的。看了人她会害怕的。她的眼睛里边老是充满了眼泪。这团圆媳妇大概非出马不可了。若不让她出马，大概人要好不了的。

这种传说，一传出来，东邻西舍的，又都去建了议，都说哪能够见死不救呢？

有的说，让她出马就算了。有的说，还是不出马的好。年轻轻的就出马，这一辈子可得什么才能够到个头。

她的婆婆则是绝对不赞成出马的，她说：

"大家可不要错猜了，以为我订这媳妇的时候花了几个钱，我不让她出马，好像我舍不得这几个钱似的。我也是那么想，一个小小的人出了马，这一辈子可什么时候才到个头。"

于是大家就都主张不出马的好，想偏方的，请大神的,各种人才齐聚。东说东的好,西说西的灵。于是来了一个"抽帖儿的"。

他说他不远千里而来,他是从乡下赶到的。他听城里的老胡家有一个团圆媳妇新接来不久就病了。经过多少名医,经过多少仙家也治不好,他特地赶来看看,万一要用得着,救一个人命也是好的。

这样一说,十分使人感激。于是让到屋里,坐在奶奶婆婆的炕沿上。给他倒一杯水,给他装一袋烟。

大孙子媳妇先过来说:

"我家的弟妹,年本十二岁,因为她长得太高,就说她十四岁。又说又笑,百病皆无。自接到我们家里就一天一天的黄瘦。到近来水不想喝,饭不想吃,睡觉的时候睁着眼睛,一惊一乍的。什么偏方都吃过了,什么香火也都烧过了。就是百般的不好……"

大孙子媳妇还没有说完,大娘婆婆就接着说:

"她来到我家,我没给她气受,哪家的团圆媳妇不受气,一天打八顿,骂三场。可是我也打过她,那是我要给她一个下马威。我只打了她一个多月,虽然说我打得狠了一点,可是不狠哪能够规矩出一个好人来。我也是不愿意狠打她的,打得连喊带叫的,我是为她着想,不打得狠一点,她是不能够中用的。有几回,我是把她吊在大梁上,让她叔公公用皮鞭子狠狠地抽了她几回,打得是狠着点了,打昏过去了。可是只昏了一袋烟的工夫,就用冷水把她浇过来了。是打狠了一点,全身也都打青了,也还出了点血。可是立刻就打了鸡蛋青子给她擦上了。也没有肿得怎样高,也就是十天半月的就好了。这孩子,嘴也是特别硬,我一打她,她就说她要回家。我就问她:'哪儿是你的家?这儿不就是你的家吗?'她可就偏不这样

简直是虐杀。

说。她说回她的家。我一听就更生气。人在气头上还管得了这个那个，因此我也用烧红过的烙铁烙过她的脚心。谁知道来，也许是我把她打掉了魂啦，也许是我把她吓掉了魂啦，她一说她要回家，我不用打她，我就说看你回家，我用索练子把你锁起来。她就吓得直叫。大仙家也看过了，说是她要出马。一个团圆媳妇的花费也不少呢，你看她八岁我订下她的，一订就是八两银子，年年又是头绳钱，鞋面钱的，到如今又用火车把她从辽阳接来，这一路的盘费。到了这儿，就是今天请神，明天看香火，后天吃偏方。若是越吃越好，那还罢了。可是百般的不见好，将来谁知道会来……到结果……"

抽帖。　　不远千里而来的这位抽帖儿的，端庄严肃，风尘仆仆，穿的是蓝袍大衫，罩着棉袄。头上戴的是皮耳四喜帽。使人一见了就要尊之为师。

所以奶奶婆婆也说：

"快给我二孙子媳妇抽一个帖吧，看看她命理如何。"

那抽帖儿的一看，这家人家真是诚心诚意，于是他就把皮耳帽子从头上摘下来了。

一摘下帽子来，别人都看得见，这人头顶上梳着发卷，戴着道帽。一看就知道他可不是市井上一般的平凡的人。别人正想要问，还不等开口，他就说他是某山上的道人，他下山来是为的奔向山东的泰山去，谁知路出波折，缺少盘程，就流落在这呼兰河的左右，已经不下半年之久了。

人家问他，既是道人，为什么不穿道人的衣裳。他回答说：

"你们哪里晓得，世间三百六十行，各有各的苦。这地方的警察特别厉害，他一看穿了道人的衣裳，他就说三问四,他们那些叛道的人,无理可讲,说抓就抓,说拿就拿。"

他还有一个别号,叫云游真人,他说一提云游真人,远近皆知。无管什么病痛或是吉凶,若一抽了他的帖儿,则生死存亡就算定了。他说他的帖法,是张天师所传。

他的帖儿并不多,只有四个。他从衣裳的口袋里一个一个的往外摸,摸出一帖来是用红纸包着,再一帖还是红纸包着,摸到第四帖也都是红纸包着。

他说帖下也没有字,也没有影。里边只包着一包药面,一包红,一包绿,一包蓝,一包黄。抽着黄的就是黄金富贵,抽着红的就是红颜不老。抽到绿的就不大好了,绿色的是鬼火。抽到蓝的也不大好,蓝的就是铁脸蓝青,张天师说过,铁脸蓝青,不死也得见阎王。

那抽帖的人念完了一套,就让病人的亲人伸出手来抽。

团圆媳妇的婆婆想,这倒也简单、容易,她想赶快抽一帖出来看看,命定是死是活,多半也可以看出来个大概。不曾想,刚一伸出手去,那云游真人就说:

"每帖十吊钱,抽着蓝的,若嫌不好,还可以再抽,每帖十吊……"

团圆媳妇的婆婆一听,这才恍然大悟,原来这可不是白抽的,十吊钱一张可不是玩的,一吊钱捡豆腐可以捡二十块。三天捡一块豆腐,二十块,二三得六,六十天都有豆腐吃。若是隔十天捡一块,一个月捡三块,那就半年都不缺豆腐吃了。她又想,三天一块豆腐,哪有这么浪费的人家。依着她一个月捡一块大家尝尝也就是了,那么办,二十块豆腐,每月一块,可以吃二十个月,这二十个月,就是一年半还多两个月。

若不是买豆腐,若养一口小肥猪,经心地喂着它,喂得胖胖的,喂到五六个月,那就是多少钱哪!喂到一年,那就是千八百吊了……

再说就是不买猪,买鸡也好,十吊钱的鸡,就是十来个,一年的鸡,第二年就可以下蛋,一个蛋,多少钱!就说不卖鸡蛋,就说拿鸡蛋换青菜吧,一个鸡蛋换来的青菜,够老少三辈吃一天的了……何况鸡会生蛋,蛋还会生鸡,永远这样循环地生下去,岂不有无数的鸡,无数的蛋了吗?岂不发了财吗?

但她可并不是这么想,她想够吃也就算了,够穿也就算了。一辈子俭俭朴朴，多多少少积储了一点也就够了。她虽然是爱钱，若说让她发财，她可绝对的不敢。

那是多么多呀！数也数不过来了。记也记不住了。假若是鸡生了蛋，蛋生了鸡，来回的不断地生，这将成个什么局面，鸡岂不和蚂蚁一样多了吗？看了就要眼花，眼花就要头痛。

这团圆媳妇的婆婆，从前也养过鸡，就是养了十吊钱的。她也不多养，她也不少养。十吊钱的就是她最理想的。十吊钱买了十二个小鸡仔，她想：这就正好了，再多怕丢了，再少又不够十吊钱的。

在她一买这刚出蛋壳的小鸡仔的时候，她就挨着个看，这样的不要，那样的不要。黑爪的不要，花膀的不要，脑门上带点的又不要。她说她亲娘就是会看鸡，那真是养了一辈子鸡呀！年年养，可也不多养。可是一辈子针啦、线啦，没有缺过，一年到头没花过钱，都是拿鸡蛋换的。人家那眼睛真是认货，什么样的鸡短命，什么样的鸡长寿，一看就跑不了她老人家的眼睛的。就说这样的鸡下蛋大，那样的鸡下蛋小，她都一看就在心里了。

她一边买着鸡，她就一边怨恨着自己没有用，想当年为什么不跟母亲好好学学呢！唉！年青的人哪里会虑后事。她一边买着，就一边感叹。她虽然对这小鸡仔的选择上边，也下了万分的心思，可以说是选无可选了。那卖鸡仔的人一共有二百多小鸡，她通通的选过了，但究竟她所选了的，是否都是顶优秀的，这一点，她自己也始终把握不定。

她养鸡，是养得很经心的，怕猫吃了，怕耗子咬了。她一看那小鸡仔，白天一打盹，她就给驱着苍蝇，怕苍蝇把小鸡咬醒了，她让它多睡一会，她怕小鸡睡眠不足。小鸡的腿上，若让蚊子咬了一块疤，她一发现了，她就立刻泡了艾蒿水来给小鸡来擦。她说若不及早的擦呀，那将来是公鸡，就要长不大，是母鸡就要下小蛋。小鸡蛋一个换两块豆腐，大鸡蛋换三块豆腐。

这是母鸡。再说公鸡，公鸡是一刀菜，谁家杀鸡不想杀胖的。小公鸡是不好卖的。

等她的小鸡，略微长大了一点，能够出了屋了，能够在院子里自己去找食吃去的时候，她就把它们给染了六匹红的，六匹绿的。都是在脑门上。

至于把颜色染在什么地方，那就先得看邻居家的都染在什么地方，而后才能够决定。邻居家的小鸡把色染在膀梢上，那她就染在脑门上。邻居家的若染在了脑门上，那她就要染在肚囊上。大家切不要都染在一个地方，染在一个地方可怎么能够识别呢？你家的跑到我家来，我家的跑到你家去，那么岂不又要混乱了吗？

小鸡仔染了颜色是十分好看的，红脑门的，绿脑门的，好像它们都戴了花帽子。好像不是养的小鸡，好像养的是小孩似的。

这团圆媳妇的婆婆从前她养鸡的时候就说过：

"养鸡可比养小孩更娇贵，谁家的孩子还不就是扔在旁边他自己长大的，蚊子咬咬，臭虫咬咬，那怕什么的，哪家的孩子的身上没有个疤拉疖子的。没有疤拉疖子的孩子都不好养活，都要短命的。"

据她说，她一辈子的孩子并不多，就是这一个儿子，虽然说是稀少，可是也没有娇养过。到如今那身上的疤也有二十多块。

她说：

"不信，脱了衣裳给大家伙看看……那孩子那身上的疤拉，真是多大的都有，碗口大的也有一块。真不是说，我对孩子真没有娇养过。除了他自个儿跌的摔的不说，就说我用劈柴棒子打的也落了好几个疤。养活孩子可不是养活鸡鸭的呀！养活小鸡，你不好好养它，它不下蛋。一个蛋，大的换三块豆腐，小的换两块豆腐，是闹着玩吗？可不是闹着玩的。"

有一次，她的儿子踏死了一个小鸡仔，她打了她儿子三天三夜，她说：

"我为什么不打他呢？一个鸡仔就是三块豆腐，

> 在《生死场》里，同样有大人爱动物甚于孩子的描写。人命微贱若此。

鸡仔是鸡蛋变的呀！要想变一个鸡仔，就非一个鸡蛋不行，半个鸡蛋能行吗？不但半个鸡蛋不行，就是差一点也不行，坏鸡蛋不行，陈鸡蛋不行。一个鸡要一个鸡蛋，那么一个鸡不就是三块豆腐是什么呢？眼睁睁的把三块豆腐放在脚底踩了，这该多大的罪，不打他，哪儿能够不打呢？我越想越生气，我想起来就打，无管黑夜白日，我打了他三天。后来打出一场病来，半夜三更的，睡得好好的说哭就哭。可是我也没有当他是一回子事，我就拿饭勺子敲着门框，给他叫了叫魂。没理他也就好了。"

她这有多少年没养鸡了，自从订了这团圆媳妇，把积存下的那点针头线脑的钱都花上了。这还不说，还得每年头绳钱啦，腿带钱的托人捎去，一年一个空，这几年来就紧得不得了。想养几个鸡，都狠心没有养。

现在这抽帖的云游真人坐在她的眼前，一帖又是十吊钱。若是先不提钱，先让她把帖抽了，那管抽完了再要钱呢，那也总算是没有花钱就抽了帖的。可是偏偏不先，那抽帖的人，帖还没让抽，就先提到了十吊钱。

所以那团圆媳妇的婆婆觉得，一伸手，十吊钱。一张口，十吊钱。这不是眼看着钱往外飞吗？

这不是飞，这是干什么，一点声响也没有，一点影子也看不见。还不比过河，往河里扔钱，往河里扔钱，还听一个响呢，还打起一个水泡呢。这是什么代价也没有的，好比自己发了昏，把钱丢了，好比遇了强盗，活活地把钱抢去了。

团圆媳妇的婆婆，差一点没因为心内的激愤而流了眼泪。她一想十吊钱一帖，这哪里是抽帖，这是抽钱。

于是她把伸出去的手缩回来了。她赶快跑到脸盆那里去，把手洗了，这可不是闹笑话的，这是十吊钱哪！她洗完了手又跪在灶王爷那里祷告了一番。祷告完了才能够抽帖的。

她第一帖就抽了个绿的，绿的不大好，绿的就是鬼火。她再抽一帖，这一帖就更坏了，原来就是那最坏的不死也得见阎王的里边包着蓝色药粉的那张帖。

团圆媳妇的婆婆一见两帖都坏，本该抱头大哭，但是她没有那么的。自从团圆媳妇病重了，说长的，道短的，说死的，说活的，样样都有。又加上已经左次右番的请胡仙、跳大神,闹神闹鬼,已经使她见过不少的世面了。说活虽然高兴,说去见阎王也不怎样悲哀,似乎一时也总像见不了的样子。

于是她就问那云游真人,两帖抽的都不好。是否可以想一个方法可以破一破?云游真人就说了:

"拿笔拿墨来。"

她家本也没有笔,大孙子媳妇就跑到大门洞子旁边那粮米铺去借去了。

粮米铺的山东女老板,就用山东腔问她:

"你家做啥?"

大孙子媳妇说:

"给弟妹画病。"

女老板又说:

"你家的弟妹,这一病就可不浅,到如今好了点没?"

大孙子媳妇本想端着砚台、拿着笔就跑,可是人家关心,怎好不答,于是去了好几袋烟的工夫,还不见回来。

等她抱了砚台回来的时候,那云游真人,已经把红纸都撕好了。于是拿起笔来,在他撕好的四块红纸上,一块上边写了一个大字,那红纸条也不过半寸宽,一寸长。他写的那字大得都要从红纸的四边飞出来了。

这四个字,他家本没有识字的人,灶王爷上的对联还是求人写的。一模一样,好像一母所生,也许写的就是一个字。大孙子媳妇看看不认识,奶奶婆婆看看也不认识。虽然不认识,大概这个字一定也坏不了,不然,就用这个字怎么能破开一个人不见阎王呢?于是都一齐点头称好。

那云游真人又命拿浆糊来。她们家终年不用浆糊,浆糊多么贵,白面十多吊钱一斤。都是用黄米饭粒来黏鞋面的。

大孙子媳妇到锅里去铲了一块黄黏米饭来。云游真人,就用饭粒贴在红纸上了。于是掀开团圆媳妇蒙在头上的破棉袄,让她拿出手来,一个手心上给她贴一张。又让她脱了袜子,一只脚心上给她贴上一张。

云游真人一见,脚心上有一大片白色的疤痕,他一想就是方才她婆婆所说的用烙铁给她烙的。可是他假装不知,问说:

"这脚心可是生过什么病症吗？"

团圆媳妇的婆婆连忙就接过来说：

"我方才不是说过吗，是我用烙铁给她烙的。哪里会见过的呢？走道像飞似的，打她，她记不住，我就给她烙一烙。好在也没什么，小孩子肉皮活，也就是十天半月的下不来地，过后也就好了。"

那云游真人想了一想，好像要吓唬她一下，就说这脚心的疤，虽说是贴了红帖，也怕贴不住，阎王爷是什么都看得见的，这疤怕是就给了阎王爷以特殊的记号，有点不大好办。

云游真人说完了，看一看她们怕不怕，好像是不怎样怕。于是他就说得严重一些：

"这疤不掉，阎王爷在三天之内就能够找到她，一找到她，就要把她活捉了去的。刚才抽的那帖是再准也没有的了，这红帖也绝没有用处。"

他如此的吓唬着她们，似乎她们从奶奶婆婆到孙子媳妇都不大怕。那云游真人，连想也没有想，于是开口就说：

"阎王爷不但要捉团圆媳妇去，还要捉了团圆媳妇的婆婆去，现世现报，拿烙铁烙脚心，这不是虐待，这是什么，婆婆虐待媳妇，做婆婆的死了下油锅，老胡家的婆婆虐待媳妇……"

他就越说越声大，似乎要喊了起来，好像他是专打抱不平的好汉，而变了他原来的态度了。

一说到这里，老胡家的老少三辈都害怕了，毛骨悚然，以为她家里又是撞进来了什么恶魔。而最害怕的是团圆媳妇的婆婆，吓得乱哆嗦，这是多么骇人听闻的事情，虐待媳妇，世界上能有这样的事情吗？

于是团圆媳妇的婆婆赶快跪下了，面向着那云游真人，眼泪一对一双地往下落：

"这都是我一辈子没有积德，有孽遭到儿女的身上，我哀告真人，请真人诚心的给我化散化散，借了真人的灵法，让我的媳妇死里逃生吧。"

那云游真人立刻就不说见阎王了，说她的媳妇一定见不了阎王，因为他还有一个办法一办就好的。说来这法子也简单得很，就是让团圆媳妇把袜子再脱下来，用笔在那疤痕上一画，阎王爷就看不见了。当场就脱下袜子来在脚心上画了。一边画着还嘴里嘟嘟的念着咒语。这一画不知费了多大力气，旁边看着的人倒觉十分的容易，可是那云游真人却冒了满头的汗，他故意的咬牙切齿，皱眉瞪眼。这一画也并不是容易的事情，好像他在上刀山似的。

画完了，把钱一算，抽了两帖二十吊。写了四个红纸贴在脚心手心上，每帖五吊是半价出售的，一共是四五等于二十吊。外加这一画，这一画本来是十吊钱，现在就给打个对折吧，就算五吊钱一只脚心，一共画了两只脚心，又是十吊。

二十吊加二十吊，再加十吊。一共是五十吊。

云游真人拿了这五十吊钱乐乐呵呵的走了。

团圆媳妇的婆婆，在她刚要抽帖的时候，一听每帖十吊钱，她就心痛得了不得，又要想用这钱养鸡，又要想用这钱养猪。等到现在五十吊钱拿出去了，她反而也不想养鸡了，也不想养猪了。因为她想，事到临头，不给也是不行了。帖也抽了，字也写了，要想不给人家钱也是不可能的了。事到临头，还有什么办法呢？别说五十吊，就是一百吊钱也得算着吗？不给还行吗？

于是她心安理得地把五十吊钱给了人家了。这五十吊钱，是她秋天出城去在豆田里拾黄豆粒，一共拾了二升豆子卖了几十吊钱。在田上拾黄豆粒也不容易，一片大田，经过主人家的收割，还能够剩下多少豆粒呢？而况穷人聚了那么大的一群，孩子、女人、老太太……你抢我夺的，你争我打的。为了二升豆子就得在田上爬了半月二十天的，爬得腰酸腿疼。唉，为着这点豆子，那团圆媳妇的婆婆还到"李永春"药铺，去买过二两红花的。那就是因为在土上爬豆子的时候，有一棵豆秧刺了她的手指甲一下。她也没有在乎，把刺拔出来也就去他的了。该拾豆子还是拾豆

愚昧与愚弄。

子。就因此那指甲可就不知怎么样，睡了一夜那指甲就肿起来了，肿得和茄子似的。

这肿一肿又算什么呢？又不是皇上娘娘，说起来可真娇惯了，那有一个人吃天靠天，而不生点天灾的？

闹了好几天，夜里痛得火喇喇的不能睡觉了。这才去买了二两红花来。

说起买红花来，是早就该买的。奶奶婆婆劝她买，她不买。大孙子媳妇劝她买，她也不买。她的儿子想用孝顺来征服他的母亲，他强硬的要去给她买，因此还挨了他妈的一烟袋锅子。这一烟袋锅子就把儿子的脑袋给打了鸡蛋大的一个包。

"你这小子，你不是败家吗？你妈还没死，你就作了主了。小兔崽子，我看着你再说买红花的！小兔崽子我看着你的。"

就这一边骂着，一边烟袋锅子就打下来了。

后来也到底还是买了，大概是惊动了东邻西舍，这家说说，那家讲讲的，若再不买点红花来，也太不好看了，让人家说老胡家的大儿媳妇，一年到头，就能够寻寻觅觅地积钱，钱一到她的手里，就好像掉了地缝了，一个豆也再不用想从她的手里拿出来。假若这样地说开去，也是不太好听，何况这拣来的豆子能卖好几十吊呢，花个三吊两吊的就花了吧。一咬牙，去买上二两红花来擦擦。

想虽然是这样想过了，但到底还没有决定，延迟了好几天还没有"一咬牙"。

最后也毕竟是买了，她选择了一个顶严重的日子，就是她的手，不但一个指头，而是整个的手都肿起来了。那原来肿得像茄子的指头，现在更大了，已经和一个小冬瓜似的了，而且连手掌也无限度地胖了起来，胖得和张小簸箕似的。她多少年来，就嫌自己太瘦，她总说，太瘦的人没有福分。尤其是瘦手瘦脚的，一看就不带福相。尤其是精瘦的两只手，一伸出来和鸡爪似的，真是轻薄的样子。

现在她的手是胖了，但这样胖法，是不大舒服的。同时她也发了点热，她觉得眼睛和嘴都干，脸也发烧，身上也时冷时热。她就说：

"这手是要闹点事吗？这手……"

一清早起，她就这样的念了好几遍。那胖得和小簸箕似的手，是一动也不能动了，好像一匹大猫或者一个小孩的头似的，她把它放在枕头上和她一齐的躺着。

"这手是要闹点事的吧！"

当她的儿子来到她旁边的时候，她就这样说。

她的儿子一听她母亲的口气，就有些了解了。大概这回她是要买红花的了。

于是她的儿子跑到奶奶的面前，去商量着要给她母亲去买红花，她们家住的是南北对面的炕，那商量的话声，虽然不甚大，但是他的母亲是听到的了。听到了，也假装没有听到，好表示这买红花可到底不是她的意思，可并不是她的主使，她可没有让他们去买红花。

在北炕上，祖孙二人商量了一会，孙子说向他妈去要钱去。祖母说：

"拿你奶奶的钱先去买吧，你妈好了再还我。"

祖母故意把这句说得声音大一点，似乎故意让她的大儿媳妇听见。

大儿媳妇是不但这句话，就是全部的话也都了然在心了，不过装着不动就是了。

红花买回来了，儿子坐到母亲的旁边，儿子说：

"妈，你把红花酒擦上吧。"

母亲从枕头上转过脸儿来，似乎买红花这件事情她事先一点也不晓得，说：

"哟！这小鬼羔子，到底买了红花来……"

这回可并没有用烟袋锅子打，倒是安安静静地把手伸出来，让那浸了红花的酒，把一只胖手完全染上了。

这红花到底是二吊钱的，还是三吊钱的，若是二吊钱的倒给的不算少，若是三吊钱的，那可贵了一点。若是让她自己去买，她可绝对地不能买这么多，也不就是红花吗！红花就是红的就是了，治病不治病，谁晓得？也不过就是解解心疑就是了。

她想着想着，因为手上涂了酒觉得凉爽，就要睡一觉，又加上烧酒的气味香扑扑的，红花的气味药忽忽的。她觉得实在是舒服了不少。于是她一闭眼睛就做了一个梦。

这梦做的是她买了两块豆腐,这豆腐又白又大。是用什么钱买的呢?就是用买红花剩来的钱买的。因为在梦里边她梦见是她自己去买的红花。她自己也不买三吊钱的,也不买两吊钱的,是买了一吊钱的。在梦里边她还算着,不但今天有两块豆腐吃,那天一高兴还有两块吃的!三吊钱才买了一吊钱的红花呀!

现在她一遭就拿了五十吊钱给了云游真人。若照她的想法来想,这五十吊钱可该买多少豆腐了呢?

但是她没有想,一方面因为团圆媳妇的病也实在病得缠绵,在她身上花钱也花得大手大脚的了。另一方面就是那云游真人的来势也过于猛了点,竟打起抱不平来,说她虐待团圆媳妇。还是赶快的给了他钱,让他滚蛋吧。

真是家里有病人是什么气都受得呵。团圆媳妇的婆婆左思右想,越想越是自己遭了无妄之灾,满心的冤屈,想骂又没有对象,想哭又哭不出来,想打也无处下手了。

那小团圆媳妇再打也就受不住了。

若是那小团圆媳妇刚来的时候,那就非先抓过她来打一顿再说。做婆婆的打了一只饭碗,也抓过来把小团圆媳妇打一顿。她丢了一根针也抓过来把小团圆媳妇打一顿。她跌了一个筋斗,把单裤膝盖的地方跌了一个洞,她也抓过来把小团圆媳妇打一顿。总之,她一不顺心,她就觉得她的手就想要打人。她打谁呢?谁能够让她打呢?于是就轮到小团圆媳妇了。

有娘的,她不能够打。她自己的儿子也舍不得打。打猫,她怕把猫打丢了。打狗,她怕把狗打跑了。打猪,怕猪掉了斤两。打鸡,怕鸡不下蛋。

唯独打这小团圆媳妇是一点毛病没有,她又不能跑掉,她又不能丢了,她又不会下蛋。反正也不是

欺负弱小者,因为有地位(婆婆),所以由来天经地义。

猪，打掉了一些斤两也不要紧，反正也不过秤。

可是这小团圆媳妇，一打也就吃不下饭去。吃不下饭去不要紧，多喝一点饭米汤好啦，反正饭米汤剩下也是要喂猪的。

可是这都成了已往的她的光荣的日子了，那种自由的日子恐怕一时不会再来了。现在她不用说打，就连骂她也不大骂她了。

现在她别的都不怕，她就怕她死，她心里总有一个阴影，她的小团圆媳妇可不要死了呵。

于是她碰到了多少的困难，她都克服了下去，她咬着牙根，她忍住眼泪，她要骂不能骂，她要打不能打。她要哭，她又止住了。无限的伤心，无限的悲哀，常常一齐会来到她的心中的。她想，也许是前生没有做了好事，此生找到她了。不然为什么连一个团圆媳妇的命都没有。她想一想，她一生没有做过恶事，面软、心慈，凡事都是自己吃亏，让着别人。虽然没有吃斋念佛，但是初一十五的素口也自幼就吃着。虽然不怎样拜庙烧香，但四月十八的庙会，也没有拉下过。娘娘庙前一把香，老爷庙前三个头。哪一年也都是烧香磕头的没有拉过"过场"。虽然是自小没有读过诗文，不认识字，但是"金刚经""灶王经"也会念上两套。虽然说不曾做过舍善的事情，没有补过路，没有修过桥，但是逢年过节，对那些讨饭的人，也常常给过他们剩汤剩饭的。虽然过日子不怎样俭省，但也没有多吃过一块豆腐。拍拍良心，对天对得起，对地也对得住。那为什么老天爷明明白白的却把祸根种在她身上？

她越想，她越心烦意乱。

"都是前生没有做了好事，今生才找到了。"

她一想到这里，她也就不再想了，反正事到临

> 猪狗一样的生活。

头，瞎想一阵又能怎样呢？于是她自己劝着自己就又忍着眼泪，咬着牙根，把她那兢兢业业的，养猪喂狗所积下来的那点钱，又一吊一吊的，一五一十的，往外拿着。

东家说，看个香火，西家说吃个偏方。偏方、野药、大神、赶鬼、看香、扶乩，样样都已经试过。钱也不知花了多少，但是都不怎样见效。

那小团圆媳妇夜里说梦话，白天发烧。一说起梦话来，总是说她要回家。

"回家"这两个字，她的婆婆觉得最不祥，就怕她是阴间的花姐，阎王奶奶要把她叫了回去。于是就请了一个圆梦的。那圆梦的一圆，果然不错，"回家"就是回阴间地狱的意思。

所以那小团圆媳妇，做梦的时候，一梦到她的婆婆打她，或者是用梢子绳把她吊在房梁上了，或是梦见婆婆用烙铁烙她的脚心，或是梦见婆婆用针刺她的手指尖。一梦到这些，她就大哭大叫，而且嚷着她要"回家"。

婆婆一听她嚷回家，就伸出手去在大腿上拧着她。日子久了，拧来，拧去，那小团圆媳妇的大腿被拧得像一个梅花鹿似的青一块、紫一块的了。

她是一份善心，怕是真的她回了阴间地狱，赶快地把她叫醒来。

可是小团圆媳妇睡得朦里朦胧的，她以为她的婆婆可又真的在打她了，于是她大叫着，从炕上翻身起来，就跳下地去，拉也拉不住她，按也按不住她。

她的力气大得惊人，她的声音喊得怕人。她的婆婆于是觉得更是见鬼了，着魔了。

不但她的婆婆，全家的人也都相信这孩子的身上一定有鬼。

> "回家"。出嫁之后的农村女性便失去了依靠。

谁听了能够不相信呢？半夜三更的喊着回家，一招呼醒了，她就跳下地去，瞪着眼睛，张着嘴，连哭带叫的，那力气比牛还大，那声音好像杀猪似的。

谁能够不相信呢？又加上她婆婆的渲染，说她眼珠子是绿的，好像两颗鬼火似的，说她的喊声，是直声拉气的，不是人声。

所以一传出去，东邻西舍的，没有不相信的。

于是一些善人们，就觉得这小女孩子也实在让鬼给捉弄得可怜了。哪个孩儿是没有娘的，哪个人不是肉生肉长的。谁家不都是养老育小……于是大动恻隐之心。东家二姨，西家三姑，她说她有奇方，她说她有妙法。

于是就又跳神赶鬼、看香、扶乩，老胡家闹得非常热闹。传为一时之盛。若有不去看跳神赶鬼的，竟被指为落伍。

因为老胡家跳神跳得花样翻新，是自古也没有这样跳的，打破了跳神的纪录了，给跳神开了一个新纪元。若不去看看，耳目因此是会闭塞了的。

当地没有报纸，不能记录这桩盛事。若是患了半身不遂的人，患了瘫病的人，或是大病卧床不起的人，那真是一生的不幸，大家也都为他惋惜，怕是他此生也要孤陋寡闻，因为这样的隆重的盛举，他究竟不能够参加。

呼兰河这地方，到底是太闭塞，文化是不大有的。虽然当地的官绅，认为已经满意了，而且请了一位清代的翰林，作了一首歌，歌曰：

溯呼兰天然森林，自古多奇材。

这首歌还配上了从东洋流来的乐谱，使当地的小学都唱着。这歌不止这两句这么短，不过只唱这两句就已经够好的了。所好的是使人听了能够引起一种自

> 四写看客。

> 观赏他人的不幸，竟成为盛举。

负的感情来，尤其当清明植树节的时候，几个小学堂的学生都排起队来在大街上游行，并唱着这首歌。使老百姓听了，也觉得呼兰河是个了不起的地方，一开口说话就"我们呼兰河"，那在街道上捡粪蛋的孩子，手里提着粪耙子，他还说"我们呼兰河"，可不知道呼兰河给了他什么好处。也许那粪耙子就是呼兰河给了他的。

呼兰河这地方，尽管奇才很多，但到底太闭塞，竟不会办一张报纸。以至于把当地的奇闻妙事都没有记载，任它风散了。

老胡家跳大神，就实在跳得出奇。用大缸给团圆媳妇洗澡，而且是当众就洗的。

这种奇闻盛举一经传了出来，大家都想去开开眼界，就是那些患了半身不遂的，患了瘫病的人，人们觉得他们瘫了倒没有什么，只是不能够前来看老胡家团圆媳妇大规模的洗澡，真是一生的不幸。

5

天一黄昏，老胡家就打起鼓来了。大缸，开水，公鸡，都预备好了。
公鸡抓来了，开水烧滚了，大缸摆好了。
看热闹的人，络绎不绝的来看。我和祖父也来了。
小团圆媳妇躺在炕上，黑忽忽的，笑呵呵的。我给她一个玻璃球，又给她一片碗碴，她说这碗碴很好看，她拿在眼睛前照一照。她说这玻璃球也很好玩，她用手指甲弹着。她看一看她的婆婆不在旁边，她就起来了，她想要坐起来在炕上弹这玻璃球。

还没有弹，她的婆婆就来了，就说：
"小不知好歹的，你又起来疯什么？"

说着走近来，就用破棉袄把她蒙起来了，蒙得没头没脑的，连脸也露不出来。

我问祖父她为什么不让她玩？
祖父说：
"她有病。"
我说：

"她没有病,她好好的。"

我伸手去就把棉袄给她掀开了。

掀开一看,她的眼睛早就睁着。她问我,她的婆婆走了没有,我说走了,于是她又起来了。

她一起来,她的婆婆又来了。又把她给蒙了起来说:

"也不怕人家笑话,病得跳神赶鬼的,哪有的事情,说起来,就起来。"

这是她婆婆向她小声说的,等婆婆回过头去向着众人,就又那么说:

"她是一点也着不得凉的,一着凉就犯病。"

屋里屋外,越张罗越热闹了,小团圆媳妇跟我说:

"等一会你看吧,就要洗澡了。"

她说着的时候,好像说着别人的一样。

果然,不一会工夫就洗起澡来了,洗得吱哇乱叫。

大神打着鼓,命令她当众脱了衣裳。衣裳她是不肯脱的,她的婆婆抱住了她,还请了几个帮忙的人,就一齐上来,把她的衣裳撕掉了。

她本来是十二岁,却长得十五六岁那么高,所以一时看热闹的姑娘媳妇们,看了她。都难为情起来。

很快的小团圆媳妇就被抬进大缸里去。大缸里满是热水,是滚热的热水。

她在大缸里边,叫着、跳着,好像她要逃命似的狂喊。她的旁边站着三四个人从缸里搅起热水来往她的头上浇。不一会,浇得满脸通红,她再也不能够挣扎了,她安稳地在大缸里边站着,她再不往外边跳了,大概她觉得跳也跳不出来了。那大缸是很大的,她站在里边仅仅的露着一个头。

我看了半天,到后来她连动也不动,哭也不哭,

滚水洗澡。残酷与荒谬,莫过于此!

笑也不笑。满脸的汗珠，满脸通红，红得像一张红纸。

我跟祖父说：

"小团圆媳妇不叫了。"

我再往大缸里一看，小团圆媳妇没有了。她昏倒在大缸里了。

这时候，看热闹的人们，一声狂喊，都以为小团圆媳妇是死了，大家都跑过去拯救她，竟有心慈的人，流下眼泪来。

小团圆媳妇还活着的时候，她像要逃命似的前一刻她还求救于人的时候，并没有一个人上前去帮忙她，把她从热水里解救出来。

现在她是什么也不知道了，什么也不要求了。可是一些人，偏要去救她。

把她从大缸里抬出来，给她浇一点冷水。这小团圆媳妇一昏过去，可把那些看热闹的人可怜得不得了，就是前一刻她还主张着"用热水浇哇！用热水浇哇"的人，现在也心痛起来。怎能够不心痛呢，活蹦乱跳的孩子，一会工夫就死了。

小团圆媳妇摆在炕上，浑身像火炭那般热，东家的婶子，伸出一只手来，到她身上去摸一摸，西家大娘也伸出手来到她身上去摸一摸。

都说：

"哟哟，热得和火炭似的。"

有的说，水太热了一点。有的说，不应该往头上浇，大热的水，一浇哪有不昏的。

大家正在谈说之间，她的婆婆过来，赶快拉了一张破棉袄给她盖上了，说：

"赤身裸体的羞不羞！"

小团圆媳妇怕羞不肯脱下衣裳来，她婆婆喊着号令给她撕下来了。现在她什么也不知道了，她没有感觉了，婆婆反而替她着想了。

大神打了几阵鼓，二神向大神对了几阵话。看热闹的人，你望望他，他望望你。虽然不知道下文如何，这小团圆媳妇到底是死是活。但却没有白看一场热闹，到底是开了眼界，见了世面，总算是不无所得的。

有的竟觉得困了，问着别人，三星是否打了横梁，说他要回家睡觉去了。

大神一看这场面不大好，怕是看热闹的人都要走了，就卖一点力气叫一叫座。于是痛打了一阵鼓，喷了几口酒在团圆媳妇的脸上。从腰里拿出银针来，刺着小团圆媳妇的手指尖。

　　不一会，小团圆媳妇就活转来了。

　　大神说，洗澡必得连洗三次，还有两次要洗的。

　　于是人心大为振奋，困的也不困了，要回家睡觉的也精神了。这来看热闹的，不下三十人，个个眼睛发亮，人人精神百倍。看吧，洗一次就昏过去了，洗两次又该怎样呢？洗上三次，那可就不堪想象了。所以看热闹的人的心里，都满着秘密。

　　果然的，小团圆媳妇一被抬到大缸里去，被热水一烫，就又大声的怪叫了起来，一边叫着一边还伸出手来把着缸沿想要跳出来。这时候，浇水的浇水，按头的按头，总算让大家压服又把她昏倒在缸底里了。

　　这次她被抬出来的时候，她的嘴里还往外吐着水。

　　于是一些善心的人，是没有不可怜这小女孩子的。东家的二姨，西家的三婶，就都一齐围拢过去，都去设法施救去了。

　　她们围拢过去，看看有气没有？若还有气，那就不用救。若是死了，那就赶快浇凉水。

　　若是有气，她自己就会活转来的。若是断了气，那就赶快施救，不然，怕她真的死了。

五写看客。

6

　　小团圆媳妇当晚被热水烫了三次，烫一次昏一次。

　　闹到三更天才散了场。大神回家去睡觉去了。看热闹的人也都回家去睡觉去了。

　　星星月亮，出满了一天，冰天雪地正是个冬天。

雪扫着墙根,风刮着窗棂。鸡在架里边睡觉,狗在窝里边睡觉,猪在栏里边睡觉,全呼兰河都睡着了。

只有远远的狗叫,那或许是从白旗屯传来的,或者是从呼兰河的南岸那柳条林子里的野狗的叫唤。总之,那声音是来得很远,那已经是呼兰河城以外的事情了。而呼兰河全城,就都一齐睡着了。

前半夜那跳神打鼓的事情一点也没有留下痕迹。那连哭带叫的小团圆媳妇,好像在这世界上她也并未曾哭过叫过,因为一点痕迹也并未留下。家家户户都是黑洞洞的,家家户户都睡得沉实实的。

团圆媳妇的婆婆也睡得打哼了。

因为三更已经过了,就要来到四更天了。

昏睡的世界。

7

第二天小团圆媳妇昏昏沉沉地睡了一天,第三天,第四天,也都是昏昏沉沉地睡着,眼睛似睁非睁的,留着一条小缝,从小缝里边露着白眼珠。

家里的人,看了她那样子,都说,这孩子经过一番操持,怕是真魂就要附体了,真魂一附了体,病就好了。不但她的家里人这样说,就是邻人也都这样说。所以对于她这种不饮不食,似睡非睡的状态,不但不引以为忧,反而觉得应该庆幸。她昏睡了四五天,她家的人就快乐了四五天,她睡了六七天,她家的人就快乐了六七天。在这期间,绝对的没有使用偏方,也绝对的没有采用野药。

但是过了六七天,她还是不饮不食地昏睡,要好起来的现象一点也没有。

于是又找了大神来,大神这次不给她治了,说这团圆媳妇非出马当大神不可。

于是又采用了正式的赶鬼的方法，到扎彩铺去，扎了一个纸人，而后给纸人缝起布衣裳来穿上，——穿布衣裳为的是绝对的像真人——擦脂抹粉，手里提着花手巾，很是好看。穿了满身花洋布的衣裳，打扮成一个十七八岁的大姑娘。用人抬着，抬到南河沿旁边那大土坑去烧了。

这叫做烧"替身"，据说把这"替身"一烧了，她可以替代真人，真人就可以不死。

烧"替身"的那天，团圆媳妇的婆婆为着表示虔诚，她还特意的请了几个吹鼓手，前边用人举着那扎彩人，后边跟着几个吹鼓手，呜瓦当，呜瓦当地向着南大土坑走去了。

那景况说热闹也很热闹，喇叭曲子吹的是句句双。说凄凉也很凄凉。前边一个扎彩人，后边三五个吹鼓手，出丧不像出丧，报庙不像报庙。

跑到大街上来看这热闹的人也不很多，因为天太冷了，探头探脑的跑出来的人一看，觉得没有什么可看的，就关上大门回去了。

所以就孤孤单单的，凄凄凉凉在大土坑那里把那扎彩人烧了。

团圆媳妇的婆婆一边烧着还一边后悔，若早知道没有什么看热闹的人，那又何必给这扎彩人穿上真衣裳。她想要从火堆中把衣裳抢出来，但又来不及了，就眼看着让它烧了。这一套衣裳，一共花了一百多吊钱。于是她看着那衣裳的烧去，就像眼看着烧去了一百多吊钱。

她心里是又悔又恨，她简直忘了这是她的团圆媳妇烧替身，她本来打算念一套祷神告鬼的词句。她回来的时候，走在路上才想起来。但想起来也晚了，于是她自己感到大概要白白的烧了个替身，灵不灵谁晓得呢！

烧"替身"。

8

后来又听说那团圆媳妇的大辫子，睡了一夜觉就掉下来了。

就掉在枕头旁边，这可不知是怎么回事。

她的婆婆说这团圆媳妇一定是妖怪。

把那掉下来的辫子留着，谁来给谁看。

看那样子一定是什么人用剪刀给她剪下来的。但是她的婆婆偏说不是，就说，睡了一夜觉就自己掉下来了。

于是这奇闻又远近地传开去了。不但她的家人不愿意和妖怪在一起，就是同院住的人也都觉得太不好。

夜里关门关窗户的，一边关着于是就都说：

"老胡家那小团圆媳妇一定是个小妖怪。"

我家的老厨子是个多嘴的人，他和祖父讲老胡家的团圆媳妇又怎样怎样了。又出了新花头，辫子也掉了。

我说：

"不是的，是用剪刀剪的。"

老厨子看我小，他欺侮我，他用手指住了我的嘴。他说：

"你知道什么，那小团圆媳妇是个妖怪呀！"

我说：

"她不是妖怪，我偷着问她，她头发是怎么掉了的，她还跟我笑呢！她说她不知道。"

祖父说："好好的孩子快让他们捉弄死了。"

过了些日子，老厨子又说：

"老胡家要'休妻'了，要'休'了那小妖怪。"

祖父以为老胡家那人家不大好。

祖父说："二月让他搬家。把人家的孩子快捉弄死了，又不要了。"

六写看客。

9

还没有到二月,那黑忽忽的,笑呵呵的小团圆媳妇就死了。是一个大清早晨,老胡家的大儿子,那个黄脸大眼睛的车老板子就来了。一见了祖父,他就双手举在胸前作了一个揖。

祖父问他什么事?

他说:

"请老太爷施舍一块地方,好把小团圆媳妇埋上……"

祖父问他:

"什么时候死的?"

他说:

"我赶着车,天亮才到家。听说半夜就死了。"

祖父答应了他,让他埋在城外的地边上。并且招呼有二伯来,让有二伯领着他们去。

有二伯临走的时候,老厨子也跟去了。

我说,我也要去,我也跟去看看,祖父百般的不肯。祖父说:

"咱们在家下压拍子打小雀吃……"

我于是就没有去。虽然没有去,但心里边总惦着有一回事。等有二伯也不回来,等那老厨子也不回来。等他们回来,我好听一听那情形到底怎样?

一点多钟,他们两个在人家喝了酒,吃了饭才回来的。前边走着老厨子,后边走着有二伯。好像两个胖鸭子似的,走也走不动了,又慢又得意。

走在前边的老厨子,眼珠通红,嘴唇发光。走在后边的有二伯,面红耳热,一直红到他脖子下边的那条大筋。

进到祖父屋来,一个说:

"酒菜真不错……"

一个说:

"……鸡蛋汤打得也热乎。"

关于埋葬团圆媳妇的经过,却先一字未提。好像他们两个是过年回来的,充满了欢天喜地的气象。

我问有二伯,那小团圆媳妇怎么死的,埋葬的情形如何。

有二伯说:

"你问这个干什么,人死还不如一只鸡……一伸腿就算完事……"

我问:

"有二伯,你多咱死呢?"

他说:

"你二伯死不了的……那家有万贯的,那活着享福的,越想长寿,就越活不长……上庙烧香,上山拜佛的也活不长。像你有二伯这条穷命,越老越结实,好比个石头疙瘩似的,哪儿死啦!俗语说得好,'有钱三尺寿,穷命活不够'。像你二伯就是这穷命,穷命鬼阎王爷也看不上眼儿来的。"

到晚饭,老胡家又把有二伯他们二位请去了。又在那里喝的酒。因为他们帮了人家的忙,人家要酬谢他们。

10

老胡家的团圆媳妇死了不久,他家的大孙子媳妇就跟人跑了。

奶奶婆婆后来也死了。

他家的两个儿媳妇,一个为着那团圆媳妇瞎了一只眼睛。因为她天天哭,哭她那花在团圆媳妇身上的倾家荡产的五千多吊钱。

另外的一个因为她的儿媳妇跟着人家跑了,要把她羞辱死了,一天到晚的,不梳头,不洗脸的坐在锅台上抽着烟袋,有人从她旁边过去,她高兴的时候,她向人说:

"你家里的孩子、大人都好哇?"

她不高兴的时候,她就向着人脸,吐一口痰。

她变成一个半疯了。

老胡家从此不大被人记得了。

11

我家的背后有一个龙王庙,庙的东角上有一座大桥。人们管这桥叫"东大桥"。

那桥下有些冤魂枉鬼,每当阴天下雨,从那桥上经过的人,往往听到鬼哭的声音。

据说,那团圆媳妇的鬼魂,也来到了东大桥下。说她变了一只很大的白兔,隔三差五的就到桥下来哭。

有人问她哭什么?

她说她要回家。

那人若说:

"明天,我送你回去……"

那白兔子一听,拉过自己的大耳朵来,擦擦眼泪,就不见了。

若没有人理她,她就一哭,哭到鸡叫天明。

> 以怪诞的情节结束,更见人世的悲凉。

第六章

1

我家的有二伯,性情很古怪。

有东西，你若不给他吃，他就骂。若给他送上去，他就说：

"你二伯不吃这个，你们拿去吃吧！"

家里买了落花生，冻梨之类，若不给他，除了让他看不见，若让他找着了一点影子，他就没有不骂的：

"他妈的……王八蛋……兔羔子，有猫狗吃的，有蟑螂、耗子吃的，他妈的就是没有人吃的……兔羔子，兔羔子……"

若给他送上去，他就说：

"你二伯不吃这个，你们拿去吃吧。"

2

> 一个小人物的特异心理：在人世间是孤独的。

有二伯的性情真古怪，他很喜欢和天空的雀子说话，他很喜欢和大黄狗谈天。他一和人在一起，他就一句话没有了，就是有话也是很古怪的，使人听了常常不得要领。

夏天晚饭后大家坐在院子里乘凉的时候，大家都是嘴里不停的讲些个闲话，讲得很热闹，就连蚊子也嗡嗡的，就连远处的蛤蟆也呱呱叫着。只是有二伯一声不响地坐着。他手里拿着蝇甩子，东甩一下，西甩一下。

若有人问他的蝇甩子是马鬃的还是马尾的？他就说：

> 愤世嫉俗，以一种扭曲的形式写潜在的阶级意识。

"啥人玩啥鸟，武大郎玩鸭子……马鬃，那是贵东西，那是穿绸穿缎的人拿着，腕上戴着藤萝镯，指上戴着大攀指。什么人玩什么物。穷人，野鬼，不要自不量力，让人家笑话……"

传说天上的那颗大昴星，就是灶王爷骑着毛驴上西天的时候，他手里打着的那个灯笼，因为毛驴跑得太快，一不加小心灯笼就掉在天空了。我就常常把这个话题来问祖父，说那灯笼为什么被掉在天空，就永久长在那里了，为什么不落在地上来？

这话题，我看祖父也回答不出的，但是因为我的非问不可，祖父也就非答不可了。他说，天空里有一个灯笼杆子，那才高呢，大昴星就挑在那灯笼杆子上。并且那灯笼杆子，人的眼睛是看不见的。

我说：

"不对，我不相信……"

我说：

"没有灯笼杆子，若是有为什么我看不见？"

于是祖父又说：

"天上有一根线，大昴星就被那线系着。"

我说：

"我不信，天上没有线的，有为什么我看不见？"

祖父说：

"线是细的么，你哪能看见，就是谁也看不见的。"

我就问祖父：

"谁也看不见，你怎么看见啦？"

乘凉的人都笑了，都说我真厉害。

于是祖父被逼得东说西说，说也说不上来了。眼看祖父是被我逼得胡诌起来，我也知道他是说不清楚的了。不过我越看他胡诌我就越逼他。

到后来连大昴星是龙王爷的灯笼这回事，我也推翻了。我问祖父大昴星到底是个什么？

别人看我纠缠不清了，就有出主意的让我问有二伯去。

我跑到了有二伯坐着的地方，我还没有问，我刚一碰了他的蝇甩子，他就把我吓了一跳。他把蝇甩子一抖，嚎唠一声：

"你这孩子，远点去吧……"

使我不得不站得远一点，我说：

"有二伯，你说那天上的大昴星到底是个什么？"

他没有立刻回答我，他似乎想了一想，才说：

"穷人不观天象。狗咬耗子，猫看家，多管闲事。"

我又问,我以为他没有听准:

"大昴星是龙王爷的灯笼吗?"

他说:

"你二伯虽然也长了眼睛,但是一辈子没有看见什么。你二伯虽然也长了耳朵,但是一辈子也没有听见什么。你二伯是又聋又瞎,这话可怎么说呢?比方那亮亮堂堂的大瓦房吧,你二伯也有看见了的,可是看见了怎么样,是人家的,看见了也是白看。听也是一样,听见了,又怎样,与你不相干……你二伯活着是个不相干……星星,月亮,刮风,下雨,那是天老爷的事情,你二伯不知道……"

有二伯真古怪,他走路的时候,他的脚踢到了一块砖头,那砖头把他的脚碰痛了。他就很小心地弯下腰去把砖头拾起来,他细细地端相着那砖头,看看那砖头长得是否瘦胖合适,是否顺眼,看完了,他才和那砖头开始讲话:

"你这小子,我看你也是没有眼睛,也是跟我一样,也是瞎模糊眼的。不然你为啥往我脚上撞,若有胆子撞,就撞那个耀武扬威的,脚上穿着靴子鞋的……你撞我还不是个白撞,撞不出一大二小来,臭泥坑子滚石头,越滚越臭……"

他和那砖头把话谈完了,他才顺手把它抛开去,临抛开的时候,他还最后嘱咐了它一句:

"下回你往那穿鞋穿袜的脚上去碰呵。"

他这话说完了,那砖头也就拍搭地落到了地上。原来他没有抛得多远,那砖头又落到原来的地方。

有二伯走在院子里,天空飞着的麻雀或是燕子若落了一点粪在他的身上,他就停下脚来,站在那里不走了。他扬着头,他骂着那早已飞过去了的雀子,大意是:那雀子怎样怎样不该把粪落在他身上,应该落在那穿绸穿缎的人的身上。不外骂那雀子糊涂瞎眼之类。

可是那雀子很敏捷的落了粪之后,早已飞得无影无踪了,于是他就骂着他头顶上那块蓝瓦瓦的天空。

3

有二伯说话的时候,把"这个"说成"介个"。
"那个人好。"
"介个人坏。"
"介个人狼心狗肺。"
"介个物,不是物。"
"家雀也往身上落粪,介个年头是啥年头。"

4

还有,
有二伯不吃羊肉。

5

祖父说,有二伯在三十年前他就来到了我们家里,那时候他才三十多岁。
而今有二伯六十多岁了。
他的乳名叫"有子",他已经六十多岁了,还叫着乳名。祖父叫他"有子做这个。""有子做那个。"
我们叫他"有二伯"。
老厨子叫他"有二爷"。
他到房户,地户那里去,人家叫他"有二东家"。
他到北街头的烧锅去,人家叫他"有二掌柜的"。
他到油房去抬油,人家也叫他"有二掌柜的"。
他到肉铺子上去买肉,人家也叫他"有二掌柜的"。
一听人家叫他"二掌柜的",他就笑逐颜开。叫他"有二爷",叫他"有二东家",叫他"有二伯"也都是一样的笑逐颜开。

> 被剥夺的尊严感保留在内心里,却常以一种近于阿Q式的形态表现出来。

有二伯最忌讳人家叫他的乳名，比方街上的孩子们，那些讨厌的，就常常在他的背后抛一颗石子，掘一捧灰土，嘴里边喊着"有二子""大有子""小有子"。

有二伯一遇到这机会，就没有不立刻打了过去的，他手里若是拿着蝇甩子，他就用蝇甩子把去打。他手里若是拿着烟袋，他就用烟袋锅子去打。

把他气的像老母鸡似的，把眼睛都气红了。

那些顽皮的孩子们一看他打了来，就立刻说："有二爷，有二东家，有二掌柜的，有二伯。"并且举起手来作着揖，向他朝拜着。

有二伯一看他们这样子，立刻就笑逐颜开，也不打他们了，就走自己的路去了。

可是他走不了多远，那些孩子们就在后边又吵起来了，什么：

"有二爷，兔儿爷。"

"有二伯，打桨杆。"

"有二东家，捉大王八。"

他在前边走，孩子们就在他背后的远处喊。一边喊着一边扬着街道上的灰土，灰土高飞着一会工夫，街上闹成个小旋风似的了。

有二伯不知道听见了这个与否，但孩子们以为他是听见了的。

有二伯却很庄严的，连头也不回的一步一步的沉着地向前走去了。

"有二爷，"老厨子总是一开口"有二爷"一闭口"有二爷"的叫着。

"有二爷的蝇甩子……"

"有二爷的烟袋锅子……"

"有二爷的烟荷包……"

"有二爷的烟荷包疙瘩……"

"有二爷吃饭啦……"

"有二爷，天下雨啦……"

"有二爷快看吧，院子里的狗打仗啦……"

"有二爷，猫上墙头啦……"

"有二爷，你的蝇甩子掉了毛啦。"

"有二爷,你的草帽顶落了家雀粪啦。"

老厨子一向是叫他"有二爷"的。唯独他们两个一吵起来的时候,老厨子就说:

"我看你这个'二爷'一丢了,就只剩下个'有'字了。"

"有字"和"有子"差不多,有二伯一听正好是他的乳名。

于是他和老厨子骂了起来,他骂他一句,他骂他两句。越骂声音越大。有时他们两个也就打了起来。

但是过了不久,他们两个又照旧的好了起来。又是:

"有二爷这个。"

"有二爷那个。"

老厨子一高起兴来,就说:

"有二爷,我看你的头上去了个'有'字,不就只剩了'二爷'吗?"

有二伯于是又笑逐颜开了。

祖父叫他"有子",他不生气,他说:

"向皇上说话,还称自己是奴才呢!总也得有个大小。宰相大不大?可是他见了皇上也得跪下,在万人之上,在一人之下。"

有二伯的胆子是很大的,他什么也不怕。我问他怕狼不怕?

他说:

"狼有什么怕的,在山上,你二伯小的时候上山放猪去,那山上就有狼。"

我问他敢走黑路不敢?

他说:

"走黑路怕啥的,没有愧心事,不怕鬼叫门。"

我问他夜里一个人,敢过那东大桥吗?

他说:

"有啥不敢的,你二伯就是愧心事不敢做,别的都敢。"

有二伯常常说,跑毛子的时候(日俄战时)他怎样怎样地胆大,全城都跑空子,我们家也跑空了。那毛子拿着大马刀在街上跑来跑去,骑在马身上。那真是杀人无数。见了关着大门的就敲,敲开了,抓着人就杀。有二伯说:

"毛子在街上跑来跑去,那大马蹄子跑得呱呱地响,我正自己煮面条吃呢,毛子就来敲大门来了,在外边喊着'里边有人没有?'若有人快点把门打开,不打开毛子就要拿刀把门劈开的,劈开门进来,那就没有好,非杀不可……"

我就问:

"有二伯你可怕?"

他说:

"你二伯烧着一锅开水,正在下着面条。那毛子在外边敲,你二伯还在屋里吃面呢……"

我还是问他:

"你可怕?"

他说:

"怕什么?"

我说:

"那毛子进来,他不拿马刀杀你?"

他说:

"杀又怎么样!不就是一条命吗?"

可是每当他和祖父算起账来的时候,他就不这么说了。他说:

"人是肉长的呀!人是爹娘养的呀!谁没有五脏六腑。不怕,怎么能不怕!也是吓得抖抖乱颤,……眼看着那是大马刀,一刀下来,一条命就完了。"

我一问他:

"你不是说过,你不怕吗?"

这种时候,他就骂我:

"没心肝的,远的去着罢!不怕,是人还有不怕的……"

不知怎么的,他一和祖父提起跑毛子来,他就胆小了,他自己越说越怕。有的时候他还哭了起来。说那大马刀闪光湛亮,说那毛子骑在马上乱杀乱砍。

6

有二伯的行李，是零零碎碎的，一掀动他的被子就从被角往外流着棉花；一掀动他的褥子，那所铺着的毡片，就一片一片的好像活动地图似的一省一省地割据开了。

有二伯的枕头，里边装的是荞麦壳，每当他一抡动的时候，那枕头就在角上或是在肚上漏了馅了，哗哗地往外流着荞麦壳。

有二伯是爱护他这一套行李的，没有事的时候，他就拿起针来缝它们。缝缝枕头，缝缝毡片，缝缝被子。

不知他的东西，怎那样的不结实，有二伯三天两天的就要动手缝一次。

有二伯的手是很粗的，因此他拿着一颗很大的大针，他说太小的针他拿不住的。他的针是太大了点，迎着太阳，好像一棵女人头上的银簪子似的。

他往针鼻里穿线的时候，那才好看呢，他把针线举得高高的，睁着一个眼睛，闭着一个眼睛，好像是在瞄准，好像他在半天空里看见了一样东西，他想要快快的拿它，又怕拿不准跑了，想要研究一会再去拿，又怕过一会就没有了。于是他的手一着急就哆嗦起来，那才好看呢。

有二伯的行李，睡觉起来，就卷起来的。卷起来之后，用绳子捆着。好像他每天要去旅行的样子。

> 一个行李卷是全部家当。

有二伯没有一定的住处，今天住在那咔咔响着房架子的粉房里，明天住在养猪的那家的小猪倌的炕梢上，后天也许就和那磨房里的冯歪嘴子一条炕睡上了。反正他是什么地方有空他就在什么地方睡。

他的行李他自己背着。老厨子一看他背起行李来，就大嚷大叫的说：

"有二爷,又赶集去了……"

有二伯也就远远的回答着他:

"老王,我去赶集,你有啥捎的没有呵?"

于是有二伯又自己走自己的路,到房户的家里的方便地方去投宿去了。

7

有二伯的草帽没有边沿,只有一个帽顶,他的脸焦焦黑,他的头顶雪雪白。黑白分明的地方,就正是那草帽扣下去被切得溜齐的脑盖的地方。他每一摘下帽子来,是上一半白,下一半黑。就好像后园里的倭瓜,晒着太阳的那半是绿的,背着阴的那半是白的一样。

草帽。

不过他一戴起草帽来也就看不见了。他戴帽的尺度是很准确的,一戴就把帽边很准确的切在了黑白分明的那条线上。不高不低,就正正地在那条线上。偶尔也戴得略微高了一点,但是这种时候很少,不大被人注意。那就是草帽与脑盖之间,好像镶了一趟窄窄的白边似的,有那么一趟白线。

8

有二伯穿的是大半截子的衣裳,不是长衫,也不是短衫,而是齐到膝头那么长的衣裳,那衣裳是鱼蓝色竹布的,带着四方大尖托领,宽衣大袖,怀前带着大麻铜钮子。

衣服。

这衣裳本是前清的旧货,压在祖父的箱底里,祖母一死了,就陆续地穿在有二伯的身上了。

所以有二伯一走在街上,都不知他是那个朝代的人。

老厨子常说:

"有二爷，你宽衣大袖的，和尚看了像和尚，道人看了像道人。"

有二伯是喜欢卷着裤脚的，所以耕田种地的庄稼人看了，又以为他是一个庄稼人，一定是插秧了刚刚回来。

9

有二伯的鞋子，不是前边掉了底，就是后边缺了跟。

他自己前边掌掌，后边钉钉，似乎钉也钉不好，掌也掌不好，过了几天又是掉底缺跟仍然照旧。

走路的时候拖拖的，再不然就趿趿的。前边掉了底，那鞋就张着嘴，他的脚好像舌头似的，每一迈步，就在那大嘴里边活动着。后边缺了跟，每一走动，就踢踢跶跶的脚跟打着鞋底发响。

有二伯的脚，永远离不开地面，母亲说他的脚下了千斤闸。

老厨子说有二伯的脚上了绊马索。

有二伯自己则说：

"你二伯挂了绊脚丝了。"

绊脚丝是人临死的时候挂在两只脚上的绳子。有二伯就这样的说着自己。

10

有二伯虽然作弄成一个耍猴不像耍猴的，讨饭不像讨饭的，可是他一走起路来，却是端庄、沉静，两个脚跟非常有力，打得地面咚咚地响，而且是慢吞吞地前进，好像一位大将军似的。

有二伯一进了祖父的屋子,那摆在琴桌上的那口黑色的座钟,钟里边的钟摆,就常常格棱棱、格棱棱的响了一阵就停下来了。

原来有二伯的脚步过于沉重了点,好像大石头似的打着地板,使地板上所有的东西,一时都起了跳动。

11

有二伯偷东西被我撞见了。

秋末,后园里的大榆树也落了叶子,园里荒凉了,没有什么好玩的了。

长在前院的蒿草,也都败坏了而倒了下来,房后菜园上的各种秧棵完全挂满了白霜,老榆树全身的叶子已经没有多少了,可是秋风还在摇动着它。天空是发灰的,云彩也失了形状,好像被洗过砚台的水盆,有深有浅,混洞洞的。这样的云彩,有的带来了雨点,有时带来了细雪。

这样的天气,我为着外边没有好玩的,我就在藏乱东西的后房里玩着。我爬上了装旧东西的屋顶去。

我是登着箱子上去的,我摸到了一个小琉璃罐,那里边装的完全是黑枣。

等我抱着这罐子要下来的时候,可就下不来了。方才上来的时候,我登着的那箱子,有二伯站在那里正在开着它。

他不是用锁匙开,他是用铁丝在开。

我看着他开了很多时候,他用牙齿咬着他手里的那块小东西……他歪着头,咬得格格拉拉的发响。咬了之后又放在手里扭着它,而后又把它触到箱子上去试一试。

他显然不知道我在棚顶上看着他,他既打开了箱子,他就把没有边沿的草帽脱下来,把那块咬了半天的小东西就压在帽顶里面。

他把箱子翻了好几次,红色的椅垫,蓝色粗布的绣花围裙,女人的绣花鞋子……还有一团滚乱的花色的丝线,在箱子底上还躺着一只湛黄的铜酒壶。

有二伯用他满都是脉络的粗手把绣花鞋子,乱丝线,抓到一边去,只把铜酒壶从那一堆之中抓出来了。

太师椅上的红垫子,他把它放在地上,用腰带捆了起来。铜酒壶放在箱子盖上,而后把箱子锁了。

看样子好像他要带着这些东西出去,不知为什么,他没有带东西,他自己出去了。

我一看他出去,我赶快的登着箱子就下来了。

我一下来,有二伯就又回来了,这一下子可把我吓了一跳,因为我是在偷黑枣,若让母亲晓得了,母亲非打我不可。平常我偷着把鸡蛋馒头之类,拿出去和邻居家的孩子一块去吃,有二伯一看见就没有不告诉母亲的,母亲一晓得就打我。

他先提起门旁的椅垫子,而后又来拿箱子盖上的铜酒壶。等他掀起衣襟把铜酒壶压在肚子上边,他才看到墙角上站着的是我。

他的肚子前压着铜酒壶,我的肚子前抱着一罐黑枣。他偷,我也偷,所以两边害怕。

有二伯一看见我,立刻头盖上就冒着很大的汗珠。他说:

"你不说么?"

"说什么……"

"不说,好孩子……"他拍着我的头顶。

"那么,你让我把这琉璃罐拿出去。'

他说:"拿罢。"

他一点没有阻挡我。我看他不阻挡我,我还在门旁的筐子里抓了四五个大馒头,就跑了。

有二伯还在粮食仓子里边偷米,用小口袋背着,背到大桥东边那粮米铺去卖了。

有二伯还偷各种东西,锡火锅、大铜钱、烟袋嘴……反正家里边一丢了东西,就说有二伯偷去了。有的东西是老厨子偷去的,也就赖上了有二伯。有的东西是我偷着拿出去玩了,也赖上了有二伯。还有比方一个镰刀头,根本没有丢,只不过放忘了地方,等用的时候一找不到,就说有二伯偷去了。

有二伯带着我上公园的时候,他什么也不买给我吃。公园里边卖什么的都有,油炸糕,香油掀饼,豆腐脑,等等。他一点也不买给我吃。

我若是稍稍在那卖东西吃的旁边一站,他就说:

"快走罢,快往前走。"

逛公园就好像赶路似的,他一步也不让我停。

公园里变把戏的,耍熊瞎子的都有,敲锣打鼓,非常热闹。而他不让我看。我若是稍稍的在那变把戏的前边停了一停,他就说:

"快走罢!快往前走。"

不知为什么他时时在追着我。

等走到一个卖冰水的白布篷前边,我看见那玻璃瓶子里边泡着两个焦黄的大佛手,这东西我没有见过,我就问有二伯那是什么?

他说:

"快走罢,快往前走。"

好像我若再多看一会工夫,人家就要来打我了似的。

等来到了跑马戏的近前,那里边连喊带唱的,实在热闹,我就非要进去看不可。有二伯则一定不进去,他说:

"没有什么好看的……"

他说:

"你二伯不看介个……"

他又说:

"家里边吃饭了。"

他又说:

"你再闹,我打你。"

到了后来,他才说:

"你二伯也是愿意看,好看的有谁不愿意看。你二伯没有钱,没有钱买票人家不让咱进去。"

在公园里边,当场我就拉住了有二伯的口袋,给他施以检查,检查出几个铜板来,买票是不够的。有二伯又说:

"你二伯没有钱……"

我一急就说:

"没有钱你不会偷?"

有二伯听了我这话,脸色雪白,可是一转眼之间又变成通红的了。

他通红的脸上，他的小眼睛故意地笑着，他的嘴唇颤抖着，好像他又要照着他的习惯，一串一串的说一大套的话。但是他没有说。

"回家罢！"

他想了一想之后，他这样的招呼着我。

我还看见过有二伯偷过一个大澡盆。

我家院子里本来一天到晚是静的，祖父常常睡觉，父亲不在家里，母亲也只是在屋子里边忙着，外边的事情，她不大看见。

尤其是到了夏天睡午觉的时候，全家都睡了，连老厨子也睡了。连大黄狗也睡在有阴凉的地方了。所以前院，后园，静悄悄的一个人也没有，一点声音也没有。

就在这样的一个白天，一个大澡盆被一个人捐着在后园里边走起来了。

那大澡盆是白洋铁的，在太阳下边闪光湛亮。大澡盆有一人多长，一边走着还一边咣郎咣郎地响着。看起来，很害怕，好像瞎话上的白色的大蛇。

那大澡盆太大了，扣在有二伯的头上，一时看不见有二伯，只看见了大澡盆。好像那大澡盆自己走动了起来似的。

再一细看，才知道是有二伯顶着它。

有二伯走路，好像是没有眼睛似的，东倒一倒，西斜一斜，两边歪着。我怕他撞到了我，我就靠在了墙根上。

那大澡盆是很深的，从有二伯头上扣下来，一直扣到他的腰间。所以他看不见路了，他摸着往前走。

有二伯偷了这澡盆之后，就像他偷了那铜酒壶之后的一样。一被发现了之后，老厨子就天天戏弄他，用各种的话戏弄着有二伯。

有二伯偷了铜酒壶之后，每当他一拿着酒壶喝酒的时候，老厨子就问他：

"有二爷，喝酒还是铜酒壶好呀，还是锡酒壶好？"

有二伯说：

"什么的还不是一样，反正喝的是酒。"

老厨子说：

"不见得吧，大概还是铜的好呢……"

有二伯说：

"铜的有啥好！"

老厨子说：

"对了，有二爷。咱们就是不要铜酒壶，铜酒壶拿去卖了也不值钱。"

旁边的人听到这里都笑了，可是有二伯还不自觉。

老厨子问有二伯：

"一个铜酒壶卖多少钱？"

有二伯说：

"没卖过，不知道。"

到后来老厨子又说五十吊，又说七十吊，

有二伯说：

"哪有那么贵的价钱，好大一个铜酒壶还卖不上三十吊呢。"

于是把大家都笑坏了。

自从有二伯偷了澡盆之后，那老厨子就不提酒壶，而常常问有二伯洗澡不洗澡，问他一年洗几次澡，问有二伯一辈子洗几次澡。他还问人死了到阴间也洗澡的吗？

有二伯说：

"到阴间，阴间阳间一样，活着是个穷人，死了是条穷鬼。穷鬼阎王爷也不爱惜，不下地狱就是好的。还洗澡呢！别玷污了那洗澡水。"

老厨子于是说：

"有二爷，照你说的穷人是用不着澡盆的啰！"

有二伯有点听出来了，就说：

"阴间没去过，用不用不知道。"

"不知道？"

"不知道。"

"我看你是明明知道，我看你是昧着良心说瞎话……"老厨子说。

于是两个人打起来了。

有二伯逼着问老厨子，他哪儿昧过良心。有二伯说：

"一辈子没昧过良心。走的正，行的端，一步两脚窝……"

老厨子说：

"两脚窝,看不透……"

有二伯正颜厉色的说:

"你有什么看不透的?"

老厨子说:

"说出来怕你羞死!"

有二伯说:

"死,死不了。你别看我穷,穷人还有个穷活头。"

老厨子说:

"我看你也是死不了。"

有二伯说:

"死不了。"

老厨子说:

"死不了,老不死,我看你也是个老不死的。"

有的时候,他们两个能接续着骂了一两天,每次到后来,都是有二伯打了败仗。老厨子骂他是个老"绝后"。

有二伯每一听到这两个字,就甚于一切别的字,比"见阎王"更坏。于是他哭了起来,他说:

"可不是么!死了连个添坟上土的人也没有。人活一辈子是个白活,到了归终是一场空……无家无业,死了连个打灵头幡的人也没有。"

于是他们两个又和和平平的,笑笑嬉嬉的照旧地过着和平的日子。

"无后为大",还是传统观念。

12

后来我家在五间正房的旁边,造了三间东厢房。

这新房子一造起来,有二伯就搬回家里来住了。

我家是静的,尤其是夜里,连鸡鸭都上了架,房头的鸽子,檐前的麻雀也都各自回到自己的窝里去睡觉了。

这时候就常常听到厢房里的哭声。

有一回父亲打了有二伯,父亲三十多岁,有二伯快六十岁了。他站起来就被父亲打倒下去,他再站起来,又被父亲打倒下去,最后他起不来了,他躺在院子里边了,而他的鼻子也许是嘴还流了一些血。

院子里一些看热闹的人都站得远远的,大黄狗也吓跑了,鸡也吓跑了。老厨子该收柴收柴,该担水担水,假装没有看见。

有二伯孤冷冷的躺在院心,他的没有边的草帽,也被打掉了,所以看得见有二伯的头部的上一半是白的,下一半是黑的,而且黑白分明的那条线就在他的前额上,好像西瓜的"阴阳面"。

有二伯就这样自己躺着,躺了许多时候,才有两个鸭子来啄食撒在有二伯身边的那些血。

那两个鸭子,一个是花脖,一个是绿头顶。

有二伯要上吊,就是这个夜里,他先是骂着,后是哭着,到后来也不哭也不骂了。又过了一会。老厨子一声喊起,几乎是发现了什么怪物似的大叫:

"有二爷上吊啦!有二爷上吊啦!"

祖父穿起衣裳来,带着我。等我们跑到厢房去一看,有二伯不在了。

老厨子在房子外边招呼着我们。我们一看南房梢上挂了绳子,是黑夜,本来看不见,是老厨子打着灯笼我们才看到的。

南房梢上有一根两丈来高的横杆,绳子在那横杆上悠悠荡荡地垂着。

有二伯在哪里呢?等我们拿灯笼一照,才看见他在房墙的根边,好好地坐着。他也没有哭,他也没有骂。

等我再拿灯笼向他脸上一照,我看他用哭红了的小眼睛瞪了我一下。

过了不久,有二伯又跳井了。

是在同院住的挑水的来报的信,又敲窗户又打门。我们跑到井边上一看,有二伯并没有在井里边,而是坐在井外边,而是离开井口五十步之外的安安稳稳的柴堆上。他在那柴堆上安安稳稳地坐着。

我们打着灯笼一照,他还在那里拿着小烟袋抽烟呢。

老厨子,挑水的,粉房里的漏粉的都来了,惊动了不少的邻居。

他开初是一动不动。后来他看人们来全了,他站起来就往井边上跑,于是许多人就把他抓住了,那许多人,哪里会眼看着他去跳井的。

有二伯去跳井,他的烟荷包、小烟袋都带着,人们推劝着他回家的时候,那柴堆上还有一枝小洋蜡,他说:

"把那洋蜡给我带着。"

后来有二伯"跳井""上吊"这些事,都成了笑话,街上的孩子都给编成了一套歌在唱着:"有二爷跳井,没那么回事。""有二伯上吊,白吓唬人。"

老厨子说他贪生怕死,别人也都说他死不了。

以后有二伯再"跳井""上吊"也都没有人看他了。

有二伯还是活着。

> 一个被侮辱被损害者依然渴望生存。

> 跳井上吊,都在向大家族的家长施加压力——弱者的武器。

13

我家的院子是荒凉的,冬天一片白雪,夏天则满院蒿草。风来了,蒿草发着声响,雨来了,蒿草梢上冒烟了。

没有风,没有雨,则关着大门静静地过着日子。

狗有狗窝,鸡有鸡架,鸟有鸟笼,一切各得其所。唯独有二伯夜夜不好好的睡觉。在那厢房里边,他自己半夜三更的就讲起话来。

"说我怕'死'?我也不是吹,叫过三个两个来看!问问他们见过'死'没有!那俄国毛子的大马刀闪光湛亮,说杀就杀,说砍就砍。那些胆大的,不怕死的,一听说俄国毛子来了,只顾逃命,连家业也不要了。那时候,若不是这胆小的给他守着,怕是跑毛子回来连条裤子都没有穿的。到了如今,吃得饱,穿得暖,前因后果连想也不想,早就忘到九霄云外去了。良心长到肋条上,黑心痢,铁面人,……"

"……说我怕死,我也不是吹,兵马刀枪我见过,霹雷,黄风我见过。就说那俄国毛子的大马刀罢,见人就砍,可是我也没有怕过,说我怕死……介年头是啥年头,……"

那东厢房里,有二伯一套套地讲着,又是河沟涨水了,水涨得多么大,别人没有敢过的,有二伯说他敢过。又是什么时候有一次着大火,别人都逃了,有二伯上去抢了不少的东西。又是他的小时候,上山去打柴,遇见了狼,那狼是多么凶狠,他说:

"狼心狗肺,介个年头的人狼心狗肺的,吃香的喝辣的。好人在介个年头,是个王八蛋,兔羔子……"

"兔羔子,兔羔子……"

有二伯夜里不睡,有的时候就来在院子里没头没尾的"兔羔子、兔羔子"自己说着话。

半夜三更的,鸡、鸭、猫、狗都睡了。唯独有二伯不睡。

祖父的窗子上了帘子,看不见天上的星星月亮,看不见大昴星落了没有,看不见三星是否打了横梁。只见白煞煞的窗帘子被星光月光照得发白通亮。

等我睡醒了,我听见有二伯"兔羔子、兔羔子"的自己在说话,我要起来掀起窗帘来往院子里看一看他。祖父不让我起来,祖父说:

"好好睡罢,明天早晨早早起来,咱们烧苞米吃。"

祖父怕我起来,就用好话安慰着我。

等再睡觉了,就在梦中听到了呼兰河的南岸,或是呼兰河城外远处的狗咬。

于是我做了一个梦,梦见了一个大白兔,那兔子的耳朵,和那磨房里的小驴的耳朵一般大。我听见有二伯说"兔羔子",我想到一个大白兔,我听到了磨房的梆子声,我想到了磨房里的小毛驴,于是梦见了白兔子长了毛驴那么大的耳朵。

我抱着那大白兔,我越看越喜欢,我一笑笑醒了。

醒来一听,有二伯仍旧"兔羔子,兔羔子"的坐在院子里。后边那磨房里的梆子也还打得很响。

我梦见的这大白兔,我问祖父是不是就是有二伯所说的"兔羔子"?

祖父说:

"快睡觉罢,半夜三更不好讲话的。"

说完了,祖父也笑了,他又说:

"快睡吧,夜里不好多讲话的。"

我和祖父还都没有睡着,我们听到那远处的狗咬,慢慢地由远而近,近处的狗也有的叫了起来。大墙之外,已经稀疏疏地有车马经过了,原来天已经快亮了。可是有二伯还在骂"兔羔子",后边磨房里的磨倌还在打着梆子。

14

第二天早晨一起来,我就跑去问有二伯,"兔羔子"是不是就是大白兔?

有二伯一听就生气了:

"你们家里没好东西,尽是些耗子,从上到下,都是良心长在肋条上,大人是大耗子,小孩是小耗子……"

我不知道他说的是什么,我听了一会,没有听懂。

第七章

1

磨房里边住着冯歪嘴子。

冯歪嘴子打着梆子,半夜半夜地打,一夜一夜地打。冬天还稍微好一点,夏天就更打得厉害。

那磨房的窗子临着我家的后园。我家的后园四周的墙根上,都种着倭瓜,西葫芦或是黄瓜等类会爬蔓子的植物。倭瓜爬上墙头了,在墙头上开起花来了,有的竟越过了高墙爬到街上去,向着大街开了一朵火黄的黄花。

因此那磨房的窗子上也就爬满了那顶会爬蔓子的黄瓜了。黄瓜的小细蔓,细得像银丝似的,太阳一来了的时候,那小细蔓闪眼湛亮,那蔓梢干净得好像用黄蜡抽成的丝子,一棵黄瓜秧上伸出来无数的这样的丝子。丝蔓的尖顶每棵都是掉转头来向回卷曲着,好像是说它们虽然勇敢,大树,野草,墙头,窗棂,到处的乱爬,但到底它们也怀着恐惧的心理。

太阳一出来了,那些在夜里冷清清的丝蔓,一变而为温暖了。于是它们向前发展的速率更快了,好像眼看着那丝蔓就长了,就向前跑去了。因为种在磨房窗根下的黄瓜秧,一天爬上了窗台,两天爬上了窗棂,等到第三天就在窗棂上开起花来了。

再过几天,一不留心,那黄瓜梗经过了磨房的窗子,爬上房顶去了。

后来那黄瓜秧就像它们彼此招呼着似的,成群结队的就都一齐把那磨房的窗给蒙住了。

从此那磨房里边的磨倌就见不着天日了。磨房就有一张窗子,而今被黄瓜掩遮得风雨不透。从此那磨房里黑沉沉的,园里,园外,分成两个世界了,冯歪嘴子就被分到花园以外去了。

但是从外边看起来,那窗子实在好看,开花的开花,结果的结果。满窗是黄瓜了。

还有一棵倭瓜秧,也顺着磨房的窗子爬到房顶去了,就在房檐上结了一个大倭瓜。那倭瓜不像是从秧子上长出来的,好像是由人搬着坐在那屋瓦上晒太阳似的。实在好看。

夏天,我在后园里玩的时候,冯歪嘴子就喊我,他向我要黄瓜。

我就摘了黄瓜,从窗子递进去。那窗子被黄瓜秧封闭得严密得很,冯歪嘴子用手扒开那满窗的叶子,从一条小缝中伸出手来把黄瓜拿进去。

有时候,他停止了打他的梆子,他问我,黄瓜长了多大了?西红柿红了没有?他与这后园只隔了一张窗子,就像离着多远似的。

祖父在园子里的时候,他和祖父谈话。他说拉着磨的小驴,驴蹄子坏了,一走一瘸。祖父说请个兽医给它看看。冯歪嘴子说,看过了,也不见好。祖父问那驴吃的什么药？冯歪嘴子说是吃的黄瓜子拌高粱醋。

冯歪嘴子在窗里，祖父在窗外，祖父看不见冯歪嘴子，冯歪嘴子看不见祖父。

有的时候，祖父走远了，回屋去了，只剩下我一个人在磨房的墙根下边坐着玩，我听到了冯歪嘴子还说：

"老太爷今年没下乡去看看哪！"

有的时候，我听了这话，我故意的不出声，听听他往下还说什么。

有的时候，我心里觉得可笑，忍也不能忍住，我就跳了起来了，用手敲打着窗子，笑得我把窗上挂着的黄瓜都敲打掉了。而后我一溜烟地跑进屋去，把这情形告诉了祖父。祖父也一样和我似的，笑得不能停了，眼睛笑出眼泪来。但是总是说，不要笑啦，不要笑啦，看他听见。有的时候祖父竟把后门关起来再笑。祖父怕冯歪嘴子听见了不好意思。

但是老厨子就不然了。有的时候，他和冯歪嘴子谈天，故意谈到一半他就溜掉了。因为冯歪嘴子隔着爬满了黄瓜秧的窗子，看不见他走了，就自己独自说了一大篇话，而后让他故意得不到反响。

老厨子提着筐子到后园去摘茄子，一边摘着一边就跟冯歪嘴子谈话，正谈到半路，老厨子蹑手蹑足的，提着筐子就溜了，回到屋里去烧饭去了。

这时冯歪嘴子还在磨房里大声的说：

"西岗公园来了跑马戏的，我还没得空去看，你去看过了吗？老王。"

其实后花园里一个人也没有了，蜻蜓，蝴蝶随意地飞着，冯歪嘴子的话声，空空地落到花园里来，又空空地消失了。

烟消火灭了。

闲笔不闲。热闹的蜂蝶，寂寞的人。

等他发现了老王早已不在花园里,他这才又打起梆子来,看着小驴拉磨。

有二伯一和冯歪嘴子谈话,可从来没有偷着溜掉过,他问下雨天,磨房的房顶漏得厉害不厉害?磨房里的耗子多不多?

冯歪嘴子同时也问着有二伯,今年后园里雨水大吗?茄子、云豆都快罢园了吧?

> 同为寂寞的人。

他们两个彼此说完了话,有二伯让冯歪嘴子到后园里来走走,冯歪嘴子让有二伯到磨房去坐坐。

"有空到园子里来走走。"

"有空到磨房里来坐坐。"

有二伯于是也就告别走出园子来。冯歪嘴子也就照旧打他的梆子。

秋天,大榆树的叶子黄了,墙头上的狗尾草干倒了,园里一天一天地荒凉起来了。

这时候冯歪嘴子的窗子也露出来了。因为那些纠纠缠缠的黄瓜秧也都蔫败了,舍弃了窗棂而脱落下来了。

于是站在后园里就可看到冯歪嘴子,扒着窗子就可以看到在拉磨的小驴。那小驴竖着耳朵,戴着眼罩。走了三五步就响一次鼻子,每一抬脚那只后腿就有点瘸,每一停下来,小驴就用三条腿站着。

冯歪嘴子说小驴的一条腿坏了。

这窗子上的黄瓜秧一干掉了,磨房里的冯歪嘴子就天天可以看到的。

冯歪嘴子喝酒了,冯歪嘴子睡觉了,冯歪嘴子打梆子了,冯歪嘴子拉胡琴了,冯歪嘴子唱唱本了,冯歪嘴子摇风车了。只要一扒着那窗台,就什么都可以看见的。

一到了秋天,新鲜黏米一下来的时候,冯歪嘴子就三天一拉磨,两天一卖黏糕。黄米黏糕,撒上大云豆。一层黄，一层红，黄的金黄，红的通红。三个铜板一条，两个铜板一片的用刀切着卖。愿意加红糖的有红糖，愿意加白糖的有白糖。又甜又香，加了糖不另要钱。

冯歪嘴子推着单轮车在街上一走，小孩子们就在后边跟了一大帮，有的花钱买，有的围着看。

祖父最喜欢吃这黏糕，母亲也喜欢，而我更喜欢。母亲有时让老厨子去买，有的时候让我去买。

不过买了来是有数的，一人只能吃手掌那么大的一片，不准多吃，吃多了怕不能消化。

祖父一边吃着，一边说够了够了，意思是怕我多吃。母亲吃完了也说够了，意思也是怕我还要去买。其实我真的觉得不够，觉得再吃两块也还不多呢！不过经别人这样一说，我也就没有什么办法了，也就不好意思喊着再去买。但是实在话是没有吃够的。

当我在大门外玩的时候，推着单轮车的冯歪嘴子总是在那块大黏糕上切下一片来送给我吃，于是我就接受了。

当我在院子里玩的时候，冯歪嘴子一喊着"黏糕""黏糕"的从大墙外经过，我就爬上墙头去了。

因为西南角上的那段土墙，因为年久了出了一个豁，我就扒着那墙豁往外看着。果然冯歪嘴子载着黏糕的单轮车由远而近了。来到我的旁边，就问着：

"要吃一片吗？"

而我也不说吃，也不说不吃。但我也不从墙头上下来，还是若无其事地呆在那里。

冯歪嘴子把车子一停，于是切好一片黏糕送上来了。 善心人。

一到了冬天，冯歪嘴子差不多天天出去卖一锅黏糕的。

这黏糕在做的时候，需要很大的一口锅，里边烧着开水,锅口上坐着竹帘子。把碾碎了的黄米粉就撒在这竹帘子上,撒一层粉,撒一层豆。冯歪嘴子就在磨房里撒的,弄得满屋热气蒸蒸。进去买黏糕的时候,刚一开门,只听屋里火柴烧得噼啪的响,竟看不见人了。

我去买黏糕的时候,我总是去得早一点,我在那边等着,等着刚一出锅,好买热的。

那屋里的蒸气实在大,是看不见人的。每次我一开门,我就说:

"我来了。"

冯歪嘴子一听我的声音就说:

"这边来,这边来。"

2

有一次母亲让我去买黏糕,我略微地去得晚了一点,黏糕已经出锅了。我慌慌忙忙地买了就回来了。回到家里一看,不对了。母亲让我买的是加白糖的,而我买回来的是加红糖的。当时我没有留心,回到家里一看,才知道错了。

错了,我又跑回去换。冯歪嘴子又另外切了几片,撒上白糖。

接过黏糕来,我正想拿着走的时候,一回头,看见了冯歪嘴子的那张小炕上挂着一张布帘。

我想这是做什么,我跑过去看一看。

我伸手就掀开布帘了,往里边一看,呀!里边还有一个小孩呢!

我转身就往家跑,跑到家里就跟祖父讲,说那冯歪嘴子的炕上不知谁家的女人睡在那里,女人的被窝里边还有一个小孩,那小孩还露着小头顶呢,那小孩头还是通红的呢!

祖父听了一会觉得纳闷,就说让我快吃黏糕罢,一会冷了,不好吃了。

可是我哪里吃得下去。觉得这事情真好玩,那磨房里边,不单有一个小驴,还有一个小孩呢。

这一天早晨闹得黏糕我也没有吃,又戴起皮帽子来,跑去看了一次。

这一次,冯歪嘴子不在屋里,不知他到那里去了,黏糕大概也没有去卖,推黏糕的车子还在磨盘的旁边扔着。

我一开门进去，风就把那挂着的白布帘吹开了，那女人仍旧躺着不动，那小孩也一声不哭。我往屋子的四边观察一下，屋子的别处没有什么变动；只是磨盘上放着一个黄铜盆，铜盆里泡着一块破布，盆里的水已经结冰了，其余的没有什么变动。

小驴一到冬天就住在磨房的屋里，那小驴还是照旧的站在那里，并且还是安安敦敦地和每天一样地抹搭着眼睛。其余的磨房里的风车子、罗柜、磨盘，都是照旧的在那里呆着。就是墙根下的那些耗子也出来和往日一样地乱跑，耗子一边跑着还一边吱吱喳喳地叫着。

<small>穷困之家。</small>

我看了一会，看不出所以然来，觉得十分无趣。正想转身出来的时候，被我发现了一个瓦盆，就在炕沿上已经像小冰山似的冻得鼓鼓的了。于是我想起这屋的冷来了，立刻觉得要打寒颤，冷得不能站脚了。我一细看那扇通到后园去的窗子也通着大洞，瓦房的房盖也透着青天。

我开门就跑了，一跑到家里，家里的火炉正烧得通红，一进门就热气扑脸。

我正想要问祖父，那磨房里是谁家的小孩。这时冯歪嘴子从外边来了。

戴着他的四耳帽子，他未曾说话先笑的样子，一看就是冯歪嘴子。

他进了屋来，他坐在祖父旁边的太师椅上，那太师椅垫着红毛哔叽的厚垫子。

冯歪嘴子坐在那里，似乎有话说不出来，右手不住的摸擦着椅垫子，左手不住的拉着他的左耳朵。他未曾说话先笑的样子，笑了好几阵也没说出话来。

<small>老实人。</small>

我们家里的火炉太热，把他的脸烤得通红的了。他说：

"老太爷,我摊了点事。……"

祖父就问他摊了什么事呢?

冯歪嘴子坐在太师椅上扭扭歪歪的,摘下他那狗皮帽子来,手里玩弄着那皮帽子。未曾说话他先笑了,笑了好一阵工夫,他才说出一句话来:

"我成了家啦。"

说着冯歪嘴子的眼睛就流出眼泪来,他说:

"请老太爷帮帮忙,现下她们就在磨房里呢!她们没有地方住。"

我听到了这里,就赶快抢住了向祖父说:

"爷爷,那磨房里冷呵!炕沿上的瓦盆都冻裂了。"

祖父往一边推着我,似乎他在思索的样子。我又说:

"那炕上还睡着一个小孩呢!"

祖父答应了让他搬到磨房南头那个装草的房子里去暂住。

冯歪嘴子一听,连忙就站起来了,说:

"道谢,道谢。"

一边说着,他的眼睛又一边来了眼泪。而后戴起狗皮帽子来,眼泪汪汪的就走了。

冯歪嘴子刚一走出屋去,祖父回头就跟我说:

"你这孩子当人面不好多说话的。"

我那时也不过六七岁,不懂这是什么意思,我问着祖父:

"为什么不准说,为什么不准说?"

祖父说:

"你没看冯歪嘴子的眼泪都要掉下来了吗?冯歪嘴子难为情了。"

我想可有什么难为情的,我不明白。

3

晌午,冯歪嘴子那磨房里就吵起来了。

冯歪嘴子一声不响地站在磨盘的旁边,他的掌柜的拿着烟袋在他的眼前骂着,掌柜的太太一边骂着一边拍着风车子,她说:

"破了风水了,我这碾磨房岂是你那不干不净的野老婆住的地方!"

"青龙白虎也是女人可以冲的吗!"

"冯歪嘴子,从此我不发财,我就跟你算账。你是什么东西,你还算个人吗?你没有脸,你若有脸你还能把个野老婆弄到大面上来,弄到人的眼皮下边来……你赶快给我滚蛋……"

冯歪嘴子说:

"我就要叫她们搬的,就搬……"

掌柜的太太说:

"叫她们搬,她们是什么东西,我不知道。我是叫你滚蛋的,你可把人糟蹋苦了……"

说着她往炕上一看:

"唉呀!面口袋也是你那野老婆盖得的!赶快给我拿下来。我说冯歪嘴子,你可把我糟蹋苦了。你可把我糟蹋苦了。"

那个刚生下来的小孩是盖着盛面口袋在睡觉的,一齐盖着四五张,厚敦敦的压着小脸。

掌柜的太太在旁边喊着:

"给我拿下来,快给我拿下来!"

冯歪嘴子过去把面口袋拿下来了,立刻就露出孩子通红的小手来,而且那小手还伸伸缩缩的摇动着,摇动了几下就哭起来了。

那孩子一哭从孩子的嘴里冒着雪白的白气。

那掌柜的太太把面口袋接到手里说:

"可冻死我了,你赶快搬罢,我可没工夫跟你吵了……"

说着开了门缩着肩膀就跑回上屋去了。

王四掌柜的,就是冯歪嘴子的东家,他请祖父到上屋去喝茶。

我们坐在上屋的炕上,一边烤着炭火盆,一边听到磨房里的那小孩的哭声。

祖父问我的手烤暖了没有?我说还没烤暖,祖父说:

"烤暖了,回家罢。"

从王四掌柜的家里出来,我还说要到磨房里去看看。祖父说,没有什么的,要看回家暖过来再看。

磨房里没有寒暑表,我家里是有的。我问祖父:

"爷爷,你说磨房的温度在多少度上?"

祖父说在零度以下。

我问:

"在零度以下多少?"

祖父说:

"没有寒暑表,哪儿知道呵!"

我说:

"到底在零度以下多少?"

祖父看一看天色就说:

"在零下七八度。"

我高兴起来了,我说:

"哎呀,好冷呵!"那不和室外寒度一样了吗?

我抬脚就往家里跑,井台,井台旁边的水槽子,井台旁边的大石头碾子,房产老周家的大玻璃窗子,我家的大高烟筒,在我一溜烟的跑起来的时候,我看它们都移移动动的了,它们都像往后退着。我越跑越快,好像不是我在跑,而像房子和大烟筒在跑似的。

我自己煊惑得我跑得和风一般快。

我想那磨房的温度在零度以下,岂不是等于露天地了吗?这真笑话,房子和露天地一样。我越想越可笑,也就越高兴。

于是连喊带叫的也就跑到家了。

4

下半天冯歪嘴子就把小孩搬到磨房南头那草棚子里去了。

那小孩哭的声音很大,好像他并不是刚一出生,好像他已经长大了的样子。

那草房里吵得不得了,我又想去看看。

这回那女人坐起来了,身上披着被子,很长的大辫子垂在背后,面朝里,坐在一堆草上不知在干什么,她一听门响,她一回头。我看出来了,她就是我们同院住着的老王家的大姑娘,我们都叫她王大姐的。

这可奇怪，怎么就是她呢？她一回头几乎是把我吓了一跳。

我转身就想往家里跑。跑到家里好赶快的告诉祖父，这到底是怎么回事？

她看是我，她就先向我一笑，她长的是很大的脸孔，很尖的鼻子，每笑的时候，她的鼻梁上就皱了一堆的褶。今天她的笑法还是和从前的一样，鼻梁处堆满了皱褶。

平常我们后园里的菜吃不了的时候，她就提着筐到我们后园来摘些茄子、黄瓜之类回家去。她是很能说能笑的人，她是很响亮的人，她和别人相见之下，她问别人：

"你吃饭了吗？"

那声音才大呢，好像房顶上落了喜鹊似的。

她的父亲是赶车的，她牵着马到井上去饮水，她打起水来，比她父亲打的更快，三绕两绕就是一桶。别人看了都说：

"这姑娘将来是个兴家立业好手！"

她在我家后园里摘菜，摘完临走的时候，常常就折一朵马蛇菜花戴在头上。

她那辫子梳得才光呢，红辫根，绿辫梢，干干净净，又加上一朵马蛇菜花戴在鬓角上，非常好看。她提着筐子前边走了，后边的人就都指指划划地说她的好处。

老厨子说她大鼻子大眼睛长得怪好的。

有二伯说她膀大腰圆的带点福相。

母亲说她：

"我没有这么大的儿子，有儿子我娶她，这姑娘真响亮。"

同院住的老周家三奶奶则说：

"哟哟，这姑娘真是一棵大葵花，又高又大，你今年十几啦？"

周三奶奶一看到王大姐就问她十几岁，已经问了不知几遍，好像一看见就必得这么问，若不问就好像没有话说似的。

每逢一问，王大姐也总是说：

"二十了。"

"二十了，可得给说一个媒了。"再不然就是，"看谁家有这么大的福气,看吧,将来看吧。"

隔院的杨家的老太太,扒着墙头一看见王大姐就说:

"这姑娘的脸红得像一盆火似的。"

现在王大姐一笑还是一皱鼻子,不过她的脸有一点清瘦,颜色发白了许多。

她怀里抱着小孩。我看一看她,她也不好意思了,我也不好意思了。我的不好意思是因为好久不见的缘故,我想她也许是和我一样吧。我想要走,又不好意思立刻就走开。想要多呆一会又没有什么话好说的。

我就站在那里静静地站了一会,我看她用草把小孩盖了起来,把小孩放到炕上去。其实也看不见什么是炕,乌七八糟的都是草,地上是草,炕上也是草,草捆子堆得房梁上去了。那小炕本来不大,又叫草捆子给占满了。那小孩也就在草中偎了个草窝,铺着草盖着草的就睡着了。

我越看越觉得好玩,好像小孩睡在喜鹊窝里似的。

到了晚上,我又把全套我所见的告诉了祖父。

祖父什么也不说。但我看出来祖父晓得的比我晓得的多的样子。我说:

"那小孩还盖着草呢!"

祖父说:

"嗯!"

我说:

"那不是王大姐吗?"

祖父说:

"嗯。"

祖父是什么也不问,什么也不听的样子。

等到了晚上在煤油灯的下边,我家全体的人都聚集了的时候,那才热闹呢!连说带讲的。这个说,王大姑娘这么的。那个说王大姑娘那么着……说来说去,说得不成样子了。

说王大姑娘这样坏,那样坏,一看就知道不是好东西。

说她说话的声音那么大,一定不是好东西。哪有姑娘家家的,大说大讲的。

有二伯说:

"好好的一个姑娘,看上了一个磨房的磨倌,介个年头是啥年头!"

老厨子说:

"男子要长个粗壮,女子要长个秀气。没见过一个姑娘长得和一个抗大个的(抗工)似的。"

有二伯也就接着说:

"对呀!老爷像老爷,娘娘像娘娘,你没四月十八去逛过庙吗?那老爷庙上的老爷,威风八面,娘娘庙上的娘娘,温柔典雅。"

老厨子又说:

"哪有的勾当,姑娘家家的,打起水来,比个男子大丈夫还有力气。没见过,姑娘家家的那么大的力气。"

有二伯说:

"那算完,长的是一身穷骨头穷肉,那穿绸穿缎的她不去看,她看上了个灰秃秃的磨倌。真是武大郎玩鸭子,啥人玩啥鸟。"

第二天,左邻右居的都晓得王大姑娘生了小孩了。

周三奶奶跑到我家来探听了一番,母亲说就在那草棚子里,让她去看。她说:

"哟哟!我可没那么大的工夫去看的,什么好勾当。"

西院的杨老太太听了风也来了。穿了一身浆得闪光发亮的鱼蓝大布衫,头上扣着银扁方,手上戴着白铜的戒指。

一进屋母亲就告诉她冯歪嘴子得了儿子了。杨老太太连忙就说:

"我可不是来探听他们那些猫三狗四的,我是来问问那广和银号的利息到底是大加一呢,还是八成?因为昨天西荒上的二小子打信来说他老丈人要给一个亲戚拾几万吊钱。"

说完了,她庄庄严严地坐在那里。

我家的屋子太热,杨老太太一进屋来就把脸热的通红。母亲连忙打开了北边的那通气窗。通气窗一开,那草棚子里的小孩的哭声就听见了,那哭声特别吵闹。

"听听啦。"母亲说,"这就是冯歪嘴子的儿子。"

"怎么的啦?那王大姑娘我看就不是个好东西,我就说,那姑娘将来好不了。"杨老太太说,"前些日子那姑娘忽然不见了,我就问她妈,'你们大姑娘哪儿去啦?'她妈说,'上她姥姥家去了。'一去去了这么久没回来,我就有点觉景。"

母亲说:

"王大姑娘夏天的时候常常哭,把眼圈都哭红了,她妈说她脾气大,跟她妈吵架气的。"

杨老太太把肩膀一抱说:

"气的,好大的气性,到今天都丢了人啦怎么没气死呢。那姑娘不是好东西,你看她那俩眼睛,多么大!我早就说过,这姑娘好不了。"

而后在母亲的耳朵上喊喊喳喳了一阵,又说又笑的走了。

把她那原来到我家里来的原意,大概也忘了。她来是为了广和银号利息的问题,可是一直到走也没有再提起那广和银号来。

杨老太太,周三奶奶,还有同院住的那些粉房里的人,没有一个不说王大姑娘坏的。

凉薄的氛围。

说王大姑娘的眼睛长得不好,说王大姑娘的力气太大,说王大姑娘的辫子长得也太长。

5

这事情一发,全院子的人给王大姑娘做论的做论,做传的做传,还有给她做日记的。

做传的说,她从小就在外祖母家里养着,一天尽和男孩子在一块,没男没女。有一天她竟拿着烧火的叉子把她的表弟给打伤了。又是一天刮大风,她把外祖母的二十多个鸭蛋一次给偷着吃光了。又是一天她在河沟子里边采菱角,她自己采的少,她就把别人的菱角倒在她的筐里了，就说是她采的。说她强横得不了，没有人敢去和她分辩，一分辩，她开口就骂，举手就打。

那给她做传的人，说着就好像她看见过似的，她说腊月二十三，过小年的那天，王大姑娘因为外祖母少给了她一块肉吃，她就跟外祖母打了一仗，就跑回家里来了。

"你看看吧，她的嘴该多馋。"

于是四边听着的人，没有不笑的。

那给王大姑娘做传的人，材料的确搜集得不少。

自从团圆媳妇死了，院子里似乎寂寞了很长的一个时期，现在虽然不能说十分热闹，但大家都总要尽力地鼓吹一番。虽然不跳神打鼓，但也总应该给大家多少开一开心。

小市民气。

于是吹风的，把眼的，跑线的，绝对的不辞辛苦，在飘着白白的大雪的夜里，也就戴着皮帽子，穿着大毡靴，站在冯歪嘴子的窗户外边，在那里守候着，为的是偷听一点什么消息。若能听到一点点，哪怕针孔那么大一点，也总没有白挨冻，好作为第二天宣传的材料。

所以冯歪嘴子那门下在开初的几天，竟站着不少的探访员。

这些探访员往往没有受过教育，他们最喜欢造谣生事。

比方我家的老厨子出去探访了一阵，回家报告说：

"那草棚子才冷呢！五风楼似的，那小孩一声不响了，大概是冻死了，快去看热闹吧！"

老厨子举手舞脚的，他高兴得不得了。

不一会他又戴上了狗皮帽子，他又去探访了一阵，这一回他报告说：

"他妈的,没有死,那小孩还没冻死呢!还在娘怀里吃奶呢。"

这新闻发生的地点,离我家也不过五十步远,可是一经探访员们这一探访,事情本来的面目可就大大的两样了。

有的看了冯歪嘴子的炕上有一段绳头,于是就传说着冯歪嘴子要上吊。

又是看客。

这"上吊"的刺激,给人们的力量真是不小。女的戴上风帽,男的穿上毡靴,要来这里参观的,或是准备着来参观的人不知多少。

西院老杨家就有三十多口人,小孩不算在内,若算在内也有四十口了。就单说这三十多人若都来看上吊的冯歪嘴子,岂不把我家的那小草棚挤翻了吗!就说他家那些人中有的老的病的,不能够来,就说最低限度来上十个人吧。那么西院老杨家来十个,同院的老周家来三个——周三奶奶,周四婶子,周老婶子——外加周四婶子怀抱着一个孩子,周老婶子手里牵着个孩子——她们是有这样的习惯的——那么一共周家老少三辈总算五口了。

还有磨房里的漏粉匠,烧火的,跑街送货的等等,一时也数不清是几多人,总之这全院好看热闹的人也不下二三十。还有前后街上的,一听了消息也少不了来了不少的。

"上吊!"为啥一个好好人,活着不愿意活,而愿意"上吊"呢?大家快去看看吧,其中必是趣味无穷,大家快去看看吧。

再说开开眼也是好的,反正也不是去看跑马戏的,又要花钱,又要买票。

所以呼兰河城里凡是一有跳井投河的,或是上吊的,那看热闹的人就特别多,我不知道中国别的地方是否这样,但在我的家乡确是这样的。

投了河的女人,被打捞上来了,也不赶快的埋,也不赶快的葬,摆在那里一两天,让大家围着观看。

跳了井的女人,从井里捞出来,也不赶快的埋,也不赶快的葬,好像国货展览会似的,热闹得车水马龙了。

其实那没有什么好看的,假若冯歪嘴子上了吊,那岂不是看了很害怕吗?

有一些胆小的女人,看了投河的,跳井的,三天五夜的不能睡觉。但是下次,一有这样的冤魂,她仍旧是去看的,看了回来就觉得那恶劣的印象就在眼前,于是又是睡觉不安,吃饭也不香。但是不去看,是不行的,第三次仍旧去看,哪怕去看了之后,心里觉得恐怖,而后再买一匹黄钱纸,一扎线香到十字路口上去烧了,向着那东西南北的大道磕上三个头,同时嘴里说:

"邪魔野鬼可不要上我的身哪,我这里香纸的也都打发过你们了。"

有的谁家的姑娘,为了去看上吊的,回来吓死了。听说不但看上吊的,就是看跳井的,也有被吓死的。吓出一场病来,千医百治的治不好,后来死了。

但是人们还是愿意看,男人也许特别胆子大,不害怕。女人却都是胆小的多,都是壮着胆子看。

还有小孩,女人也把他们带来看,他们还没有长成为一个人,母亲就提早把他们带来了,也许在这热闹的世界里,还是提早地演习着一点的好,免得将来对于跳井上吊太外行了。

有的探访员晓得了冯歪嘴子从街上买来了一把家常用的切菜的刀,于是就大放冯歪嘴子要自刎的空气。

6

冯歪嘴子,没有上吊,没有自刎,还是好好的活着。过了一年,他的孩子长大了。

过年我家杀猪的时候,冯歪嘴子还到我家里来帮忙的,帮着刮猪毛。到了晚上他吃了饭，喝了酒之后，临回去的时候，祖父说，让他带了几个大馒头回去。他把馒头挟在腰里就走了。

人们都取笑着冯歪嘴子，说：

"冯歪嘴子有了大少爷了。"

冯歪嘴子平常给我家做一点小事，磨半斗豆子做小豆腐，或是推二斗上好的红黏谷，撒黏糕吃，祖父都是招呼他到我家里来吃饭的。就在饭桌上，当着众人，老厨子就说：

"冯歪嘴子少吃两个馒头吧，留着馒头带给大少爷去吧……"

冯歪嘴子听了也并不难为情，也不觉得这是嘲笑他的话，他很庄严的说：

"他在家里有吃的，他在家里有吃的。"

等吃完了，祖父说：

"还是带上几个吧！"

冯歪嘴子拿起几个馒头来，往那儿放呢？放在腰里，馒头太热，放在袖筒里怕掉了。

于是老厨子说：

"你放在帽兜子里呵！"

于是冯歪嘴子用帽兜着馒头回家去了。

东邻西舍谁家若是办了红白喜事，冯歪嘴子若也在席上的话，肉丸子一上来，别人就说：

"冯歪嘴子，这肉丸子你不能吃，你家里有大少爷的是不是？"

于是人们说着，就把冯歪嘴子应得的那一份的两个肉丸子，用筷子夹出来，放在冯歪嘴子旁边的小碟里。来了红烧肉，也是这么照办，来了干果碟也是这么照办。

冯歪嘴子一点也不感到羞耻，等席散之后，用手巾包着，带回家来，给他的儿子吃了。

7

他的儿子也和普通的小孩一样，七个月出牙，八个月会爬，一年会走,两年会跑了。

夏天,那孩子浑身不穿衣裳,只带着一个花兜肚,在门前的水坑里捉小蛤蟆。他的母亲坐在门前给他绣着花兜肚嘴。他的父亲在磨房打着梆子,看管着小驴拉着磨。

8

又过了两三年,冯歪嘴子的第二个孩子又要出生了。冯歪嘴子欢喜得不得了,嘴都闭不上了。

在外边,有人问他:

"冯歪嘴子又要得儿子了?"

他呵呵呵。他故意的平静着自己。

他在家里边,他一看见他的女人端一个大盆,他就说:

"你这是干什么,你让我来拿不好么!"

他看见他的女人抱一捆柴火,他也这样阻止着她:

"你让我来拿不好么!"

可是那王大姐,却一天比一天瘦,一天比一天苍白,她的眼睛更大了,她的鼻子也更尖了似的。冯歪嘴子说,过后多吃几个鸡蛋,好好养养就身子好起来了。

他家是快乐的,冯歪嘴子把窗子上挂了一张窗帘。这张白布是新从铺子里买来的。冯歪嘴子的窗子,三五年也没有挂过帘子,这是第一次。

冯歪嘴子买了二斤新棉花,买了好几尺花洋布,买了二三十个上好的鸡蛋。

冯歪嘴子还是照旧的拉磨,王大姐就剪裁着花洋布做成小小的衣裳。

二三十个鸡蛋,用小筐装着,挂在二梁上。每一开门开窗的,那小筐就在高处游荡着。

门口一来担挑卖鸡蛋的,冯歪嘴子就说:

> 穷人的温情。

"你身子不好,我看还应该多吃几个鸡蛋。"

冯歪嘴子每次都想再买一些,但都被孩子的母亲阻止了。冯歪嘴子说:

"你从生了这小孩子以来,身子就一直没养过来。多吃几个鸡蛋算什么呢!我多卖几斤黏糕就有了。"

祖父一到他家里去串门,冯歪嘴子就把这一套话告诉了祖父。他说:

"那个人才俭省呢,过日子连一根柴草也不肯多烧。要生小孩子了,多吃一个鸡蛋也不肯。看着吧,将来会发家的……"

> "发家"的希望如火星一闪,很快就熄灭了。

冯歪嘴子说完了,是很得意的。

9

七月一过去,八月乌鸦就来了。

其实乌鸦七月里已经来了。不过没有八月那样多就是了。

七月的晚霞,红得像火似的,奇奇怪怪的,老虎、大狮子、马头、狗群。这一些云彩,一到了八月,就都没有。那满天红洞洞的,那满天金黄的,满天绛紫的,满天朱砂色的云彩,一齐都没有了,无论早晨或黄昏,天空就再也没有它们了,就再也看不见它们了。

八月的天空是静悄悄的,一丝不挂。六月的黑云,七月的红云,都没有了。一进了八月雨也没有了,风也没有了。白天就是黄金的太阳,夜里就是雪白的月亮。

天气有些寒了,人们都穿起夹衣来。

晚饭之后,乘凉的人没有了。院子里显得冷清寂寞了许多。

鸡鸭都上架去了,猪也进了猪栏,狗也进了狗窝。院子里的蒿草,因为没有风,就都一动不动地站着,因为没有云,大昴星一出来就亮得和一盏小灯似的了。

在这样的一个夜里,冯歪嘴子的女人死了。第二天早晨,正过着乌鸦的时候,就给冯歪嘴子的女人送殡了。

乌鸦是黄昏的时候,或黎明的时候才飞过。不知道这乌鸦从什么地方来,飞到什么地方去,但这一大群遮天蔽瓦的,吵着叫着,好像一大片黑云似的从远处来了,来到头上,不一会又过去了。终究过到什么地方去,也许大人知道,孩子们是不知道的,我也不知道。

听说那些乌鸦就过到呼兰河南岸那柳条林里去的,过到那柳条林里去做什么?所以我不大相信。不过那柳条林,乌烟瘴气的,不知那里有些什么,或者是过了那柳条林,柳条林的那边更是些个什么。站在呼兰河的这边,只见那乌烟瘴气的,有好几里路远的柳条林上,飞着白白的大鸟,除了那白白的大鸟之外,究竟还有什么,那就不得而知了。

据说乌鸦就往那边过,乌鸦过到那边又怎样,又从那边究竟飞到什么地方去,这个人们不大知道了。

冯歪嘴子的女人是产后死的,传说上这样的女人死了,大庙不收,小庙不留,是将要成为游魂的。

我要到草棚子去看,祖父不让我去看。

我在大门口里等着。

我看见了冯歪嘴子的儿子,打着灵头幡送他的母亲。

灵头幡在前,棺材在后,冯歪嘴子在最前边,他在最前边领着路向东大桥那边走去了。

那灵头幡是用白纸剪的,剪成络络网,剪成胡椒

> 环境和景色的大段描写,(尤其乌鸦群)对一个清简的丧礼的衬托。

眼，剪成不少的轻飘飘的穗子，用一根杆子挑着，扛在那孩子的肩上。

那孩子也不哭，也不表示什么，只好像他扛不动那灵头幡，使他扛得非常吃力似的。

他往东边越走越远了。我在大门外看着，一直看着他走过了东大桥。几乎是看不见了，我还在那里看着。

乌鸦在头上呱呱地叫着。

过了一群，又一群，等我们回到了家里，那乌鸦还在天空里叫着。

10

冯歪嘴子的女人一死，大家觉得这回冯歪嘴子算完了。扔下了两个孩子，一个四五岁，一个刚生下来。

看吧，看他可怎样办！

老厨子说：

"看热闹吧，冯歪嘴子又该喝酒了，又该坐在磨盘上哭了。"

东家西舍的也都说冯歪嘴子这回可非完不可了。那些好看热闹的人，都在准备着看冯歪嘴子的热闹。

可是冯歪嘴子自己，并不像旁观者眼中的那样的绝望，好像他活着还很有把握的样子似的，他不但没有感到绝望已经洞穿了他。因为他看见了他的两个孩子，他反而镇定下来。他觉得在这世界上，他一定要生根的。要长得牢牢的。他不管他自己有这份能力没有，他看看别人也都是这样做的，他觉得他也应该这样做。

于是他照常地活在世界上，他照常地负着他那份责任。

于是他自己动手喂他那刚出生的孩子，他用筷子

> 坚韧的人生。

> 责任感、意志力、不懈的劳作，就是绝望中的希望。

喂他,他不吃,他用调匙喂他,

喂着小的,带着大的,他该担水,担水,该拉磨,拉磨。

早晨一起来,一开门,看见邻人到井口去打水的时候,他总说一声:

"去挑水吗?"

若遇见了卖豆腐的,他也说一声:

"豆腐这么早出锅啦!"

他在这世界上他不知道人们都用悲观绝望的眼光来看他,他不知道他已经处在了怎样的一种艰难的境地。他不知道他自己已经完了。他没有想过。

他虽然也有悲哀,他虽然也常常满满含着眼泪,但是他一看见他的大儿子会拉着小驴饮水了,他就立刻把那含着眼泪的眼睛笑了起来。

他说:

"慢慢的就中用了。"

他的小儿子,一天一天的喂着,越喂眼睛越大,胳臂、腿,越来越瘦。

在别人的眼里,这孩子非死不可。这孩子一直不死,大家都觉得惊奇。

到后来大家简直都莫名其妙了,对于冯歪嘴子的这孩子的不死,别人都起了恐惧的心理,觉得,这是可能的吗?这是世界上应该有的?

但是冯歪嘴子,一休息下来就抱着他的孩子。天太冷了,他就烘了一堆火给他烤着。那孩子刚一咧嘴笑,那笑得才难看呢,因为又像笑,又像哭。其实又不像笑,又不像哭,而是介乎两者之间的那么一咧嘴。

但是冯歪嘴子却欢得不得了了。

他说:

"这小东西会哄人了。"

"他不知道":不知道别人,只知道自己;不知道艰难,只知道劳作;不知道绝境,只知道道路。

"慢慢的就中用了",着眼于将来。

或是:

"这小东西懂人事了。"

那孩子到了七八个月才会拍一拍掌,其实别人家的孩子到七八个月,都会爬了,会坐着了,要学着说话了。冯歪嘴子的孩子都不会,只会拍一拍掌,别的都不会。

冯歪嘴子一看见他的孩子拍掌,他就眉开眼笑的。

他说:

"这孩子眼看着就大了。"

那孩子在别人的眼睛里看来,并没有大,似乎一天更比一天小似的。因为越瘦那孩子的眼睛就越大,只见眼睛大,不见身子大,看起来好像那孩子始终也没有长一般的。那孩子好像是泥做的,而不是孩子了。两个月之后,和两个月之前,完全一样。两个月之前看见过那孩子,两个月之后再看见,也绝不会使人惊讶,时间是快的,大人虽不见老,孩子却一天一天的不同。

看了冯歪嘴子的孩子,绝不会给人以时间上的观感。大人总喜欢在孩子的身上去触到时间。但是冯歪嘴子的儿子是不能给人这个满足的。因为两个月前看见过他那么大,两个月后看见他还是那么大。还不如去看后花园里的黄瓜,那黄瓜三月里下种,四月里爬蔓,五月里开花,五月末就吃大黄瓜。

但是冯歪嘴子却不这样的看法,他看他的孩子是一天比一天大。

大的孩子会拉着小驴到井边上去饮水了。小的会笑了,会拍手了,会摇头了。给他东西吃,他会伸手来拿。而且小牙也长出来了。

微微的一咧嘴笑,那小白牙就露出来了。

冯歪嘴子的赞美诗:民族的脊梁在地底下。

尾　声

呼兰河这小城里边，以前住着我的祖父，现在埋着我的祖父。

我生的时候，祖父已经六十多岁了，我长到四五岁，祖父就快七十了。我还没有长到二十岁，祖父就八十岁了。祖父一过了八十，祖父就死了。

从前那后花园的主人，而今不见了。老主人死了，小主人逃荒去了。

那园里的蝴蝶、蚂蚱、蜻蜓，也许还是年年仍旧，也许现在完全荒凉了。

小黄瓜，大倭瓜，也许还是年年的种着，也许现在根本没有了。

那早晨的露珠是不是还落在花盆架下。那午间的太阳是不是还照着那大向日葵。那黄昏时候的红霞是不是还会一会工夫会变出来一匹马来，一会工夫会变出来一匹狗来，那么变着。

这一些不能想象了。

听说有二伯死了。

老厨子就是活着年纪也不小了。

东邻西舍也都不知怎样了。

至于那磨房里的磨倌，至今究竟如何，则完全不晓得了。

以上我所写的并没有什么优美的故事，只因他们充满我幼年的记忆，忘却不了，难以忘却。就记在这里了。

　　　　一九四〇年十二月廿日　香港完稿。

（原刊1940年9月1日至12月27日香港
《星岛日报》副刊《星座》第693号至810号）

*作于1938年秋,完稿于1940年12月20日;1940年9月1日起在《星岛日报》连载,至12月27日止;1942年6月由桂林河山出版社出版。署名萧红。

这个长篇小说通过对北方小城呼兰河的风俗习惯以及一群底层人物,尤其是女性命运的描写,反映了中国乡土社会的破败落后、愚昧的面貌。小说共分七章,有城区素描,有风俗志,有小人物列传;有散文化叙述,有抒情,有讽刺性议论。全书与《生死场》一样无中心,无主角,但节奏安排舒缓而又紧凑,可谓跌宕有致,整体更具悲剧色彩。论文字,第二章写跳大神、唱大戏、放河灯这些民间的精神盛会,是全篇的华彩乐章。第五章写小团圆媳妇被折磨至死,全由亲人与"看客"合谋进行,其残酷与冷漠的程度,令人惊心动魄。结束一章写冯歪嘴子,是一个"光明的尾巴",作者有意显示一种坚韧的精神,是她对自己热爱的乡土,和对全民族的希望所在。